걸을 때마다
조금씩
내가 된다

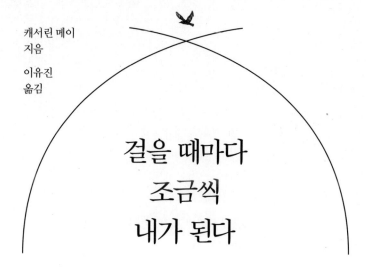

캐서린 메이
지음

이유진
옮김

걸을 때마다
조금씩
내가 된다

The
Electricity of
Every Living Thing

휘청거리는 삶을 견디며 한 걸음씩 나아가는 법

웅진 지식하우스

"세상은 우리의 지혜가 단련되기를
참을성 있게 기다리는
마법 같은 것들로 가득 차 있다."

- 이든 필포츠, 『그림자가 지나간다 A Shadow Passes』

"너무 멀리, 너무 자주, 너무 빨리 걷는 것은
도무지 안전하지 않다.
길 위에서 발이 계속 삐거덕거리다 보면
그 길이 어느 정도는 당신에게로 다가온다."

- 플랜 오브라이언, 『제3의 경찰 The Third Policeman』

버트를 위해

이 책의 독자들에게

나는 이 책이 곧 지나간 시절의 이야기가 되기를 바란다. 아직 그렇게 되지는 않았지만, 머지않아 내 바람이 이루어지리라 믿는다.

서른아홉, 나이를 먹을 만큼 먹고 나서야 내게 자폐 성향이 있다는 사실을 알았다. 도무지 어디서부터 스스로를 돌아보아야 할지 모른 채 힘겨워하며 이 책을 썼다. 그 당시 나는 마치 글자들 사이에서 나에 대한 해답을 발견하려는 듯 인터넷 사이트 페이지를 읽고 또 읽었다. 실눈을 뜨고 자세히 들여다보면 나에 대한 실마리를 제공할 법한 책도 몇 권 찾을 수 있었다. 그러나 사람들은 대체로 자폐증을 의사 표현이 어려운 어린 소년들의 영역이라고 생각하는 것 같았다. 성인 여성, 그것도 자폐증에 나름 잘 대처하고 있는 사람이 스스로 자폐임을 밝히는 일은 쉽게 받아들여지지 않는 듯 했다. 어떤 사람은 정말로 도움이 절실한 이들에게서 관심을 빼앗으려는 게 아니냐는 말을 하기도 했다.

그게 불과 6년 전의 일이다. 그 이후로 큰 변화가 있었던 것은 아니다. 나처럼 뒤늦게 자폐증 진단을 받은 이들은 여전히 내가 이 책에서 묘사한 당혹감(희박한 정보의 사막 속에서 길을 잃은 듯한 기분)을 경험한다. 나 같은 사람들은 어째서 다른 이들에게는 괜찮은 모든 것들이 유독 나에게는 힘들게 느껴지는지 평생 의아해하며 살아간다. 의사나 교사, 정신 건강 전문가들은 때때로 자폐증을 제대로 짚어내지 못하고, 그들의 지식이 현실과 동떨어진 경우도 적지 않다. 보이지 않는 것은 쉽게 바꿀 수 없기에, 애석하게도 나의 이야기는 여전히 누군가에게 유효하다.

회고록은 언제나 순간을 포착하는 스냅 사진 같아서, 불안정하고 불완전하며 흘러가는 의미를 붙잡을 뿐이다. 만약 이 책을 다시 쓴다면 많은 부분을 고칠 것이다. 특히 당시에 사용했던 것과는 사뭇 다른 용어를 쓸 것이다. 나는 더 이상 '아스퍼거 증후군'이라는 용어를 쓰지 않는다. 나치 우생학에서 비

롯된 말인 데다가 넓은 범위의 자폐 커뮤니티에서 나를 구분하고 싶지 않기 때문이다. 이 책을 쓸 즈음 나는 ASD ^{Autism Spectrum Disorder}(자폐 스펙트럼 장애)라는 용어에서 장애를 나타내는 'D'가 늘 마음에 걸렸다. 나는 자폐증을 어떤 특정한 상태나 신경학적 차이로 여겼을 뿐, 본질적인 결함으로 느끼지 않았기 때문이다. 그때는 마지못해 표준 용어를 썼지만, 그 뒤로는 좀더 중립적인 용어인 ASC ^{Autism Spectrum Condition}(자폐 스펙트럼 상태)를 사용하기로 했다. 여러분에게도 이 용어를 권한다. 어떤 언어를 사용하느냐는 정말 중요한 문제이기 때문이다. 사려 깊은 용어를 선택할 때 비로소 변화를 앞당길 수 있다.

나는 인터넷에서 자폐 커뮤니티를 발견한 뒤부터 조금씩 변화할 수 있었다. 이 커뮤니티는 세상에 발 딛고 서 있는 나의 위치를 보다 깊이 있게 이해할 수 있도록 끊임없이 응원해주었다. 그들이 도와준 덕택에 더 많은 정보를 습득했고, 더 비판적인 시각을 갖게 되었으며, 어떤 면에서는 좀더 정치화되기도 했다. 개개인이 경험하는 자폐증을 관통하는 공통점을 더욱 명확히 이해할 수 있었고, 신경 장애가 없는 신경전형인 neurotypical처럼 위장할 수 있는 복잡 미묘한 능력에 대해서도 오랜 시간 생각해볼 수 있었다.

무엇보다도 이들 이질적인 구성원들이 큰 어려움을 겪으면서도 온정과 공정성과 아름다움을 추구하는 모습에 경외감을 느꼈다. 자폐인의 삶에서, 어둠 속 빛처럼 반짝이는 그들의 일상을 들여다보지 않고서는 자폐증을 진정으로 이해할 수 없다. 자폐증은 단일한 설명으로 정의될 수 없다. 중첩되는 수많은 유형이 존재할 뿐이다. 그렇기에 '스펙트럼'이라는 용어는 너무 직선적이고 고정적인 말이라, 우리가 경험하는 다양성을 포착하기에 역부족이다.

자폐인들을 생각하면 별무리나 은하계가 떠오른다. 수백만 개의 서로 다른 별들이 저마다 빛을 발하며 반짝인다. 나는 그 무수한 별들 가운데 하나의 유형을 경험하고 있을 뿐이다.

자폐증에 대해 알고 싶다면, 최대한 다양한 관점에서 쓰인 내용을 접해야 하고, 이제까지의 선입견을 버릴 준비가 되어야 한다. 자폐를 가진 우리는 책 속에서 흔히 묘사하듯 멍하고 무감각한 로봇 같은 존재가 아니다. 우리는 재미있고 다정하며 공감능력도 높다. 단지 뇌가 조금 다르게 작동하고 세상을 살아가는 데 종종 지독히도 스트레스를 많이 받을 뿐이다. 제삼자의 시각으로는 이런 것들을 알기 어렵다.

　나는 나에 대한 새로운 인식과 변모의 열기로 가득 찬 상태에서 이 책을 썼다. 그리고 깨달았다. 여태껏 나 자신이 아니라, 다른 누군가를 위해 만들어진 삶에 스스로를 끼워 맞추려고 애썼다는 것을. 그리고 그로 인해 자주 역겨움을 느꼈다는 사실을. 그리고 마침내 스스로를 더 잘 돌보아야 한다는 것을 받아들였다. 나는 고치거나 교화될 수 있는 존재가 아니고, 그리고 싶지도 않기 때문이다. 그러한 통찰, 그 심오하고 체화된 깨달음은 나의 또 다른 책『우리의 인생이 겨울을 지날 때』

에 오롯이 담겨 있다. 모두가 공감하고 도움받을 수 있는 내용이지만 어쨌든 나의 신경다양성^{neurodivergent}의 관점에서 바라본 세계관에 그 뿌리를 두고 있다. 그 책에서 다룬 '겨울나기^{winter-ing}'는 자폐인이라면 알게 되는, 그리고 생존을 위해 터득해야 하는 지혜이기도 하다. 이 책은 거기에 도달하기까지의 고통스러운 과정을 이야기한다.

캐서린 메이

일러두기

- 이 책은 국립국어원의 표준어규정 및 외래어 표기법을 따랐으나 일부 지명, 인명 등은 실제 발음을 따랐다.
- 본문의 괄호 중 독자 이해를 돕기 위해 옮긴이가 덧붙인 내용에는 '-옮긴이'로 표시했다.
- 저자가 걷는 주요 경로와 지명 등은 16~17쪽에 표시했다.

차례

1부
걷기로 하다
_데솔레이션 포인트

2부

받아들이다

_하틀랜드

3부

다시 일어서다

_아우터 호프

저자가 걸었던 길

--- 사우스웨스트
　　코스트 패스

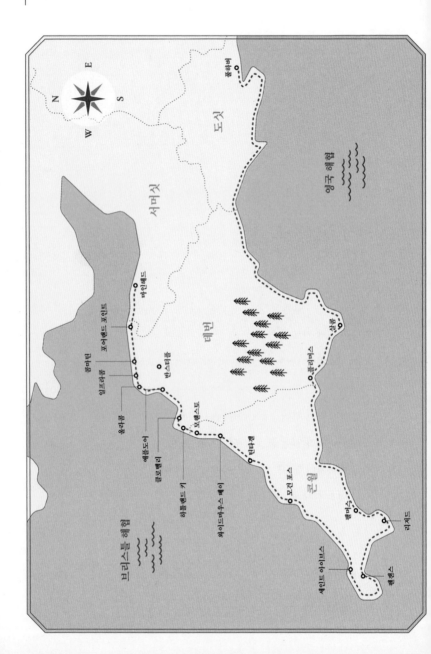

브리스틀 해협

서머싯

도싯

데번

콘월

영국 해협

N
S
E
W

콤마틴
포어랜드 포인트
일프라콤
린튼
울라컴
에룸도어
클로벨리
하트랜드 키
와이드마우스 베이
크래켄턴
마인헤드

반스터플

틴타젤
뉴퀘이
세인트 아이브스
펜잰스

포전포스
홀리버스
삼금
존하버

리저드
펜미스

저자가 걸었던 길

--- 노스다운스 웨이

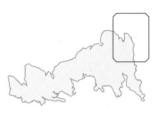

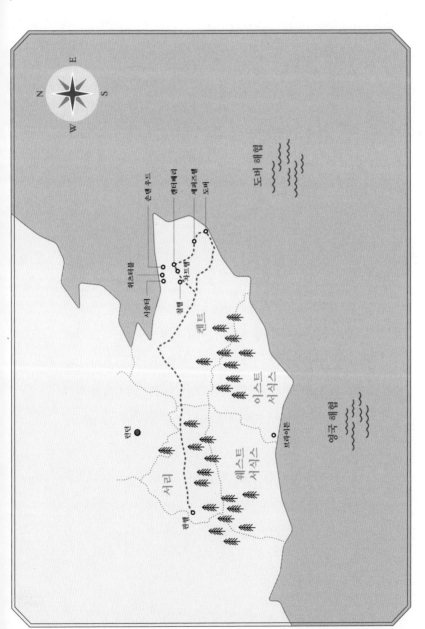

손밸 우드

켄터베리

셰퍼즈웰

도버

위츠터블

시슬티

월햄

처트햄

켄트

이스트 서식스

도버 해협

서리

런던

웨스트 서식스

브라이튼

영국 해협

판햄

진짜 나를 마주하다

11월의 늦은 오후, 날은 이미 어둡다. 나는 운전을 하고 있다. 왼쪽에는 웨스트게이트Westgate의 바다가, 오른쪽에는 페그웰 베이Pegwell Bay가 낮게 펼쳐져 있다. 어두워서 양쪽 다 잘 보이지는 않지만, 워낙 잘 아는 길이다. 바다 가까이에서는 육지가 광활하게 느껴진다. 여기는 켄트Kent의 맨 끝으로, 뾰족하게 튀어나온 돌기 모양 지형에 들어서면 어느 순간 바다에 빙 둘러싸이게 된다.

약속에 늦었다. 나는 늦는 게 싫다. 길동무 삼아 라디오를 튼다. 한 남자가 어떤 여자를 인터뷰하고 있다. 여자는 자신을 둘러싼 모든 것의 극렬함에 대해 말하고 있다. 자신의 모든 감각은 빛, 소음, 접촉, 냄새에 극도로 민감하고, 그래서 불안하다고. 빗방울이 부슬부슬 떨어지자 와이퍼를 작동시키고, 곧 시야가 트인다. 여자는 사람들을 이해하기가 어렵다고 한다. 사람들이 자신들의 의도를 말해주었으면 좋겠다고 한다. **너무 맞아.** 나는 공감한다. **부디 행운이 있기를.**

인터뷰 진행자인 남자는 자신의 아들도 자폐 스펙트럼을 앓고 있으며, 뭐든지 적어서 보여주지 않으면 잘 받아들이지 못한다고 말한다. 나는 **나도 그런데** 하고 생각한다. 나는 갑자기 계획이 잡히는 게 싫다. 잘 기억하지 못하기 때문이다. 사람들의 이름도 글자로 보지 않으면 잘 떠오르지 않는다. 얼굴도 마찬가지다. 사람들은 그저 안개 속에서 오락가락하다가 뿌옇게 흐려져서 전에 만난 적이 있는지 없는지도 알 수 없는 존재가 되고 만다. 내 삶은 일기장, 주소록, 목록 들에 남겨둔 일련의 단서들로 이루어져 있다. 그래야 잊어버릴 때마다 그것들로 다시 나 자신을 그러모을 수 있으니까.

그래도 나만 그런 게 아니구나. 우리는 모두 어떻게든 헤쳐나가려고 애쓰고 있구나.

"자폐증이 있는 사람들은 누구나 일종의 마음맹mind-blindness (자신의 정신을 타인의 입장에서 보지 못하는 상태 – 옮긴이) 증상을 겪습니다. 당신도 그런가요?" 진행자가 묻는다.

"어느 정도는요. 하지만 어릴 적보다는 나아졌어요. 전에 비해 그 증상을 더 의식하게 되었으니까요. 저는 끊임없이 사람들의 표정과 말투와 몸짓에서 실마리를 찾으려고 노력해요." 여자가 대답한다. 나한테 사회성이 있으니 얼마나 다행이야. 나는 생각한다. 누구와도 잘 지낼 수 있으니 얼마나 다행이야. 그러나 거기에 어떤 대가가 따르는지, 그게 얼마나 인위적으로 느껴지는지를 애써 무시하고 있음을 자각하니, 찌르르 불편한 감정이 밀려온다. 나는 이런 것에 능숙해. 그러나 적절한 때 적절하게 행동하는 데에는 별로 자신이 없다.

"대체로, 당신은 언어보다는 시각적인 요소로 사고하는 편인가요?"

"네, 저는 사진 같은 기억력을 가지고 있어요." 여자가 대답한다.

나에게는 그런 능력이 없다. 그렇지만 이따금 마치 눈꺼풀에 인쇄가 된 것처럼 책의 페이지가 몽땅 기억날 때가 있기는 하다. 학교에 다닐 때, 내가 한 페이지의 내용을 전부 기억해내자 프랑스어 선생님이 웃으며 말했다. "이러면 반칙이잖아! 그냥 네 머릿속에서 꺼내 그대로 읽고 있네." 열세 살의 나는 잔뜩 주눅이 든 채 자리에 앉아 있었다. 이게 칭찬인지, 그래서 선생님을 따라 웃어도 되는 건지, 아니면 비난인지 파악할 수 없어서.

"어릴 적에 다른 아이들에게 관심이 있었나요?" 남자가 묻는다.

"아니요. 그럴 필요성을 못 느꼈어요. 좀더 커서는 다른 사람들과 어울리려고 해봤지만, 잘되지 않았어요. 그러다가 열일곱 살에 신경쇠약에 걸렸죠. 나에게 일어나는 모든 일을 제대로 감당할 수가 없었으니까요."

불현듯 예전의 기억들이 물밀듯이 밀려왔다. 입 밖으로 꺼내기에는 말들이 너무나 멀리 있는 것처럼 느껴져서 평생 말하기를 단념하려고 했던 칠흑 같은 날들, 벽에다 머리를 찧고서 그 충격으로 하얀 섬광이 보이기를 기다렸던 진홍빛의 날들, 모두들 내가 약을 먹으니 예전의 모습을 거의 되찾은 것 같다고 말했지만 정작 나는 목구멍에 그대로 걸린 약을 내뿜지 않으려고 꾹꾹 억눌렀던 메스껍고 이상했던 날들…….

"흔히 자폐인은 이성 관계를 형성하기가 매우, 매우 어렵다는 인식이 있습니다. 당신은 결혼을 했습니다. 연애는 어떻게 하셨나요?"

…… 순간 나는 거의 침이라도 뱉듯이 라디오에 대고 이렇게 소리를 지른다. "어떻게 그따위 질문을 할 수 있어? 우리를 얼마나 혐오스럽게 봤으면……."

그러다 '우리'라는 말에 흠칫 놀란다.

1부
걷기로 하다

데솔레이션 포인트
Desolation Point

이것은 나만의 시간이다

우리는 마인헤드에 예정보다 한참 늦게 도착했다.

원래는 새벽 5시 반에 위츠터블Whitstable에서 출발할 작정이었다. 잠들어 있는 아이를 담요째 카시트에 앉힌다는 기발한 계획도 세웠다. 예상대로라면, 아이는 브리스틀Bristol에 거의 다다를 즈음 잠에서 깨어날 것이고, 우리는 어딘가 멋진 곳에서 차를 멈추고 그림같이 단란한 아침 식사를 즐길 것이었다. 그리고 점심때쯤 사우스웨스트 코스트 패스South West Coast Path, SWCP에 발을 디디고 있을 것이었다.

계획을 세운다는 것이 우리 가족에게 얼마나 부질없는 짓인지 대체 언제쯤이면 깨우치려나 모르겠다. 우리는 버트가 방에서 아아아아빠아아아아 하고 소리를 지른 8시에야 잠에서 깨어, 곧 새벽 5시로 알람 맞춰두는 걸 깜빡했음을 깨닫는다. 결국 한바탕 말다툼을 벌인 끝에 9시가 되어서야 집을 나선다. 여름휴가를 떠나는 차량으로 도로가 꽉 막히는 시간. 흡사 모든 사람이 방학이 끝나기 전 마지막 나들이를 위해 웨스트컨트리로 향하는 것만 같다. 짜증을 내면서 그 행렬에 합류하는 것 외에는 달리 할 수 있는 것이 없다. 도로를 따라가다가 휴게소에서 여러 차례 정차하면서 말이다.

마침내 3시에 마인헤드에 도착한다. "여기가 데번이야?" 버트의 물음에 나는 "그래" 하고 대꾸한다. 아이에게 새로운 카운티에 대해 새삼스럽게 설명할 마음이 없어서다. 사실 우리는 서머싯Somerset에 있지만, 버트는 이미 데번을 알고 있다. 그리고 모든 것이 계획대로 된다면 내일 오후쯤 카운티 경계를 넘을 것이다.

"우리 지금 데번에 있어." 나는 말한다. "참 아름답다." 그러고는 열린 차 트렁크 가장자리에 걸터앉아 워킹화 끈을 고쳐 맨다. 회색 조약돌 해변 쪽으로 마인헤드 버틀린스Minehead Butlins 가 보인다. 여기가 내가 갈 길이 맞는지, 내가 그렇게 갈망해온 자연의 길이 맞는지 궁금하다. 어쩌면 잘못된 발걸음일지 모르고, 내가 원하는 길이 아닐지도 모른다.

지도를 든 한 쌍의 거대한 손을 형상화한 금속 조형물이 이 산책로의 출발점을 나타내고 있다. 나는 버트와 함께 포즈를 취하고 사진을 찍는다. 그러고는 "가보자!" 따위의 뭔가 기운 찬 문구와 함께 트위터에 올릴 사진을 고르느라 휴대전화 속의 사진들을 넘겨본다. 그러나 살쪄 보이는 내 모습에 경악해서 버트의 사진만 올린다. 금속 지도가 접히는 부분 사이에서 장난스럽게 웃고 있는 모습이다. 요즘에는 내 사진보다 버트의 사진을 올리는 편이 낫다.

"이제 정말 출발해야겠어." 남편 H에게 말한다. "이러다 거기까지 절대 못 가겠어." 한차례 초조한 감정에 휩싸인다. 이제 가봐야겠다. 모두가 너무 느릿느릿해서 나라도 좀 빨리 움직여야겠다는 경각심이 든다.

"그럼 가봐. 어디까지 갈 거야?" H가 말한다.

"모르겠어. 그냥 해안을 따라가려고. 오른편에 바다를 끼고 계속 가봐야지."

"길을 잘못 들 일은 없을 거야." H가 말한다. "아무리 당신이라도."

"아무리 나라도."

우리는 해안지구를 어슬렁거리며 펍과 카페와 아이스크림 가게를 지나친다. H는 공중화장실을 찾아 두리번거린다. 나는 점점 짜증이 난다. 이렇게 끝도 없이 마인헤드 외곽만 돌아다니다가 애초에 지킬 수도 없는 계획을 세웠다는 사실에 좌절할 것만 같다. 지금부터 해가 지기 전까지 약 14.5킬로미터를 가야 하는데, 과연 걸을 수 있을지 모르겠다.

그때 버트가 놀이터에 정신이 팔리는 바람에 갑자기 내가 두 사람을 앞서게 된다. 나는 뒤돌아서 "안녕! 그럼 폴락위어 Porlock Weir에서 만나!"라고 말한다. 그리고 사우스웨스트 코스트 패스에 두 발을 내딛고, 홀로 길을 나선다.

사우스웨스트 코스트 패스는 까다롭고 심술궂은 바위투성이의 트래킹 코스로, 서머싯의 마인헤드에서 도싯Dorset의 풀하버Poole Harbour 해안선까지 이어지며 북부와 남부 데번의 해안 지역과 콘월 전체를 감싸고 있다. 내가 이 경로를 심술궂다고 묘사한 이유는 제정신인 사람이라면 누구나 지름길을 택할 만한 지형에서조차 지름길이 없기 때문이다. 도보 여행자들은 위험한 길로 내몰려 그곳을 기어올라 동굴로 진입하고, 곧바로 가파른 오르막을 만나고 나서야, 전경이 한눈에 들어오는 그나마 편평한 길에 발을 딛게 된다.

이것이 바로 사우스웨스트 코스트 패스의 잔인한 영광이다. 약 1,014킬로미터에 이르는 코스 전체가 구불구불한 해안 가장자리에 최대한 근접해 있다. 길이 절벽 가장자리에 너무 가까이 붙어 있어 종종 흙덩어리들이 바다로 떨어지기도 한다. 걷다 보면 인간보다는 산양을 위해 만들어진 길이 아닐까 하는 생각이 절로 든다.

처음 이 길을 이용했던 이들은 해안 경비대원들이었다. 그들은 외딴 동굴에 숨어든 밀수범들을 찾아내기 위해 일련의 루트를 만들었다. 아마도 이런 이유로 오르막과 내리막으로 힘을 빼는 지금과 같은 형태의 길이 조성되었으리라 짐작한다. 이 특이한 지형에 나는 굉장히 큰 흥미를 느낀다. 이 길을 걸을 때마다 내가 사는 세상을 전부 알고 싶고, 그 경계를 내 발로 직접 밟아보고 싶고, 가장 길고도 힘든 길을 택하고 싶은 내 욕망을 누군가 헤아리고 있다는 느낌을 받는다.

여기까지 읽고서는 분명하게 느껴지지 않을지도 모르지만, 나는 사우스웨스트 코스트 패스를 사랑한다. 특히 데번의 사우스 햄스South Hams에 있는 밴섬Bantham과 스타트 포인트Start Point 사이의 구간을 아주 좋아한다. 그곳에서 나는 인생 최고의 나날과 최악의 나날을 모두 보냈다. 삶에서 가장 큰 성공을 거두었던 순간에 나는 데번에서 휴식을 취했고, 삶이 바닥을 치던 때에도 두려움 속에 그곳으로 숨어들었다. 그곳은 언제나 나를 다시 채워준다.

처음으로 사우스웨스트 코스트 패스를 발견한 것은 메이드스톤Maidstone 등기소에서 비밀스럽게 혼인신고를 하고 신혼여행을 하던 때였다. 우리의 계획은 잉글랜드 남서부의 초막을 사랑의 도피처 삼아, 친구들에게 우리가 부부가 되었음을 알리는 산들바람 같은 엽서를 띄우는 것이었다. 하지만 계획은 처음부터 어그러지기 시작했다. 숙소에 도착하자, 지팡이를 짚은 등 굽은 할머니가 우리를 맞았다. 할머니는 우리 전에 온 손님들이 한밤중에 사라져버렸다면서 '도깨비 같은 사람들'이라고 했다. 우리는 곧 그 이유를 알 수 있었다. 침실에는 퀴퀴한 오줌 냄새가 배어 있었고 사방에 거미줄이 붙어 있었다. 게다가 불을 끄고 잠을 자려고 하면 신경을 거스르는 부스럭부스럭 소리가 들려오기 시작했다. 우리는 이틀간 밤잠을 설치다가 결국 킹스브리지^{Kingsbridge} 관광 안내소로 달려가 도움을 요청했다.

안내 데스크에 앉은 여자가 혀를 차며 말했다. "이놈의 낡아빠진 초가집들 같으니!" 그러더니 전화를 들어 누군가에게 우리를 '사랑스러운 젊은 커플'로 지칭하며 짤막한 대화를 나눴다. 그녀는 전화를 끊고는 이렇게 빨리 다른 숙소를 구한 것은 정말 행운이라면서 거기는 더 좋을 거라고 했다.

우리는 여전히 불안한 마음으로 난생처음 들어보는 마을인 살콤^{Salcombe}으로 차를 달렸다. 만약 새로 구한 B&B^{bed and breakfast}(잠자리에 조식까지 제공하는 숙박 형태 - 옮긴이) 숙소의 침대 시트가 나일론이고 벽에는 예수 초상화가 걸려 있다면 깨끗이 포기하고 집으로 돌아가자고 하면서 말이다. 그런데 우리를 반겨준 것은 정말 완벽한 곳이었다. 새하얀 벽에 해초 빛깔 바닥재로 덮인 에드워드 양식의 집, 그리고 멋진 여주인. 그녀는 우리가 머문 일주일 내내 발코니에 앉은 우리를 가리키며 지나가는 사람들에게 외쳤다. "이 둘이 도망쳐 왔어요! 우리 집으로요! 여기 딱 어울리는 도망자들이지 뭐예요!"

개의치 않았다. 저 멀리 이스트포틀머스^{East Portlemouth}의 들판과 수백 척의 하얀 보트가 떠다니는 강어귀 너머의 풍경에 감탄하느라 바빴으니까. 그 주에 우리는 처음으로 영국의 국립 지리원인 오드넌스 서베이에서 제작한 지도를 구입했고, 처음으로 걷기 시작했다. 우리는 지도에서 수영을 할 수 있는 해변을 찾아, 고사리가 자라난 가파르고 좁은 도로를 달려 야생의 바다가 넘실대는 자연 그대로의 작은 만으로 향했다.

땅거미가 지는 저녁, 우리는 수많은 해파리가 떠다니는 티없이 깨끗한 설스톤Thurlestone의 바다를 찾아냈다. 유명한 아치형 암석이 더 잘 보이는 지점을 찾다가 사우스웨스트 코스트 패스에 접어들어 호프코브Hope Cove에까지 갔던 것이 아마 이때였을 것이다. 뭐, 정확하지는 않지만 말이다. 그 길에서 붉은 절벽들도, 제비들이 강물 위로 급강하하여 목을 축이는 모습도 보았다. 우리가 살던 켄트와는 완전히 다른 이런 길을 발견한 행운이 믿기지 않았다. 물론 우리 고장의 조약돌 해변과 편평한 모래사장을 사랑했지만, 이곳의 풍광은 완전히 달랐다. 여기서는 조금만 걸으면 어린 시절 그림책에서나 보던 바다동굴과 암석 웅덩이로 가득한 총안銃眼 모양의 해변이 펼쳐졌다. 우리는 한껏 매료되었다.

그 황홀함은 아직도 시들지 않았다. 나는 여전히 남부 데번에 흠뻑 빠져 있고, 그곳을 갈망하고 있다. 하지만 지난번에는 이 길을 걷지 않았다. 버트를 데리고는 불가능할 것 같았다. 다른 엄마들이라면 아기띠로 아이를 업고 절벽 꼭대기까지 갔을지도 모른다. 하지만 나는 아주 오래전에 내가 다른 엄마들이랑은 다르다는 것을 알았다. 비단 육체적인 불편함(혹은 넘어질 위험)만이 거북한 건 아니었다. 말로 표현하기 어려운 무언가가 있었다. 바로 아이를 등에 업은 채 걷고 싶지 않다는 마음이었다. H와 몇 시간이고 돌아다니다가 피부가 햇빛에 발갛게 달아오른 채 마치 세상을 바로잡은 듯한 기분을 느끼며 집으로 돌아오던 나날로 돌아가고 싶다. 혼자 걷는 것은 그보다도 더 좋다. 하지만 더는 그럴 수 없는 처지라고 생각했다.

그러던 내가 무슨 바람이 불어서 여기에 오게 되었는지 모르겠다.

하긴, 심경에 몇 가지 변화가 오기는 했다. 거의 서른여덟 살이 되었다는 것과 눈썹 선이 눈꺼풀에 닿을 정도로 처지고 있다는 것. 사지가 뻣뻣해지고 허리가 두꺼워지고 있다는 것. 어느덧 인생의 중반을 지나고 있고, 시간은 덧없이 흐르고 있으며, 지금이 아니면 기회가 없다는 감정이 든다는 것.

다른 계기도 있다. 7월에 데번에 간 우리는 세상에서 제일 좋아하는 해변의 가라록Gara Rock을 방문했다. 가파른 길을 따라 만으로 가는 대신 처음으로 위쪽에 있는 카페에 머물렀다. 힘들게 아래로 내려가는 것보다 편하기 때문이었다. 자괴감이 들기는 했지만, 힘이 빠지고 나른하기도 해서 늦은 오후에 걸음마하는 아이를 데리고 다시 언덕을 걸어 올라올 엄두가 나지 않았다. 햇빛에 화상을 입을까 봐 염려되었고 험한 길에 적당하지 않은 신발도 마음에 걸렸다.

그렇더라도 실내에서 잼 바른 스콘을 먹고 있자니, 내 선택이 그리 떳떳하지 않다는 생각이 들었다. 버트에게 해주고 싶은 건 이런 게 아니었다. 해변에서 온종일 캠핑을 하고, 집으로 돌아오는 차 안에서 잠을 자고, 나처럼 바닷가를 사랑하는 사람으로 자라나되, 일상이 깨지는 것과 거친 모래를 견뎌낼 만큼 강인하게 기르고 싶었는데. 도대체 왜 그럴 수가 없었는지 모르겠다. 버트가 태어난 이후 많은 것이 그랬듯, 내가 성취하고자 하는 것과 실제로 행하는 것 사이에는 보이지 않는 벽이 있었다.

아무튼 우리는 케이크와 차를 다 즐기고 나서 집으로 가기 위해 주차장으로 걸어갔다. 그런데 버트가 고개를 돌리더니 실눈을 뜨고 멋진 풍경을 보면서 노래를 부르기 시작했다.

구름이 모두 하늘에 있어요.
그리고 바람, 바람, 바람이
우리를 날려버려요!

나는 내가 아는 모든 사람에게 그 순간에 관해 들려주었다. 그러면 "그래, 그 나이에는 그렇게 짤막한 노래를 만들어 부르더라"라는 답이 돌아왔다. 그러나 내게는 그 이상의 의미였다.

생후 40개월 된 나의 꼬맹이가 바다를 바라보고서 내가 느낀 감상 그대로 노래를 들려준 것이다. 구름. 하늘. 바람. 그런 것들에 대한 단순한 경외심. 나는 버트가 그런 경이로움을 느낄 수 있는지 몰랐다.

일주일 후 나는 숲에서 길을 잃었다. 일을 마치고 돌아가는 길에 블린^{Blean} 주변을 잠깐 산책하려고 차를 세웠다. 한 무리의 일본인 초등학생이 내가 평소 걷는 경로로 접어들고 있었다. 아이들은 소란스럽게 떠들어댔다. 몇몇은 나를 스쳐 지나면서 내 차를 향해 얼굴을 찡그렸다. 나에게 사람들은 전기를 띤 존재들이다. 그 전류는 내가 녹초가 될 때까지 내 몸 주변으로 밀려든다. 그게 정확히 어떤 것인지 콕 집어 말하기는 어렵다. 사람들이 내는 소음과 종잡을 수 없는 움직임, 그리고 그들이 내게 요구할지도 모르는 예측 불가능한 일들. 그 전류는 공기를 탁하게 만든다. 냄새는 없지만 질감이 있는……. 그 전류는 나를 숨 쉴 수 없게 한다. 그래서 그 전류를 피해 숲으로 들어갔지만 거기까지도 나를 따라왔다. 돌아가기 위해 정신을 차리려고 해도 다시 혼돈에 빠질 수 있다는 불안감이 엄습했다. 순간 그냥 거꾸로 길을 따라가자는 천재적인 생각이 떠올랐고 그렇게 반대 방향으로 걷기 시작했다.

나는 바보다. 언제부터 잘못된 경로로 들어선 것인지 모르겠지만, 곧 무성한 이끼와 거미줄로 뒤덮인, 어딘지 몽환적인 길의 초입에 접어들었다. 꽤 오랫동안 누구의 발길도 닿지 않은 곳임이 분명했다. 그쯤에서 발길을 되짚어 돌아가는 것이 분별 있는 행동이었겠지만, 그러지 않았다. 나는 영리하니까, 자연 그대로인 이곳을 탐험하다 보면 원하는 경로로 다시 진입할 수 있으리라 생각했다.

세 시간 후, 고대 숲 지대를 사방팔방 헤맨 끝에, 목이 마르고 다리가 후들거렸다. 여자 친구의 가슴 사진을 찍고 있는 한 남자를 지나쳤지만 그에게 길을 묻고 싶지는 않았다. 물을 마시기 위해 땅이라도 파야 할까? 나에게 방향 감각이 있기는 한 건가? 이런 일은 처음이었다. 구글 지도도 제대로 접속이 되지 않았다. 길을 찾기 위해 한동안 태양이 어느 쪽에 있는지 알아내려고 해봤지만, 유일하게 알 수 있는 것은 '위에 떠 있다'는 사실뿐이었다. 그래서 결국 한 방향으로 계속 걷다 보면 문명 세계를 다시 만날 수 있을 거라 믿기로 했다. 친구에게 버트를 어린이집에서 데려와 달라고 부탁하는 문자를 보냈다. 언덕 위에서 전화기를 공중에 흔들어대며 스무 번 넘게 시도한 끝에 가까스로 문자가 전송되었다.

일단 버트를 맡기고 나니, 더할 나위 없이 마음이 가벼워졌다. 이제 길을 잃든, 녹초가 되든, 아무 문제가 없었다. 그냥 재미있었다. 해방된 기분이었다. 어느 순간, 깊은 숲속에서 잠시 멈춰 섰을 때 정지된 것들의 소리가 서서히 들려왔다. 귀를 기울여보았다. 사방에서, 숲이 자라고 변화하면서, 토양에서 물을 빨아올리면서, 새로운 성장을 준비하면서, 죽은 것들을 떨쳐내면서, 온통 살아 숨 쉬고 있었다. 너무나 크고, 너무나 절대적인 울림이었다. 내가 만약 신을 믿었다면, 바로 그 자리에 신이 있다고 생각했을 것이다. 참으로 강렬한 경험이었다.

그 순간 이제껏 내가 얼마나 나 자신을 잃어가고 있는지를 깨달았다. 아니, 이미 깨닫고 또 깨닫기를 반복했었다. 나를 잃어버렸다는 사실에 맞서고 고통받고 또 애도했었다. 그런데 이번만큼은 새로웠다. 그 순간 본래의 내 모습으로 돌아가야 한다고 절실히 느꼈다. 한 아이의 엄마인 내게 세상은 결코 오롯이 나 자신이 되는 것을 허락하지 않겠지만, 그럼에도 불구하고 본래의 나로 돌아가야함을 확인한 순간이었다.

집으로 돌아와 방향 감각이 없다고 한참을 놀림받고 발 전체를 뒤덮은 물집에 반창고를 붙인 다음, 마흔 살이 되기 전에 사우스웨스트 코스트 패스를 전부 다 걷겠다고 조용히 계획을 세웠다.

내 친구들에게 이 계획을 알린 뒤에야 H에게 말했다. 불가능하다고 말할 줄 알았는데 예상과 다른 반응이었다. "그렇게 해. 나도 어느 정도는 같이해도 될까?" 우리는 그쯤에서 이야기를 마무리했다.

H가 왜 그렇게 쉽게 내 계획을 받아들였는지 별로 의아하

지는 않았다. 그러나 3개월 후 라디오에서 흘러나온 그 인터뷰를 듣는 순간 나에 대해 알고 있던 모든 것이 무너졌다. 분명한 건 나에게 뭔가 문제가 있다는 사실이었다. 어쩌면 걷기를 하면서 그 문제를 풀어낼 수 있을지도 모른다는 생각이 들었다.

그렇게 해서 8월의 어느 토요일, 마인헤드에 와 있다. 지금은 데번이 아닌 서머싯에 있고, 내가 좋아하는 경치는 이 길의 반대쪽 끝에 있다. 내 계획에 따르면, 거기까지 가는 데에는 장장 8개월이 걸린다. 상관없다. 나는 여기에 있고, 이곳의 공기를 들이마시고 있다. 솔잎, 비네거 감자칩, 바닷물의 소금기 냄새가 난다. 저 너머에는 회청색 웨일스Welsh 해변이 눈에 들어온다.

나만의 시간, 나만의 모험. 어쩌면 이 시간이 예전의 나를 되찾아줄지도 모른다.

8월,
마인헤드에서
포어랜드 포인트까지

Minehead
to Foreland Point

비록 뒤처질지라도

마인헤드 서쪽을 향해 갈수록, 몸 상태에 대한 우려가 점점 현실이 되고 있다.

처음 약 3.2킬로미터는 삼림지대를 통과하여 언덕길을 걷는다. 사다리 없이 최대한 높이 그리고 빨리 오르는 것만이 존재 이유인 것 같은 가파른 길을 구부정하게 오른다. 오드넌스 서베이 지도를 보고도 이런 것을 왜 감지하지 못한 걸까. 나중에 수강을 철회하긴 했지만 8학년 지리 시간에 분명 등고선을 배웠는데. 숨을 헐떡거리고 몸을 질질 끌며 끝없이 가파른 오르막을 간다. 길이 급격히 경사진 구역에서는 매번 쉬어간다.

신발 끈을 다시 조여야 했고, 머리를 좀더 단단히 묶어야 했다고 합리화해본다. 나는 못 하겠다. 할 수 없다는 걸 안다. 그럴 만한 체력이 못 된다. 이제는 그럴 마음도 없다.

내가 이틀째 진통을 하던 날 H는 꼭 이런 풍경의 길로 나를 이끌어주었다. 우리가 읽은 유일한 책에는 진통이 심할 때 머릿속으로 어딘가 다른 장소, 어딘가 친숙하고 멋진 장소에 있다고 그려보면 도움이 된다고 적혀 있었다. 진통이 급격히 밀려오자, H는 필사적인 심정으로 남부 데번의 샤피토르Sharpitor에서 볼트헤드Bolt Head까지의 루트에 관해 이야기했다. 자연 그대로의 곳으로 향하는 이 좁은 길을 생각하니, 아르메리아 꽃이 가득한 풀숲이 떠올랐고 절벽 사이에서 다이빙하는 황조롱이의 모습이 적갈색 섬광처럼 뇌리를 스쳤다. H가 즉흥적으로 읊은 이야기였지만, 자궁 수축으로 들쑥날쑥 저세상에서 찾아오는 듯한 진통을 느끼는 동안 내 모든 감각을 차지할 정도로 친숙한 광경처럼 느껴졌다. 내가 그에게 했던 말이 기억난다. **이건 당신이 아는 통증과는 달라. 마치 해일이 밀려오는 것 같아. 영혼을 빼앗기는 기분이야.**

다음 진통이 왔을 때, H는 그 길을 따라 걷는 듯 다시 이야기를 시작했다. 이번에는 내 주위를 둘러싼 검은딸기나무에서 익어가는 블랙베리를 보았고, 9월 초순의 따스한 미풍을 느꼈다. 그 길을 따라가는 상상 속의 모든 여로가 더욱 선명하게 다가왔다. 동시에 무자비하고 기분 나쁘게 진을 빼는 통렬한 아픔이 엄습했지만, 이렇게 해변길을 머릿속에 그리면서, 누군가와 친밀감을 나누는 것으로 고통이 조금이나마 누그러졌다.

오늘은 거꾸로 산통을 떠올려보면 이 끝도 없는 언덕길을 오르는 데 힘이 될지 문득 궁금해진다. 하지만 효과가 없을 게 분명하다. 이것은 적어도 내가 자초한 고통이기 때문이다. 상황을 제어하는 것도 바로 나다.

한동안 걷다 보니 엑스무어Exmoor에 다다른다. 이곳은 모든 풍광이 다르다. 서서히 황야 지대로 변모하는 모습을 예상했는데, 마치 문 하나를 통과해서 다른 방으로 들어간 것처럼 갑자기 확 바뀐다. 길 주변의 울퉁불퉁한 땅은 폭신한 회색 구름 이불과 맞닿아 있다. 모든 것이 보랏빛 헤더와 노란 가시금작화에 덮여 있다. 군데군데 고사리가 섞여 있다. 검은딸기나무는 가장자리가 뒤엉켜 있고, 블랙베리는 가을의 농익은 새까만 빛이다. 공중은 지저귀는 새들로 생기가 넘친다. 마인헤드에서 한참 멀리 떠나온 기분이다. 차고 넘치게 자유롭다. 여기는 조용하고 아름답지만 고요한 것과는 거리가 멀다. 빛깔들은 형형색색으로 화려하고, 하늘은 온통 위압적이다. 마음에 든다. 이 풍경이 내 머리를 채우고 다른 모든 것을 밖으로 밀어낸다.

이제는 평지다. 속도를 낼 수 있다. 그래서 겨드랑이로 공기가 훅훅 들어올 정도로 보폭을 최대한 넓혀 걷기 시작한다.

마인헤드에서 길을 나설 때 해는 이미 가장 높은 지점을 지난 뒤였다. 그래서 지금 해는 낮게 떠 있지만, 날은 따스하고 청명하다. 걷고 또 걷는다. 이 고독의 한가운데에서 죄책감도, 몸을 돌려 집으로 돌아갈 마음도 들지 않는다. 그저 앞으로 나아갈 뿐이다. 앞으로 나아가는 일이 전부다. 다른 사람들도 눈에 들어오지 않는다. 내가 앞질러가자 어떤 남자가 말을 걸려는 듯했지만 속도를 늦추지 않는다. 탄력을 받은 상태다. 그를 지나쳐 행군을 계속한다. 헐스톤 포인트Hurlestone Point에서 바다를 내려다본다. 헐스톤 포인트는 가파르고 돌이 많은 언덕이라 허벅지가 욱신거린다. 언덕 아래쪽에서 나는 지치고 만다. 딸깍 하고 비상등이 켜진다. 내 다리는 얼마나 멀리 걸어왔는지 자각하고, 발바닥은 멍이 든 느낌이다. 나는 지금 한 잔의 차와, 뜨거운 샤워와, 모든 사람에게 나 혼자 해냈다고 말할 보상의 시간을 꿈꾸고 있다.

아직 3.2킬로미터를 더 가야 한다. 보싱턴Bossington 만을 지나 폴락 습지Porlock Marsh로 접어든다. 6시 정각이다. 나지막한 물가에는 나뭇가지들과 함께 야생화가 만발해 있다. 그 향기를 어떻게든 잘 전달할 수 있었으면 좋으련만. 마치 이른 아침의 꽃집처럼 코끝을 파고드는 그 싱그러움. 이제 길 위에는 사람들이 있다. 개를 산책시키기도 하고 아이들과 거닐기도 한다. 그 속에서 나만 다리를 흐늘대는 이상한 사람이다. 머리카락에 밴 땀이 그 증거다. 드넓은 폴락 해변의 조약돌밭으로 몸을 질질 끌다시피 한다. 두 발이 내게 화를 내고 있다. 거기서 신발 끈을 풀고 차갑고 잔잔한 물속에 아픈 발을 담그고 싶지만, 그럼 도로 신발을 신지 못할 것 같다. 어쨌든 이제 끝이 보인다. 남편과 아들이 몇 걸음이면 닿는 곳에 있다.

밀러스 호텔 정원에서 그들을 만나는 순간 내 입 밖으로 나오는 얘기는 온통 그 습지, 그 향기, 엑스무어의 노란빛과 보랏빛, 구름, 바람뿐이다. 마치 셰익스피어 작품 속 난파선의 생존자가 된 기분이다. 해초에 휘감긴 채 해안으로 떠밀려와, 도통 알 수 없는 기묘한 자연이 꿈틀대는 마법의 섬에 관해 이야기하는 생존자. 나는 경이로움에 들떠 있다.

그러나 그때 버트가 모래 구덩이에서 부서진 삽을 파내고, 나는 이내 짜증을 부리는 자아로 돌아온다. **모래 집어먹지 마! 물건 던지지 마! 잠깐 쉬었다 갈까?**

오늘은 약 14킬로미터를 걸었다. 내일은 약 19킬로미터가 목표다. 어서 내일이 왔으면.

도보를 시작한 첫날 밤, 세 살짜리와 호텔 방을 함께 쓰는 데다 별달리 할 일도 없어서 우리는 일찍 잠자리에 든다. 나는 완전히 기진맥진해서 9시 반경에 쓰러져 잘 수 있음에 안도한다. 두 시간 후, 첫 번째 수면 주기에서 깨어나자 온몸이 욱신거린다. 발, 종아리, 무릎, 엉덩이, 허벅지가 낮에 갑자기 받은 스트레스로 비명을 지르고 있다. 지금껏 배낭을 짊어지고 다닌 것에 분개하며 두 팔과 어깨도 여기에 합류한다. 잠으로 잊어보려 해도, 통증은 완강히 고집을 피우며 내 의식의 전면에 떠오른다. 결국 몸을 일으키고 핸드백 속을 더듬거린다. 빵부스러기와 머리핀 사이에서 은박지에 포장된 이부프로펜을 꺼낸다.

그 덕분에 얼마간 잠을 잤다. 하지만 다음 날 아침 버트가 침대에서 쿵 하고 떨어지는 바람에 잠에서 깬다. 온몸이 뻣뻣하게 굳은 나는 H가 서둘러 버트를 안아 올려 우리 사이에 눕히는 것을 바라만 볼 뿐이다. 자리에서 일어나 옷을 챙겨 입은 다음 아침을 먹기 위해 딱딱한 의자에 앉는다. 한참이 걸린다.

"오늘 다닐 수 있겠어?"

H가 말한다.

"그럭저럭." 나는 칼로리를 충분히 섭취하려고 신경을 기울이며 대답한다. "걷기 시작하면 몸이 풀릴 거야."

경직된 다리보다 더 걱정되는 것이 있다. 날씨가 좋지 않아 보인다. 그래도 나는 신발 끈을 동여매고, H는 나를 폴락위어까지 차로 데려다준다. 우리는 정오경에 엑스무어에 있는 도보 여행객용 주차장에서 만나 점심을 먹기로 한다.

오늘은 좀 외로운 기분이 든다. 어제보다 쌀쌀하고 흐린 날씨에, 발도 아프다. 차에서 내릴 때 안에서는 마를리나 쇼의 노래가 흘러나오고 있었다. 그런데 그녀의 목소리가 없으니 어쩐지 바깥 공기가 창백하게 느껴진다. 하지만 아직 운영 중인 톨게이트 도로와 외따로 떨어진 작은 교회를 지나 컬본Culbone 으로 가는 언덕길을 터벅터벅 오르는 사이 놀랍게도 근육들이 풀린다. 삼림지대로 넘어간다. 진드기가 전파하는 라임병 감염을 조심하라는 표지판이 붙어 있다. 혹시라도 운 나쁘게 진드기를 만나면 어떻게 퇴치할지 생각해본다.

아주 순조롭게 걷고 있다. 웅장한 엑스무어의 경관이 여기서도 펼쳐진다. 억센 풀 같은 털코트를 입고 있는 땅딸막한 털북숭이 조랑말들도 그 일부다. H가 기다리고 있을 큰길로 이어지는 길도 아무 어려움 없이 찾아낸다. 나는 지도 읽기에 꽤 소질이 있나 보다. 사실 너무 일찍 도착할까 봐 걱정이다.

하지만 알고 보니 지도상의 짧은 경로는 갈지자를 그리는 가파른 길이다. 족히 한 시간은 걸리는 오르막길. 10분쯤 지났을 무렵, 비가 내리기 시작하더니 빗줄기가 점점 더 굵어지는 통에 멈춰 서서 바람막이를 입는다. 경사면과 나란하게 몸을 기울이고 가쁜 숨을 내쉬며 다시 오르기 시작한다. 어느새 빗물이 고여 미끄러운 띠 모양을 이루며 길 위로 쏟아진다. 죽을 지경이다. 빗물과 땀이 얼굴에서 흘러내린다. 이제는 숨도 제대로 못 쉬겠고, 허벅지 힘도 남아 있지 않다. 경사를 기어오르면서 나도 모르게 혼잣말로 욕을 내뱉고 있음을 깨닫는다. 빗물이 입술을 타고 흐른다.

어쩌면 배가 고픈 건지도 몰라. 배낭에서 꺼낸 시리얼 바 하나를 목구멍에 밀어 넣으며 길을 계속 오른다. 그런데 이미 늦었다. 머릿속은 벌써 텅 비어서 어두컴컴하고 휑뎅그렁하기만 하고, 쓸데없이 지도니, 돌멩이니, 진흙이니, 빗물 같은 무생물들에게 분노가 치민다. 경사진 길에 화가 나고, 먼 거리에 화가 난다. 내가 여기 있다는 사실에 화가 난다. 내가 선택한 일이라는 사실에 화가 난다. 계속 버티며 나아갈 수 있는 유일한 방법은 내 걸음을 세는 것이다. 100까지 한 번, 50까지 한 번, 그리고 마침내 10까지. 10 이후에는 숫자를 잃어버린다.

그 길의 끝에서 기다리고 있는 우리 차를 보고 속도를 내보지만 오히려 더 느려지는 것만 같다. 몸이 휘청거리고, 사지가 따로 놀고, 우스꽝스러우리만치 힘이 없는 것이 꼭 조악한 호러 영화 속 좀비가 된 기분이다. 차 안에 푹 주저앉아 산송장처럼 앓는 소리를 낸다. 버트는 뒷자리에 잠들어 있다. 창문에 김이 서려 있다.

"고생했구나?" H가 말한다.

"완전 끔찍했어." 내가 대답한다.

점심을 먹을 만한 펍에 들어왔지만 식욕이 없다. 그냥 춥고 피곤할 뿐. 밖에는 여전히 비가 내리고 있다. 우리는 계산을 마치고 다시 차로 돌아온다. 버트는 이제 미니골프를 하고 싶다고 조른다. 아이 마음을 알다가도 모르겠다. H는 아까 나를 태웠던 주차장에 도로 데려다주고는 말한다.

"힘내. 그냥 바다를 오른편에 두고 걸으면 잘못 갈 일은 없을 거야."

내리막길이기는 하지만, 여기서 다시 해변길까지 가려면 30분이나 걸린다. 지도에는 경사면을 직진하는 경로가 표시되어 있지만 실상은 검은딸기나무 덤불과 쐐기풀로 뒤덮인, 거의 수직이나 다름없는 진흙투성이 비탈길이다. 몇 미터를 되돌아간 다음 애써 피해왔던 더 길고 더 느린 경로를 택한다.

사우스웨스트 코스트 패스가 눈앞에 나타나기만 하면 좀 쉬어야겠다. 점심을 먹겠다고 다른 데로 가는 게 아니었다. 가족과 따뜻하고 보송보송한 펍에서 시간을 보낼 생각에 흐트러지지 말고, 그냥 샌드위치나 싸 오는 건데. 의지박약이었다. 나무가 우거지고 좁은 길이 이어진다. 간신히 걸을 정도의 폭이다. 길은 바다에서 200미터 정도 떨어진 제방 쪽으로 갈라진다. 몇 번인가 발이 미끄러지고 내리막에서 나무마다 부딪히는 내 모습이 꼭 핀볼 같다.

빗물에 불어나 콸콸 흐르는 개울을 건넌 다음, 젖은 통나무 위에 앉아 보온병에 담아 온 차를 마신다. 뒤늦게 생각이 나서, 산속에서 즐기는 은밀한 취미를 감행하기로 한다. 비에 흠뻑 젖은 경사면으로 나만의 도랑을 만들며 '자연의 쉬야(버트의 언어)'하기. 나는 자리에서 일어나기 무섭게 그 자리에 미끄러져 엉덩방아를 찧는다. 잠시 그대로 앉아 까진 손바닥을 확인해 본다. 문제는 없다. 보는 사람이 아무도 없으니 나의 품위만 좀 떨어졌을 뿐이다. 다시 두 발로 일어선다. 앞으로. 계속 전진.

축축한 길 위로 조심조심 발을 내디딘다. 아슬아슬하다. 개울 다섯 개를 더 건넌다. 하나하나 건널 때마다 손이 물에 잠기고 이마가 젖는 것이 통과의례가 된다. 무사히 통과할 수 있으니 개울에 경의라도 표해야겠다.

미끄러지지 않으려고 무리하게 힘주어 버틴 탓에 무릎 뒤쪽이 욱신거린다. 지도를 확인하니, 데솔레이트Desolate라는 작은 마을에서 가까운, 데솔레이션 포인트에 이르렀다. 쓴웃음을 짓고서 린머스Lynmouth 말고 카운티스버리Countisbury에서 만나자고 H에게 문자를 보낸다. 카운티스버리는 여기서 몇 킬로미터 내에 있다. 오늘 못 채운 거리는 내일 따라잡을 수 있겠지. 지금은 에너지가 바닥났다.

H는 답이 없다. 30분 후 그에게 전화를 걸어 음성 메시지를 남긴다. 그 순간 포어랜드 포인트 초입에 당도한다. 린머스 베이를 향해 돌출된 고사리 투성이의 바위다. H의 답을 기다리며 타맥tarmac(쇄석, 타르 등을 결합하여 만든 도로 포장 재료 – 옮긴이) 등으로 포장된 가파른 도로로 걸어 내려간다. H는 답이 없다. 곶의 끄트머리에 다다라서야 800미터쯤 잘못 왔다는 것을 깨닫는다. 완전히 이성을 잃고 폭주하여 마구 문자를 보낸다. 전송에 실패한 게 다행스러울 따름이다. 잠시 하얀 등대를 바라보다가 돌아서서 다시 언덕을 오르기 시작한다. 어느덧 날이 저물고 있다. 예정대로라면 지금쯤 린머스에 있어야 했건만.

곳의 꼭대기까지 120미터를 거의 다 오를 즈음에야 전화가 울린다. 전화기 너머로 당황한 H의 음성이 들려온다.

"당신 오늘 마음에 쏙 드는 사람은 아니네." 내가 말한다.

H는 몇 시간 동안 신호를 잡으려고 애썼다고 한다. 지직거리는 잡음 사이로 내가 어디쯤에 있는지 열심히 설명하고는 길가로 걸어가 배낭을 깔고 앉아 기다린다. 지도를 보고서야 카운티스버리에서 10분 정도 더 왔음을 깨닫는다. 길을 잘못 든 데다 점심을 먹겠다고 어리석게 경로를 벗어난 탓에 족히 3.2킬로미터는 더 왔다는 것도. H가 도착하면 화를 낼 작정이었지만, 우리의 스코다 승용차가 언덕 꼭대기에서 커브를 도는 소리가 들리자 그저 감사할 따름이다. 비록 간헐적으로 연락이 되기는 해도 나를 지지해주는 사람들이 있다.

"그렇게 하길 잘했어." 차에 올라타는 내게 H가 말한다. "거긴 좀 위험하더라고." 시선을 들어 밖을 내다보니, 짙은 안개에 둘러싸여서 길 가장자리조차 보이지 않는다. 안개가 언제 이렇게 몰려온 것인지, 혹시 내가 줄곧 그 속에서 걷고 있던 것은 아닌지 잘 모르겠다. 아무튼 목표 지점에는 몇 킬로미터 미치지 못했지만 안도감에 기분이 좋아진다.

"당신 이틀 동안 32킬로미터를 왔어." H가 말한다. "사람들은 그보다 몇 킬로미터를 더 걷고는 그걸 마라톤이라고 부르지."

"그 사람들은 달리는 거야." 내가 말한다.

"걷는 사람들도 있어."

"그런 사람들이야 하루 만에 가겠지."

"그런 말이 아니잖아."

"그래, 내가 부적격이야. 그래서 민망하다고."

"적격자가 되는 유일한 방법이 뭔지 알아?" H가 말한다.

"오늘처럼 걷기. 다음번엔 그렇게 힘들지 않을 거야."

말은 쉽다. 나는 자동차 좌석에 웅크리고 앉아서 바람막이 후드를 푹 뒤집어쓴다.

감당해내다

내 서른여덟 번째 생일날, 포어랜드 포인트와의 한 맺힌 대결을 마칠 때까지 축하를 미루기로 한다.

H와 나는 나중에 합류하기로 한 친구들에게 버트를 맡겨두고 일찍 길을 떠난다. 오전 늦게, 지난달 도보를 시작했던 마인헤드를 지나고 얼마 뒤 노란색 가시금작화와 보라색 헤더가 독보적인 엑스무어를 지나친다. H는 카운티스버리에 주차하자고 말한다. 나의 천적으로 판명된 곳의 반대편이다.

"아니." 나는 말한다. "지난번에 포기했던 데에서부터 시작할 거야."

"하지만 저번에 길을 잃었을 때 이미 몇 킬로미터 더 걸었잖아. 그럴 필요 없어."

"상관없어."

"흠, 거긴 주차 못 해. 바로 그 자리에 가려면 1.6킬로미터는 걸어야 해."

"15분 더 걷기 싫다고 애매하게 경로를 빼먹고 시작하지는 않을 거야."

버트의 탄생으로 잃을 것 중에 '함께 걷기'가 포함될 줄은 몰랐다. 사실은 그게 가장 큰 상실이었다. 내가 대학에 다니던 시절, 우리는 상점들이 모두 문을 닫는 무료한 일요일을 채우기 위해 걷기를 시작했다. 약 5킬로미터를 거닌 후에 펍에서 맥주를 몇 잔 마시는 것이 우리의 낙이었다. H는 잘 걷지 못한다. H가 중족골 골절을 입었을 때 그를 치료했던 정형외과 의사는 그의 30센티미터 짜리 발은 '물갈퀴 같은 구조로 되어' 있고 '간신히 정상 범위에' 속한다고 말했다. 이 말로 종종 그를 놀리기도 하지만 실제로 그는 걸을 때마다 지독한 물집이 생기곤 한다. 내가 받아들이기까지 좀 오래 걸리기는 했지만, 이건 그의 잘못이 아니다.

우리는 차를 세운다. H는 양말을 두 겹으로 겹쳐 신고 이것저것 끈을 조이느라 분주하다. 그는 분명 몇 미터 가다가 멈춰서 이 모든 절차를 다시 반복할 것이다. 아무튼 바다는 투명한 파란빛이고 군데군데 구름이 그림자를 드리우고 있다. 언덕은 고사리에 덮여 갈색으로 바뀌었다.

먼저 해변길로 이어진 길을 갈지자로 걸어가서(H는 두 번 멈 춘다), 곶으로 오른다. 지난번에 단념하고 돌아가기까지 얼마 나 멀리 갔는지는 기억나지 않지만, 지금 보니 형편없었다는 것은 알겠다. 과연 내가 마지막 힘까지 짜내서 해낼 수 있을지 의심 따위 하지 않고 그냥 밀고 나갈 수 있으면 좋겠다.

높은 황야 지대에 올라 풀을 뜯는 엑스무어 조랑말 떼를 지 나친다. 길을 따라 모여 있는 듯한 반짝이는 검은 딱정벌레를 밟지 않도록 계속 발길을 멈추면서. 공중에는 새들이 많다. 어 떤 새인지 알아볼 수 있었으면 좋겠다. 린머스까지는 보통 걸 음으로 한 시간 반이 걸린다. 그 정도는 별것 아니다. 노변을 감싸거나 운동장을 긴 평탄한 구간도 있다. 린머스에 도착한 우리는 록 하우스 호텔의 정원에 앉아 영국 맥주인 트리뷰트 페어에일과 감자칩으로 내 생일을 축하한다. 곧 버트는 "엄마! 엄마! 엄마!" 하고 나를 부르며 웨스트린 다리 위를 뛰어다니 고, 모든 것이 순조로워진다.

처음 걷기 시작하고 며칠 그리고 몇 주 동안 난 내가 잘 해내지 못했다는 생각에 마음이 어지러웠다.

체력의 문제가 아니다. 그건 이미 예상했다. 버트를 갖기 전에는 비타민도 복용할 일이 거의 없었지만, 임신과 함께 나의 건강은 망가졌다. 고혈압으로 하릴없이 병원에 머물러야 했고 난생처음 천식이 생겼다. 임신 3개월 차에 접어들 때까지 지긋지긋한 코피와 메스꺼움에 시달렸다. 크리스마스와 설날 사이 일주일간은 몸 상태가 너무 좋아서 사흘 내내 부엌 찬장을 정리했다. 하지만 다음 날 아침 가슴에 통증을 느끼며 잠에서 깬 후부터 모든 증상이 다시 시작되었다.

아직도 넉 달에 한 번씩 담당 보건의를 찾아가 널뛰기하는 혈압을 검진받는다. 위판막은 늘어나서 형태가 무너져 있고, 만성 위산 역류로 목소리도 갈라진 상태다. 이 두 가지 증상 때문에 아침마다 한 무더기의 약을 먹는다. 꽤 건강했던 내 몸에 이런 증상들이 급습했다는 사실이 억울한 한편, 이런 것들을 무시할 만큼 미련했던 자신을 탓하기도 한다. 어쨌거나 매일 한 움큼의 약을 먹는다는 사실에 부아가 치미는 것은 어쩔 수 없다. 눈가에 주름이 생기고 턱이 미세하게 처지는 것보다 토스터 옆에 놓인 약 상자가 내 나이를 실감하게 한다.

오른쪽 엉덩이에도 이상이 있다. 분만하다가 그곳이 탈구된 적이 있다. 무통 분만 시술을 받았던 터라, 그 당시에는 아픈지도 몰랐다. 출산 후 처음 걸으려고 했을 때 관절이 느슨해진 느낌을 받았고 이 증상은 몇 주가 지나는 사이 점점 더 심해졌다. 사람들은 걷는 게 도움이 될 거라고 했다. **아기를 유모차에 태우고 나가서 신선한 공기를 좀 쐬어봐. 사람들을 만나봐. 기분이 나**

아질 거야. 몸이 마치 삐걱거리는 의자처럼 느껴질 때, 사람들과 접촉하는 것이 육체적, 심리적으로 거북할 때 별로 도움이 되는 제안은 아니었다.

"또 그런 것 같군요." 의사는 물리치료사를 소개해주었다. 물리치료사는 자신이 세 아이를 키우고 있지만 일주일에 세 번은 밤 11시에라도 자전거를 타러 나간다고 일장연설을 늘어놓았다. 정말 대단하다. 내가 그런 이야기로 책을 몇 권이나 썼냐고 묻자 그는 멍한 표정으로 나를 쳐다보았다. 그는 그 시점에 이미 나를 멍청이라고 여겼을 것이다. 그가 시범을 보여주고 단 몇 분 만에 그가 알려준 운동을 하나도 제대로 기억하지 못했으니까.

"기억이 전혀 안 나요." 이전에도 몇 번 경험해본 적이 있는 기억의 공백 상태에 놀라움을 느끼며 내가 말했다.

"하지만 제가 알려드렸잖아요." 그는 나와는 다른 종류의 놀라움을 표하며 말했다. 그냥 배우려고 하지 않는 학생을 향해 선생님이 느끼는 암담한 종류의 놀라움. "방금 직접 몸으로 해보셨는데."

나의 몸. 그건 일종의 농담이 아닐까? 의료진에게 **책임을 물을 수는 없다**는 위협적인 말에 알 수 없는 죄의식을 느끼며 병원에 갇혀서 빙글빙글 돌고 딱딱거리고 째깍거리는 기계에 묶이며, 8개월 동안 원치 않는 손길에 노출되었던 몸. 식료품점에서 내 유모차를 들여다보던 한 여자가 모유 수유를 했더라면 좋았을 거라고 말하기 위해 멈춰 세운 나의 몸. 아기를 너무 오래 안고 있거나 혹은 너무 부족하게 안고 있다는 이유로 핀잔을 받은 나의 몸. 아기와 따로 다른 방에서 조용히 자기보다는 한 침대에 혹은 아기 바구니에 눕힌 아기 옆에서 자는 것이 마땅한 나의 몸. 아이를 유모차에 태우기보다는 안고 다녀야 하는 나의 몸(식료품점에서 만난 여성은 자기 아이가 어릴 때 그렇게 했다면서 그것이 등 건강에도 좋다고 했다. 그러면서 유모차는 상점에서 지독히도 공간을 많이 차지한다고 덧붙였다). 냄새를 제대로 맡지 못하고, 보기 흉하게 목선 아래로 축 처진 살과 잔주름이 새로 생긴 나의 몸.

자녀 셋을 둔, 그래서 **누구보다도 이런 사정을 잘 알고 있을** 이 남자는, 그 시점에 내가 나의 몸을, 그리고 그 몸이 할 수 있는 것과 없는 것을 모두 놓아버리더라도 나를 이해해야 마땅했다. 그렇지 않으면 나는 마지막 남은 온전한 정신 줄마저 놓아버릴 것 같으니 말이다.

내 체력이 떨어진 것은 놀랄 일이 아니었다. 고의적이고 계획적이며 방어적인 이유에서였다. 부끄럽지도 않다. 나의 몸과 어리바리하고 무능한 뇌를 누군가 다른 이의 판단에 맡기는 것보다는 체력을 잃는 편이 쉬웠다. 어떻게든 항해를 해나가든지, 아니면 암초에 부서지든지 둘 중 하나였다. 요즈음 우리가 아는 다른 사람들은 다들 철인 3종 경기 선수들 같아서, 어설프게 현실과 타협해 절반의 길을 걷느니 아무것도 안 하는 편이 나아 보였다.

하지만 나는 육체적으로 걷기를 감당해냈다. 내가 해냈다는 사실이 놀라웠다. 힘들었고 나중에는 지쳐버렸지만, 그래도 두 무릎이 꿋꿋이 버텨주어 가파른 오르막과 긴 거리를 걸을 수 있었다. 오히려 압박감 속에서 내 마음이 흐트러지는 듯했다는 것, H를 만나기 위해 빗속에서 글렌손^{Glenthorne}으로 몸을 질질 끌고 가며 암울한 말들을 주절거린 것, 그리고 데솔레이션 포인트에서 개울을 건널 때마다 매번 님프들에게 안전하게 지나가게 해달라고 빌며 이마에 물을 적시는 나만의 의식에 사로잡혔던 것이 내 마음을 어지럽게 했다. 그래, 나는 허기졌다. 충분히 먹지 않았다. 당 수치가 매우 떨어졌지만 그 사실을 알고도 제대로 챙겨 먹지 않았다. 그런데 이런 식으로 걷는 동안 몸을 산뜻하고 가벼운 상태로 유지하는 것 자체에 집착이 생겼다. 허기는 단순한 판단 착오가 아니라 나의 심리적 결함을 가리키는 하나의 징표일 뿐이었다.

지난 몇 년간 실로 많은 것을 제대로 감당해내지 못했다. 아기와 집에 단둘이 있는 것도, 할 일이 없는 상황도 감당하지 못했다. 그럴 때면 앞으로 나아갈 동력을 찾지 못하고 힘겨워했다. 다른 엄마들을 감당하지도 못했다. 수유와 잠에 대한 강박적인 대화, 그리고 아기의 발달 상태에 관한 열띤 토론이 버거웠다. '어머니'라는 그 말(어머니, 엄마, 맘)만으로도 머리가 빙빙 돌았다. 한동안 막연하게나마 혹시 나에게 성 역할에 대한 감각이 없어서 스스로 엄마라는 꼬리표를 붙이지 못하는 것인가 하는 의구심을 품기도 했다. 나는 병원과 슈어 스타트 센터 Sure Start Centre (영국의 아동 보육 기관 – 옮긴이)도 잘 감당하지 못했다. 산모 병동에서 한 산파는 내 가슴을 갑자기 꽉 쥐어서 그나마 나오는 몇 방울의 모유를 짜냈다. 그런 모든 끔찍한 접촉, 그런 모든 지독한 돌봄으로 세상은 넘쳐나고 있었다.

내가 잘 감당해내지 못한 건 그전에도 마찬가지였다. 임신 초기 몇 개월도 잘 지내지 못했다. 그러던 어느 날 오후 런던 테이트 갤러리에 갔다. 종종 마음의 안정을 얻던 곳에서 내가 길을 잃은 것이 아님을 확인하기 위해 간 것인데, 어쩌다가 내가 지하 화장실에서 울부짖고 있었는지 아직도 모르겠다. 친절한 청소부가 나를 구내식당으로 데려가 물 한 컵을 건넸다. 느닷없이, 그렇게 엄청난 슬픔이, 그렇게 엄청난 공포가 밀려오다니. 아마 그전에도 나는 잘 감당해내지 못했을 것이다. 어쩌면 이렇게 감당해내지 못하는 것은 내 평생 비슷하게 되풀이되어온 다른 순간들과도 연관되어 있을 것이다.

아니, 그렇지만은 않다. 예전에 나는 잘 감당해내는 사람이었다. 유능하다capable, 종종 듣던 말이었다. 언제나 그 말이 좋았다. 그 말은 나를 둘러싼 세상을 보호막으로 감싸주는 슈퍼히어로의 망토 같았다. '감당하다cope'라는 말의 어원도 좋았다. 주먹으로 타격을 가한다는 뜻. 그게 나다, 모든 것을 기운차게 통제하며 한시도 멍하니 있지 않는 활기찬 사람. 이건 아니다. 이건 아니다. 항상 압도당하는 듯한 이런 느낌은 아니다.

압도하다 overwhelm: 전복시키다, 결딴내다, 집어삼키다, 가라앉히다,
범람하게 하다.

서른여덟 번째 생일의 밤을 텐트에서 보내는 것은 '내가 지금
쯤 했으면 하고 바랐던 일'과는 거리가 멀다. 엄밀히 말하면 캠
핑이 아니라 글램핑(주방과 침대 하나와 전기난로가 있는 영구 사파리
텐트에서 캠핑하는 것)인데, 경제적 이유로 인한 절충안이 아니라
고 말하면 거짓말이다.

우리 차는 줄지어 서 있는 캐러밴과 오리들이 노닐고 있는
수영장을 지나 샌드어웨이 홀리데이 파크로 진입한다. 코너를
돌자 지금까지의 여정 중에서 가장 독보적인 풍경이 펼쳐진
다. 들판 가장자리에 자리한 텐트는 사우스웨스트 코스트 패
스에도 없는 멋진 암석 만을 바라다보고 있다. 내 책에 특별함
을 한 스푼 더해주는 풍경. 버트를 재우고 나서 우리는 데크에
앉아 진토닉을 마신다. 이제는 내가 이 시간을 즐길 수도 있겠
다는 생각이 든다.

몇 시간 전으로 빨리 감기를 하자면, 나는 볼일을 보러 왔
다 갔다 하느라 이미 지친 상태다. 거기서 또 몇 시간 전으로

돌리면, 버트가 바닥에 깔린 캠프 매트가 아니라 싱글 베드에서 나와 함께 자겠다고 고집을 부리고 있다. 그로부터 몇 시간 뒤에 나는 어리석게도 샤워를 하기로 한다. 푸시 버튼을 누르고 있어야 물이 계속 나오는 탓에 한 손으로 씻으면서 눈으로는 줄곧 구석에 도사리고 있는 거미를 지켜본다(제발 청소 담당자들에게 발이 여러 개 달린 것들도 '청소 대상'이라고 이야기해야 하지 않을까?). 이런 사정으로 나는 그림 같은 풍경을 즐기지 못했다. 하지만 단 한 시간 만에 대자연에서 잠자는 것으로 평온을 얻을 수 있겠다는 생각을 한다.

다음 날 아침, H는 나와 내 친구 베시를 린머스까지 태워준다. 우리는 거기서 캠핑장까지 약 23킬로미터를 걸어서 돌아갈 생각이다. 베시는 내가 아는 사람들 중에서 야외활동을 가장 왕성하게 즐기는지라, 나는 혹시 오늘 창피를 당하면 어쩌나 약간 걱정이 된다. 그러나 막상 해변길에 다다르자 오르막 때문에 푸니쿨라 열차를 타자고 제안하는 것은 그녀다. 나는 벌써 힘든 데를 빼먹는다면 나쁜 선례를 남기는 것이라고 잘난 체하며 그 제안을 거절한다.

고통스럽게, 심장이 터질 듯이, 끝도 없는 비탈과 계단을 15분쯤 걸어 올라가면서 허세 부린 것을 후회하게 된다. 하지만 얼마 후 우리는 밸리 오브 록스Valley of Rocks를 따라 걷고 있고(아무도 호응해주지 않아도 나는 매번 이곳을 밸리 오브 섀도 오브 데스, 그러니까 죽음의 그늘의 계곡이라 부른다), 모든 것이 아주 쾌적해진다.

해가 저물면서 공기 중에는 9월의 서늘한 냉기가 미세하게 감돌고, 우리는 험준한 엑스무어의 경치를 감상하면서 평평한 길을 지난다. 점심때쯤 우리는 이미 세상만사를 다 해결한 사람들처럼 이만큼 온 것에 유쾌할 따름이다. 그래서 트렌티슈 Trentishoe에 있는 헌터스 인에 점심을 먹으러 들어간다.

나는 콤마틴Combe Martin에 언제쯤 도착할지 궁금해서 오드넌스 서베이 지도를 펼쳐본다. 베시는 1.6킬로미터에 20분, 그리고 등고선을 건널 때마다 5분씩 더해서 걷는 속도를 계산해야 한다고 말한다. 나는 언덕에서는 추가 시간을 배분해야 합리적이라는 사실을 몰랐다. 그저 열심히 오르고 버티면 된다고 생각했다. 이런 요령을 숙지하고서 길을 따라 손가락을 짚어본다. 그러고는 끝까지 가는 동안 경사가 좀 있을지 몰라도 여기서부터는 꽤 편평한 길이 이어진다고 선언한다. 우리는 몇 시간 안에 돌아갈 수 있다.

음, 그런데 이 계산법은 지도에 나와 있는 것에 온전히 집중해야만 들어맞는다. 한 시간을 걸은 끝에 우리는 홀드스톤 다운Holdstone Down에 다다른다. 해수면을 향해 무지무지하게 낮은 지대에 자리한 늪과 같은 관목지다. "저기는 길이라고 할 수 없어." 베시가 말한다. 우리는 지도를 다시 들여다보고서 여기가 앞으로 나아갈 유일한 통로라는 사실을 받아들인다. 그 뒤로 더디고, 미끄럽고, 무릎에 무리가 오는 내리막이 이어진다. 많이 불만스럽다. 맨 아래까지 와도 아무런 성취감이 없고

(결국 우리 다리가 감내할 수 있는 것보다 중력의 힘이 더 컸다) 우리를 기다리는 건 이제 가파른 오르막뿐이다.

완전히 뿌루퉁해진 우리는 "꺼져버려, 이 망할 놈의 변태 언덕 같으니!"라고 외쳐대면서 거트 다운Girt Down을 향해 올라간다. 나는 눈앞에 검은 점들이 보이는 지경이 되어 중간에 잠깐 멈춘다. 그리고 다시 올라가다가 이번에는 숨이 안 쉬어져서 4분의 3 지점에서 또 멈춘다. 꼭대기에 도달한 우리는 이곳이 또 다른 언덕이 시작되는 작은 둔덕에 불과했음을 깨닫는다. 나는 잠시만 풀밭에 누워 쉬자고 말한다. 또다시 올라가야 한다는 생각에 적개심이 솟아난다.

"걱정하지 마." 베시가 말한다. "이게 다 네 체력을 키워주는 거야."

나는 웃기지 말라고 대꾸한다. 이 언덕 꼭대기에는 그레이트 행맨케언Great Hangman Cairn이 있다. 죽음의 달콤한 해방감을 향한 갈망을 완벽하게 표현하는 돌무더기다. 몇몇 사람이 장난삼아 워킹 스틱을 그 위에 꽂아둔 것을 보니, 과연 이렇게 오르는 행위가 누군가에게 치유의 효과가 있는 것인지 의구심이 든다.

우리는 각자 돌무더기에 돌을 몇 개씩 더 얹어놓은 다음, 머리 위로 구식 복엽기가 날아가는 모습을 바라본다. 비행기 조종사는 우리 쪽으로 날개를 기울이고 조종석에서 손을 흔든다. 그 모습에 불현듯 우리가 얼마나 높은 곳에 있는지 깨닫는다. 사방에 온통 숨 막히게 아름다운 장관이 펼쳐진다. 오른쪽에는 바다가 있고, 수 킬로미터 아래에는 황야의 풀들이 들썩거리고 있다. 완전히 나가떨어지지는 않았지만, 고생고생해서 여기까지 올라온 자만이 누리는 마법과도 같은 특권이다. 나중에야 여기가 해변길을 통틀어 가장 높은 지점이었음을 알았다. 나는 이미 최고 지점을 정복한 것이다.

다음 날 아침, 언제나처럼 한 움큼의 약을 삼키는 것으로 아침 식사를 마무리하려다 어처구니없는 실수를 발견한다. 혈압약 두 가지와 제산제 한 가지 대신에 혈압약만 세 팩을 싸 온 것이다. 바보 같다. 그런데 더 바보 같은 건 어제까지도 이걸 몰랐다는 사실이다. 이래서 배가 아프고 시도 때도 없이 우스꽝스럽게 트림이 나왔구나.

어쨌거나, 차로 다섯 시간 달려온 곳에서 다시 제산제를 가지러 돌아갈 수는 없다. 일프라콤에서 위장약을 구하기 위해 길을 나선다. 고맙게도 베시는 내가 연거푸 트림하는 것을 재미있어한다. 나는 소화 장애로 괴로운 내내 내 곁에 꼭 붙어 있는 친구가 있어 고맙다.

하늘은 파랗고 태양은 바다 위에 낮게 떠 있다. 우리는 마침내 콤마틴 서쪽의 엑스무어를 뒤로하고, 해변은 새로운 모습으로 변모하기 시작한다. 좁은 오솔길을 지나 큰길을 따라 걷는다. 좁은 길 위에서 키 큰 쐐기풀에 긁히고 진창에 미끄러진다. 경치는 아름답지만 걷기에는 기운이 빠진다. 가파르거나 험난하지는 않지만, 편하지도 않고 문명과 너무 가까이에 있다.

모퉁이를 돌아 헬 베이Hele Bay에 다다를 즈음, 피곤하고 짜증이 난다. 나보다 훨씬 체력이 좋은 베시는 일프라콤까지 밀고 나가기를 바라지만, 나는 토할 것 같고 목이 따끔거리며 딱하게도 배가 고프다. 우리는 차와 스콘을 먹기로 하고 잠시 앉는다. 한 무리의 젊은 여성 도보 여행자들이 아이스바를 먹으며 벽에 기대어 있다. 요즘은 걷기가 유행인가 보다. 완전 새것 같은 워킹 장비, 무늬가 있는 두건, 한 쌍의 워킹 스틱으로 무장한 그들은 분명 우리보다 화려한 모습이다. "그래도 우리가 저 나이 때는 휴일에 걷기나 하러 다닐 정도로 시시하진 않았지." 베시가 말한다. 그 찰나의 순간에 우리는 완전히 끝내주던 시절이 있었다는 자기 기만에 빠져본다.

다시 출발하지만, 상쾌하지 않다. 기진맥진한 데다, 아까 먹은 스콘은 소화가 안 된다. 심지어 식도를 통해 도로 나올 것 같은 느낌이다. 올라가야 할 거대한 언덕 생각에 불만이 누그러지지 않는다. 이렇게 자괴감이 들게 하는 오르락내리락에 넌더리가 난다. 꽤 오랫동안 계속 위로 오르다가 다른 방향으로 일프라콤을 향해 성큼성큼 걸어 내려간다.

우리의 남편들과 아이들은 오늘 시내에 있다. 우리는 거리를 터덜터덜 걷는다. 여기서 남편들과 아이들을 발견할 수 있을지 궁금해진다. 우리는 리Lee나 울라콤Woolacombe까지는 갈 계획이었다. 그러면 약 16킬로미터를 채우게 되고, 이번 주 목표인 40킬로미터 걷기를 완수하게 된다(린머스까지의 2차 시도는 포함시키지 않을 것이다). 하지만 다리는 천근만근이고, 가슴은 소화 불량으로 타는 듯이 쓰리다. 여기서 멀지 않은 곳에서 내 어린 아들이 놀고 있다고 생각하니 갑자기 함께 있고 싶어진다. 우리는 데미안 허스트의 헐벗은 임신부 동상 〈베리티Verity〉를 지나친다. 〈베리티〉는 모성에 대한 경의를 표하는 조각상으로, 항구 위에 노골적인 형상을 어렴풋이 드러내고 있다. 이 동상을 보니 실제로 엄마 노릇을 한다는 것에 담긴 부드러움과 전쟁과도 같은 혼돈이 한층 더 사무쳐온다.

"아무래도 포기해야겠어." 내가 말한다. "더 갈 수는 있지만, 즐겁지 않을 것 같아."

"정말?" 베시가 묻는다.

"응." 나는 대답하기 무섭게, 마치 탈진한 것을 보여주기라도 하듯이 어느 차 앞에서 거의 치일 듯이 휘청거린다. 문자를 보내자 H는 일프라콤 터널비치에 있다고 알려준다. 빅토리아풍의 터널을 통과하니 아름답고 한적한 해수욕장이 나온다. 그곳에서 아이들이 팜파스그래스로 만든 낚싯대를 가지고 놀고 있다. 우리는 신발을 벗고 아픈 발을 물에 담근다.

"이렇게 지치지 않으려면 어떻게 해야 할지 궁리 좀 해야겠어." 내가 말한다. "에너지가 방전된 게 이번이 두 번째야."

"그냥 체력이 문제지, 뭐." 베시가 말한다. "너는 그래도 끝까지 갈 거야."

그럴 수도 있다. 하지만 방법을 잘 모르겠다. 어쩌면 중요한 건 그게 아니다. 어쩌면, 철인 3종 경기와 심야 사이클링이 그렇듯, 이걸 하는 목적은 우리의 삶에서 관리할 수 있을 만한 작은 위기의 순간들을 일부러 겪어보기 위함인지 모른다. 언젠가 주체할 수 없는 일들이 밀려와도 대처할 수 있게 말이다.

사라지고 싶었다

에마는 내 손가락의 뼈 모양이 느껴질 정도로 내 손을 꽉 쥐고 있다.

"나를 노려보고 있어!" 그녀가 말한다.

"아니, 그렇지 않아."

"나한테 달려오려고 한다! 난 알아! 달려오려고 해!"

에마는 내 15년 지기 친구다. 그래서 나를 필요로 하는 이 순간 특별히 신체 접촉을 허용하고 있다. 그녀에게 소 공포증이 있는 줄은 꿈에도 몰랐다. 하필 지금 그걸 알게 되다니. 우리는 좀 전에 코너를 돌았고, 길 건너편에 여기저기 흩어져서 평화롭게 풀을 뜯고 있는 소들이 나타난 것이다. 소들은 우리의 존재조차 모르는 듯했지만.

"괜찮아. 우리는 쟤네들을 지나갈 거야." 내가 말한다. 손에 더 강한 압력이 느껴진다. "완전 괜찮다니까. 송아지도 없고 황소도 없네. 그냥 식사 중인 순한 암소들뿐이라고."

그 순간, 무리 중 한 마리가 다른 녀석 위에 올라타고, 곧 그 둘은 열심히 교미를 한다. 내 암수 감별법이 그리 들어맞지는 않는 모양이다.

"세상에." 에마가 말한다. "지금 쟤네들 짝짓기하고 있어!"

"그럼 잘된 거 아니야?" 내가 말한다. "다른 데에 정신이 팔려 있다는 뜻이니까……."

"아니! 우리가 방해하면 화를 낼 거라는 뜻이지!"

"에마, 쟤들을 좀 봐봐. 사생활 침해 따위에는 관심도 없어 보이는데."

우리는 게걸음으로 소들을 지나친다. 소들은 우리에게 완전히 무관심하다. 에마는 나를 정말로 잘 아는 친구다. 내가 버트를 낳고 나서 불행의 구렁텅이에 빠져 있을 때 전화해 "내가 일주일에 한 번씩 버트를 봐줄게"라고 말할 정도로. 에마는 나한테 물어보지도 않고 그냥 알았다. 그녀는 "무슨 문제인지는 잘 모르겠지만, 너 분명히 뭔가 있는 거지"라고만 말하고 더는 묻지 않았다. 똑같은 경우는 아니지만, 왠지 나도 그녀가 소를 무서워하는 것을 알고 있었어야 마땅한 것만 같다.

"농가에서 키우는 동물들이 다 무서운 거야, 아니면 소만 그래?"

"소만." 그녀가 말한다. "음, 사실 닭들도 정말 싫어. 그리고 말이 있는 들판에는 있을 수 없고."

"그럼 너 정말 농장 공포증이 있는 거잖아. 이거 참 믿을 수가 없네!"

"아니야, 나 양들은 안 무서워." 에마가 말한다.

"사나운 양이라도?"

"그래도 괜찮아. 걔들이 나한테 달려와도 점프해서 뛰어넘을 수 있어."

"양의 몸집이 얼마나 크냐에 따라 다른 거 아냐?"

"점프를 다르게 하면 되지. 작은 애들은 그냥 뛰어넘고 큰 애들은 등 짚고 뛰어넘고."

내게 이 걷기가 얼마나 필요했는지 이루 말로 표현할 수 없다. 나는 대략 10년 만에 다시 출근하고 있다. 프리랜서로, 계약직으로, 자영업자로, 또는 그 밖의 형태로 조각보처럼 커리어를 짜깁기하며 많은 시간을 보내다가 지금은 사무실이 있고, 월급을 받고, 근로소득세를 내고, 일련의 업무 목표가 있다. 직장이 있는 것이 기쁘지만, 한편으론 머릿속에 들어찬 온갖 생각만으로도 지친다. 그래서 땅에 발을 디디는 이 느낌, 그리고 내 오른편으로 드넓게 펼쳐진 이 바다를 내내 갈망했다.

이번 주말에는 H에게 버트를 맡기고 나왔다. 시간은 빡빡하고, 세 살짜리 꼬마에게 자동차 여행은 만만치 않은 일이다. 몇 킬로미터든 버트에게 신경 쓰지 않고 온전히 걷고 싶다. 물론 여느 때와 마찬가지로 은근히 죄책감이 고개를 들지만, 이제 뭘 하든 간에 죄책감이란 그저 기본 배경처럼 깔리는 것으로 여기는 법을 터득한 것 같다. 일을 하러 나가면 나의 부재에 대한 죄책감이 들고, 일을 그만두고 집에 있으면 나의 참을성 부족에 대한 죄책감이 들고. 그러니 차라리 죄책감을 안은 채로 내 마음대로 사는 편이 낫다.

우리는 일프라콤에서부터 가파른 오르막길을 오르다가 우연히 한 무리의 사람들과 섞인다. 턱선을 따라 가느다란 끈 모양으로 수염을 다듬은 사람들이 많은 것으로 보아 지역 분리주의 종파의 걷기 모임처럼 보인다. 선두에서 행진하는 남자가 뒤처진 이들을 향해 "짧고 빠른 걸음으로!"라고 소리친다.

"오, 제발 좀." 나는 에마에게 속삭인다. "대체 왜 이렇게 아름다운 곳을 고함 소리로 망쳐놓는 거야?"

"그래도 틀린 말은 아니지 뭐." 그녀가 말한다. "언덕길을 오를 때에는 그렇게 하는 게 맞잖아."

고함치는 교주님 덕분에 언덕을 등반하는 속도가 상당히 빨라졌다는 것을 어쩔 수 없이 인정해야 한다. 나는 곧 모든 비탈길을 에너지 효율적인 잰걸음으로 오른다. 지난달 거트 다운에서 고전했던 것은 단순히 요령 부족 때문이 아니었을까

하는 생각이 든다.

우리는 놀라운 진전을 보이고 있다. 나는 아직도 지도에서 등고선을 찾아내는 능력이 없지만, 이제는 어느 정도 예상할 수 있게 되었고 가파른 곳이 나와도 겁을 집어먹기보다는 뜻밖의 놀라움 정도로 받아들이기 시작했다. 우리는 마침내 모트 포인트Morte Point에 도착하고, 이쪽 구간을 잘 아는 듯한 한 남자와 한 여자와 우연히 동행한다.

"바다표범 보러 오셨나요?" 남자가 묻는다.

나는 여기 바다표범이 있는지도 몰랐다. "네, 볼 수 있다면요." 내가 대답한다.

"좀더 가면 바다표범 보기 좋은 곳이 있어요. 제가 알려드릴게요."

반도의 거의 끄트머리에 다다르자 그는 우리를 불러 모으고는 저 아래 바위들을 잘 살펴보라고 말한다.

"저기예요." 그가 바위 하나를 가리키며 말한다. 아무것도 보이지 않는다. 에마는 카메라의 줌 렌즈를 당겨 해안을 살펴본다. 우리는 비탈길을 조금 내려가 본다. 그러자……

바다표범 세 마리. 몸집이 거대한 까만 수컷 한 마리와 그보다 조금 작은 금빛 점박이 두 마리. 녀석들은 물속으로 다이빙하고는 데구루루 몸을 굴려 기슭으로 올라오고 바위 위에서 일광욕을 하더니, 어느 순간 키스를 하는 것처럼 보인다. 우리는 말문이 막힌 것은 아니지만 그 모습에 매료되어 몇 마디 말밖에 나오지 않는다. **봐봐, 우와, 봐봐, 오.** 우리는 한동안 경탄, 경이로움, 대자연과의 조우를 표현할 적당한 말을 찾아 헤맨다. 어느덧 그 마법과도 같은 감정은 서서히 잦아들고, 이제 다시 움직일 시간이다.

올라콤에서 땅은 모래투성이로 변하고 길은 더 평평해진다. 우리는 크로이드Croyde의 저녁을 감상하며 잠시 휴식을 취하고, 테이크아웃 커리와 따끈한 목욕을 즐길 생각으로 눈물 나게 비싼 택시를 타고 각자의 숙소로 향한다. 내일은 반스터플로 이어진 물가를 따라 평평한 길을 약 21킬로미터 더 걸을 예정이다.

"일찍 출발하자." 내가 제안한다. "부지런히 가면, 점심때쯤 끝낼 수 있을 거야."

나는 직장으로 돌아가고 싶은 생각이 간절했다. 버트를 낳은 후, 어떻게 다시 돌아가야 할지 알 수 없었다. 버트를 떼어놓기가 싫어서 그랬던 건 아니다. 오히려 그 반대였다. 도망가고 싶었다. 말하기 참 거북한 일이라는 것을 나도 안다. 인간적으로, 가능하면 최대한 나의 어여쁜 아기 옆에 꼭 붙어 있고 싶었다고 말하는 것이 정상이다. 이렇게 소중한 몇 개월을 더 집에서 보내고 싶다고 남편에게 애걸했어야 마땅하다. 하지만 나는 그러지 않았다. 한시라도 빨리 내 두뇌를 다시 작동시키고 싶었다. 이런 감정 상태에 있으면서도 내 아이를 끔찍이 사랑할 수 있다는 것을 사람들에게 이해시키기란 정말 어렵다.

나는 그런 수준의 무질서를 처리해낼 능력이 없었다. 이렇게밖에 설명할 길이 없다. 나는 아이가 언제 우는지, 무슨 이유에서 우는지 알 수 없는 그 예측 불가능성을 처리할 수 없었다. 아이의 울음소리, 우는 방식이 나를 연소시켰다. 끝도 없이 소소한 일들을 해내야 하는 일상을 감당할 수 없었고, 아이가 하고 싶은 것들을 하는 동안 허공을 응시하며 보내야 하는 시간을 감당할 수 없었다. 나는 참지 못했다. 독서가 불가능한 것을. 내가 생각하고 싶은 것들을 생각하고, 쓰고, 말할 시간이 하나도 없다는 것을. 말로 늘어놓으니 지극히 무해해 보이지만, 실제로 그 상황을 겪어내면서 나는 가슴을 아프도록 픽픽 내리쳤다. 아니, 그보다도 더한, 기억하고 싶지 않은 많은 행동을 했다. 눈앞이 하얗게 흐려질 때까지 벽에 머리를 찧는 예전의 습관이 도로 생기고, 팔 안쪽을 핀셋의 날카로운 가장자리로 피가 나도록 긁고. 이렇게 사는 것보다 죽는 게 훨씬 쉬울 것 같다는 생각을 끊임없이 하고. 적극적이고 폭력적인 방법으로 죽기를 원한 것은 아니었다.

단지 사라지고 싶었다. 통제할 수 없는 어떤 힘에 이끌려 없어지고 싶었다. 예전에 한 번 의식을 잃었던 이후 그런 생각은 극복한 줄 알았는데. 그래도 이번에는 조그만 생명이 나를 텐트 말뚝처럼 현재에 못 박아두고 있다는 점에서 달랐다. 무슨 일이 있어도 그 아이에게 상처를 주고 싶지 않았기에, 이번 만큼은 버텨내야 했다. 나는 한 아이의 엄마 노릇을 하기에는 불행한(이라고 쓰고 '감사할 줄 모르는'이라고 읽는다) 엄마라고 말하곤 했다. 언뜻 듣기에 희생할 마음이 없어 보이는 그 말로 적잖이 질책도 받았다. 하지만 부디 믿어주시길. 나는 아이가 결코 그런 부정적인 감정에 영향받지 않게 하려고 내 모든 지혜의 마지막 조각까지 바쳤다. 한동안 프리랜서로서 이런저런 일감을 따내어 아이 양육비에 미치지 못하는 돈을 벌며 연명했던, 실로 지나치게 길었던 시기가 있었다. 이제는 그 시간이 지나고 제대로 된 직장이 생겼다. 그걸 망쳐버릴까 봐 두렵다. 벌써 사람들의 얼굴을 기억하지 못하고 회의 시간에 가만히 앉아 있지 못해서 사과한 것이 한두 번이 아니다. 상황에 전혀 맞지 않는 농담도 자제하려고 부단히 노력하고 있다. 하지만 빈틈을 보이지 않고 잘하고 있는지에 대해서 자신은 없다.

이번 달의 걷기 여행을 시작하기 전, 치매 환자들과 함께하는 교육에 참석해야 했다. 그날이 오기까지 두려움에 시달렸다. 집단 수업과 역할극을 해야 한다고 들었는데, 내가 감당할 수 없는 수준의 상호작용을 요구하지 않을까 하는 걱정 때문이었다. 친밀감과 끈끈한 감정 교류 같은 온갖 끔찍한 접촉이 동원될 것이란 생각에 나는 어지러울 지경이었다. 이 일을 원해야 하고, 의무를 다해야 한다. 하지만 이런 것은 늘 내가 참

아낼 수 있는 수준을 넘어서는 듯하다.

그런데, 웬걸, 워크숍은 내가 예상했던 것보다 좋다. 만사가 늘 그렇다. 우리는 어린 시절의 즐거운 추억에 빠져보는 사치스러운 아침을 보낸다. 우리가 살던 집 모양을 그려보고, 일요일마다 가족이 함께 점심을 먹던 기억을 공유한다. 내 어린 시절 기억의 대부분에 흩뿌려진 외로움과 소외감은 여기에 끼어들지 않는다. 금지된 것이라서가 아니라 그 시절의 단순하고도 소소한 일들(부모님이 자주 부르시던 노래나 우리가 입던 옷 따위)을 주로 이야기하는 시간이기 때문이다. 나는 이런 사소한 기억에 향수를 느끼기에 충분한 나이인 것 같다.

점심시간 후, 각자 결혼식과 관련된 물건을 가져와서 발표하는 시간을 갖는다. 우리는 무언가를 가져오라는 안내를 받았다. 누군가는 혼인예배('주의 사랑 노래하리'와 「고린도전서」 13장)에 대해 이야기한다. 또 누군가는 나일론 레이스로 된 가터를 보여준다. 우리는 모두 시간의 흐름에 그 비밀스러움이 퇴색된 예스러운 장신구를 보고 웃음 짓는다. 나는 다소 쑥스러워하며 상자에서 웨딩드레스를 꺼낸다. 순간 다른 사람들이 보여준 것들과 내 물품이 사뭇 다르다는 것을 깨닫는다. 내가 스물한 살 때 블루워터 몰에서 구입한, 치마 아래에 백랍빛 실크 자락이 한 겹 덧대어진 아이보리색 드레스. 나는 영수증도 간직하고 있다. 120파운드. 큰돈이지만 웨딩드레스 값으로는 그리 비싸지 않은 금액. 그렇게 오래되지 않았는데도 레이스가 바짝 말라서 바스러질 것 같다. 10년이 지나면 조각조각 해어질 것이 분명하다.

"저는 제 웨딩드레스를 가져왔어요." 내가 말한다. "제가 그렇게 감상적인 사람이 아니라서 다른 것들은 간직하고 있는 게 없어서요." 불현듯 이건 좀 과하다고 느낀다. 이 드레스를 세상에 처음 선보인 날보다 오늘 구경하는 사람이 더 많은 듯하다.

"여기요." 나는 드레스를 넘겨주고는 둥글게 모여 앉은 남녀 참여자들이 어색하게 드레스를 넘겨받는 모습을 지켜본다.

아름다워요.

예뻐요.

하나도 낡지 않았네요.

나는 드레스를 도로 상자에 집어넣으며 안도한다. 드디어 드레스가 제자리를 찾았다. 나는 나름대로 사람들의 뇌리에 남을 만한 물건을 골랐던 것이었지만, 정말 중요한 의미가 담긴 물품을 가져옴으로써 선을 넘었다는 것을 이제는 안다. 사람들이 나를 안쓰럽게 바라보는 것 같다. 안내문에 가볍게 접근하라는 은근한 뉘앙스가 있었는데 내가 놓친 것이다. 나만 빼고 다들 알아챈 것을 보면 그런 의미가 내포되어 있었던 게 분명하다.

다음은 결혼식을 재연해보는 시간이다. 각자 목사, 오르간 연주자, 신부, 신부 어머니 등의 역할을 할당받는다. 나는 신랑

역할을 맡는다. 나는 긴 웃옷을 입고, 긴장한 몸짓을 한다. 역할극이 싫다. 결혼식이 싫다. 아무튼 이 시점에 우리는 점심시간의 여운과 연거푸 마신 커피 기운에 들떠서 시끌벅적 떠드느라 한 번에 깔끔하게 이 연극을 마칠 기미가 보이지 않는다. 우리가 재연하는 극은 〈이스트엔더스EastEnders〉(런던 이스트엔드 지역에 사는 사람들의 삶을 그린 BBC 드라마 – 옮긴이)의 한 토막이다. 신부는 운동선수처럼 체격이 좋은 사람이고 누군가는 신랑을 핸드백으로 때리는 구박받던 전 여자 친구 역할에 재배정된다. 나는 구석에 숨어서 연기하는 척만 하면 된다. 감정선이 깊은 연기를 하지 않아도 되는 것이 천만다행이다.

"사진 찍게 포즈 좀 취해주시겠어요?" 진행자가 말한다. 사람들이 우르르 모인다. 나는 한쪽에 눈에 띄지 않게 서 있다. "신랑이 가운데 있어야죠." 그녀가 말한다. "신부랑 손잡으시고요."

신부가 웃는다. 그녀는 아직도 역할에 심취해 있다. "이리로 오세요." 신부는 이렇게 말하며 손을 뻗는다. 나는 신사적으로 팔꿈치를 내밀지만, 충분하지 않은가 보다. 신부의 손가락이 내 팔을 따라 내려와서 손을 잡는다. 나는 긴장하지 않으려고 애쓴다. 아무도 이런 일에 거북해하지 않는다. 긴장을 풀고 웃으며 이 순간을 즐겨보려고 해본다. 하지만 다시 전류가 흐르기 시작한다. 처음에는 얼얼하다가 다음에는 찌릿찌릿해지고 급기야 전기 충격을 받은 것처럼 심하게 요동치는 바람에 팔이 밖으로 튀어나가 신부와 떨어지게 될 것만 같다.

"미안해요. 내가 손잡는 걸 좀 안 좋아해요." 나는 그렇게 말하고 손을 뺀다. 전기가 잦아들도록 연신 손바닥을 엉덩이에 문지른다. "당신이라서가 아니라, 누구라도 다 그래요."

이럴 때 뭐라고 해야 할까? 당신이 아니라 내 문제예요. 언젠가 당신과 손잡기를 좋아하는 사람이 나타날 거예요. 나는 말한다. "제가 그냥…… 그렇게 좀 이상해요. 손이 뜨거워서요."

이런 행동을 할 때는 모든 사람이 알아채고 대체 무슨 일이 벌어지고 있는지 궁금해하기 마련이다. 나는 당황해서 서둘러 밖으로 나와버린다. 한 시간 후에야 내 웨딩드레스가 담긴 은색 상자를 두고 왔다는 것을 깨닫는다. 하지만 그때는 이미 데번으로 향하는 길 위에 있다. 월요일에 다시 가보니, 내 드레스는 영원히 사라진 뒤다.

다음 날 아침, 우리는 택시를 타고 크로이드로 돌아간다. 적갈색 새벽빛 속에서 몇 분간 방향을 분간하기가 어렵다. 에마는 사우스웨스트 코스트 패스에 오르려면 사구를 기어올라야 한다는 주장을 굽히지 않는다. 하지만 우리가 건조한 고운 모래 속에서 걷고 있다는 것이 확실해지자 그녀는 마음을 바꾼다. 그 후, 크로이드 모래사장을 따라 유쾌하게 행진한 다음, 유달리 지루한 콘크리트 트랙을 따라 강어귀로 접어든다. 우리는 여기 경치를 보러 온 것이 아니다. 별로 볼 것도 없으니 잘된 일이다. 아니, 차를 타고 집으로 돌아가기 전에 반스터플에서 로스트 디너(오븐에 구운 음식을 통칭한다 - 옮긴이)를 먹기로 약속했기에, 우리는 오늘 속도를 낼 것이다.

아주 바쁘게 걸어야만 아이들을 보러 제때 집에 갈 수 있다는 사실을 알게 된 두 여자를 방해하지 마시라. 토Taw 강어귀가 펼쳐지자, 우리는 잠시 멈춰 서서 강과 습지가 길을 사이에 두고 갈라지는 풍경에 감탄한다. 잿빛 습지에 풀과 진흙이 있다. 희한하게 눈길을 끄는 낡아빠진 보트가 있다. 어제는 에마가 사진을 찍느라 멈추는 통에 한 번에 열 걸음 이상 걷지 못한 반면, 지금은 왜가리가 보일 때만 잠깐 걸음을 멈춘다. 아마 어제 감탄을 할 만큼 해서 그런가 보다.

약 21킬로미터를 걷고도 아직 반스터플까지 갈 길이 멀지만(내 지도 읽는 실력이란), 우리는 더 이상 신경 쓰지 않는다. 배가 고프고 무릎이 아프다. 나는 앓는 소리를 내고, 에마는 그런 나를 재촉한다(그리고 강가 말고 시내에 최고의 로스트 비프와 요크셔 푸딩을 먹을 기회가 기다리고 있다고 강조한다). 강가에서 물새들의 날카로운 휘파람 소리가 들려오지만 우리는 새들에게 눈길도 주지 않는다.

오후 1시를 갓 넘겨 간신히 반스터플에 당도한다. 우리는 네 시간 반 동안 약 26킬로미터를 걸었다는 것을 깨달으며, 점심 생각은 안중에도 없이 차 안으로 미끄러져 들어와 집으로 달리기 시작한다. 대자연에서 보낸 주말은 멋지지만, 포근한 잠자리는 그것과는 완전히 다른 즐거움이다.

M4 고속도로를 따라 달리는 사이, 에마가 말한다.

"사실, 네가 이걸 하겠다고 했을 때 난 네가 완전히 미쳤다고 생각했거든. 그런데 이제 네 마음을 알 것 같아. 나도 이걸 시작해볼까 하는데."

그녀는 잠시 생각한 뒤 말한다. "너보다는 좀더 오래 걸릴 것 같지만."

아스퍼거 증후군

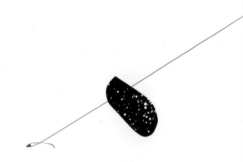

사우스웨스트 코스트 패스를 걷기 시작한 후 나는 두 가지 질문을 주로 받았다.

첫 번째는 "안전한 거니?"의 여러 가지 변주된 질문이다. 질문의 의미는 외진 곳에서 여자 혼자 다녀도 되냐는 뜻이다. 그런 말을 들으면 가볍게 웃어넘기려고 하는 편이지만 언제나 유쾌하게 받아들일 수는 없다. 그것은 마치 빗속에 누군가 외출할 때 "감기 걸리지 마"라고 말하는 것처럼 점잖은 말투로 "강간당하지 마"라는 말을 에둘러 표현하는 방식이니까.

비에 젖는 것과 호흡기 바이러스의 연관성은 1년 중 그 두

가지가 모두 나타나기 쉬운 시기가 있다는 점 외에는 논리적으로 상관관계가 빈약함이 밝혀졌기에, 이제 "감기 걸리지 마"라는 말은 사실 별로 들을 일도 없다. 그러나 우리는 여전히 여자가 외딴곳에 있는 것이 성폭력을 유발하는 원인이라는 진부한 관념을 고수하고 있다. 이런 시각을 견지하는 사람들은 통계학적 측면에서 차라리 남성 친척과 단둘이 있지 말라고 경고하는 편이 훨씬 현명하다는 사실을 유념했으면 좋겠다. 악취미이기는 하지만, 외진 곳에서 발견된 여성 시신들이 대부분 사건 발생 후 그곳으로 옮겨진 것이라는 점을 지적하지 않을 수 없다. 중요한 것은, 사우스웨스트 코스트 패스에서 도보를 하는 여성들이 정말 많고, 그들 모두 혼자 걷는다는 점이다. 우리는 공손하게 묵례를 나눌 뿐 서로 방해하지 않는다. 마치 서로를 배려하는 조용한 커뮤니티의 일원이 된 기분이다.

두 번째 질문은 첫 번째보다 더 성가신 것으로, "겨울이 오면 어떻게 되는 거니?"라는 질문이다. 마음 같아서는 장난스럽게 이렇게 받아치고 싶다. "우리 북반구는 태양으로부터 연중 가장 멀어지게 되죠. 그러면 낮이 짧아지고 기온이 떨어지며 진눈깨비, 안개, 눈 등의 엄혹한 기상 조건이 동반되지요."

하지만 이런 대답은 질문에 대한 나의 거부감을 드러낼 뿐이다. 나는 보통 이렇게 (큰 소리로) 대답한다. "그냥 잔뜩 껴입고 최대한 걸을 거예요." 나는 '세상에 나쁜 날씨란 없다, 나쁜 옷차림이 있을 뿐'이라는 케케묵은 옛말까지 꺼내지는 않는다. 솔직히 이런 맥락에서 '좋은 옷'에 수천 파운드를 투자할 생각이 전혀 없기 때문이다. 돈이 없기도 하고, 대출금을 마침내 다 갚고서 보상심리로 쇼핑을 하는 지리 선생님처럼 새 옷을 차려입을 마음도 없다.

사실 나는 겨울에 어떻게 대처해야 할지 잘 모른다. 모든 악천후를 뚫고 온 땅을 다 밟으며 영웅처럼 터벅터벅 걷고 싶어서 그 문제에 대한 더 깊은 고민은 미뤄두고 있다. 한 달에 약 40킬로미터씩 18개월간 걷기로 했었다. 기간을 늘린다고 해도 겨울철에 걷기를 쉴 만한 여유는 없다. 이미 목표한 것보다 뒤처진 상태다. 이런 속도라면, 여름 내내 사우스웨스트로 이동해야만 하고 일체의 휴식이나 사교 활동은 포기해야 한다.

또 다른 고민거리는 숙박이다. 이 프로젝트를 시작하기 전에, 우리는 불편함을 감수하지 않고는 버트와 함께 주말여행을 떠날 해법을 찾아낼 수 없었다. 지금도 마찬가지다. 정말 야외에서 캠핑을 해야 하지 않을까 싶다. 적은 예산으로 모든 것을 뚝딱뚝딱 해치우는 능력을 과시하면서 다른 사람들에게도 그렇게 할 수 있다는 본보기가 되면서 말이다.

하지만 나는 제대로 된 욕실이 갖춰져 있지 않으면 생활에 크게 지장을 받는다. 아침에 샤워를 하지 않으면 피부가 건강하지 않은 기분이 든다. 걷기를 좋아한다고 해서 야외 생활에 강한 것은 아니다.

마찬가지로, 실내 숙박 시설이라고 다 좋은 것도 아니다.

호텔의 패밀리 룸에 묵으면 버트가 자는 시간에 함께 잠자리에 들어야 한다. 콘도에서 직접 취사를 하는 것도 짧은 기간 머무를 때는 번거롭다. 이번 달에는 적당한 곳을 찾아내지 못했다. 결국 호텔 예약 사이트에서 대폭 할인 행사를 하는 스위트룸을 선택하고는, 만에 하나 크로스로드 모텔(영국 TV 드라마의 제목으로, '크로스로드'는 싸구려 품질을 지칭하는 대명사로 쓰이게 되었다－옮긴이)로 판명될지라도 최소한 수영장과 사우나가 있으니 지친 근육을 풀 수 있을 것이라며 스스로를 달랬다.

호텔에 도착하자 우리는 '스위트룸'이 보통 크기의 객실임을 알게 된다. 방에는 아기의 수면 상태를 점검하는 기능이 딸린 보조 캠핑 침대가 놓여 있다. 이건 버트와 함께 자리에 누워 잠을 청해야 한다는 뜻이다(H는 킹사이즈 침대에서 엄마와 자겠다는 버트 때문에 어쩔 수 없이 보조 침대로 밀려났다).

토요일 아침, 문고리에 걸려 있는 신문을 가져와 테러에 대한 암울한 뉴스를 읽는다. 그런 다음 조용히, 황망하게 아침을 먹고 신발 끈을 묶은 다음 지난밤의 끔찍했던 기억을 곱씹으며, 돌풍과 함께 내리는 빗속으로 걸음을 내디딘다.

나는 일주일 내내 날씨를 주시하고 있었다. 비가 올 것이고, 그것도 엄청 많이 퍼부을 것이라는 데에는 의심의 여지가 없다. 그건 내가 어쩌지 못하는 현실이다. 4주 연속 주말마다 비가 내렸던 터라, 내 일정대로 가려면 단단히 각오해야 한다. 게다가 오늘은 별로 재미없는 구간을 걸어야 한다. 저번에 걸을 때 지루했던 강어귀의 다른 편을 걷고 있는 데다 콘크리트 길 위에서 신발이 쿵쾅거리는 느낌도 힘이 빠진다. 여러모로 나의 잠재력을 발휘하기 어려운 조건 투성이다. 그럼에도 지루하게 약 24킬로미터를 걷는 것과 빗속을 헤쳐나가는 것, 두 가지가 합쳐지면 얼마나 비참해질지는 미처 생각지 못했다. 일단 고개를 숙이고 가야 하므로 아무것도 볼 수가 없다. 안경알에 김이 서리는데 닦아도 소용이 없다. 목이 아파온다. 진도는 말도 못 하게 느리다.

나는 두 다리가 노곤해지는 사이 마음만은 허공으로 날아오르는 기분을 만끽하려고 걷나 보다. 오늘은 활력을 주는 어떤 풍경이나 소리도 없이, 신경을 거스르는 불편감뿐이라서 돌고 도는 생각의 고리에 강박적으로 사로잡힌다. 때때로 사회적 관계란 손으로 계속 돌려야만 하는 위태로운 접시처럼 느껴진다. 나는 대인관계에 소질이 없다. 사람들은 내가 할애할 수 있는 것보다 훨씬 더 많은 관심을 바라는 듯하다. 이번 주에는 그런 접시를 오랫동안 돌리고 싶은 마음이 들지 않는다.

어릴 때 나는 친구가 별로 없었다. 그게 좋았다고 말하지는 않겠지만, 그렇다고 힘들었다고 말할 수도 없다. 나는 혼자 노는 것을 즐겼다. 고통스러운 부분이 있다면 내가 다르다는 사실을 인식하는 것이었다. 나는 같은 반 여자아이들과 완전히 다른 종족이었다. 크고 엉성한 몸을 가진 데다, 그들의 말과 행동에 전혀 공감할 수 없었다. 피부를 벗겨내서 내 속은 그들과 똑같다는 것을 보여주는 꿈을 꾸곤 했다. 나는 그저 동화 속에서처럼 변장을 하고 있을 뿐이고 결국 그 사실이 드러나 다 함께 웃는 꿈.

하지만 이제는 그렇지 않다. 나는 자신에 대해 더 잘 알게 되었다. 사람들과 잘 지내는 법도 터득했다. 요즘은 사람들이 나를 좋아하는 것 같다. 나를 재미있고, 통찰력 있고, 늘 활기찬 사람으로 봐준다. 나는 좌중을 즐겁게 하는 사람이다. 무엇이든 할 자신도 있다. 그러나 남들이 좋아할 만한 사람으로 남기 위한 노력을 조금이라도 게을리하면, 나의 진짜 자아가 번쩍거리는 페티코트처럼 숨길 수 없이 그 모습을 드러낸다. 이번 주에 H가 친구에게 "술이 좀 들어가면 캐서린이 얼마나 격해지는지 너도 알잖아"라고 말하는 것을 우연히 들었을 때도 그것을 느꼈다. 그 말을 듣고 이렇게 생각했다. **아니, 나는 몰랐어. 전혀 몰랐어. 그런데 다른 사람들은 다 안다는 얘기네.** 그래서 이제 다시는 그렇게 긴장을 풀어서는 안 되겠다고 생각하고 있다. 내가 그냥 재미있고, 통찰력 있고, 활기찬 줄 알았는데 사실 그건 **격하게** 반응한 거였으니까. 그리고 나는 **격해지기** 싫으니까. 나는 평생 **격하게** 굴지 않으려고 노력했다. 그래서 지금도 휘몰아치는 비를 뚫으며 걷고 있다. 나는 신발 안쪽이 축축해지는 것을 느끼며 친구가 "음, 물론, 사람들은 네가 좀······ 마마이트 같다고 느끼지(마마이트는 이스트 추출물을 원료로 한 스프레드로, 발효식품 특유의 강한 향미 때문에 사람들의 호불호가 나뉘는 음식이다. 영국에서는 호불호가 갈리는 사안이나 인물을 '마마이트' 같다고 일컫는다-옮긴이)"라고 말했던 게 아직도 생생하다.

나는 마마이트 같다. 사람들은 나를 좋아하든지 아니면 싫어하든지 둘 중 하나겠지? 나는 그걸 몰랐다. 알았어야 했다는 느낌이 든다. 나는 친구의 말에 상처받지 않은 체하려고 (전혀 놀라지 않았고 그런 평가가 싫지도 않은 체하려고) 애썼고(하하) 집으로 돌아와서는 소파에 쓰러져 H에게 이야기하며 울었다. 지금은 먹구름 사이 흐린 빛 속에서 걸으며 그 두 가지를 연결지어 생각하고 있다. 나는 **격하고, 마마이트** 같다. 또한 이렇게 살아 있고, 자유롭고, 하고 싶었던 대로 사우스웨스트 코스트 패스를 걸으면서 이런 생각을 하는 걸 보면 제멋대로인 데다 고마움을 모른다. 그렇지 않나?

점심때쯤 비디퍼드Bideford에 접어든다. 발이 신발 속에서 찌걱거리고, 방수복이 안팎으로 축축하며, 배낭이 빗물에 젖어 무겁다. 얄궂은 미소를 연상시키는 불규칙한 모양의 아치 다리를 건너다가 강풍에 떠밀리다시피 도로로 진입한다. 거기서 가장 먼저 보이는 펍으로 들어간다. 한 여자가 나를 보고 놀라서 말한다. "오 세상에, 다 젖었네!" 나는 엷은 미소를 보낸다. 나는 흠뻑 젖었다. 샌디(맥주와 레모네이드의 혼합물-옮긴이) 한 잔과 나초 한 접시를 주문한다. 이쯤에서 그만두고 싶은 마음이 간절하다.

하지만 40분 후 나는 계속 걸을 생각뿐이다. 또 그만둔다면 민망할 것이다. H에게 애플도어에서 만나자고 문자를 보낸다. 비는 그쳤고, 계속 가면 바다가 나올 것이다. 하지만 강어귀 주위로 끝없이 이어지던 자전거 길을 마침내 뒤로하게 되었다는 기쁨도 잠시, 이제 길이 질척거려서 열 걸음 걸을 때마다 미끄러지고 넘어진다. 땅이 축축하다. 나도 축축하다. 한 술 더 떠서, 점점 더 어두운 생각이 든다. 마음속에 같은 걱정이 되풀이해서 맴돌고, 그런 걱정이 들 때마다 매번 더 편집증에 빠지는 끝없는 순환. 나는 스스로를 이성적으로 분석하려 하고(너는 아직 일어나지도 않은 일을 걱정하고 있어), 내면의 목소리를 비웃는다(이번에도 또? 좀더 긍정적으로 생각할 거리는 없니?). 하지만 그럴 때마다 암울한 생각이 스며든다. 참 우습다. 혼자만의 시간이 정말 간절했는데, 막상 그런 시간이 오니까 감당하지도 못하다니.

마침내 물을 뚝뚝 떨구며 애플도어에 도착한다. H가 도로로 뛰어가려는 버트를 야단치고 있다. 버트는 뉘우치는 기색이 없다. H는 말을 듣게 하려고 애쓰고 있다. 실제로 눈앞에서 벌어지고 있는 일에 관심을 돌리니 사뭇 안심이 된다. 우리는 커피와 케이크를 먹은 다음 차를 타고 호텔로 돌아온다. 온열 수건 건조대에서 웃옷과 신발을 말리지만 마음속으로 이미 내일의 걷기를 단념한 상태다. 아무래도 그 많은 시간을 혼자 있을 엄두가 나지 않는다.

집으로 돌아오고 나서 주말 동안 도보 여행자 두 명이 해변 길의 그 구역에서 악천후로 조난당해 구조를 기다리고 있다는 뉴스를 듣는다. 결국 그만둔 것이 나약한 선택이 아니라 현명한 결정이었던 셈이다. 그래도 겨우내 걸으려면 더 철저히 준비해야겠다고 다짐한다. 안경부터 바꿔야 한다. 양쪽에 번갈아 서리가 끼고, 코에서 자꾸 미끄러져 내리고, 걷는 내내 빗방울이 고이는 통에 내리막길에서는 아무 도움이 되지 않았기 때문이다. 다음번 도보에 대비해 안경점을 예약한다.

나는 안경점에 가는 것을 싫어한다. 안경을 맞추는 과정에서 동반되는 상당한 양의 접촉, 얼굴 주위에서 반복되는 도구의 교체, 그리고 (내 볼 가까이에서 숨을 쉬는) 완전한 타인과 서로 눈을 마주 보는 곤혹스러운 시간. 치과에 가는 것은 그렇게까지 싫지 않다. 치과의 환한 할로겐 조명은 안경점의 어스름한 빛보다 긴밀도가 덜하기 때문이다. 치과 의사는 환자가 아니라 옆에 있는 간호사에게 말을 건다. 그런 의료적 거리는 안경사의 내밀한 말소리에 비해 전류를 일으키지 않는다.

그래서 나는 안경이 망가지지 않는 한 안경점에 절대 가지 않는다. 마지막으로 시력 검사를 한 게 3년 전이었는데, 지금도 도통 이해할 수 없는 안경사와의 고함 지르기 시합으로 끝나버렸다. 나는 안경점에 가기 전에 이미 좀 흥분한 상태였던 것 같다. 버트가 아직 아기였기 때문에 친구가 집으로 와서 아기를 봐주기로 했는데, 친구와 시간을 조율하는 과정이 거의 병참 기지에서 작전을 세우는 수준으로 힘들었다.

그런 탓에, 안경점에 도착하자마자 느닷없이 콘택트렌즈를 끼지 말라는 핀잔을 듣자(처방전이 오래되어 렌즈를 끼면 아무것도 안 보였기에 나는 콘택트렌즈를 낄 수도 없었다) 평소보다 금방 욱하고 화를 냈던 것 같다. 잘 모르겠다. 온통 감정이 뒤섞인 상태에서 온몸을 떨고 눈물을 글썽이며 건물 밖으로 뛰쳐나오고 나서야 제정신이 들었다.

그래서 오늘은 다른 동네에 있는 안경점으로 차를 몰고 간다. 이런 불편 따위는 아무것도 아니다. 다만 다음 걷기, 혹은 그다음 걷기를 포기하지 않겠다는 의지만 다지면 된다. 그렇게 하지 않으면, 다 포기하고는 역시 무모한 계획이었다고 인정해버릴지도 모른다.

벌써 겨울 저녁이 내려앉고 있다. 라디오를 켠다. 독자 여러분은 이미 그다음 이야기를 알고 있다.

그 여자가 설명하는 내용을 듣다 보니 내가 세상을 바라보는 방식과 같다.

라디오를 듣다가 마주친 종잡을 수 없는 상황.

서서히 엄습하는, 나는 내가 알던 것과는 다른 사람이라는 생각.

명칭 혹은 병명. 아스퍼거 증후군.

하지만 나는 아스퍼거 증후군이 어떤 것인지 알고 있는데?

모두 알고 있듯이.

나는 아니다. 나는 아니다. 다른 누군가의 얘기다. 사람보다는 기계 같고, 사실을 나열하고, 사람을 똑바로 바라보지 못하는 소년이 그런 사람이다. 혼자서는 일상생활을 할 수 없어서 다 크고도 엄마와 함께 사는 소년.

언젠가 콘퍼런스 옆자리에 앉은 남자가 그런 사람이었다. 그는 온종일 나에게 말을 걸었다. 바늘로 자신의 치아를 청소했다는 이야기까지 했다. 그러고는 즉각 자신이 무슨 말을 하는 게 적절한지 분간을 잘 못 한다고 사과했다.

한때 내가 가르쳤던 소녀가 그런 사람이었다. 그녀는 자신의 가방, 펜, 운동용품 따위를 기억하기 위해 매일 아침 새로운 목록을 작성해야 했고, 그녀가 있어야 할 장소가 어디인지 누군가가 매번 적어주어야 했다. 그녀는 과학과 수학은 잘했지만, 문학 작품의 맥락은 이해하지 못했다.

이런 모습 중 어떤 것도 나는 아니다. 아닌가?

아닌가?

그럴듯하게 꾸며온 삶

Dover to Shepherdswell

2년 전으로 돌아가 본다. 나는 길가에 차를 세우고, 베스널그
린로드에 서 있다. 생후 18개월을 갓 넘은 작은 버트는 어린이
박물관 쪽으로 걸어가 쉽사리 돌아오지 않는다. 이 짧은 거리
가 아주 멀어 보인다. 나는 버트가 안아서 데려가 주기를 바란
다는 것을 안다. 하지만 어제 오후에 마사지 치료사에게 어깨
근육을 치료받은 상태다. 버트가 태어난 이후 네 번째다. 엄마
로서 실패한 내역에 추가할 만한 사항이지만, 나는 버트를 데
리고 다니는 것에 질렸다. 버트는 내가 데리고 다닐 때면 유독
말을 잘 듣지 않는다. 모두가 천 아기띠를 사용하라고 하지만

천 아기띠는 다른 모든 육아 장비들과 마찬가지로 거부감을 준다. 너무 밀착되고, 너무 거추장스럽다. 나는 버트가 유모차에 깔끔하게, 거리를 두고 앉아 있기를 바란다.

버트는 생각이 다르다. 버트는 소리를 지르고 팔을 휘젓고 온몸을 뻣뻣하게 뻗대서 우리는 그 자세를 '널빤지'라고 부르기에 이르렀다. 이것은 재미난 인터넷 '짤'이 아니라 수동적 공격성을 표출하는 유아의 전략으로서, 유모차, 아기 의자, 카시트 등 거부하고 싶은 특정 장소 어디에서나 적용이 가능하다. 나는 "버트!"라고 외치며 그를 가운데에 앉히려고 애쓴다. 그의 작은 팔을 잡아 한쪽 스트랩 안으로 집어넣지만, 버트는 내가 다른 팔을 잡자마자 스트랩에서 팔을 빼버린다. 머리로 피가 쏠리고 귀에서 윙 소리가 난다. 나는 길거리에서 허둥대는 엄마다. 아이를 차분하고 능숙하게 다루지 못하는 엄마. 나는 버트를 사랑한다. 버트를 사랑한다. 그가 행복했으면 좋겠다. 그가 이렇게 기분 상하는 것을 원하지 않는다. 버트가 울면, 나는 아무 소리도 들을 수가 없다. 그건 고통이다. 나는 모든 평정심을 잃는다.

뒤에 조용히 서 있던 H가 말한다. "내가 한번 해볼까?" 그 순간, 터뜨리지 않으려고 엄청나게 애를 쓰던 그것이 파열되고 만다. 뇌에서 핵폭탄이 터지는 것 같다. 모든 게 하얗게 변하고, 나는 터져서 산산조각이 난다. 귀에서는 잡음이 들리고 시력은 아예 없는 듯하다. 나는 부서져버렸다. 나는 다시 시동을 걸고 있다. 스탠바이. 스탠바이.

다시 시동이 걸리기 무섭게 H에게 "꺼져! 날 그냥 내버려 둬!"라고 소리를 지른 뒤에야 정신을 차린다. 요즘 내 막말에 완전히 넌더리가 나 있는 H. 그는 입술을 꾹 다물고는 길에 서 있는 나에게서 떨어져 묵묵히 걷는다. 나는 아까 눈앞이 하얘질 만큼 극도로 흥분했던 탓에 아직도 몸을 떨고 땀을 흘리고 있다. 미안하다. 이미 미안하다.

이제 그런 흥분 상태는 사그라들고 있지만 목구멍에 남은 결정체의 흔적이 느껴진다. 그 찝찔한 기억.

"가지 마!" 나는 외친다. "제발!" 그의 어깨가 직각으로 경직되는 것으로 보아 내 목소리를 들었다는 것을 알 수 있다. 나는 버트를 안고 한 손으로 유모차를 밀면서 후들거리는 다리로 그의 뒤를 따라 걷는다. "멈춰!" 내가 말한다. "제발!" 두 손이 바빠서 그의 소매를 잡을 수가 없다. 그 바람에 계속 유모차가 그의 다리를 건드리고, 그의 화를 더 부채질할 뿐이다. 버트가 이걸 어떻게 받아들일지, 나를, 그리고 세상에서 제일 단순한 일들을 처리하지 못하는 나의 이 형편없는 무능함을 어떻게 생각할지는 신만이 아시겠지. 누구도 이렇게까지 힘들어하지는 않겠지.

"제발!" 나는 말한다. "미안해. 미안해. 잠깐만 멈춰봐." 이쯤에서 그가 나에게서 뭔가 낌새를 느꼈음을 알 수 있다. 나의 분노의 자리에 이제는 자기 연민이 들어차고 있음을, 이제 또 그가 씨름해야 할 거리가 생겼다는 것을 눈치채고 있다. "내 말 좀 들어봐. 내가 왜 그랬는지 좀 들어주겠어?" 그는 버트를 데려가고, 나는 그 뒤에서 유모차를 밀면서 걷는다. 이제 너무 가벼워진 유모차는 보도 위의 갈라진 틈을 지날 때마다 덜컹거린다. "내가…… 내가 그럴 때 어떤 상태인지 설명을 좀 해야겠어." 나의 모든 본능은 이 상황을 뒤집기를 원한다. 이 모두를 H의 탓으로 돌려 서로 아무 말도 안 하고 넘어가기를. 하지만 아니다. 내 잘못이라는 것을 나도 알고 있다. "그건 꼭 점령당한 기분이야." 내가 말한다. "버트가 난리를 치면, 머리가 온통 울리고, 점점 심해지다가, 결국에 폭발하게 돼."

"알아." H가 말한다.

"내 말은, 안에서 폭발해. 마치…… 마치 의식을 잃는 것 같아. 망치로 손가락을 내리치고 기절했다가 깨어났을 때처럼. 그 정도야. 그 정도로 나빠."

"누구나 그렇게 느껴. 아이들이 울면 누구나 힘들다고."

"내 말이 그 말이야." 나는 말한다. "그거랑은 달라. 나도 다른 사람들을 지켜봤는데, 똑같지 않아. 내 경우는 다르다고. 다른 사람들이 느끼는 거랑 나랑은 다른 것 같아."

H가 한숨을 쉰다.

"나는 도움이 필요한 것 같아." 내가 말한다.

"그럼 도움을 받아." 그가 말한다. 무뚝뚝하게 굴지만, 그가 이미 나를 용서했다는 것을 안다. 그는 언쟁하는 체질이 아니고, 나는 그것에 감사하고 있다. 내 어깨를 그의 팔에 기댄다. 잠시 후, 그의 손이 거의 무의식적으로, 거의 습관적으로, 내 등을 쓰다듬는 것이 느껴진다.

12월에 데번까지 간다는 계획을 포기하는 것은 그리 어렵지 않았다. 주말 시간을 비워두려고 세심하게 노력하며 3주 동안 BBC 날씨 앱을 강박적으로 들여다본다. 비가 몇 시간 동안 그치지 않으면, 그냥 값싼 호텔을 몇 박 예약하고 혼자 차를 달려 그리로 가서, 진도를 좀 뺄 것이다. 문제는 비가 그치지 않는다는 것이다. 주말마다 그렇다. 단조로운 비의 장막. 바람도 강하다. 매일 밤 내 침실의 굴뚝에서 휘파람 소리가 난다. 이런 날씨에 맞설 수는 없다.

아무튼 모두가 바쁘게 움직이는 달이기도 하고, 엄마들이 **정말 멋진 크리스마스**를 준비하는 달이기도 한 12월에 홀로 훌쩍 떠나는 건 볼썽사나운 일이다. 다른 사람들은 그 시간에 무엇을 하느라 그렇게 바쁜지 모르겠다. 나는 선물은 모두 온라인으로 주문해두었다. 감사하게도 올해는 아버지 댁에서 크리스마스를 보낼 계획이다. 그래도 그라블랙스gravlax(소금, 설탕, 딜, 후추 등을 발라 저온 숙성시킨 연어-옮긴이)를 만들기 위해 연어 옆구리 살을 냉장고에 넣어놓았고, 쪄서 호일로 싸둔 크리스마스 푸딩도 냉장고 뒤 칸에 있다. 내가 요리를 담당하는 박싱데이(영연방국가와 일부 유럽 국가에서 공휴일로 지정된 12월 26일 – 옮긴이) 점심에 필요한 고기도 몽땅 주문한 상태다. 도대체 왜 이맘때면 할 일이 넘쳐나는 척하는 게 당연시되는지 모르겠다.

잠정적으로 사우스웨스트 코스트 패스와 더불어 노스 다운스 웨이North Downs Way도 걷기로 한다. 노스 다운스 웨이는 캔터베리와 도버로 가는 옛 순례길 일부를 따라 켄트 중앙을 대략적으로 가르는 길로, 집에서 훨씬 가깝다. 그래서 사우스웨스트까지 기껏 달려가서는 날씨 때문에 낭패를 보는 것에 비해 경제적 부담도 훨씬 덜하다.

또한 나는 달성할 목표가 없으면 즐겁지 않은 사람이라서 지금 노스 다운스 웨이를 걷지 않으면, 아예 걷기 자체를 그만둘지도 모른다. 그러니 다시 데번에 갈 수 있게 될 때까지 계속 몸을 움직여야 한다.

길은 도버 해안지구에서 시작된다. 이곳 산책로 바다의 돌 명판에는 '시작'이라고 새겨져 있고, 그 옆에는 거꾸로 '끝'이라고 새겨져 있다. 이 명판에 닿은 내 발 사진을 찍어둔다. 즐겨 신던 워킹화가 거덜이 나는 바람에 이번에는 운동화를 신고 있다. 여기서 보니, 도버는 그 자체로 테마 파크 같다. 내 뒤로는 선착장이 있고, 그 뒤로는 하얀 절벽이 솟아 있으며, 그 꼭대기에는 마치 컵케이크에 올린 체리 같은 도버 성이 있다. H와 버트는 나를 차에서 내려준 후 거기에 진을 친다. 나는 실눈을 뜨고 오드넌스 서베이 지도를 들여다본다. 어디로 갈지 정할 때 그저 해안선을 따라가거나 지극히 분명한 표지판을 따라가다가 이제 직접 길을 찾아야 하는 상황을 만나니 좀 낯설다. 노스 다운스 웨이에도 표지판이 있지만, 시내를 통과해 가면 표시가 헷갈리는 바람에 제대로 된 노선을 따라가기가 늘 어렵다. 시내 중심으로 진입하는 굴다리로 가다가 곧 잘못된 방향으로 들어서서 헤맨다. 한산한 일요일의 거리를 돌고 또 돌다가 휴대전화의 구글 지도로 위치를 확인하고 나서야 경로를 수정한다. 그렇게 20분이 지나버렸다. 그리 산뜻하지 않은 출발이다. 하지만 곧 붉은 벽돌 빌라가 늘어선 길을 지나 언덕을 오르고 나서, 철도선 아래 길로 내려가 지도에 옛 갱도로 표시된 곳을 지난다. 도버는 오랜 세월에 걸쳐 온갖 주요 산업의 흥망성쇠를 지켜본 도시다.

잠시 또 오르막길을 지나니 농지가 나온다. 그러나 멀지 않은 곳에서 A2 도로의 소음이 들려온다. 오드넌스 서베이 지도를 확인한다. 내가 가는 경로는 궁극적으로 해안 도로와 갈라지기는 하지만 이 길 위에서는 문명으로부터 벗어나기 어려울 듯하다. 캔터베리를 향해 가면서 내가 지나치게 될 모든 마을 사이의 경로를 손으로 짚어본다. 나는 그 많은 마을을 도로 표지판에서만 봤을 뿐이다. 내가 나고 자란 곳에 대해서 이렇게 아는 것이 없었다는 게 놀랍고, 그 지역들이 내가 전혀 몰랐던 방식으로 서로 연결되어 있었다는 게 놀랍다. 내 발로 직접 이 땅이 어떻게 생겼는지를 배운다는 것이 걷기의 진정한 즐거움이다. 지하에 백악이 묻혀 있어 땅은 끈적끈적한 점토질이다. 길을 걷다 보면, 마치 대지가 뼈대를 드러내듯이 그 많은 백악이 땅바닥을 빼꼼 뚫고 나온 곳들이 있다.

오늘은 지치고 피곤할 때마다 쉬어가면서 별다른 계획 없이 걸을 작정이다. 여기서는 사우스웨스트 코스트 패스와는 다르게 걷고 싶다. 집에서 가깝고 딱히 일정을 지킬 일도 없으니, 좀더 자유롭게, 목표에 연연하지 않으려 한다. 하지만 마음 한구석으로는 오후까지 잘 걸을 수 있지 않을까 생각하며, 머릿속을 차지한 온갖 생각을 사그라뜨리려 노력한다.

라디오에서 여자와 남자가 나의 정신세계에 관해 이야기하는 것처럼 느껴졌던 프로그램을 우연히 들은 것이 2주 전이다. 처음에는 그 내용을 무시하려고 했다. 대학에서 심리학을 공부할 때, 수업 첫 주에 강사가 이렇게 말했던 것을 기억한다. "우리가 이 강의에서 논의하는 모든 양상이 자신에게 해당하더라도 놀라지 마세요." 정신적인 고통은 평범한 사람 모두가 일부 가지고 있는 정상적인 측면이다. 문제는 그 정도가 어떻고, 그 스펙트럼 어디에 있느냐 하는 것이다. 하지만 요즘 스펙트럼이라는 말은 내게 위험한 용어가 되었다. 나는 정확히 어느 스펙트럼에 해당하는 것일까?

아무튼, 그 강사는 그날 자신의 말을 이렇게 정리했다. "물론, 여러분 중에는 이런 증상이 극도로 심하게 나타나는 것을 인지하는 사람이 있을 것입니다. 만약 그런 경우라면, 지금이 도움을 구해야 할 때입니다." 나는 그때 이렇게 생각했던 것을 기억한다. **하지만 난 도움을 청했는데.**

열네 살 때 학교에 가지 못할 정도로 지쳐서 병원 상담사에게 도움을 구한 적이 있다. 그는 "너는 그냥 우울증이야"라고 말했다. 마치 비난하듯이, 특별한 병증도 없이 그의 소중한 진료 시간을 갉아먹었다는 듯이.

나는 또한 말을 할 수 없게 되었던 열일곱 살에 지역 주치의에게 도움을 구했다. 그녀는 친절하게 말했다. "옷이 헐렁하네요. 잘 먹기는 하나요?" 그리고 이번에는 친절함을 덜어낸 목소리로 말했다. "학생이 이걸 극복해내지 못하면, 병원에 입원시킬 수밖에 없어요."

공포스러웠다. 나는 공포에 질려서 그녀가 준 약을 고분고분하게 먹었다. 그 약으로 인해 내가 깊은 우물 바닥에 버려진 기분이 들 때도, 그 약의 무게가 나를 짓누를 때도, 그리고 단지 어떤 기분이 드는지 알아보려고 집 안에 있는 온갖 해로운 것은 다 집어삼키며 오후를 보낼 때조차도.

나는 그녀가 추천해준 정신과 의사를 찾아갔다. 그레이브젠드 중심가 아래 위치한 대기실에 앉아 내 차례를 기다리면서 얇은 벽 사이로 다른 환자들이 그들의 트라우마에 관해 설명하는 것을 들었다. 그들에 비하면 나의 경우는 그렇게 심하지도 않아서 내 차례가 되었을 때는 이미 이야기하기를 포기한 상태였다. 어쨌든 나는 의사와 둘이 진료실에 한 시간 정도 앉아 내 무릎을 물끄러미 보고 있었고, 그사이 그녀는 답답하다는 듯 숨을 내뱉고, 시계를 보고, 필기를 했다(아마도 다른 사람들의 처방전이었을 것이다). 내가 두 번째 진료 시간에 나타나지 않자 그녀는 편지를 보냈다. 나는 그것을 무시해도 상관없음을 직관적으로 느낄 수 있었다.

그 외에도 여러 번 도움을 구했다. 그러나 대학 시절, 내 지도 교수는 그녀의 문제에 비하면 나의 걱정은 아무것도 아니라고 했다. 스물두 살 때는 할 일을 제대로 해낼 수 없다는 고민으로 상담을 받았다. 상담사는 별다른 문제를 찾을 수 없다며 상담을 조기 종료했다. 수치스러웠다. 모든 게 멀쩡한데도 무엇 하나 제대로 해내지 못하는 걱정투성이 환자. 그러다 얼마 안 있어 너무 아파서 도저히 일을 할 수 없게 되었다. 관절 통증으로 비틀거리거나 절뚝거렸고, 머리는 탈지면으로 가득 찬 것 같았다. 주치의는 섬유조직염이라고 진단하고는 넌지시 윙크 비슷한 눈짓을 하며 말했다. "그 말인즉슨 어디가 안 좋은지 찾을 수는 없지만, 꾀병이 아니라는 건 믿는다는 뜻이죠." 무슨 음란한 농담에 억지로 가담하게 된 기분이었다. 불쾌하지만 남들을 따라 웃는다. 아니면 어쩌겠는가?

스물네 살에 다시 병원을 찾았을 때, 의사는 마치 내가 국민보건서비스NHS에 대고 사치품 혹은 미용 시술을 요구한 것처럼 나 같은 사람은 개인 전담 간호사를 구해야 한다고 말했다. 나 같은 사람이 어떤 사람인지 나는 이해하지 못했다. 나는 일정한 유형에 들어맞지 않으며, 그렇게 심하게 괴로워 보이지도 않는다는 사실을 깨달았다. 그러나 그때쯤 나는 겉으로 포장하는 데 달인이 되어 있었다. 다른 사람들이 어떻게 행동하는지 유심히 관찰하고 정확히 모방했다. 온갖 사교적인 몸가짐과 우아함을 갖췄고, 그런 요소들 각각을 누구에게서 훔쳐왔는지 계보까지 파악하고 있었다. 기차에서 본 한 여자로부터 사람들에게 안부 묻는 법을 배웠다. 곤혹스러운 상황을 언제나 잘 모면하던 동료에게서 자신을 낮추는 농담으로 좌중을 웃기는 법을 배웠다. 나는 앵무새이자 구관조였다. 설령 할 수 있다고 해도 나에게 도움이 필요하다는 사실을 남들에게 입증하기 위해 그런 것들을 벗어던질 마음은 없었다. 그렇게 세심하게 학습된 일련의 몸짓 아래에 도사린 것은 날것의 끓어오르는 혼돈이었다. 나는 내 소중한 삶을 영위하기 위해 필사적으로 그것을 숨겼다. 그러기 위해 다른 사람인 척하며 살아야 한다면, 얼마든지 그럴 수 있었다.

그 후 병원에 가는 것을 포기하고 대신 스물다섯 살에 상담사를 찾아갔다. 상담사는 내가 단순히 거만하고 야망에 사로잡혀 있을 뿐이라고 넌지시 암시했다. 스물여덟 살에 찾아간 다른 상담사는 이렇게 말했다. "이 모든 것이 왜 문제가 되는지 모르겠네요." 그게 끝이었고, 나는 다시 당혹감을 느꼈다. 나에게는 충분히 문제가 되는 무언가가 일어나고 있는 것이 분명했지만 그 누구에게도 그런 상황을 제대로 전달할 수가 없었다. 결국 결론은 언제나 내가 아무것도 아닌 일로 유난을 떨고 있다는 것이었다. 다시 말해 완전히 평범한 일에 적절히 대처하지 못하는 게 틀림없었다.

나는 도움을 간청하기도 했다. 임신 중에 산파가 방문했을 때, 나는 비참한 기분이 들고 극도의 두려움을 느낀다고 털어놓았다. 산파는 물었다. "언제나 그런 건 아니죠?" 나는 그렇다고 인정했다. 그러자 그녀는 말했다. "음, 그렇다면야." 그리고 마음의 긴장이 좀 풀리도록 일주일에 몇 번 정도 와인 한 잔을 마시는 것이 해롭지 않을 거라고 덧붙이고는 자리를 떠났다.

버트를 낳은 뒤 방문 간호사가 찾아와 가방에서 산후 우울증 설문지를 꺼내고는 망설이듯 몇 초간 있다가 말했다. "이건 꼭 작성할 필요 없어요. 제가 보기에도 괜찮으신 것 같으니." 나는 웃으며 "네, 전 괜찮아요. 고마워요"라고 대꾸했지만, 마음속으로는 소리 지르고 있었다. '제발, 누가 나 좀 도와줘요.'

뭔가 잘못되어가고 있음을 인정하는 것이 다 무슨 소용이란 말인가? 그녀는 나에게서 좀 예민한 상태이긴 해도 행복하게 잘 지내는 여자라는 인상을 받았다. 그녀가 이미 구축한 나의 이미지에 반기를 들어봤자 아무 소용 없었을 것이다. 지금 돌아보니 나는 그런 단순한 문제를 잘 처리하지 못하는 게 아니라 너무 잘 넘겨버리는 듯하다. 넘겨버리는 게 버릇이 되었다. 나는 모두가 좋아하는 사람이 되고 싶다. 어떤 대가를 치러

야 하든 상관없다. 그게 나를 깨부수고 탈진하게 하고 병들게
하더라도.

노스 다운스 웨이에서 정오를 맞는다. 지치기 시작한다. 경로
는 만만치 않고, 바람은 그칠 줄 모르고, 해는 결코 얼굴을 내밀
지 않을 것 같다. 신발도 온전한 상태가 아니다. 밤이 되어갈 무
렵이면 휘청거릴 정도로 기운이 빠져서 도저히 다음 단계로 넘
어가지 못할 것 같다. 여기 와서 같이 점심을 먹을 수 있는지 H
에게 메시지를 보낸다. H는 도버 성에서 강한 바람을 맞는 것
에 질려서 지금은 몇 킬로미터 떨어진 어린이 놀이센터에 있다
고 답한다. 막 베이컨 샌드위치를 한 입 베어 물던 참이라면서
그가 말한다. 미안해.

　괜찮다. 나는 1시까지 셰퍼즈웰에 도착하는 데 성공한다.
마을 저편에 번듯해 보이는 펍이 하나 있다. 잠시 밖에서 머뭇
거리다가 문간에서 진흙이 잔뜩 묻은 운동화를 털고 안으로
들어간다. 내가 얼마나 이상해 보일지 느끼면서. 녹색 하이킹
양말을 신고 진흙이 여기저기 튄 레깅스를 입은 여자가 혼자
들어와 로스트 디너와 비터 샌디 한 잔을 주문하는 모습이란.
하지만 여기, 진흙과 백악의 땅 노스 다운스 웨이에서만큼은
이런 것이 자연스럽게 받아들여지는 듯하다.

이런 게 내가 걷는 이유가 아닐까? 어느 정도는 제멋대로 엉뚱하게 굴고 나만의 생각 속으로 도피하는 것이 허용되니까. 나는 어쩌면 매년 걷기를 감행하는 1,000명의 다른 도보 여행자들과 전혀 다르지 않다. 배 속은 비었을지언정 마음은 계속 백악 지대를 누비는 그들과. 여기서는 나처럼 이상한 게 정상이다. 어쩌면 걷는다는 것은 내가 넘겨버리는 짓을 하지 않아도 되는 유일한 행위인지도 모른다.

남편에게 고백하다

12월,
세퍼즈웰에서 캔터베리까지

Shepherdswell to Canterbury

나의 세계는 미세한 전기 충격으로 이루어져 있다. 모든 살아 있는 것들에는 그만의 전류가 있고, 그 전류는 나를 통해 접지한다. 모든 예기치 않은 접촉, 모든 눈길에 전류가 있다. 나는 피뢰침이다. 오퍼레이션 게임(환자의 몸에 여러 개의 홈이 있고, 그 안에 들어 있는 이물질을 핀셋으로 꺼내는 보드 게임으로, 홈의 금속 테두리에 핀셋이 닿으면 진동이 발생하면서 환자의 빨간 코에 불이 들어온다 - 옮긴이)에서 평생 금속과 금속이 접촉할 때 발생하는 진동에 마음 졸이며 누워 있는 빨간 코 환자 같은 피뢰침.

내가 진저리를 치는 모습은 좀처럼 보기 힘들다. 다른 모든 것을 배웠듯이, 가만히 있는 법도 배웠으니까. 그에 대비할 수 있다. 나는 혼잣말을 한다. **너는 방에 들어갈 거고, 사람들이 너를 스칠 거야.** 그러면 난 준비가 된다. 이렇듯 나 자신의 허락이 필요하다. 사람들이 나를 포용한다. 내게 입을 맞춘다. 최선을 다해 그들에게 화답하고, 뻣뻣하게 경직되지 않으려 애쓴다. 어떤 사람들은 본능적으로 나를 혼자 두는 게 바람직하다는 것을 알아챈다. 그런 사람들은 관심을 기울이는 것이다. 하지만 대다수는 그러지 않거나 그렇게 하기를 원하지 않는다. 한번은 내가 포용을 거절하자 내 차에까지 따라온 동료가 있었다. 모두 다 흔쾌히 포용을 하는데 왜 나만 안 한다는 것인지? "왜 그래요?" 그가 말했다. "포옹 한번 합시다." 하지만 나는 그걸 참아낼 수 없었기에, 돌아서서 웃어대며 도망치기 시작했다. "싫어, 안 해! 나한테 하라고 하지 마!" 최소한 나는 웃고 있었던 것을 기억한다. 웃지 않으면, 모두 내가 가진 공포심을 느낄 테니까.

나에게 합의는 중요하다. 합의는 섹스에만 국한된 것이 아니다. 나는 치과도 잘 가고 미용실도 잘 간다. 서로 간에 접촉이 있을 것이라는 암묵적인 합의가 있기 때문이다. 나는 그들이 제공하는 서비스에 비용을 지불하고, 그 서비스는 접촉을 수반한다. 나는 그 접촉의 정도를 가늠할 수 있다. 어떤 면에서는 극한을 넘어서는 수준까지도 허용할 수 있다. 나에게는 치과 의사에게 치아를 검사받는 것이나 자궁경부암 검사를 받는 것이나 마찬가지다. 거기에는 아무 차이가 없다.

한번은 허리 아래로 아무것도 걸치지 않은 채 산부인과 진찰대에서 걸어 내려와 의사를 당황하게 한 적이 있다. 진료 전에 나에게는 시트 한 장이 제공되었다. 몸을 가리라는 배려인 것이 분명했다. 그러나 어디를 가리라는 것인지 도통 이해할 수 없었다. 이후 30분간 의사의 얼굴이 내 벌거벗은 생식기에서 10여 센티미터 이상 떨어지지 않았기 때문이다. 그렇다 보니, 그에게 혹은 진료실 안에 있던 한 무리의 간호사들에게 더는 감출 것도 없었다. 그렇게 검진을 받고서 갑자기 내 몸이 지극히 내밀한 것이라는 듯이 가려봤자 무슨 의미가 있을까? 그 진료실 안에서는 분명히 의미 없는 일이었다.

나는 이렇게 그때그때 변하는 규칙을 어떻게 이해해야 하는지 잘 모른다. 20대 초반에 혈압을 재러 병원에 갔다가, 수련의와 30분 정도 함께 있게 되었다. 그는 내 또래였고, 인간적이고 친근하게 보였다. 그는 내 심장 박동이 정상이 아닌 것 같다고 염려했다. 그때 나는 원피스를 입고 있어서, 어쩌다 보니 그가 내 흉곽 여기저기를 청진기로 누를 때 브라와 속바지 차림으로 침상에 앉아 있게 되었다. 그가 청진을 마치고 책상 앞에 다시 앉았을 때, 나는 어서 옷을 챙겨 입어야 한다는 생각을 미처 하지 못했다.

그 무언의 규칙을 이해하지 못한 것이 불찰이었다. 그가 이야기하면서 내 무릎 위에 팔꿈치를 기댔을 때에야 나는 이 사실을 깨달았다. 그러자 다시 전류가 발생하기 시작했다. 젊은 의사가 거의 알몸 상태인 얌전한 여자를 철저히 직업적인 관점에서만 대할 것이라 믿은 내가 순진했는지도 모르겠다. 하지만 이것이 완전히 규칙 위반이라는 것을 알아차렸을 때에는 이미 너무 늦어버렸다. 문제는 규칙을 위반한 쪽이 나였다는 것이었다. 내가 잘못된 신호를 보냈던 것이다. 나는 그를 당혹스럽게 하고 싶지 않았다. 그의 팔에서 나오는 전류가 내 다리에 타투를 새기는 느낌이었지만, "내가 이렇게 앉아 있는 게 언짢은 건 아니죠?"라고 그가 물었을 때 내 대답은 이랬다. "아니요."

아니요. 괜찮아요. 언짢지 않아요. 왜냐하면 "네, 언짢아요"라고 말함으로써 그가 자신을 방어하기 위해 온갖 예측 불가능한 히스테리를 발동시키게 놔두는 것보다 이 멍청한 호색한의 소름 끼치는, 선을 넘는 접촉에 내 피부를 맡겨두는 편이 수월했기 때문이다. 적어도 나는 이 규칙을 어느 정도 이해했다. 나는 앉아서, 미소 지으며, 내 몸의 허용 범위를 넓혀줘야 했다. 내가 거부할 수 있을 만한, 좀더 구체적인 뭔가를 할 수 있는 시간을 그에게 주면서.

그런데 잠시 후에 조용히 문을 두드리는 소리가 들리더니 아버지 같은 느낌의 내 주치의가 걸어 들어왔다. 수련의는 움찔하며 물러갔다. 주치의는 옷이 벗겨진 나를 보고 눈이 커졌다. "이제 옷 입으셔도 됩니다." 누군가의 마뜩잖은 기색이 그렇게 고마웠던 적이 없었다.

아무에게도 이 일을 말하지 않았다. 성폭력이라는 인식 때문이 아니라 이런 단순한 사회적 상황을 전혀 읽지 못하는 내 무능함이 너무 부끄러웠기 때문이다.

어쨌건 다 잊어버리기로 했다. 나는 내가 접촉을 좋아하지 않는다는 것을 잊어버렸다. 사회적 규칙을 자주 오해한다는 것을 잊어버렸다. 이것은 일정 날짜 이전의 일을 모두 잊어버리는 심각한 건망증 같은 것이 아니라 지속적으로 잊어버리기를 계속하는 일상적 망각이자, 사실을 조합하기를 거부하는 것이다. 나는 그다지 포옹을 즐기지 않고 사교적인 입맞춤도 거북해하지만, 그런 거부감과 거북함이 일회성일 뿐이라고 믿어왔다. **이런** 순간에 **이런** 사람과 입맞춤하기가 싫은 것은 아니라는 뜻이다. 나는 그저 **지금** 포옹할 마음이 없는 것이다. 나는 이따금, 일시적으로 튀는 것일 뿐 다른 사람들과 똑같다고 믿어왔다. 그러면서 내가 다른 사람과의 접촉을 지나치리만치 불편해한다는 사실을 완전히 잊은 채, 거부감을 표출하는 각각의 행위들 사이의 연속성을 감쪽같이 인식하지 못하는 상태로 지내왔다.

이게 어떻게 가능한 걸까? 마치 하나의 거대한 음모가 진행된 것 같다. 실제의 나와는 다른 모습을 가지고 싶다는 욕망이 모든 것을 무력화시켜온 듯하다. 나는 인간 두뇌의 작화 능력을 몸으로 증명하는 존재다. 들쭉날쭉한 조각들로 깨져버린

자아를 반짝반짝 빛나는 전인적인 정상인으로 탈바꿈시켜왔으니. 그러다 라디오에서 흘러나온 그 음성이 나를 폭발하게 했다. 이제 나는 모든 모순적인 파편들을 다시 그러모으고 있다. 이제 그 조각들을 모아 완전히 다른 그릇을 만들려고 한다.

크리스마스를 앞둔 며칠 동안, 선물을 포장하고, 연어를 소금에 절여 말리고, 버트에게 선물할 트램폴린을 어떻게 몰래 조립할지 궁리한다. 그러는 내내, 내가 알던 것과는 다른 실제 내 모습에 대해 남편에게 뭐라고 말할지 생각한다. 그리고 내 얘기에 남편이 뭐라고 할지 궁금해한다. 내가 생각하는 최상의 시나리오는 놀라면서도 수용하는 반응이다. 놀람과 받아들임이라는 두 감정 사이의 간격이 아주 짧다면 더 좋겠다. 가령, 이렇게. 와우, 이제까지 내가 만난 사람 중에 당신만큼 정상적인 사람은 없다고 생각했는데. 이제 당신의 새로운 정체성을 알게 됐으니 흔쾌히 받아들일게. 그런 줄도 모르고 당신과 같이 살기 힘들다고 생각했던 순간들이 있었어. 용서해줘.

　나의 뇌리를 떠나지 않는 최악의 시나리오도 있다. 이 시나리오에서, 그는 단지 한숨을 내쉬고는 아무 말도 하지 않는다. 이것 역시 임신 이후 내가 보여온 소모적이며 관심을 잡아먹는 불안정성의 표출이라 생각하는 것이다. 그는 아무 말도 하지 않겠지만, 이런 것에 지치고, 나에게도 지친다고 생각할 것이다. 그러고는 전보다 조금 더 나를 이상한 사람으로 보게 될 것이다.

나의 어머니가 버트를 하루 봐주는 동안, H와 단둘이 셰퍼즈웰에 간다. 지난번에 멈췄던 곳에서부터 걷기 위해서다. 전에 언급했듯이, H는 오래 걷는 것을 좋아하지 않으므로, 나는 오늘 약 19킬로미터를 걸어 캔터베리까지 갈 계획을 세운다. H는 내가 그저 즐거움을 위해 그런 시도를 한다는 것에 믿을 수 없다는 반응을 보인다. 나는 그게 그렇게 먼 거리일까 생각한다.

구름 낀 하늘은 사라졌고, 오늘은 겨울답지 않게 날이 포근하다. 우리는 셰퍼즈웰의 푸른 마을과 집들을 지나서 겨울 털갈이를 마친 말들이 풀을 뜯고 있는 들판 사이를 걷는다. 시골 여우가 우리의 길을 가로지른다. 우리 눈에 익숙한 도시 여우에 비해 윤기가 흐르는 붉은 털이 탐스럽다. 여우는 잠시 멈춰 상황을 파악하고는 우리를 경계하며 시야에서 사라진다.

우리는 곧 몇몇 마을을 지난다. 캔터베리에서 해안으로 오는 열차 안에서 안내 방송을 통해 이름을 들어본 적이 있는 스노다운Snowdown, 에일섬Aylesham, 애디섬Adisham이다. 익숙한 이름이지만 낯선 장소들. 정오 무렵 우리는 허기를 느낀다. 하지만 근처에 아무 펍도 보이지 않자 킹스턴으로 향하는 큰길로 들어선다. 매 식사마다 지치지 않고 품평을 남기는 구글의 충실한 리뷰 작성자들은 이곳의 식당 중에 블랙 로빈을 추천한다. 이 지점에서 나는 지도를 심하게 잘못 읽고, 우리는 사실상 고속도로인 A2 도로를 가로지를 수는 없어서 도로 가장자리의 가파른, 그리고 놀랍도록 무성한 관목숲을 따라 배고픔에 짜증을 내며 허둥지둥 발걸음을 옮긴다. 블랙손 나무에 걸려 내 레깅스가 찢어진다.

마침내 다리를 발견하여 길 건너편으로 간다. 그리고 손님이 많아 음식이 다 떨어진 것을 보고 블랙 로빈이 구글에 나온 대로 맛집이라는 것을 확인한다. 결국, 점심은 감자칩과 볶은 땅콩으로 대신한다. H는 불가에 축 늘어져 앉아서 내 어머니에게 우리를 태우러 와달라고 부탁할 생각을 한다. 그는 캔터베리보다 가까이에서 어머니를 만날 만한 지점이 있는지 큰소리로 내게 묻는다. 나는 그렇게 피곤하지는 않다. 그사이 체력이 좋아진 게 틀림없다.

미안하지만 나는 인정에 이끌리지 않는다. 여기 이렇게 앉아서 땅거미가 질 때를 기다릴 수는 없다. 나는 맥주를 어서 마시라고 그를 재촉한다. 우리는 다시 출발한다. 아까 그 다리의 넓고 말끔한 길을 따라 걸으며 H는 늦은 점심은 정말 물 건너간 거냐고 묻는다. "자꾸 먹으려고 중간에 멈추면 사우스웨스트 코스트 패스까지 못 가." 내 말에 H가 나를 흘겨본다. 우리는 A2 도로 아래를 지나, 다시 노스 다운스 웨이에 접어들고,

곧 캔터베리 상방의 언덕에 이른다. H는 말이 없다. 나는 그 상태가 어떤 것인지 안다. 그는 지금 온몸 구석구석이 아프고, 에너지가 완전히 바닥을 치고 있다. 하지만 앞으로 나아가는 수밖에 없다. 저 멀리에 성당이 보인다. 땅거미가 내려앉는 무렵이라 성당의 불빛이 유난히 환하다.

우리는 시내 중심부에 도착한다. 온갖 동화 같은 불빛에, 멀드 사이더 과일주 향이 솔솔 풍기며, 크리스마스 마켓이 한창이다. 가판대 주위에 엄청난 인파가 몰려 있다. 덥고, 번잡스럽고, 몹시 시끄럽고, 도통 종잡을 수 없다. 다른 사람들, 나와 다른 사람들은 분명 이걸 즐기고 있다. 우리는 조용한 카페에 들어가 자리를 잡고 버트를 기다리며 커피와 샌드위치를 먹는다. 거리에 자리한 그로토grotto(정원 같은 곳에 만든 작은 동굴 – 옮긴이)에 등장한 산타를 구경하면서.

우리는 온종일 걸었다. 나는 라디오에 나온 여자에 대해서, 그리고 그녀의 말을 듣고 나 자신에 관해 깨달은 것에 대해서 한마디도 꺼내지 않았다. 기회는 영영 없을 것 같았다. 적절하게 느껴지는 때가 오지 않았다. 뭐라고 말해야 할까? **오, 그런데 말이야, 내가 자폐야.** 20년을 같이 살아온 마당에, 그렇게 쉽게 입이 떨어지지는 않는다.

그에게 아예 말을 하지 말까도 생각한다. 그게 잘 안 되리라는 걸 알면서도 말이다. 나는 생각한 것을 말하지 않고는 못 배긴다. 할 말, 정리되지 않고 불안정한 할 말이 목구멍 끝까지 차오른 채 나오지 않는다. 나는 정확히 알거나 이해하기도 전에 말부터 하려는 충동은 그리 미덥지 않다고 스스로에게 충고한다. 그가 급격히 고조되는 내 감정 변화에 이미 지쳐 있다는 것을 잘 아는데도 그런 감정은 늘 급박하게 밀려온다. 이게 문제다. 이게 나의 문제다. 나는 다른 사람들처럼 생각을 절제할 줄 모른다. 모든 것이 언제나 물밀듯이 밀려온다. 나는 말의 홍수에 잠기고, 주위의 모든 것도 빠뜨려버린다.

그와 침대에 나란히 누운 어느 날 밤, 그를 만지려다가, 둑이 터지듯 나는 무너지고 만다. 아니, 사실 나는 그를 만지려고, 그러기를 즐기려고, 내 옆에 누운 몸의 세세한 실체를 인식하지 않으려고 애쓰고 있다. 때때로 나는 곧잘 그렇게 한다. 때때로(이럴 땐 보통 맨 정신이 아니라 술에 취한 상태라는 점을 인정한다) 내 옆에 누운 몸이 끈적끈적한 내장 기관 깊숙한 곳에서부터 숨을 내쉬고, 피부와 머리카락에서 보이지 않는 먼지를 떨구고, 미묘한 땀 냄새와 살 냄새를 발산한다는 사실을 망각하기도 한다. 때로는 만져도 간지럽지 않고 살이 데는 느낌도 없고 몸이 떨리지도 않는다. 하지만 오늘은 아니다. 오늘은 이미 그런 느낌이 왔다. 게다가 곧 지나갈 지금 이 순간만이 아니라 그냥 원래부터 내가 이런 것을 싫어한다는 것을 이미 기억해버렸다. 오늘 밤 나는 잊어버리는 법을 잊어버렸다.

H는 내 허리를 손으로 감싼다. 나는 그의 손바닥이 너무 뜨거워서 그의 손을 슬그머니 치운다. 그는 내 쪽으로 몸을 기

울여 내 귀에 키스하고, 나는 그의 입술이 남긴 구불구불한 흔적을 손으로 문지른다. 나는 몸이 경직되지 않게 긴장을 풀려하고, 이런 손길을 그 안에 담긴 마음으로 받아들이려고 노력한다. 하지만 그는 이미 포기의 한숨을 쉬고 돌아눕는다. 자폐 스펙트럼을 가진 사람들은 공감 능력이 부족하다고 하지 않던가? 그런데 나는 지금 그의 감정을 느끼고 있다. 아무도 이해할 수 없는, 아주 특정한 상황에서만 만질 수 있는 누군가를 어루만지고 싶은 그 고통스러운 심정을 느끼고 있다. 철사 옷걸이만큼의 다정함만을 보이는 누군가와 인생을 함께해야 하는 그 외로움을 느끼고 있다. 나는 울기 시작한다. 이제는 말해야 할 때라는 것을 느낀다. 내 목소리가 탁하게 흘러나온다.

"저번 주에 어떤 라디오 프로그램을 들었어." 이어서 모든 자초지종을 설명한다. 소리 내어 말하니 바보같이 들린다. 사실일 리가 없는 것처럼 들린다. "그건 감각적으로 압도당하는 거래." 내가 말한다. "소리가 들리고 냄새가 나고 맛이 나고…… 모든 게 한꺼번에 몰려와서, 아무것도 걸러낼 수가 없게 되는 거지……."

H는 조용히 듣기만 한다. 나는 혹시 그가 잠이 들었는지 궁금하다.

"어떻게 생각해?" 나는 묻는다. "내 얘기가 맞는 것 같아? 모든 게 그렇게 힘들었던 이유가 이거였다고 생각해?"

그는 숨을 내쉰다. "음…… 그런 것 같아……." 그리고 그가 조심스럽게 선택하는 어휘가 내 마음을 요동치게 한다. "그게 **당신에 대한** 설명이라고 할 수 있을 것 같아."

그가 알고 있었다니, 최악이다. 그는 모두 알고 있었다. 내가 알기도 전에 그는 알고 있었다. 나는 평생 내가 다른 사람들과 다름없다고 생각하며 살아왔다. 때로는 우울해지거나 흥분할 때도 있고, 사람들의 반응을 이해하지 못할 때도 있고, 사람들과 잘 지내기 위해 남들보다 더 큰 노력을 기울여야 하지만 말이다. 그런데 내가 줄곧 스스로를 어떤 사람으로 규정하며 사는 동안, H는 내가 내 규정과는 완전히 다른 사람임을 알고 있었고, 나를 위해 홀로 조용히 분투하면서도 한 번도 내가 그 사실을 알아차릴 정도로 모질게 굴지 않았다.

"오, 세상에." 나는 말한다. "지금까지 당신이 나를 돌보고 있었던 거야?"

그러자 H가 웃으며 말한다. "아니, 아니야. 그런 건 정말 아니야." 그는 잠시 생각하더니 말한다. "지금 내가 당신을 안아줘도 될지 모르겠네."

나는 말한다. "좋아."

스펙트럼 선상의 삶

Canterbury to Chartham

나는 새해 다짐 같은 건 하지 않는다.

이런저런 방식으로 언제나 실천 계획을 세우는 유형은 아니다. 마지막으로 새해 다짐을 한 것은 5년 전이었는데, 더 이상 사람들이 하기 싫어하는 일을 하도록 설득하지 않기로 했다. 예전에는 이것이 성취를 끌어내는 자랑스러운 능력이라고 생각했지만, 실은 그리 달갑지 않은 취미로 비친다는 것을 알게 되었기 때문이다. 나의 상상 속에서는 내 순수한 열정과 타당성으로 사람들의 반감을 모두 긍정적인 공감으로 바꿀 수 있을 것 같았다. 하지만 사실 사람들은 나의 집착적인 열정에 못 이기는 척하다가 어느 정도 안전거리를 확보하면 떨어져나가곤 했다. 여러 자기계발서가 알려주는 바와 달리, 끈기가 늘 미덕인 것은 아니다. 어떤 경우에 끈기는 남들의 평가를 무시한다는 의미를 담고 있다.

나에게 다시 걷기를 시작할 만한 끈기가 있는지 모르겠다. 내가 볼 때는 10월 이후 비가 꽤 많이 왔지만, 비 오는 사이사이 구름만 낀 흐린 날이 많았는지도 모른다. 어쨌든 켄트와 웨스트컨트리의 대지 역시 수분을 잔뜩 머금고 있다. 집 앞마당은 늘 얇은 수분 장막이 덮여 있어서 하늘이 열릴 때마다 작은 연못을 이룬다. 여기에 꽃창포와 수련을 심어볼까 생각 중이다. 혹시 집을 팔게 되면 꽃을 심은 것이 좋지 않은 인상을 주게 될까 봐 한편으론 염려가 되기도 한다.

이런 날씨로 인해 지난 몇 주간 걷기 계획이 무산되었다. 크리스마스 휴일 직후에 캔터베리와 차트햄 사이의 노스 다운스 웨이에서 걷기를 시도했다. 하지만 H는 1.6킬로미터쯤 걷고 나서 상대적으로 경사가 완만하나 발이 발목까지 빠지는 진흙탕 비탈길에서부터 걷기를 거부했다. 나는 의지박약이라고 비난했지만, H는 신경 쓰지 않는 듯했다. 훨씬 더 험난한 날씨에 사우스웨스트 코스트 패스에서 겪었던 무용담을 이야기해도 좋다는 조건으로 그와 펍에서 점심을 먹기로 합의했다.

다음 주까지 나는 오로지 걷는 것만 생각한다. 온갖 소음들과 사교적 접촉들로 넘쳐나는 크리스마스에서 새해로, 그리고 다시 일상으로 복귀하는 기간은 내게 참 힘들다. 나는 혼자 있을 수 있을 때까지 신경이 한껏 곤두서 있음에도 살아남기 위해 그저 웃음을 지어 보이고 아드레날린을 분출해댄다. 신선한 공기와 머나먼 수평선과 습지와 산림지대의 미기후가 필요하다. 그 과정에서 홀딱 젖든 말든 상관하지 않는다. 비가 오는 것은 걱정할 일이 아니다.

차트햄까지 걷는 2차 시도를 감행한다. 이번에는 혼자다. 진흙 비탈을 두 번 걷는 것쯤은 개의치 않지만 이미 한 번 갔던 곳을 또 지날 필요는 없다. 만약 필요했다면 그 구간을 또 걸었을 것이다. H에게는 진흙 비탈이 내게 아무런 장애물이 되지 않는다는 사실을 분명히 해둔다. 이번에는 특히나 물도 안 새고 곰팡이도 피지 않은 새 워킹화를 신고 있으니 말이다. 이 신발만 있으면, 정강이 아래만큼은 천하무적이 된 기분이다.

H는 A2 도로를 건너는 다리 위에 나를 내려준다. 나는 뒤 범퍼에 걸터앉아 다리 아래로 쌩쌩 지나가는 차들을 보며 준비를 마친다. H가 아침 식사를 하는 동안 아늑한 어린이 놀이 센터로 향하게 될 버트는 차창을 두드리며 손을 흔든다. 나는 화답으로 차창을 두 번 두드리고는 우리가 방문할 때마다 언제나 차 지붕을 두 번 두드리시던 할아버지를 떠올린다. 차가 떠난다. 나는 타맥으로 포장된 도로에서 새 워킹화가 다리를 굳건하게 지탱해주는 것을 느끼며, 길을 가로지른다. 그러고는 2차 세계대전에 참전한 탱크도 멈춰 세웠을 법한 콘크리트

바리케이드에 설치된 음울한 외관의 금속 문을 통과한다.

가지치기한 밤나무 삼림지대 사이로 난 길을 따라간다. 매끄러운 구릿빛 나무등치가 잿빛 하늘을 배경으로 은은하게 빛난다. 부드러운 그 모습은 겨울에 보기 드문 온기를 머금고 있다. 어디선가 연기 냄새가 난다. 잡목들이 가지치기된 지 얼마 되지 않은 강기슭을 지나 윤기 나는 나무등치들이 웅장한 자태를 뽐내는 길로 접어든다.

얼마 후, 나는 과수원에 있다. 대각선 형태로 가지런히 심긴 사과나무들의 배열이 겨울의 황량함 속에 고스란히 드러나 있다. 걷고 있자니, 나무들은 줄지어 늘어선 변화무쌍한 다이아몬드로 모습을 바꾼다. 여기에는 온갖 다양한 모양들이 있다. 어떤 나무들은 크고 오래되어 보이고, 또 어떤 나무들은 수양버들처럼 가지를 늘어뜨리고 있다. 아직 묘목에 불과한 나무들은 오래된 커다란 나무들과 대조적으로 겨우 미미한 몸짓을 보이기 시작한다.

내가 다닌 초등학교는 이곳과 같은 과수원을 접하고 있었는데, 그곳에는 분홍빛 과육을 가진 조그마한 사과들이 열렸다. 가을이 오면, 사과들은 차곡차곡 상자에 담겨 사무실 밖에 쌓였고, 우리는 쉬는 시간에 2파운드를 내고 사과를 사 먹었다. 어떤 아이들(나는 절대 아니다)은 곧 무너질 듯한 울타리를 기어 올라가 몰래 사과를 따 먹곤 했고, 이 때문에 조회시간에 교장 선생님에게서 진심 어린 당부를 들어야 했다. **그래요, 다들**

사과 서리를 하지요. 하지만 부디 걸리지 않을 정도만 하세요.

나는 학교에서 소속감을 느끼지 못했다. 내가 서 있는 데서 좀 떨어진 곳에는 한 무리의 소녀들이 함께 놀고 있었다. 모두 날씬하고 단정한 몸에, 말끔한 포니테일로 머리를 묶고, 자기를 꾸미는 것에 굉장히 관심이 많았다. 그리고 혼자인 나는 보통 부스스한 모습으로 그 아이들이 하는 말을 이해해보려고 애쓰고 있었다.

내 모든 행동이 그들의 마음을 상하게 하는 것 같았고 그들은 단체로 기분 나빠했다(아마 내 말투에 어딘가 거슬리는 데가 있었거나, 내 몸짓에 위협적인 데가 있었나 보다). 나는 아홉 살이 되었을 때 귀여운 어린 소녀라고 하기에는 벌써 담임선생님보다 키가 컸고 이른 사춘기가 와버리는 바람에 한동안 놀이터의 괴물로 통했다. 나는 아이들을 들어 올려주었고, 꽥꽥 소리 지르는 아이들을 안아주거나 목말을 태워주었으며, 아이들이 심하게 졸라대면 자라나고 있던 내 음모를 순간적으로 보여주기도 했다. 문제는 이런 흥미진진한 괴상함이 용납되는 것은 오직 내가 누군가를 떨어뜨리거나 누군가를 잘못 안아 올리기 전까지만이라는 사실이었다. 결국 그들은 울면서 선생님에게 일렀다. 자신을 거칠게 다뤄도 좋다고 한 적은 없음을 넌지시 내비치면서. 나는 이것이 다정한 접촉처럼 보일 수 있어도 그런 우정은 내 또래들의 일방적인 요구에서 비롯된 관계일 뿐이며 그들의 편의에 따라 언제든 바뀔 수 있다는 것을 일찌감치 알아버렸다. 그들의 언어로 말하기 위해 무엇이든 해보았지만, 결과는 기대와는 달랐다. 내 말을 그르릉거리고 으르렁거리는 소리로만 받아들이는 그들을 보고서, 나는 마치 아름다운 언어를 사용하는 엉뚱한 괴물이 된 기분이었다. 말이 전달되는 어디쯤에선가 번역 오류가 발생했다.

나는 심지어 동네도 잘못 살았다. 숀Shorne에 사는 아이들은 모두 방과 후 동네에서 함께 놀았지만, 우리 집은 그 옆 동네였다. 내가 느끼기에는 옆 나라쯤은 되는 거리였다. 내가 사는 동네의 아이들은 내가 그들과 다른 학교에 다닌다고, 잘난 척한다고 여겼다. 그들은 무딘 어린이용 주머니칼로 내 자전거 타이어를 긁었고 따가운 쐐기풀 한 움큼을 내 등에 집어넣었다. 내가 어디에 살든지 간에 아이들은 나를 그리 환영하지 않았다.

그래서 롤러스케이트를 신고 집 주변의 시멘트 트랙을 끝없이 도는 편이 나았다. 앞길에서 오른쪽으로 돌아 우리 집과 옆집 사이의 터널로 들어가고, 다시 오른쪽으로 돌아 파티오로 가고, 다시 한 바퀴 돌아 왔던 길을 거꾸로 가는 것이다. 바퀴 아래 콘크리트가 내는 우르릉 소리와 터널의 물기 어린 울림이 마음을 달래주었다. 나는 몇 시간이고 로봇같이 'C'자 모양을 그리며 달릴 수 있었다. 내 롤러스케이트 스토퍼는 한쪽 끝에서는 화분을, 다른 쪽 끝에서는 정원 담장을 치고 달려 나갔다. 이웃 아주머니가 그녀의 정원에서 롤러스케이트를 타도 좋다고 했지만 나는 고민 끝에 그러지 않기로 했다. 넘어질 염려 없는 쾌적하고 안전하고 평평한 길에서 내게 익숙한 패턴을 유지하는 게 나았다. 게다가 내가 하는 놀이를 절대 하려 하지 않는 다른 아이들을 굳이 마주칠 일도 생기지 않을 테니 말이다.

나라는 사람을 추적하기 위해서 블로그와 웹사이트의 글을 읽고 있다. 기운이 빠지지만, 멈출 수 없는 일이다. 나는 이미 '아스퍼거 증후군'이라는 용어가 더는 중립적이지 않다는 사실을 알고 있다. 그 용어는 미국 정신의학회의 공신력 있는 정신장애진단 및 통계편람 최신판인 DSM-V에서 제외되었다. 한때 이 병명을 부여받았던 사람들이 이제는 좀더 일반적인 자폐 스펙트럼 장애(약어로 ASD)로 진단된다는 뜻이다. 지금도 자신에게 아스퍼거 증후군(약어로 AS)이 있다고 말하는 사람들은 그 용어가 사라지기 전에 진단을 받았을 수도 있고, 일부러 새로운 의학적 분류를 받아들이지 않는 것일 수도 있다. 후자의 경우 그들은 광범위한 범주에 포함되기를 거부하며 스스로를 아스피Aspie라고 지칭한다.

자폐 스펙트럼 장애에 대한 공식적인 지침을 읽다 보면, 자신의 병을 이해하고 외부의 시각에서 스스로를 바라보려고 하는 나의 시도가 마치 몸을 꺾는 곡예라도 되듯 무모한 것으로 느껴진다. 예를 들어, 국립보건원의 의료 정보 웹사이트에는 미취학 아동과 학령기 아동의 증상이 열거되어 있지만, 성인이 되어서 진단을 받은 사람들에 대해서는 "어릴 때 그 병증의 특징을 나타냈지만 진단받지 못한 채 어른이 되었다"는 언급이 있을 뿐이다. 언어 지연, 비언어적 소통의 어려움, 반복적 행동을 그 특징으로 제시하며, 자폐 스펙트럼 장애를 가진 아동의 70퍼센트는 IQ가 70 이하라고 설명한다. 그러나 나머지 30퍼센트에 대해서는 어떠한 정보도 제공하지 않는다.

이 누락된 내용이 나에게는 매우 중요하다. 아스퍼거 증후군의 특징 가운데 의사소통 기술은 미흡한 반면 글을 읽고 단어를 습득하는 능력은 보기 드물게 탁월한 과독증이 있는데, 내가 여기에 해당한다는 생각이 들기 때문이다. 어릴 적에 어른들은 내가 하는 말이나 내가 말에 집착하는 모습을 보고 숨을 고르곤 했다. **얘는 사전을 삼켰나 봐.** 나는 그런 말을 수도 없이 들었다. 그리고 정말 그랬다. 소설의 내용이나 등장인물들의 심리가 이해되지 않을 때는 종종 있었지만, 온갖 음과 의미와 정보로 가득한 1976년판 콘사이스 옥스퍼드 영어사전의 얇은 페이지들에는 언제든 매료되었다. 이 사전을 처음부터 끝까지 몇 번이고 되풀이해서 읽었다. 읽고 또 읽은 나머지 하드커버가 다 벗겨졌다. 나는 지금도 모르는 단어를 만나면 화가 난다.

내가 말을 할 때면, 그동안 흡수했던 온갖 단어들이 하나의 이어진 리본처럼 흘러나왔다. 시간이 갈수록, 나는 사람들이 내 유창함에 놀란다는 사실을 알게 되었다. 나에게는 즐거운 일이었지만, 사람들에게는 주체할 수 없이 폭포수처럼 쏟아지는 말의 범람이었다. 마침내 나는 스스로 말을 끊고 얼버무릴 줄 알게 되었다. 자연스럽게 나오지 않았던 억양을 메울 줄도 알게 되었다. 이 습지대에 살면서 몸에 흠뻑 밴 잉글랜드 남부의 모음을 교정할 줄도 알게 되었다. 나는 말이 나오지 못하게 담아두는 하나의 댐을 세웠고, 그 말들을 흘려보낼 통로도 만들었다. 지금도 이따금 한 시간 정도 운전을 하면서 그 말을 방출하기 위해 혼잣말을 하곤 한다. 노래를 부르기도 한다. 내가 말을 참지 않아도 되는 유일한 시간은 내 마음이 녹아들었을 때다. 그렇지 않을 때 말들은 내 방파제가 안간힘을 쓰고 막아야 하는 밀물처럼 밀려온다. 나에게 의사소통이 어려운 것은 말이 부재해서가 아니라 너무 많은, 너무 넓고 깊고 복잡한 말들이 넘쳐나기 때문이다. 그 무수한 말들을 통해 내 의도를 전달하기는 어렵다. 전하려는 메시지가 침잠해버린다.

영국 자폐학회의 웹사이트에는 아스퍼거 증후군에 관한 페이지가 있다. 거기에는 아스퍼거 증후군이 자폐 스펙트럼 장애 전체를 아우르는 범주 내에서 '많은 진단가와 전문가가 여전히 사용하는 용어'라고 적혀 있다. 이 용어를 사용하게 되면 나는 좀더 인식하기 쉬운 영역에 속하게 된다. 하지만 여기에서 아스퍼거 증후군을 설명하는 방식은 다시 아동 중심이라는 느낌이 든다. 아스퍼거 증후군을 가진 사람들을 조금 거리감이 느껴지는 '그들'이라고 지칭하고 있어 정보를 제공받는 대상이 환자 본인이라기보다는 의사나 부모인 것으로 보이기 때문이다.

아스퍼거 증후군을 가진 이들을 포함하는 자폐인들은 말, 그리고 몸짓이나 어조와 같은 말이 아닌 언어 모두를 해석하는 데 어려움을 겪는다. 그들 중 다수는 언어를 문자 그대로 이해하고, 사람들이 언제나 그들이 말한 액면 그대로의 의도를 갖는다고 생각한다. 그들은 다음과 같은 것들을 사용하거나 이해하는 데 어려움이 있다.

- 얼굴 표정
- 어조
- 농담과 풍자
- 모호성
- 추상적인 개념

아스퍼거 증후군을 가진 사람들은 사회적 상호작용에 문제가 있다. 이들은 다른 사람들을 '읽어내고', 즉 다른 사람들의 기분과 의도를 인지하거나 이해하고, 자신의 감정을 표현하는 것을 힘들어한다. 이로 인해 사회생활에도 큰 어려움을 겪는다. 이들은 다음과 같은 양상을 보인다.

- 무감각해 보인다.
- 다른 사람들에 둘러싸여 있을 때 혼자만의 시간을 찾는다.
- 다른 사람들로부터 위안을 구하지 않는다.
- '이상하게' 또는 사회적으로 부적절하게 행동한다.

그들은 우정을 형성하기 힘들어한다. 다른 사람들과 상호작용하고 친구를 사귀기를 원하는 사람들도 있지만, 어떻게 해야 하는지 잘 알지 못한다.

우리는 또한 '반복적인 행동과 루틴', 언어 선택에 신경 쓴 표현인 '고도로 집중된 관심사', 그리고 마지막으로 '감각적 예민함'을 보이기도 한다.

나는 이런 특성을 상당 부분 인지하고 있다. 하지만 위의 설명을 읽다 보니 몇 년 전 TV에 나온 한 남자가 했던 말이 떠올라 잔인하게 느껴지는 것도 사실이다. 그 남자는 아스퍼거 증후군을 가진 사람의 인지를 설명하기 위해 예를 들었다. 고속도로에서는 누구든 시속 100킬로미터의 제한속도를 넘으면 안 된다는 생각에 추월 차선에서도 그 속도로 달리는 사람을 말이다. 내가 책에서 만난 등장인물 중에서 강박적으로 목록들을 만들거나 뻔한 사회적 상황에 대해 터무니없이 엉성한 해석을 하는 사람들을 떠올리게 하는 대목이다. 나에게는 이런 모습이 없었고, 지금도 정말 그렇다. 내 행동에서 그런 측면이 보일지라도, 갈피를 못 잡고 헤매던 여덟 살 소녀 시절에서 벗어나 계속 성장해온 지금의 나를 부정할 이유는 없다.

이런 설명은 완전히 외부인의 시각이라는 생각이 든다. 자신이 돌보는 사람이 다소 이상하다고 느끼고는 정확한 병명을 부여하기 위해 관찰이 요구되는 행동의 목록을 정리하는 온정주의적 외부인의 관점 말이다. 여기서 돌봄의 대상이 되는 사람은 자기주장이 없고, 무지하고, 서투르다. 그래서 모든 진단의 취지는 그 사람이 겪는 경험과 어려움에 공감하기보다는 그를 잘 정돈된 의학적 처치 선상에 올려두는 데 있다.

반면, 내가 찾은 블로그들은 나를 알아주는 듯하다. '스펙트럼 선상의 삶Life on the Spectrum'은 아스퍼거 증후군을 가진 사람들이 직접 꾸려가는 블로그로, 접근법이 완전히 다르다. 그들은 아스피를 돌보아야 하는 외부인들에게 위안을 주기보다는 아스피의 감정을 이해하는 것을 중요하게 여긴다. 진단에 관해서도 외부 관찰자들이 만들어놓은 틀에 내가 들어맞는지를 따지기보다는 일련의 특징이 나와 연관이 있는지를 판단할 권리가 나에게 있다는 확신을 준다. 그들은 경험적으로 알고 있는 아스퍼거 증후군의 증상들을 나열하며, "자폐인들의 경험에 크게 공감하고 그들과 유사한 일화가 있다면, **당신도 자폐를 가졌을 가능성이 크고, 그 판단에 확신을 가져야 한다**"고 말한다.

나열된 내용 속에서, 나는 마침내 내 모습을 거울처럼 투영하고 있는 일련의 증상들을 발견한다. 모든 내용이 나와 일치하지는 않지만, 나에게 해당하는 내용이 많다.

- 사람들이 당신에게 "골칫덩이가 오셨군"이라고 말하며 인사하면 농담을 하는 건지 아닌지 모른다.
- 당신은 누군가를 도우려고 하지만, 사실 상대방은 당신의 도움을 원하지 않았다는 것을 나중에야 알게 된다.
- "너는 지금 스스로 일을 더 악화시킬 뿐이야"라는 말을 많이 듣는다.
- 당신은 놀리는 게 왜 재미있는지 이해하지 못한다. 당신은 조롱당했다고 느낀다.
- 늘 정상인 척하느라 지쳐 있지만 진짜 당신의 모습을 보이면 거부당할까 봐 두렵다.
- 매번 새로운 사람들을 만날 때마다 이번에는 그들이 당신을 제대로 이해해주기를 바란다.
- 사람들은 당신에게 말을 너무 빨리 한다고 하지만, 당신은 잊어버리기 전에 그 말을 해야 하기에 그러는 것이다.
- 주변에 음악을 끄기 바라는 사람이 당신밖에 없다.
- 파티에 참석하면 회복을 위해 간간이 화장실에서 쉬어야 한다.
- 다른 사람들의 '표정'이 변하는 것을 보지만 그 의미를 알지 못한다.

- 혼자 숨어 있는 것을 좋아한다. 다른 사람들과 시간을 보낸 후에는 더욱 그렇다.

- 다른 사람들은 당신이 참을성이 없다고 생각하지만 당신은 그들이 어떻게 견디는 것인지 이해할 수가 없다.

- 대다수의 사람들과 '다르게' 느끼고, 그들과 '어울리지' 못한다고 느낀다.

- 당신은 별 뜻이 없는데 사람들은 당신을 무례하고(무례하거나) 비판적이라고 생각한다.

나열된 내용이 어쩌면 흥분된 억양을 품고 있는지도 모르겠다. 페이지의 여백에는 이 목록을 작성한 사람에게는 보이지 않는 극적인 아이러니가 숨어 있다. 나의 연극 대본에 관객들만 이해할 수 있는 숨은 의미가 있어서, 사람들은 그 아이러니에 얼굴을 찡그리고 진저리를 치는데 나만 모른 채 홀로 그 연극을 해야 하는 기분. 이것이 바로 내가 느끼는 심정이다.

그리고 요즈음 아스퍼거 증후군은 진단명일 뿐만 아니라 하나의 정체성을 나타내기도 한다. 누구와도 감정을 나누기 힘든 사람들이 느끼는 일말의 유대감인 것이다. 이 단순한 목록을 통해 내가 아스퍼거 증후군인지 아닌지를 명쾌하게 판명할 수 있기를 바라지만, 실상은 그보다 훨씬 더 모호하고 훨씬 더 무정형적이다. 이렇다 보니 내 진단에 대한 불안정한, 그리고 솔직히 말하면 원치 않는 일종의 책임감이 생긴다. 나는 이제껏 어딘가에 적극적으로 소속된 적이 없었다. 그런데 지금은 이들 속에 속할 마음이 있는 것일까?

그 답은 놀랍도록 쉽다. 마침내 여기 나와 같은 사람들이 있다. 내가 할 수 있는 일이란 그들에게 두 팔 벌려 다가가기를 자제하는 것뿐이다. 그러나 그 이면에는 좀더 심오한, 그리고 좀더 불편한 물음이 숨어 있다. 솔직히 나는 '아스퍼거 증후군'이라는 꼬리표가 싫지 않았다. 그 병증에는 천재성이라는 특질이 내재해 있기 때문이다. 하지만 아스퍼거 증후군보다 최신 용어인 자폐 스펙트럼 장애는 나를 움찔하게 한다.

자폐증.

그게 정말 나일까? 당분간 자폐증이라는 옷을 입고서 그게 정말 나를 설명해주는 증상이 맞는지 알아보련다.

안개 낀 1월에도 노스 다운스 웨이는 선명한 녹색이다. 지금 습지에서 멀리 떨어져서, 이 지역의 아주 근사한 곳에 와 있다. 언덕이 펼쳐져 있고 아늑하게 불이 켜진 집들은 하나같이 예쁘게 단장되어 있다. 곧 나는 차들이 애슈퍼드Ashford로 쌩쌩 달려가는 큰길가에 서서, 눈에 익은 곳에 와 있음을 확인한다. 나는 전혀 낭만적이지 않은 이유로 이곳을 알고 있다. 여기서 좀더 가면 작은 놀이센터가 딸린 화원이 나온다. 버트가 아장아장 걸을 무렵 사방이 막혀 있되 집이 아닌 어딘가가 너무나 절실해서 버트를 데리고 오기에 딱 알맞은 그곳을 찾곤 했었다.

그런데 여기로 오는 게 맞는지 모르겠다. 내가 이 길을 건너려고 했던가? 지도를 거꾸로 돌리고는 실눈을 뜨고 본다. 건너편에는 표지판으로만 알고 있던 마을 차트햄이 있다. 지도 읽는 능력을 완전히 상실했다. 길이 사방팔방으로 튀는 것처럼 보이고, 지도의 어느 쪽에서 위치를 찾아야 할지도 모르겠다. 길을 건넌 다음 기차가 지나가기를 기다렸다가, 빈 공장 건물들이 늘어선 강과 제지공장을 지나 마을로 진입한다.

길모퉁이를 돌자 내가 기대하던 모습 그대로의 마을이 나온다. 하얀 비막이널과 깔끔한 붉은 켄트식 벽돌로 지은 집들. 내가 서 있는 반대편에는 목재 골조로 지은 아티초크라는 이름의 펍이 보인다. 그 원목 뼈대는 오래돼서 은빛이 감도는 회색을 띠고 있다. 그 펍을 기준으로 지도를 살펴보니, 800미터쯤 전에서 갈림길을 놓치고 한참 헤맨 것을 알겠다. 도로 걸어 돌아갈 수도 있지만 너무 피곤하고, 벌써 점심시간이다. 거기까지 가기에는 너무 멀다. H에게 문자를 보내고 펍 안으로 들어간다.

"커피도 있나요?" 바에 있는 여자에게 묻는다.

"그럼요." 여자가 답한다. 나는 레깅스와 바람막이 차림으로 혼자 펍에 들어서는 내가 어떻게 보일지 늘 궁금하다. 지갑을 찾으려고 배낭을 뒤진다. 그런데 없다.

"잠깐만요." 나는 그녀에게 외친다. "커피 만들지 마세요! 지갑을 집에 놓고 왔어요!"

"괜찮겠어요?" 그녀가 말한다.

"네." 내가 대답한다. "남편이 금방 데리러 올 거예요."

"커피는 그냥 드릴게요."

"아니에요, 아니에요. 괜찮아요." 내가 말한다.

"걱정 마세요." 그녀가 말한다. "커피 한 잔인데요, 뭘."

언제나 이런 친절이 불편하기에, 나는 필요 이상으로 고맙다고 말한다. 그리고 커피를 마시면서 가벼운 대화라도 나누어야 할지 고민한다. 그러나 그녀는 이미 바의 다른 쪽으로 자리를 옮겼다. 그래서 나는 테이블에 앉아 옷매무시를 고치며 지도를 골똘히 들여다본다. 아까 그 교차로에서 얼마나 헷갈렸던 것인지 모르겠다.

잠시 후, H와 버트가 도착한다. 나는 남편의 지갑으로 맥주와 사과 주스와 칩을 사고, 커피 값도 치른다. H가 말한다. "솔직히 말해서, 당신이 전에 이것보다 더 심하게 길을 잃지 않은 게 놀라웠어."

"나에 대한 믿음이 없구나!" 나는 그렇게 말하며, 스스로도 똑같은 생각을 한다.

가장 안전한 곳으로

나는 우리 차 뒷좌석에 버트와 나란히 앉아 있다. 나의 어머니와 H는 앞좌석에 있다. 버트는 태블릿을 가지고 놀고 있다. 가는 동안 조용히 하라고 쥐여준 것이다. 버트는 요즘 좋아하는 게임을 하느라 분주하다. 이 게임 속에서 플레이어는 아파트 블록을 누비는 소방관이고, 모든 방이 불타고 있다. 불길이 다 번진 것은 아니다. 각 방은 서로 다른 이유로 불이 나 있다. 사다리를 타고 창문을 통해 방에 들어가면 불이 시작되는 모양새다. 플레이어는 불에 호스를 가져다 대거나, 혹은 전혀 이해할 수 없는 이유로, 도끼를 사용할 수도 있다. 하지만 어떤 행동을 하든, 플레이어가 방에 있으면 더 많은 화재가 발생하는 것으로 보인다. 내가 이해하는 한, 이 게임의 최선의 전략은 그냥 문을 닫고 나가버리는 것이다. 플레이어가 방에 있으면 상황이 더 나빠질 뿐이니까. 문제는, 그렇게 그 방을 나와 옆방으로 가도 화재가 발생한다는 사실이다. 마치 플레이어가 모든 것을 점화시키는 파괴적인 광선을 내뿜기라도 하듯 말이다.

이 모든 상황은 악몽과 참 비슷하다. 스스로를 구하려 몸부림치지만, 손이 전혀 말을 듣지 않는 그런 악몽 말이다. 나는 게임을 들여다보기만 해도 스트레스를 받는다. 왜 재미있는지 도무지 이해가 되지 않는다. 하지만 버트는 이 게임을 무척 좋아한다. 아이는 보여주고 싶어서 내 어깨를 톡톡톡 두드린다. 엄마, 엄마, 엄마. 나는 속이 울렁거려서 태블릿을 들여다볼 수 없다.

"미안해, 아가. 엄마가 볼 수가 없어. 멀미가 나서."

"그래도 봐! 불이 났어!"

"안 돼. 미안해. 그거 별거 아닌 거 알거든."

잠시 정적. "그래도 봐, 엄마."

"제발, 버트. 못 본다니까."

"왜?"

"그냥 원래 그래. 차에서 멀미가 났을 때 그런 걸 보면 멀미가 더 심해져."

그리고 다시 반복되는 상황. 나는 이미 신경이 바짝 곤두선

상태다. 조금 전 우리는 어느 상점에 들어갔었는데, 유니폼을 입지 않은 남자가 명함 같은 걸 주면서 내 가방을 수색하겠다고 했다. 테러 때문이라면서.

나는 말했다. "당신이 테러리스트가 아니라는 걸 내가 어떻게 알죠?"

나는 그 명함을 알아봤어야 했다. 그 명함은 공립 경비 회사의 것이었고, 웬만한 가정용 프린터로 인쇄할 수 있는 것처럼 생기지 않았으니까.

"당신의 안전을 위해서 이러는 겁니다." 그가 말한다.

"무엇으로부터 안전하다는 거죠? 이 가게에서 돈을 쓰기도 전에 생판 남한테 내 개인정보를 내놓으라는 소리를 듣는 거? 아니면 내 볼 일 좀 보려다가 죽도록 괴롭힘당하는 거?"

매니저가 호출된다.

"그저 당신의 안전을 보장하려는 겁니다." 그가 말한다.

"그럼 보안 요원들에게 먼저 유니폼부터 지급하는 게 어때요? 청바지에 티셔츠 차림으로 사람들 사이를 돌아다니면서 다짜고짜 정체불명의 명함을 내밀고는 여자들의 핸드백을 뒤지겠다고 하지 말고요."

"국가 공인 보안 회사입니다." 그가 말한다.

"누가 인정했다는 거죠? 보안 회사에서 일하는 사람들? 내가 아는 국립 보안 회사는 경찰이 유일해요."

매니저는 한숨을 쉰다. 보안 요원도 한숨을 쉰다. 곁눈질로 보니 가족들이 끼어들어야 할지 말지 고민하고 있다.

"그래서 기어이 내 가방 속을 들여다보고, 탐폰이랑 립밤이랑 열쇠를 확인해야겠다는 거예요? 아니면 내가 쇼핑을 계속해도 될까요?"

"당신의 안전을 위해서 이러는 것뿐입니다." 그가 다시 말한다. 그러나 이제 상점 안의 모두가 알 수 있을 정도로 그의 단호함이 무너지고 있다.

"저는 그 말 1초도 못 믿어요."

그는 이를 앙다물더니 물러간다. 이렇게까지 했어야 하나. 나는 늘 말썽이다. 이쯤에서 힘들게 번 내 돈을 여기다 바칠 생각을 말고 나가는 게 맞다. 하지만 나는 차로 한 시간을 달려서 이 아웃도어 용품들로 가득한 바보 같은 대형 창고에 왔다. 그러니 화가 난다고 그냥 돌아간다면 내 발등을 내가 찍는 셈이 될 것이다. 나는 여기에 있는 물품들이 필요하다. 방한용 내의와 방수 재킷이 필요하다. 쿠션이 있는 양말과 따뜻한 후드티가 필요하다. 나는 상점을 둘러보는 내내 화가 난 상태다. 하지만 2월에도 걸으려면 값이 저렴한 이곳에서 물건을 사는 수밖에 없다.

버트가 상점의 크기에 놀라 눈을 동그랗게 뜨고 흥분하는 것도 도움이 안 된다. 버트가 야생동물처럼 뛰어다니며 계속 시야에서 사라지는 바람에, 공포에 질린 채로 진열된 물품들 사이로 잡으러 다니는 상황이 연출된다. 계산대에 줄서 있을

즈음 내 속은 부글부글 끓고 있다. 버트는 그때까지 물병을 손에 쥐고서 상점의 거의 모든 선반을 두드리고 다닌다. 아이를 내 옆으로 돌아오게 하려고 숫자를 센다. 하지만 소용이 없다.

그러고 나서 우리는 피자헛에서 점심을 먹는다. 음악 소리가 요란한 데다 옆 테이블에서는 일곱 살 동갑내기 소녀들이 생일 파티를 하고 있다. 평소에 잘 오지 않는 장소이지만, 버트 때문에 여기에 올 수밖에 없었다. 버트는 아무것도 먹지 않으려 한다. 아이는 탁자 아래에 기어들어 가고 우리 자리와 옆자리 사이의 칸막이 유리를 더러워진 손으로 짚는다. 나는 그저 음식을 먹고, 와인 한 잔을 마시고 싶을 뿐이다. 배가 고프다. 그냥 무감각해지고 싶다. 그냥 다시 평정심을 느끼고 싶다.

그래서 집으로 돌아오는 차에 올라탔을 때 내 머리는 이미 꽉 찬 상태다. 나는 어쨌거나 태블릿이 보고 싶지 않았을 테지만, 지금은 정말, 정말 보고 싶지 않다. 게임에서는 소음이 나온다. 버트는 내게 태블릿을 보라고 조른다. 앞자리에서는 음악을 틀어놓고 있다. 어머니는 휘파람을 불기 시작한다. 나는 휘파람을 싫어한다. 버트는 내 주의를 끌려고 손을 뻗친다. 톡 톡톡, 엄마, 엄마, 엄마.

오늘 오후에 어린이를 위한 파티가 있다. 장소는 소리가 울리는 교회 홀이다. 아이들은 뛰어다니고 소리를 질러댈 것이다. 아이들은 으레 그러니까. 그게 아이들에게 주어진 **권리니**

까. 나는 거기 갈 수가 없다.

갈 거라고 말했지만, 갈 수가 없다. 편두통이나 감기 기운이 도질 것 같다. 밤에 잠이 깼을 때도 열이 나는 느낌이 들어 아프다고 생각했다. 하지만 아니었다. 설령 내가 아프다고 해도 문제는 없다. H가 버트를 데려갈 것이고, 어머니도 함께 갈 것이다. 그녀는 파티를 싫어하지 않고, 다른 사람들의 아이들을 불편해하지도 않는다. 나는 가지 않겠다고 말한다. 하지만 뭔가 그럴싸한 핑계가 있어야 한다. 거기다가 길도 막혀서 파티에 늦을 것 같다. 우리는 늦을 예정이고, 나는 아무 이유 없이 빠질 예정이다.

버트는 말한다. "엄마, 봐, 얘가 막 삽으로 찍고 있어." "도끼야." 내가 말한다. 그리고 나는 온통 하얗게 흐려지는 그 증상이 벌써 시작되었음을 깨닫는다. 마치 뇌에서 연속적으로 폭발이 일어나 얼굴이 마비되고 시야도 구름 낀 것처럼 흐려지는 증상. 그것은 모든 것을 백지 상태로 만드는 버섯구름 같다. 누군가 내 두개골에 뜨개바늘을 찔러 넣는 기분이다. 아니, 더 심할 땐, 손을 통째로 집어넣고 후비적거려서 내 의식의 영역 전체에서 감각을 짜내는 느낌이다. 구름 장막을 번갯불이 여기저기 찔러대는 전기 폭풍과 같다. 꽥 소리를 지르고 싶다. 그러면 그런 기운이 사라지기라도 할까 봐. 흐느껴 울고 싶다. 핸드백에서 이어버드를 찾아 귀에 꽂고 빗소리를 듣는다. 내 머릿속의 백색 상태에 대적하는 백색 소음이다. 모든 것이 모자이크처럼 보일 때까지 손바닥으로 눈두덩이를 누른다. 차가운 유리창에 머리를 기댄다.

H가 말한다. "버트, 엄마는 자나 보다." 그의 목소리는 아득히 멀리서 들린다. 나는 여기에 있지 않다. 나는 없다.

그들이 가고 나서 나는 걷는다.

벌써 어스름이 깔렸지만, 걷기 프로젝트를 시작하기 전처럼 걸어본다. 현관문을 나와 길을 건넌다. 그리고 빅토리아식 테라스가 있는 거리를 걷는다. 크리스마스 조명이 꺼져서 어둡다. 창문마다 벌써 노란 불빛이 반짝이는 하버 스트리트Harbour Street로 넘어간다. 상점들 사이를 걸어서 시 스트리트Sea Street를 건너고 로열 토종꿀 상점을 지난다. 해변이 나온다.

수문이 올라가 있어서 방파제 위로 올라가 반대편 길에 발을 디딘다. 어느 길로 갈까? 왼쪽으로 갈까, 아니면 오른쪽으로 갈까? 예전에도 자주 그랬듯이 왼쪽을 택하고, 해안을 따라 시솔터의 습지로 향한다. 피난처처럼 아늑하게 내려다보이는 위츠터블은 조약돌 해변과 잔잔한 파도가 있는 곳이다. 그래서 겨울에 아늑하다.

이 해변을 따라 걸으면, 아일랜드 월Island Wall의 고급 주택들의 뒤뜰을 들여다보며 꿈을 꿀 수 있다. 처음 여기로 이사했을 때 운 좋게도 그중 한 집을 세낼 수 있었다. 집주인은 오스트레일리아에서 겨울을 보냈기 때문에 집을 비우지 않기 위해 아주 싼 값에 세를 주었다. 부자들이 사는 법이란. 그런 집을 1년 중 8개월 동안 내버려두다니. 히터의 구리 파이프가 너무 가늘어 집이 따뜻해지는 법이 없고, 오븐에서는 밀봉된 부위가 삭아 뜨거운 증기가 뿜어져 나왔다. 그래도 우리는 우리의 행운을 믿을 수 없었다.

우리가 위츠터블에 정착하리라고 생각해본 적은 없었다. 언제나 바닷가에 살고 싶기는 했지만, H가 사랑하는 메드웨이 타운스를 떠나는 것은 상상할 수 없었다. 사실 우리 둘 다 메드웨이타운스를 향한 지극한 애착을 가지고 있었다. 그러던 우리가 위츠터블로 오게 된 것은 내 의지라기보다는 운명이었다고 해야겠다.

원래는 질링엄Gillingham에 있는 새 집으로 이사를 했었다. 그런데 이사한 지 며칠 뒤부터 나의 마음은 붕괴의 조짐을 보였다. 새 집은 전에 살던 집보다 매우 컸다. 집 아래쪽 철도선에서 사람들의 소리가 울려 나왔고, 강가의 대로를 달리는 차들의 굉음이 들려왔다. 새 침실은 마치 홀처럼 넓었다. 침대 하나는 벽면에, 다른 하나는 열린 공간에 놓여 있었다. 나는 눈을 감고 잠을 청하려고 했으나, 암벽 사이를 통과하는 철도에서 증폭된 비명이 항상 들려왔다.

"저 소리 들었어?" 나는 H에게 물었다. 우리는 창가로 달려가 밖을 내다봤지만, 아무것도 보이지 않았다. 그 소리는 마치 유령처럼 그저 공기 중에 떠 있었다. 경찰에 신고할 수도 없었다. 전화한들 뭐라고 말하겠는가? **"누군가 질링엄에서 비명을 지르고 있어요"**라고?

"이 집이 맘에 안 들어." H에게 말했다. "너무 커."

우리는 집 뒤편에 있는 좀더 작은 침실로 방을 옮겼다. 내가 밤에 잠을 청하기 위해 빗소리를 틀어놓기 시작한 것도 이때였다. 그러나 다른 소리들이 그 소리를 집어삼켰다. 벽을 통해 이웃들이 다투는 소리가 들려왔고, 바깥에 도사리는 무질서의 소리들이 들려왔다.

손이 떨리기 시작했다. 나는 매일 아침 H와 집에서 나와 도서관에서 하루를 보냈다. 브리태니커 조류백과를 읽고 또 읽어서 나중에는 거기 나오는 새들 중에서 심박수가 빠르고 민첩한 어느 새가 된 기분이 들 정도였다. 집에 가기 싫었다. 갈수 없었다. 집에 갈 생각만 해도 공황에 빠져 가슴이 벌렁거렸다. 나는 매우 값비싼 잘못된 결정을 내린 것이었고, 해결책도 없었다. 우리 집에 오는 사람들은 모두 참 아름다운 집이라고 입을 모아 말했지만 속사정을 털어놓을 수 없었다.

어느 날, 도서관 밖의 전화 부스에서 나는 공황 발작을 앓는 사람들을 위한 긴급 상담 전화로 다이얼을 돌렸다. 친절한 목소리의 남자가 전화를 받았다. "괜찮습니다. 집으로 가면 마음이 놓일 거예요. 안심하고 집으로 가세요."

내가 말했다. "안 돼요. 안 돼요. 집이 문제인 걸요."

"집은 안전해요." 그가 말했다. "사랑하는 사람들이 있는 곳이니까요."

집에 있는 것을 견딜 수 없을 때는 어떻게 해야 하는 걸까? 쉴 곳도 없고, 머무를 곳도 없고. 그래, 나를 사랑하는 누군가가 거기 있었고, 당혹스러워하고 있었다. 어느 날 밤, 밖에서 누군가 차 트렁크를 세게 닫았을 때, 나는 마음을 가누지 못하고 아기처럼 울부짖었다. 또 어느 날은 H가 액자에 매달린 거미를 집어 드는 것을 보고 주체할 수 없이 괴성을 질렀다.

"내가 뭘 해야 할지 좀 알려줘." 그가 말했다. "뭐가 문제인지 말해줘. 나 때문이야? 이 집 때문이야? 우리는 상황을 바꿀 수 있어."

스스로를 달래기 위해 우리는 저녁마다 차를 몰고 위츠터블의 바다로 향했다. 최대한 늦게까지 거기 머무르다가 집으로 돌아와 잠을 청했다. 매일 밤, 칩과 비니거가 주식이었다. 내가 소화할 수 있는 것은 그게 다였다. 마침내 H가 말했다. "우리 여기로 이사하자. 방법이 있을 거야."

그리고 우리는 그렇게 했다. 골치 아프고, 돈도 많이 들고, 여러 가지 난감한 사안들을 물리쳐야 했다. 하지만 이건 생존의 문제였다. 이사하던 날 밤 시내 뒷골목을 걷다가 누군가의 정원에서 파티를 벌이고 있는 소리를 들었다. 그저 사람들끼리 즐기는 바비큐 파티. 웃음소리, 그리고 스스럼없이 경쟁하듯 떠드는 소리. H가 말했다. "당신은 저게 무섭지, 그렇지 않아?" 그랬다. 나에게 그것은 마치 폭동이 발발하는 소리처럼 들렸다.

그날 밤, 나는 침실에서 창문을 열고 텅 빈 해변을 바라보며 조약돌에 바닷물이 철썩이는 희미한 소리를 들었다. 어둠에 잠긴 바다는 한 번도 본 적이 없었다. 그것은 마법과도 같은, 생각지 못했던 특권이었다. 한밤중에 깨어나, 그저 바다가 그대로 있는지 보려고 커튼을 다시 열어보았다.

그 후 몇 주일 동안, 날씨에 상관없이 하루 중 어느 시간대에나 사람들이 바다에 온다는 것을 알게 되었다. 토요일 밤이면 알몸으로 11월의 바다에 들어가 검은 물속에서 첨벙대는 취객들을 보았고, 주중 오후에는 조그만 아이들이 우리 정원 아래 방파제를 따라 아장아장 걷는 것을 보았다. 우리 집 파티오에서 이름 모를 개를 발견하기도 했고, 낯선 아이들이 무릎이 까진 것을 보고 약과 반창고를 가지러 집 안으로 뛰어가기도 했다. 나는 매일 해변을 걸었다. 제방을 허들인 것처럼 뛰어넘고, 썰물 때에는 갯벌을 헤치고 걸으며 오래된 푸른 도자기 조각과 배의 뼈대를 발견하면서. 너무 지쳐서 불안함도 느낄 수 없을 때까지 걸었다. 나는 해변의 일부가 되었고, 그러면 좀 나아지는 기분이 들었다.

오늘 그때 그 길을 걸으면서, 이제 얼마나 이것을 당연하게 여기고 있는지 새삼 깨닫는다. 해안으로 뻗은 길은 평평하다.

나는 언덕을 더 좋아하지만, 여기 바다 기슭에는 굴곡이 있고 시솔터가 보이는 전망이 있다. 세가락도요와 꼬까물떼새는 기슭에서 먹이를 찾다가 내가 다가가면 흩어져 날아간다.

바닷새들은 결코 위츠터블을 떠나지 않는다. 바다 위에서 보이지 않는 미풍에 떠다니는 붉은부리갈매기와 재갈매기들. 앞바다 부표에 앉아 날개를 말리는 토종 가마우지. 이 모든 것이 우리 집 현관문에서 불과 몇 발 떨어진 곳에 펼쳐져 있다는 사실조차 잊어버릴 때가 있다. 어쩌면 내가 집에 있으며, 안전하다는 것도 잊어버릴 때가 있다.

긴 터널을
통과하는 시간

1월 말에 이르러, 마침내 내 마음 한구석에 일종의 새해 다짐 같은 것이 자리하고 있음을 깨닫는다. 어떻게든 자폐증 문제를 해결해보겠다는 막연한 의지. 어떤 일이 뒤따를지는 알 수 없다. H에게 말한다. "나 병원에 가봐야 할까?"

H가 말한다. "모르겠는데. 왜?"

내가 말한다. "사실 나도 잘 모르겠어."

치료를 원하는 것은 아니다. 딱히 치료법이 없다는 걸 알고 있다. 설령 하나의 치료법이 있다고 하더라도 내가 그것을 원하지 않으리라는 것도 알고 있다. 당신의 현재 모습, 당신이 사람들과 교류하는 방식, 당신의 사고방식, 당신이 세상을 바라보는 시각을 한번에 바꿔버리는 수술에 몸을 맡긴다고 상상해보라. 안면 이식보다도 백배 더 많이 변해버린다는 것은 생각만 해도 무섭다. 나는 스스로를 잃으면서까지 치료를 받고 싶지는 않다.

"그냥 알고 싶어." 내가 말한다. "내가 무슨 이상한 환상에 얽매여 있는 건 아니라는 걸 확인하고 싶어."

그게 지금 내 심정이다. 스스로에게 나는 뭔가 다른 사람이라는 믿음을 주입하면서 설득하고 있다는 느낌이 든다. 마치 꿈속과 내 침실이 동시에 존재하고 눈으로는 계속 두 공간을 파악하려고 애쓰는 당황스러운 순간에, 잠이 깨고도 좀처럼 꿈에서 나오지 않으려는 느낌이다. 나는 어디에 있나? 나는 누구인가?

계속 아니야, 이건 바보 같아, 나는 그냥 언제나 같은 나인걸이라고 생각하다가 중요한 사실을 깨닫는다. 이것이야말로 언제나 그래 왔던 내 모습을 재구성하는 과정이라는 것을.

"어쩌면 당신이 더 잘 대처하도록 병원이 도움을 줄 수도 있겠지?" H의 말에 미심쩍은 마음이 들기는 하지만 "응, 어쩌면"이라고 대답한다.

내게 최선의 행동은 몇 달 정도 이 증상을 그대로 두고 보면서 좀더 공부하고 씨름하다가 생각을 정리하는 것이 아닐까. 그래도 아무튼 진료 예약을 한다. 임신했을 때랑 비슷하다.

초기 몇 주에 모두가 테스트를 하지 말라고 만류할 때도 부득불 테스트를 해보고, 결국에는 희미한 핑크색 선이 진해질 때까지 계속 테스트를 해보는 상황. 이것은 그냥 알아서 해결되도록 내버려둘 문제가 아니다. 나는 이해관계가 없는 객관적인 누군가의 판단을 받아볼 필요가 있다.

나는 이제 일종의 의무감으로 걷고 있다. 걷기 위해 주말 일정은 비워둔다. 친구들이 한번 모이자고 해도 어정쩡하게 얼버무리면서. 아스퍼거 증후군이라는 새로운 여명 속에서 사람들과 어울리지 않는 게 어떤 기분인지 알고 싶다. 사람들에게 염증이 난다. 사람들 때문에 내가 아픈 게 아닌가 생각한다. 따분한 1월에는 야생 자두나무와 헐벗은 나뭇가지가 군데군데 박혀 있긴 해도 이렇게 주변이 뻥 뚫린 공간에서 혼자 있고 싶다.

버트는 오늘 어린이집 친구를 집에 초대해 함께 놀고 있다. 나는 어린이집에서 두 아이가 신발을 신는 척 꾸물대고 있을 때 그 아이 엄마와 약속을 잡았다. 그 엄마는 문자를 보내 자신도 함께하겠다고 정중하게 알렸다. 나는 이런 것을 기분 나쁘게 받아들일 만큼 뭘 모르지는 않는다. 요즘에는 다들 그렇게 하니까. 이 세상에는 틈만 나면 우리 아이들을 덮치려고 하는 지미 새빌Jimmy Savile(생전에는 방송인으로서 온갖 명성과 찬사를 한 몸에 받았지만, 사후 수많은 성범죄를 저질러온 추악한 위선자란 사실이 밝혀지면서 영국인들에게 큰 충격을 주었다 – 옮긴이)들이 암약하고 있기에, 우리 모두 서로의 성도착증이나 변태적 성향에 대해 끊임없이 의심할 수밖에 없다는 생각을 한다. 이런 불안감이 없더라도 우리는 아이에게 신경 쓰지 않는 엄마로 보이지 않기 위해 차를 마시고 어색한 대화를 나누며 자리를 지킨다. 이런 사정으로 결국 우리는 집 안을 정돈하거나 배우자와 점심을 먹는 등 뭔가 유용한 일을 할 수 있는 시간에 번갈아 가며 서로의 공간을 침범하게 된다. 하지만 계속 아이들 주변에서 얼쩡거리는 대신 뭔가 유용한 일을 할 수도 있었다는 사실을 굳이 내색하지 않는다.

그 아이가 놀러 오는 날이 다가오자, 나는 (a) H가 아닌 이 아이의 엄마를 즐겁게 해주는 사람이 되어야 하지만 (b) 그런 것을 두드러기가 날 정도로 싫어하는 탓에, 밤에 잠도 오지 않는다. 이 손님들은 얼마나 있다가 갈까? 두 시간? 아니면 세 시간? 그동안 그 엄마와 무슨 얘기를 해야 할까? 평생 무뚝뚝하고 쌀쌀맞다는 얘기를 들어온 내가 보기에 그녀는 아주 좋은 사람 같았다. 하지만 그렇다고 해도 억지로 만들어진 이 사교 모임에 구미가 당기지는 않는다.

토요일 아침, 결국 H에게 내가 걷기를 하러 나간 동안 손님을 맞아줄 수 있느냐고 묻는다.

"물론이지." 그가 말한다. "애당초 당신이 집에 있을 거라고 생각 안 했어."

"사실 내가 있어야 하는데." 내가 말한다.

"누가 그래?"

"모두가. 사회가. 멈스넷Mumsnet(영국 최대 육아 웹사이트 중 하나-옮긴이)이. 나도 몰라. 그냥 커피 마시고…… 여자들끼리 '수다를 떨게' 되어 있다고. 우리 아이들을 생각해야 하고."

"그것 참." H가 말한다. "내가 알아서 잘할게."

"그 엄마한테 내가 걸으러 나갔다는 말만은 하지 말아줘. 일하러 갔다고 해."

"왜?"

"걷기는 레저 활동이야. 그걸 하겠다고 그 엄마도 보지 않고 집을 나갔다고 할 수는 없는 거야."

사실 레저 활동이라고 생각하지는 않는다. 생존 수단이라고 느낀다. 나는 차트햄으로 차를 달리고, 철도 건널목 옆에 주차를 하고, 큰길을 건넌다. 철도교 아래에서 농지 사이로 걸어가다가 따뜻한 계절이면 아마도 떠돌이 일꾼들에게 쉴 곳이 되어줄 처량 맞은 캐러밴들의 행렬을 지난다. 과수원이 나온다. 비탈에 자리한 이 과수원은 어마어마하게 커서 여러 구역으로 나뉘어 있다. 이곳의 나무들은 가슴께까지 오는 높이로, 나무몸통에 철사줄 같은 잔가지들이 엉켜 있을 뿐, 나뭇가지가 많지는 않다.

지도를 보니 올드 위브스 리스Old Wives Lees로 가려면 이 과수원의 중앙을 통과해야 한다. 그런데 도로 표지판을 찾을 수가 없다. 한동안 밭의 가장자리를 따라가다가 그냥 나무들 사이로 걸어가기로 한다. 발밑의 땅은 얼음으로 빠드득거린다. 내가 가야 하는 방향이 보이지만, 이 비포장 길을 걷는 게 짐짓 겁이 난다. 농지를 무단 통과해도 되는 걸까? 문득 이런 생각이 든다. 사우스웨스트 코스트 패스가 집처럼 편안하게 느껴지는 이유는 오른편에 바다를 두고 걸을 때는 길을 잃기가 거의 불가능하기 때문이라는 생각. 다른 것은 몰라도, 적어도 어느 길이 북쪽인지는 늘 명확하다. 하지만 이곳은 한참 내륙인지라 방향을 헤아릴 방법이 없다. 1년 중 이 시기, 하루의 중간에, 태양이 떠오르는지 저무는지조차 알 수가 없다.

모든 도보 여행자들이 나침반을 구입해야 하는 지점이 여기인가 보다. 하지만 나는 사람들과의 잡담이라는 미궁 속에서 길을 잃느니 여기서 길을 잃는 편을 택하겠다. 가끔 길을 잃는 것은 즐거운 대안이 되어준다.

나는 방대한 양의 정보를 흡수할 수 있어서 한 번도 시험 불안증을 겪어본 적이 없다. 솔직히 말하자면, 어떤 문제가 나오든 조용한 실내에서 그에 맞는 답을 빠르게 적어 내려가는 것을 즐긴다. 하지만 오늘 대기실에 앉아 있자니, 이제야 다른 사람들이 시험을 기다릴 때의 기분을 알 것 같다. 이것은 내 인생 최악의 시험이다. 나는 합격할지 불합격할지 모르겠고, 내가 합격을 원하는지 아닌지도 모르겠다. 처음에 어떻게 대화를 시작해야 할지 고민이 된다. 쉰 목소리로 "목이 아파요"라고 말할 때처럼 대뜸 "아스퍼거 증후군인 것 같아요"라고 내뱉을 수는 없지 않을까. 아니, 어쩌면 그게 옳은 방식일지도 모른다. 그냥 단도직입적으로 말하는 것.

나는 내 이름이 불릴 때까지 결정을 내리지 못했다. 내 주치의는 진료실에서 벨을 울리지 않고 환자를 직접 데리러 온다. 인상 깊은 모습이다. 최소한 그의 건강이 좋고, 성품도 친절하다는 것을 보여준다. 나는 그가 좋다. 수년간 그에게 진료를 받으면서 나는 그가 데이터에 집착하고 정확한 사고를 중시하는 사람이라고 생각하게 되었다. 그는 어떤 판단을 내리든 언제나 그 근거를 제시한다.

이 점이 내게 존경심을 불러일으킨다. 오늘은 그에게 좋은 인상을 심어주고 싶다. 하지만 이런 욕구를 참아야 한다는 것을 깨닫는다. 그냥 꾸밈없이 나답게 하기로.

나는 그의 의자에 앉았다가, 위치를 바꾸고 다시 앉는다.

"오늘은 좀 어떠세요?" 그가 말한다.

"아주 좋습니다."

"잘됐네요. 무엇을 도와드리면 될까요?"

"저, 저, 저는……" 어디서부터 시작해야 할까? 언제 적 애

기부터 해야 할까? "저는 아들을 가진 뒤로 인생이 너무 힘들어졌어요." 조심스럽게 화면을 응시하는 시선. "제 아들은 생후 42개월이에요." 나는 말한다. "그런 상태로 꽤 오래 지내온 것 같아요."

이제 눈물이 나온다. 이렇게 빨리 눈물이 나올 줄은 몰랐는데. 내 목소리가 흐려진다. "죄송해요." 내가 말한다.

"천천히 말씀하세요."

"음, 10대 때 정신 건강 문제가 있었는데 치료가…… 엉망이었어요."

그의 표정이 일그러진다. 공감의 표시인 것 같다. "오, 우리가 청소년 정신 건강을 다루는 방식은 끔찍하지요."

이런 반응은 기대하지 않았다. 뭔가 어긋났다고 느꼈던 내 감정이 공감을 받으리라고는 기대하지 않았다. "그래도 지금은 많이 개선되었을 것으로 생각해요." 내가 말한다.

"잘 모르겠네요." 그의 대답에, 나는 그가 보는 현실은 어떤지, 그가 알고 있는 것은 무엇인지, 그리고 그런 시스템에 속해 있으면 어떤 기분인지 묻고 싶어진다.

"음, 매번 진료실에서 내 얘기를 되풀이하는 것에 질려버렸어요. 몇 년이 지나니, 뭔가 문제가 있다고 말해도 아무도 내 말을 들어주지 않는다고 느꼈죠. 그런 것들은 기록에 남아서 내가 진료실에 들어서면 누구든 제일 먼저 들여다보는 나의 정보가 되어버리죠. 그래서 아이를 가진 후에는 아무것도 이야기하지 않았어요. 너무 무서웠어요."

나는 기어들어가는 목소리로 말한다. 이걸 어떻게 말해야 할지 모르겠다.

"그럼 오늘은 어떠세요?" 그가 말한다.

"늘 불안하다가 우울하고, 불안하다가 우울하고의 연속이었는데, 이제 그렇지는 않아요. 네, 저는 불안해요. 하지만 우울하지는 않아요. 사실 저는 아주 행복한 사람이에요. 물론 지금은 그렇게 보이지 않겠지만."

작은 미소를 지어본다. 나는 이런 게 뿌듯하다. 내가 힘들지언정, 항상 다른 사람들을 도울 수 있다고 생각하는 게 좋다. 하지만 자폐증이 있는 사람은 유머 감각도 공감 능력도 없고들 한다. 그런 얘기를 한두 번 들은 게 아니다. 그렇다면 나는 뭐지?

"그래서 본인한테 어떤 문제가 있다고 생각하시는 거죠?"

말장난처럼 느껴진다. 차라리 그는 이렇게 물었어야 한다. **그래서 그동안 구글로 뭘 검색하다 오셨죠?** 의사들은 수년간에 걸친 그들의 의학 수련과 임상 경험을 상쇄하기라도 하듯 환자들이 검색 엔진에서 찾은 결과를 읊어대는 것에 틀림없이 진절머리가 날 것이다. 나는 의사를 찾아가기 전에 절대로 구글 검색을 하지 않는다. 절대로. 그것은 그들의 전문성에 대한 존경의 표시다.

그런데 지금은 라디오 프로그램에서 이러니저러니 말하는

것을 듣고는 나도 그런 사람인 것 같다는 직감 하나로 여기서 의사와 마주 보고 앉아 있다. 그것은 충분한 근거가 아니다. 그걸 알면서도 방금 큰 소리로 말해버렸다.

"아스퍼거 증후군이요?" 그가 말한다. 당황스러운 기색. "왜 그렇게 생각하는지 말해주시겠어요?"

그래서 나는 말한다. 빛과 냄새와 소음의 습격 속에서 지내는 나날들에 대해서, 그리고 사람들, 즉 사람들의 혼돈 속에서 숨을 데를 찾아 뛰어가는 것에 대해서. 남이 내 몸에 손대는 것을 참을 수 없음에 대해서, 그리고 사회적 접촉으로 인해 몸이 아프고 떨릴 수도 있음에 대해서.

"하지만." 그가 말한다. 그 말 자체가 하나의 진술이라는 것을, 일반적인 반대 의사의 표명이라는 것을 깨닫기까지 약간의 시간이 걸린다. 그는 화면에서 내 진료 기록을 스크롤해 훑어본다. 그는 일종의 표시나 징후를 찾고 있다. 그는 좀 흥분한 듯하다. 이건 평상시의 진단과 다르니까. 이건 도전이다. 나는 도전이다.

"좋아요." 그가 말한다. "제가 이걸 좀 볼게요. 몇 년간 당신을 진료하면서, 당신에게 자폐가 있다는 생각은 한 번도 안 했어요. 사실, 그 반대예요."

"저는 그렇게 꾸미는 데 능하거든요." 나는 자랑하는 마음은 하나도 없이 말한다. 나는 우울했던 첫 방문에서 그다음 방문까지 그가 나를 기억하고 있는지도 몰랐다. 나는 늘 불필요한 관심을 끌지 않으려고, 유난을 떨지 않으려고 노력한다. "저는 10대 때 어떻게 해야 정상적으로 보이는지 터득했어요. 하나씩 하나씩. 다른 사람들을 보고 배웠죠."

"그래도 눈 맞춤은 잘하시는데요."

"배운 거예요. 아직도 누군가와 이야기할 때마다 의도적으로 신경을 써야 해요. 눈을 맞추고 싶지 않지만, 눈을 맞춰야 한다는 것을 아니까요."

이게 사실일까? 나도 모르겠다. 이런 습관은 아주 오랜 시간에 걸쳐 습득한 것이라서 이제는 나도 모르게 그렇게 한다. 하지만 지금 찬찬히 따져보니, 자꾸 그의 얼굴 오른편으로 시선을 돌리고 싶은 욕구가 느껴지고 그의 눈이 내 눈에다 전기를 찌릿찌릿 쏘고 있다는 느낌이 든다. 나는 천장을 쳐다본다.

"아스퍼거 증후군이 있는 사람들은 친구를 사귈 수 없다는 말을 자주 합니다. 당신도 그러신가요?"

"아니요." 내가 말한다. "저는 친구를 사귈 수 있어요. 그것도 배운 거죠. 하지만 친구가 되었다가 떠나가는 사람들이 많고, 저는 왜 그런지 모르겠어요. 때때로 내가 따분하겠구나 하고 느낄 뿐이에요. 사람들한테 말을 할 때 그들이 흥미 없어하는 걸 잘 못 알아채거든요. 일부러 그러는 건 아니에요. 아니면 사람들의 기분을 상하게도 해요. 그들의 감정을 거스르는 말을 해서요. 의도적인 것은 아니지만, 모두가 나를 받아줄 수는 없겠죠. 제 인생은 망가진 우정으로 점철되어 있어요. 제 딴에는 참 많이 노력하는 거라서 그렇게 말하려니 민망하네요."

"그건 저도 마찬가지예요." 그가 말한다. "제 경우도 그렇다고요. 우리는 다 사람들과 틀어지게 마련이에요."

"네." 내가 말한다. "하지만 사람들은 저를 유난히 까탈스러운 사람으로 보는 것 같아요."

그러나 내게는 친구들이 있다. 오랜 시간을 함께한 친구들. 좋은 친구들. 하지만 내가 사람들에게 기피 대상인 것이 진단의 기준이라면, 여기서는 친구들 얘기를 하지 않을 것이다. 나는 대다수의 경우, 대다수의 사람들에게 기피 대상이니까. 지금 내가 하는 말이 진실인지, 아니면 이 자리에서 즉흥적으로 생각해낸, 이 순간을 위한 진실인지 분간이 안 된다. 이런 의문에 대한 답을 모르겠다. 나는 말을 마구 주절대고 있다. 의사가 내 말을 믿어주기를 바라면서.

"어린 시절은 어땠나요?" 그가 말한다. "어떤 아이였나요?"

뭐라고 말해야 할까? 어느 부분이 진실일까? 나는 어린 시절의 기억이 그리 많지 않다. 내게 그 시절은 통과해야만 하는 터널 같은 시간이었다. 나는 과잉 행동을 하는 아이로 여겨졌기에, 우리 집에서는 타르트라진(황색 식용 색소로, 주의가 산만한 아이를 더욱 흥분한 상태로 유도하는 첨가물로 알려져 있다-옮긴이)이 든 식품을 피했다. 그렇다고 달라지는 것은 별로 없었다. 나는 아이들과 어른들에게 분노를 표출했다. 내 성미는 전설적이었다. 나는 이혼한 부모의 외동딸로 컸고, 사람들은 그것을 원인으로 여기는 듯했다. 엄마는 외부 세계가 주는 상처로부터 나를 철통 방어했다. 그래도 나는 결국 다 알게 되었다. 내가 받지 못한 파티 초대도, 다른 아이들의 부모들이 하는 말들도. 그런 것들은 나보다도 엄마에게 더 큰 상처를 주었고, 나는 잊어버렸다. 나는 친한 친구가 없었다. 학교에서 돌아오면 엄마가 집에 데려온 소녀와 놀았지만, 그 애는 분명 나를 싫어했다. 엄마는 자매지간도 그렇다고 했다. 학교에서 나는 점심시간에 조용한 괴짜 소년들과 함께 앉아 있었다. 혹은 수학 문제를 풀거나 과학 카드를 만지작거리며 지냈다.

나는 뭐든지 또래보다 일찍, 조숙하게 해냈다. 걷기든, 말하기든. 나는 방문 간호사의 조언에 따라 독서를 자제했다. 그때는 무엇이든 책으로 배우는 건 바람직하지 않은 것으로 여겨졌다. 유치원에 들어간 순간 나는 글을 읽기 시작했고, 그러다 책장에 꽂혀 있는 것들을 전부 다 읽었다. 학교에서는 정보란 정보는 모두 읽고, 글로 옮기고, 마침내 한계에 도달할 때까지 분수와 십진법을 비롯해 내가 배웠던 모든 것으로 바꾸어 나타냈다. 그때 인터넷이 있었다면 나 같은 아이에게 얼마나 많은 것을 제공했을지 상상만 해볼 따름이다. 무한정한 정보, 그리고 놀라운 지식의 연결망.

나는 온갖 것들을 무서워하는 어두운 작은 생명체였다. 나는 외계인 침공을 목격할까 봐 수년 동안 하늘을 쳐다보는 것을 거부했다. 메이드스톤으로 가는 길에서 차 앞으로 뛰어나온다는 흙투성이 소녀의 혼령인 블루벨 힐 유령(1965년 결혼을 하루 앞둔 수잔 브라운과 그녀의 두 친구가 메드웨이와 메이드스톤을 잇는 대로에서 교통사고로 비극적인 죽음을 맞은 후 1960년대에서 1970년대 사이에 사고가 일어난 장소에서 유령의 형상이 목격되었다 - 옮긴이)도 똑같이 무서워했다. 아이들에게는 으레 두려움이 있는데, 나는 내 두려움을 강박적으로 키웠다. 죽음에 관한 시를 썼다가 혼이 났고 엄마가 학교에 불려가셨다. 그런 생각은 어린 소녀가 표현해서는 안 된다는 관념이 있었던 것이다. 나는 그때도 지금도 이해할 수 없다. 학교에서 브라우니에 올린 설탕 쥐를 만들 때 나는 빨간 눈에 실로 꿰맨 절개선이 가득한 생체 해부된 쥐를 만들었다. **너는 항상 너무 지나쳐**라는 말을 밥 먹듯이 들었다. 그것도 이해할 수 없었다. 나는 그저 남들이 망각하고 싶어 하는 것들에 관심을 가졌을 뿐인데. 내가 아는 것은 내 행동거지가 지독하게 투박해서 첫 번째 담임선생님에게서 어설픈 캐서린이라는 별명을 얻게 되었고, 그 별명이 나를 따라다녔다는 것, 그리고 내가 아무리 다른 소녀들보다 열심히 노력한다 해도 결코 배구부에 들어갈 수 없으리라는 것뿐이었다.

나는 주치의에게 이 중 일부만 말한다. 그래도 할 얘기가 너무 많다. 그는 '흠'이라고 하더니 거의 혼잣말처럼 "그건 아스퍼거가 있는 아이의 전형적인 증상인데"라고 말한다. 그는 고개를 흔든다. 이건 맞지 않는다. 그의 눈앞에 보이는 모습과 듣고 있는 이야기가 전혀 들어맞지 않는다. 그는 혼란스러워한다. 나는 질서가 무너지는 느낌이다. 속절없는 한숨.

"가끔 여기 남편분과 함께 오시던데. 남편분은 뭐라고 하던가요?"

"내 짐작이 맞는다고 생각해요. 다 나한테 들어맞는다고 생각하죠. 알게 모르게 많이 참았나 봐요. 이제 병명이 있다는 것에 차라리…… **안도하고**…… 있는 것 같아요."

의사는 나를 보고, 화면을 보고, 그의 손을 보더니 예상 밖의 행동을 한다. 그가 말한다, **제기랄**.

"**제기랄**, 그쪽으로는 생각도 해보지 않았는데."

그 말을 나에게 한 것 같지는 않다. 나는 그가 스스로에게 말한 것이라고 생각한다.

걷기를 마칠 즈음 해가 거의 저물어 있다. 나는 토머스 베 킷(캔터베리의 성 토머스 베킷이라고 불리는 순교 성인 – 옮긴이)이 묻힌 것으로 알려진 묘지를 지나 교회 뒤편을 거쳐서 칠햄의 아름 다운 옛 마을에 다다른다. 이곳은 중세 캔터베리 순례자들의 주요 거점이었다. 교회 앞쪽으로 돌아 나오는데, 한 남자가 내 뒤에서 발맞춰 걸어오며 점잖게 말한다. "환영합니다, 순례자 여! 길퍼드까지 참 멀리 오셨습니다."

나는 웃는다. "여기서 멈추려고요." 그리고 이어서 말한다. "오늘은요."

그는 내 옆에서 다리를 심하게 절뚝거리고, 그의 래브라도는 그와 나 사이에서 빙글빙글 돈다. "결국엔 거기까지 가실 겁니다, 틀림없이."

"그럴 거예요." 내가 말한다. "거기든, 아니면 그 근처든."

"멋지네요." 그는 고개를 끄덕이고는, 묘지로 가는 갈래 길로 방향을 튼다. 나는 다시 혼자가 된다. 내가 사는 이 고장, 길을 따라 걷는 사이 나의 것이 되어가는 이들 장소에서 만나는 낯선 환대에 경이로움을 느끼며.

어쩌면 나는 이곳의 일부가 되어가는 것인지도 모르겠다.

2부

받아들이다

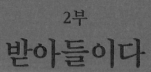

하틀랜드

Hartland

길을 영원히
기억하는 법

땅이 지역이 아니라 길에 따라 나뉜다고 상상해보라. 그러면, 당신은 한 조각의 땅에 울타리를 치고는 내 땅이라 부를 수 없다. 그냥 중요한 장소(대문, 버스 정류장, 나무) 사이에 점을 연결할 수 있을 뿐이다. 이렇게 점으로 연결한 것들이 완전한 원이 되면(대문-버스 정류장-나무-대문), 당신이 소유하는 것은 원형의 길이다. 그 원 안의 공간은 당신 것이 아니다.

　당신은 일하러 가는 길에 대한 소유권은 있어도 당신의 뒤뜰에 대한 소유권은 없다. 땅의 유일한 용도는 그곳을 지날 때마다 풍경을 제공하는 것이고 아무도 가만히 서 있는 데에는 관심이 없으므로, 당신은 땅을 사고팔 수도 없다. 당신이 소유하는 것은 경로뿐이다. 각각의 경로에 세상을 바라보는 당신만의 고유한 시선이 담겨 있다. 다른 여러 길이 그 경로를 지날 수는 있어도 그 경로를 온전히 걸을 수 있는 건 당신밖에 없다.

이제, 지도에 이 길을 그릴 수 없다고 상상해보라. 지도가 존재하지 않아서가 아니다. 당신의 길에 담긴 정보의 깊이와 무게가 너무 광대해서 그릴 수 없다. 선 하나로는 다 담을 수 없다. 하나의 선은 정보의 가장 얄팍한 일부, 즉 공허하고 형체 없는 지형만을 나타낼 뿐이다. 그러나 당신의 길은 그 이상이다. 그렇다, 당신의 길에는 봉우리와 계곡이 있고, 당신이 보물처럼 여기는 것들이 흩어져 있다. 그 시냇물은 당신의 시냇물이다. 어릴 적에 당신은 신발과 양말을 벗고 그 물속을 걸었다. 그 마을은, 당신의 삶이 마치 솔기가 뜯어진 옷처럼 느껴지던 어느 날, 차를 몰고 찾아와 운전대에 머리를 묻고 목 놓아 울었던 장소다. 당신이 집에 가는 길에 언덕을 오를 때마다 봤던 그 접속 배선함은, **거의 다 왔음**을 알려주는 표식이다. 당신의 길은 의미들로 이루어져 있다. 이 모든 것이 그 길에 아로새겨져 있다. 이것들은 지도에 그리기에는 너무 풍부한 의미를 담고 있어서, 말로 할 수밖에 없다. 그것도 당신과 아주 가까운 사람들에게만 이 장소 저 장소 안내하며 요모조모에 대해 수다를 떠는 것이다.

당신은 이야기할 때마다 아무런 제약 없이 길을 변경할 수도 있을 것이다. 대신, 길을 변경하면 변경하는 대로 그 경로에 대해 더 자세히 알게 된다. 당신의 길은 그 자체로 패턴이 되고, 구절이 되고, 노래가 된다. 이제 당신은 친구에게, 연인에게, 아이에게 이 길에 대해 노래할 수 있다. 그렇게 노래하면 당신이 누구인지를 전부 이야기하는 셈이다. 당신은 당신의 창조 신화를 전하는 것이다. 당신이 죽으면, 이 이야기들은 당신의 노래와 함께 고스란히 남는다.

　이것은 내가 오래 걷다 지쳐서 환각 속에서 만들어낸 유토피아가 아니다. 오스트레일리아 원주민들이 땅을 인식하는 방식과 매우 유사하다. 브루스 채트윈Bruce Chatwin(영국의 여행작가이자 소설가 - 옮긴이)이 『송라인The Songlines』에서 기술한 것처럼, 원주민들의 노래에서 길은 선조들의 행위를 기억하고 기념하는 방법이다. 오스트레일리아에는 몽환시Dreamtime(오스트레일리아의 토착 신화에 등장하는 개념으로, 신화의 정령들이 창조된 고대의 신성한 시대를 일컫는다 - 옮긴이)의 유적들이 여기저기에 있다. 이 유적들은 중요한 의식이 행해지던 장소인 동시에 길을 찾는 유용한 표식이기도 하다. 원주민들의 노래 지도인 '송라인'은 그들을 한데 연결한다. 노래를 배우고 부름으로써 사람들은 한 번도 본 적이 없는 경로를 외울 수 있다. 그리고 그 노래에 암호처럼 새겨진 경로를 직접 걸어봄으로써 조상이 일군 창조의 역사가 여러 세대를 거치며 면면히 이어져왔음을 확인할 수 있다. 이것이 당신이 가진 전부다. 오롯이 창조 그 자체일 뿐인, 시간을 가로지르는 길.

누구에게나 이런 노래가 있다. 지도이자 나침반인 노래, 당신을 새롭게 바로세우는 노래. 그 노래를 배우면, 그것이 당신을 집으로 데려다 줄지니.

물론 2월의 영국 땅에서는 그렇지 않지만.

2월,
애플도어에서 클로벨리까지

작은 균열

Appledore to Clovelly

사우스웨스트 코스트 패스를 걷는 일은 레저 활동이라기보다는 차라리 내 영혼과의 힘겨운 싸움이 되어버렸다.

나는 야외 활동파는 아니다. 야외를 좋아하기는 하지만, 실내에 있는 것도 정말 좋아한다. 그리고 내가 야외를 좋아하는 것은 특정한 조건이 갖춰져 있을 때다. 공기가 바삭하고 하늘이 티 없이 파란 가을의 절정, 혹은 불현듯 찾아온 빛깔과 햇살의 향연에 마냥 감사한 마음이 드는 봄의 초입. 한겨울에는 서리가 끼고 건조한 날, 여름에는 이른 아침.

이 모두가 좋다. 하지만 찌는 듯이 덥거나 얼굴에 비가 쏟아질 때는 억지로 애를 써야만 바깥에 조금이나마 관심을 가질 수 있다. 야외에 대한 내 애정은 다분히 조건적이다.

주중에 내내 사우스웨스트에 강풍과 폭우가 있을 것이라는 예보를 들었다. 그리고 애플도어를 떠나자마자 그 예보가 발아래에서 현실이 되었다. 토 강어귀의 서부 습지대인 노샘버로우스Northam Burrows는 길에서 볼 때는 너무나 아름다웠다. 하지만 발을 딛고 보니 하나의 거대하고 깊은 웅덩이다. 제비갈매기들로 생기가 넘치고 까마귀들이 머물다 가는 아름다운 웅덩이지만, 통과할 수 없는 곳이기도 하다. 15분 동안 헤쳐나가려 해보다가 익사할 각오를 하지 않고는 그 가장자리를 따라갈 수 없다는 것을 깨닫고 뒤로 돌아 길을 향해 나온다.

괜찮다. 시간을 버리지 않고 길을 가로질러서 웨스트워드 호!Westward Ho!로 향할 수 있다. 그래도 실망스러운 출발인 것은 사실이다. 이제는 콘크리트 인도변의 멋없는 신축 주택가를 따라 이동해야 한다. 그다지 걷고 싶은 길은 아니다. 몇 발 뗐을 때 경찰차 한 대가 내 옆으로 다가오더니 차창을 내린다. 몸이 굳어진다. 내가 사유지에 무단 침입이라도 한 걸까? 여자 순경이 창밖으로 얼굴을 내밀고 묻는다. "죄송하지만, 혹시 어디서 말을 보시지 않았나요?"

어머니는 언제나 경찰에게 도움을 주어야 한다고 가르치셨다. "저쪽에 좀 있던데요." 나는 갈색 암말과 회색 셰틀랜드종 조랑말이 순진무구하게 서 있는 들판을 가리킨다.

"아니요, 도망친 녀석을 찾고 있어요. 흰 말이에요." 그녀가 말한다.

"오, 못 본 것 같아요." 만약 봤다고 해도 내가 과연 기억할까? 그건 대답하기 어렵다.

"알겠습니다." 여자 순경이 대답한다. "감사합니다. 혹시 보시면…… 저희에게 전화주세요. 999 말고요."

"그럴게요." 내가 말한다.

어쩌면 웨스트워드호!는 내가 생각했던 것보다 더 흥미로운 곳인지도 모르겠다. 마음을 사로잡는 아름다운 풍경이 나오기를 기대하며 교외의 거리를 부지런히 걸어간다. 예전부터 이곳에 와보고 싶었다. 지명에 붙은 활기 넘치는 느낌표는 바다의 모험과 대항해 시대의 열정을 담고 있다. 그러나 어제 이마을의 이름이 실은 찰스 킹슬리의 소설에서 따온 것이라는 사실을 알았고, 그래서 살짝 김이 샌 기분이다. 유명한 소설 제목을 따서 마을 이름을 짓다니 좀 성의 없는 결정 아닌가? 거친 대서양의 모험으로부터 한참 멀어진 느낌이다.

그러나 모퉁이를 돌자 갑자기 엄청난 바다의 포효가 들린다. 어떻게 이럴 수 있는지 놀랍다. 바다가 어떻게 그 소리를 감추고 있다가 마치 까꿍놀이라도 하듯이 한순간에 나타날 수 있는지. 이곳으로 믿을 수 없이 쇄도하는 백색 소음은 내가 오랫동안 강어귀를 걷고 있다는 사실을 새삼 실감하게 해준다.

나는 지금 해변에 있다. 아이스크림을 파는 노란 오두막이 있다. 사람들은 흐린 하늘 아래에서 개들을 산책시키면서 드 넓고 평평한 해변을 빙빙 돌고 있다. 나는 지도를 살 곳이 없나 두리번거린다. 바보같이 켄트에 지도를 두고 왔기 때문이다. 어디였건 소용은 없지만. 별로 큰 문제는 아니었다. 해안선만 따라가면 지도가 급히 필요할 일은 없고, 어느 마을에든 국립 지도원의 지도를 파는 우체국이나 구멍가게 하나쯤은 있을 테 니까. 그러나 애플도어에는 아무것도 없었고, 심지어 여기는 더 썰렁하다. 솔직히 말하면, 이 정도로 황량할 거라고는 예상 하지 못했다. 이곳은 그야말로 비수기에 큰 타격을 입는 그런 곳이다. 빌딩들 사이로 언뜻언뜻 보이는 하얀 파도 거품은 나 를 충분히 행복하게 하지만, 좋아하기에는 좀 멀리에 있다.

그러나 이 마을을 떠난 지 얼마 안 되어, 바닥이 울퉁불퉁 해지기 시작하고, 익숙한 오르막과 내리막이 다시 나타난다. 다만 오늘은 길이 흠뻑 젖어 있어서 비탈길이 마치 트레드밀 처럼 발을 내디딜 때마다 원래 자리로 되돌려 보낸다. 다리가 금방 두꺼운 벽돌색 진흙투성이가 되는 바람에, 바지도 무겁 고 찐득거린다. 계속 몸을 꼿꼿이 세우려고 애쓰며 숨을 헐떡 거리고 씩씩거린다.

언덕 꼭대기에서 폭포를 바라보느라 잠시 멈췄다가 돌아 선다. 그런데 내리막이 너무 가팔라서 거기로 내려갈 수 없겠 다는 확신이 들었다. 하지만 길은 생각이 달랐나 보다. 어떻게 할까 고민하며 서 있던 나는 저절로 바닥을 향해 미끄러져 내

려가기 시작했다. 한 번도 스키를 타본 적은 없지만, 이것보다
는 재미있었으면 좋겠다. 균형을 유지하고 뭔가를 붙잡기 위
해 두 팔이 풍차처럼 돌아가지만, 주위에는 가시금작화와 가
시덤불과 철조망뿐이다. 이들 세 악마 중 그나마 나은 가시금
작화를 붙잡는다. 그 바람에 손바닥에 가시가 꽂혀 바늘꽂이
가 된다. 그럼에도 결국 엉덩방아를 (두 번) 찧고 언짢은 기분으
로 바닥에 도착한다.

이럴 수는 없다. 지도가 있었다면 퇴로를 찾을 수 있었을
텐데. 하지만 지도가 없으니 그냥 H와 만나기로 한 곳으로 갈
수밖에 없다. 바닷가로 내려가는 길이 있을 듯한 페퍼콤Pepper-
combe이라는 조그만 마을이다. 이렇게 해안이 쭉 이어진 데서
길을 잃기란 힘든 일이다.

기분이 나아지지 않은 채로 교차로에 이르러 페퍼콤이 표
시된 도로 표지판을 발견한다. 약 8킬로미터. 오늘 하루 동안 8
킬로미터 정도를 걸으리라 계산했었고, 이미 6킬로미터 정도
는 걸은 게 확실하다. 해가 지기까지 한 시간 정도 남았고, 여기
는 벌써 잿빛으로 어두워져 있다. 나는 어둠이 내린 후에야 이
진흙에서 빠져나가게 될 것이다. 내륙에 있는 경로를 확인하기
위해 휴대전화로 지도를 내려받으려고 하지만 미약한 신호 탓
에 지도는 고사하고 H에게 문자를 보내기에도 빠듯하다.

예전에는 이 길을 보며 경탄했지만 이제는 그냥 잔인해 보
인다. 나는 미끄러운 나무 계단을 내려가 오렌지색과 파란색

나일론 밧줄로 덮인 작은 동굴 안으로 들어간다. 그러고는 곧바로 오르막길로 올라갔다가, 다시 내리막길로 향한다. 후들거리는 다리로 회색 조약돌 위를 기다시피 지나가면서 마음속으로는 행정 당국에 줄줄이 편지를 쓴다. 첫 번째는 도보 길을 따라 어리석게도 철조망을 사용한 것에 항의하는 편지이고, 두 번째는 절벽 꼭대기 주위로 완벽하게 훌륭한 루트를 놔두고 **모든 빌어먹을 동굴**로 들어가도록 길을 만든 무신경함과 오만함을 성토하는 편지다.

바로 그 순간, 해변에서 이국적인 콩 꼬투리 같은 것이 눈에 띈다. 잔지바르에서부터 파도에 떠밀려 왔을지도 모를, 사람 손 크기의 한 거대한 팔각 같다. 나는 그것을 집어 든다. 가까이서 살펴보니, 바닷물에 갈색으로 변한 등골뼈다. 나는 반색한다. 고래의 뼈가 틀림없다. 그것을 배낭에 집어넣고는 버트가 얼마나 기뻐할까 생각하며 다시 걸음을 재촉한다.

버트와 내가 그 등골뼈를 손에 올려놓고서 그 무게감과 희귀함에 감탄하는 모습을 상상하며 힘든 것을 버텨낸다. 하지만 아직도 목적지까지는 수 킬로미터가 남아 있다. 더 많은 오르막과 내리막, 더 많은 진흙이 기다리고 있다. 진이 빠져서 멍해지는 바람에, 그 사실을 한참 있다가 인식한다. 나는 그저 앞으로 나아갈 뿐이다.

마침내 어스름해질 무렵 페퍼콤에 도착한다. H는 내 기대와는 달리 도로 맨 아래쪽에 없다. 화가 난다. 대로까지는 800

미터가량을 더 가야 하는 데다 온통 언덕길이다. 여기서 할 일은 올라가는 것뿐이다. 길을 끝까지 오르니, 잠긴 문이 있다. 버트가 나를 보고 뛰어온다. 너무 지쳐서 말도 나오지 않는다. 나는 바보처럼 문을 열려고 한다. 그사이 H는 사과하면서 오늘 하루 둘이 데어리 월드에서 갑작스러운 비를 피하며 어떻게 시간을 보냈는지 이야기한다. 데어리 월드는 젖소를 비롯해 내가 받아들일 수 없는 것들이 있는 테마 파크다. H에게는 유제품 불내증이 있다. 그 안에 있었던 것만으로 두드러기가 나지 않은 게 놀랍다. 내가 생각해낸 이 농담을 내뱉고 싶지만 온전한 문장으로 나오지 않을 것 같다. 모든 게 조각나 있다. 나는 열린 트렁크에 앉아 지나가는 차들 앞에서 바지를 벗는다. 상관없다. 그 순간에는 오로지 깨끗하고 보송보송한 레깅스와 자동차 히터에서 나오는 따뜻한 바람만 생각날 뿐이다.

차를 타고 출발하면서 H가 말한다. "우리 오늘 아침에 뭘 봤지, 버트?"

버트는 잠시 생각한다. "말!"

"맞아! 혼자 시골길을 산책하고 있는 하얀 말을 봤지."

나는 두 사람에게 나를 멈춰 세웠던 여자 순경에 대해 이야기한다. 우리 사이에 그 사건의 해결책이 놓여 있었다는 사실이 참 신기하다고도 말한다. 굳었던 내 마음이 풀어진다.

우리는 숙박 장소를 재검토하기로 했다. 이런 날씨에 캠핑은 물 건너갔으니. 나는 오래 걸은 후에는 반드시 뜨거운 물로 목욕을 해야 한다는 것을 알게 되었다. 곧장 이부프로펜을 복용하는 것과 더불어, 뜨거운 목욕은 다음 날 아침 다리가 얼마나 아프냐에 큰 차이를 가져온다. 또한 오랜 도보를 마치고 나면 축축한 옷과 순전한 피로감으로 인해 몸이 오들오들 떨리는 것도 알게 되었다. 그럴 때 목욕을 하면 회복이 된다. 욕실 문을 잠그고 한 시간 동안 혼자 있을 수 있어서 그런지도 모르겠다.

걷지 않는 동안에 무엇을 할 수 있느냐도 고려할 사항이다. 대다수 호텔에서는 추가로 돈을 쓰지 않고는 가 있을 곳이 없다. 때로는 사람들이 많은 곳이나 침대 가장자리가 아닌 장소에서 진토닉을 마시며 빈둥거리고 싶은데 말이다. 버트는 한쪽 구석에서 책을 보며 조용히 앉아 있는 아이가 아니다. 버트는 잠시도 가만있지 못하는, 고삐 풀린 망아지 같은 아이라서 장난감을 어질러놓을 공간과 이리저리 뛰어다닐 곳이 필요하다. 나는 이 모든 조건이 단 한 곳을 가리키고 있다는 결론에 도달했다. 바로 홀리데이 캠프holiday camp(각종 즐길 거리와 편의 시설을 갖춘 야영지 – 옮긴이)다.

나는 결코 홀리데이 캠프에 어울리는 사람이 아니다. 하지만 누군들 그럴까? 홀리데이 캠프는 현실적인 절충안이다. 상대적으로 저렴하고, 숙소도 안전하고, 아이들을 위한 레저 활동도 제공한다. 제아무리 그림 같은 별장이라도 아이가 망가뜨릴 것이 아무것도 없다는 사실에서 얻는 마음의 평화와 맞바꿀 수는 없다.

우리 샬레Chalets(홀리데이 캠프에서 숙소로 사용하는 스위스식 오두막 - 옮긴이)는 따뜻하고, 침대는 편안하고(키가 183센티미터 이상인 성인 둘에게는 조금 작은 감이 있어서, H는 곧바로 버트의 방에 있는 여분의 침대로 밀려난다); 적당한 소파와 욕실이 있다. 주방에는 토스트를 할 때마다 죽어라고 소리를 지르는 무시무시하게 예민한 화염 경보기를 포함하여 온갖 주방용품이 갖춰져 있다. 앞문으로 나가면 바비큐 기구까지 있다. 내 집이었으면 하고 바라기에는 소나무가 많기는 하지만, 꽤 좋은 편이다.

캠프 안에는 오리들이 있는 연못과 (축축하고 약간 실망스러운) 놀이터와 수영장이 있다. 칩과 유명 와인을 파는 편의점도 있고, 아이들이 돌아다니거나 당구대를 점령해도 아무도 신경쓰지 않는 선술집(버트에게 계속 다트판에서 떨어져 있으라고 말해야 했지만)도 있다. 살다 보면 온갖 어리석은 열망이 사그라지고, 보다 현실적인 고민들이 그 자리에 들어차는 순간이 있다. 나는 영혼의 안식처를 찾았다.

유일한 문제는 걷기를 시작하는 지점까지 가려면 콘월의 경계를 한참 넘어서 차로 한 시간을 가야 한다는 것이다. 내가 이곳을 예약할 때 이런 정보를 확인했는지는 잘 모르겠지만,

이번에는 몇 킬로미터라도 목표 거리를 채울 계획이다. 겨울에 쉰 날이 많다 보니 한 달에 40킬로미터씩 걷겠다는 원래 목표에서 많이 뒤처져 있다. 나는 단번에 목표를 따라잡기로 마음먹고, 이번 주에 매일 걸어서 130킬로미터를 채우기로 했다. 이렇게 말하면 모두 놀라서 헉 하고 숨을 들이마시지만, 나에게는 끝내주는 걷기 기술이 있다. 나는 지금껏 걸으면서 견뎌온 시간이 강인한 체력을 길러주었다고 꽤 자신하고 있다. 계속 좋은 날씨만 받쳐준다면 못할 게 없다.

그러나 나는 애틀랜틱 하이웨이Atlantic Highway를 염두에 두지 않았었다. 콘월 북부 해안과 평행하게 뻗어 있는 이 대로는 여러 마을을 통과하며 서서히 굽어진다. 그러다가 데번으로 넘어가서 하틀랜드Hartland로 들어가기 직전에 결국 두 개의 차도로 갈라진다. 그런데 이 길은 그림같이 좁아서, 한 시간에 32킬로미터 정도까지 속도를 늦출 수밖에 없다. 나는 이것이 H에게 얼마나 힘들지 고려하지 못했다. 여기에는 제대로 된 대중교통 수단이 없어서 H는 매일 아침 도보를 시작하는 곳에 나를 내려주고, 저녁에는 나를 태우러 와주어야 한다. 물론 내가 현실적인 목표를 설정하지 못하는 탓에, 도보가 끝나는 지점은 계획했던 곳과 달라지게 마련이다. 그렇다 보니 H는 편의 시설이 잘 갖춰진 우리의 홀리데이 캠프로 다시 열심히 차를 달려 돌아가는 게 무의미해져서 온종일 근처에 머물며 시간을 보내야 한다. 날은 춥고, 간간이 비가 내린다.

도보 둘째 날, 나는 긴장한 상태로 잠에서 깬다. 일찍 출발할수록 일찍 걷기를 끝낼 수 있고 모두가 쉴 수 있다. 8시에는 샬레를 나서야 한다는 뜻이다. 휴일치고는 말도 안 되게 이른 시간이지만, 꾸물거리다가 9시쯤 떠난다면 점심때까지 아무 데도 도착하지 못할 것이다. 오늘은 발렌타인데이다. 사뭇 난감한 우연이지만, 내 예상에 따르면, 정오경 클로벨리 마을에 당도할 수 있을 것이다. 이것저것 찾아본 정보에는 그곳이 펍 런치를 즐기기에 딱 좋은 아름다운 곳이라고 나와 있다.

그 덕분에, 나는 죄의식을 달랠 수 있다. 점심을 먹은 후에 하틀랜드까지 계속 걸어서 목표 거리를 채울 수도 있다.

하지만 버트는 8시에 출발할 수 있도록 따라주지 않는다. 그는 한 번도 아침에 쉽게 일어난 적이 없다. 오늘 아침에는 거꾸로 엎어진 레고 듀플로 상자와 함께 거실 바닥에 널브러져 있으려고 한다. 아침도 먹지 않는다. 내가 파자마를 벗기고 옷을 갈아입히려 하자 버트는 으르렁거린다. 나는 어르고, 숫자를 세고, 꾸짖는다. H가 도우려고 했지만 나는 그에게 잔소리를 했다. 그러다 겨우 차에 오를 준비가 되었을 때, 버트가 마마이트 바른 토스트를 먹겠다고 버틴다. 샌드위치는 안 된단다. 나는 작은 소리로 욕을 하고는 태평스럽게 제 할 일을 하는 토스터를 디너 나이프로 두들긴다. 나는 토스터가 별로 뜨겁지 않다고 투덜대고는 빵이 나오기를 기다리며 은박지를 깔고 나이프에 버터를 발라둔다. 그사이 기회를 잡은 버트는 다시 레고 듀플로를 가지고 놀기 시작한다.

우리는 차에 올라탄다. 차가 출발하자마자 H는 내게 지도를 사주려고 우체국에 차를 댄다. 나는 별로 탐탁지 않다. 여기 지도가 있을 가능성도 별로 없어 보이는데 공연히 시간만 지연시킨다는 생각이 들어서다. 그러나 그는 오드넌스 서베이 익스플로러 126 지도를 손에 쥔 채 의기양양하게 나타나고, 우리는 페퍼콤으로 차를 달린다. 버트는 나와 함께 차에서 내려서는 해변길로 향하는 가파른 도랑을 같이 내려가겠다고 고집을 부린다. 비가 와서 미끄럽기 때문에 넘어질까 봐 걱정되기는 하지만, 여기 내 구역에 버트가 있는 것을 보니 즐겁다. 이끼와 고사리 틈에서 그의 빨간 코트가 선명하게 빛난다. 아마 그 등골뼈가 그의 관심을 자극했나 보다. 우리는 어젯밤 그 뼈를 싱크대에서 씻으면서 다른 등골뼈들과 이 뼈를 연결하면 척추가 만들어질 것이라고 이야기했다. 우리가 좋아하는 책 『세상 구경 시켜줄 고래를 찾습니다 The Snail and the Whale』에 나오는 엄청나게 긴 혹등고래의 거대한 척추. 이런 생각에 우리 둘 다 흥분한다.

결국, H는 여기서 해변까지 얼마나 먼지를 확인하고(나: 알아! 어제 깜깜한 밤중에 여기까지 다시 올라오느라 진땀 뺐거든!), 두 사람은 차가 있는 곳으로 향한다. 나는 다시 혼자다.

오늘도 여전히 땅은 젖어 있지만, 어제보다 훨씬 더 쾌적한 것만은 분명하다. 계곡을 올라가니 평평한 길이 나오고 날씨도 청명해진다. 나는 사우스웨스트를 나타내는 각인처럼 보이는 특유의 삼림지대를 지나간다. 바위들이 돌출되어 있고 영원히 축축할 것만 같은 어두운 숲. 나무들은 빽빽한 이끼와 온갖 종류의 덩굴진 양치식물로 뒤덮여 있다. 무성한 고사리, 못처럼 뾰족하고 뻣뻣한 비늘조각이 달린 골고사리, 그리고 제멋대로 몸을 뻗은 공작고사리. 바다는 거의 보이지 않지만, 다른 차원의 고요함이 펼쳐진다. 그리고 온통 짙은 녹음과 발밑의 뿌리 덮개에서 나는 향기.

내리막길은 여전히 위험하고, 오르막길은 여전히 더딘 전진과 뒤로 미끄러지기의 연속이다. 어느 한 지점에서 나는 구불구불하고 미끄러운 길을 내려간다. 위험천만한 걸음을 내디디며 버티느라 두 다리가 후들후들 떨린다. 맨 아래에 내려갔을 때에는 숨도 못 쉴 정도로 기진맥진하다. 불현듯 내가 어느 마을에 와 있다는 것을 깨닫는다. 작고 하얀 집들이 모여 있고 좁다란 계곡에 자갈이 깔려 있다. 지도에는 벅스밀스Buck's Mills라고 표시되어 있다. 한 아이가 거리에서 놀고 있고, 한 남자가 세차를 하고 있다. 고요하고 평범한 그들의 일상 속에, 야생에서 온 듯 흙탕물이 튀긴 모습으로 나타난 나. 마치 다른 세상으로 떨어진 기분이다. 우리는 서로를 유심히 바라본다. 나는 고갯짓으로 인사를 하고 거리를 건너 다시 나의 세상으로 올라간다. 내가 늑대였다면 좋았겠다.

오늘은 H와 버트가 계속 마음속에 맴돈다. 내가 의미 없는 다음번 구간을 걷는 동안 형편없는 놀이센터 혹은 비수기의 음산한 놀이 공원에서 시간을 죽이는 그들의 모습을 떠올린다. 이건 공평하지 않다. 나도 안다. 버트는 아직 홀리데이 캠프의 수영장을 이용해보지 못했고, 나는 그 애가 얼마나 물놀이를 하고 싶어 하는지 알고 있다. H는 불평조차 하지 않는다. 그는 묻지도 따지지도 않고 도와준다. 아무것도 없는 축축한 들판을 수도 없이 터벅터벅 지나며, 그의 무조건적인 협조의 동기가 무엇일까 생각한다. 제정신을 가진 사람이라면 누구라도 나의 걷기 프로젝트에 얼마나 많은 희생이 요구되는지에 대해 불평할 것 같다. 그가 어디든 나를 차로 데려가고 또 데려와야 하는 것은 불공평하다. 그가 데번과 콘월 사이의 축축한 북쪽 경계 주변을 떠돌며 내가 발을 질질 끌고 나타날 때까지 기다리느라 소중한 연차를 뚝 떼어 쓰는 것은 불공평하다.

나는 또 늦었다. 벌써 정오인데, 아직 클로벨리 근처에도 못 갔다. 그에게 생각보다 늦을 것 같다고, 아마 1시쯤 도착할 것 같다고 문자를 보낸다.

알았어, 괜찮아. 그가 답장을 보낸다.

애 뭐 좀 먹여. 내가 답한다. **나 기다리지 말고.**

이윽고 사우스웨스트 코스트 패스는 19세기 초에 마차 길로 건설된 하비 드라이브Hobby Drive와 만난다. 클로벨리까지 약 4.8킬로미터에 달하는 이 길은 익숙한 다른 길보다 훨씬 더 문명화되어 있다. 발밑의 땅은 단단하고 평평해서 걷기 좋다. 사우스웨스트 코스트 패스라면 자연 그대로 보존하는 만큼 분명히 강둑을 하나하나 내려가야 했을 것이다. 하지만 이 길은 눈앞에 펼쳐지는 Y자형 계곡으로 접혀 들어가 있어 더욱 좋다. 높은, 물결 모양의 강기슭에서 바다까지 이어진 전망이 헐벗은 나무들 사이로 보인다.

이제 하비 드라이브에서 마차는 허용되지 않는 대신 많은 도보 여행자들이 눈에 띈다. 1년 중 이 시기에 사우스웨스트 코스트 패스에서 누군가를 마주치는 일은 드물다. 그런데 갑자기 모두가 여기에 있다. 그들은 해변길에서 만나는 사람들처럼 의욕적으로 행군하는 대신 평화롭게 어슬렁거린다. 대머리수리들이 날아올랐다가 다이빙하는 것이 보인다. 길가에는 황조롱이의 날개 두 쪽이 떨어져 있다. 부드러운 깃이 벗겨져서 하얀 뼈가 드러나 있다. 버트를 위해 그 날개를 집으로 가져가려다가, 하비 드라이브에 애착이 있을 사람들을 위해 황무지를 상기시켜줄 흔적으로서 거기 남겨두기로 한다. 이 경로는 내게 실망감을 준다. 진흙 속에서 발을 질질 끌면서 이틀을 걸어온 끝에 여기서 만나는 말쑥함에 염증이 난다. 길은 줄곧 평평해서 나는 오르막을 오르다가 장대한 계곡으로 내려가고, 다시 처절하게 기어오르는 예측 불가의 경로가 미치도록 그립다. 시간은 빠르게 흐르지만 나의 전진은 더디다. 경치는 아름답지만 내 것 같지가 않다. 몸이 고달파야 비로소 그 경치를 음미할 수 있다.

마침내 오후 2시에 마을 꼭대기에 있는 주차장에 도착하고, 찜통 같은 차 안에 앉아 있는 H를 발견한다. 버트는 뒷좌석에서 잠들어 있다.

"미안해." 내가 말한다. "이보다는 빨리 올 줄 알았어."

"괜찮아." 그가 말한다. "버트는 곯아떨어졌어."

"지금 마을로 들어가는 건 의미 없겠지?"

"그렇지." H가 답한다. "샌드위치나 먹는 게 어때? 그리고 또 가면 되잖아."

나는 카시트에 앉아 있는 버트를 본다. 죄책감이 차오른다. 내가 다시 걸으러 가면, 차에 언제 돌아올지 모른다. 우리는 어두워진 뒤에야 홀리데이 캠프로 돌아갈 것이고, 그러면 바로 잠잘 시간일 것이다.

"괜찮아." 내가 말한다. "오늘은 여기서 그만할래."

"정말?" H가 묻는다.

"응, 정말. 두 사람 다 이렇게 계속 버티게 할 수는 없지."

버트가 잠자리에 들고 나서 나는 진한 진토닉 한 잔을 따르고, 또 한 잔을 더 따른다. H는 주방 정돈을 마치고 나와 함께 자리에 앉는다.

"내일은 걷지 않을 생각이야." 내가 말한다. "하루 쉬어야겠어. 두 사람이랑 시간을 같이 좀 보낼까 해."

"아니." H가 말한다. "그건 걱정하지 마. 우린 괜찮아."

"내가 너무한 것 같아. 계획대로 한 적이 한 번도 없는 데다가, 매번 도보를 시작하는 지점까지 함께 차를 타고 수 킬로미터를 가잖아. 그건 버트한테 공평하지 않아."

"버트는 괜찮아." H가 말한다. "걘 잘 견디는걸."

"난 버트가 그냥 견디는 걸 원하지 않아."

"내 말은 그게 아니잖아."

"그래. 그냥 시간을 좀 가지고 싶어서 그래. 가족끼리 시간을 보내고 싶어서."

그의 얼굴이 굳어진다.

"뭣 때문에 그러는데?" 내가 묻는다.

"아무것도 아니야." 그가 말한다. "아무것도. 당신 말이 맞아. 그러면 좋을 것 같네."

"아니, 말해봐. 내가 같이 있는 게 싫어?"

H는 숨을 들이마시고는 조심스레 다시 내뱉는다. "그냥
……."

그는 자세를 바꾸어 앉으며, 잠시 생각하더니 말한다. "그냥 당신이 같이 있으면 모든 게 변해서 그래. 나랑 버트는 뭘 할지 잘 알아. 어딘가에 가서 나름대로 시간을 보내지. 그런데 당신이 같이 있으면…… 당신은 못마땅한 게 많잖아."

나는 표정을 가다듬으려 노력한다. 이건 솔직한 평가다. 내

상태에 대한 정보다. 나를 비추는 거울이다. 내게 아스퍼거 증후군이 있다는 것을 알고 나면 더 쉽게 받아들일 수 있을 것 같던 말이다. 이건 담백하고 단순한 데이터이기에, 쉽게 받아들여야 한다.

"내가 같이 있는 게 싫다는 거네." 내 목소리는 이미 잠겨 있다. "내가 같이 있는 게 정말 싫은 거야."

"그런 뜻이 아니야. 난 그냥……."

"당신이랑 버트가 나도 함께라면 좋았을 거라며 아쉬워하는 줄 알았어. 그런데 실은 내가 걷는 동안 둘이 재미있게 보낼 수 있어서 다행이라고 생각했던 거야? 그럼 둘이 재미있게 놀아. 나랑 같이 있으면 재미라는 건 불가능하니까."

"불가능하지 않아. 그냥 당신은 실망하고 싫증이 나면, 결국 버트에게 화를 내잖아. 그래서 당신이 없는 게 더 쉬워서 그런 것뿐이야."

"당신이 나랑 같이 있는 걸 싫어하다니 믿을 수가 없어."

"그렇게 말하지 마!" 그는 분노한다. 하지만 나는 그 이유를 이해하지 못한다. 지금 발밑에서 땅이 꺼지는 기분이 드는 사람은 나다. 기분이 상한 사람은 바로 나다. 나는 흐느끼기 시작한다. 그들은 나를 원하지 않는다. 내가 나만의 사적인 공간을 누리고 있다고 생각했는데, 사실은 그들이 그들만의 공간을 즐기고 있었다. 나는 스스로 우리 가족에서 떨어져 나갔고, 그들은 안도하고 있었다.

"오, 제발 좀." H가 말한다.

"당신은 날 원하지 않잖아!"

"나는 당신을 원해." 그의 목소리가 사포처럼 까칠하다.

"당신은 나를 사랑하지 않아."

"제길, 당연히 당신을 사랑해. 사랑하지 않으면 내가 왜 이런 걸…… 참고 있겠어."

여기서 **이런 것**은 바로 나다. 일그러지고, 앞뒤가 맞지 않고, 숨을 헐떡거리고, 고장난 차량 와이퍼처럼 팔뚝을 퍼덕거리는 나. 마음이 하얗게 얼어붙는다. 날카로운 북극의 추위처럼. 말이 안 나온다. 말을 하려고 하면, 더듬거리는 소리만 나온다. 나-나-나-나-. 씨-씨-씨-씨.

그는 이제 나에게 말을 하려고 애쓴다. 다 괜찮다고, 함께 잘 풀어나가자고. 하지만 그는 화가 나 있다. 화해를 청하는 말이지만 소리를 지르는 듯한 그의 목소리. 그러면서 그는 나를 건드리고 있다. 전류가 흐르는 커다란 손으로 나를 두드린다. 마치 유선 케이블로 쿡 찔리는 느낌이다. 쿵! 쿵! 쿵!

몸을 말아 공이 되고 싶다. 도망치고 싶다. 나는 머리를 두 손으로 감싸 쥐고 소리친다. "그만해! 그만해!"

"당신은 늘 이런 식이야!" 그가 말한다. "내가 당신을 때리기라도 할 것처럼 굴어! 나도 참기만 할 수는 없어."

나는 말하고 싶다. **그렇지 않아! 그렇지 않아!** 그러나 말은 이제 사라지고 불모지만 남는다. 나는 그 소음에서 벗어나야 한다. 나는 일어나서 계단을 뛰어올라 침실로 간다. **나의 침실, 나만의 공간.** 그는 따라오지 않는다. 나도 그가 그러지 않기를 원한다. 문을 닫고 문 앞에 서랍장을 옮겨놓는다. 그러고 나서 침대 주변의 비좁은 U자형 공간을 일정한 속도로 서성대기 시작한다. 작은 방이라, 전기를 소진하기까지 시간이 오래 걸린다.

새벽 3시에 나는 서랍장을 제자리로 옮기고, 문을 열고, 그의 싱글 침대로 기어 올라가, 그의 등에 매달린다.

그가 돌아누워 내 이마에 키스한다.

우리는 서로 안고, 그렇게 잠을 잔다.

상심하지 않는 법

2월,
하틀랜드 포인트에서
틴타겔성을 경유해 이든 프로젝트까지

Hartland Point
to Eden Project via Tintagel

다음 날 아침 나는 몸 상태가 별로다. 버트는 언제나 그렇듯 같은 시각에 일어나기에(7시 정각, 다른 아이들의 표준 기상 시간을 생각하면 감사한 일이라는 것을 나도 안다), 우리도 함께 일어나 눈을 깜빡거리고 한숨을 내쉬고 작은 금속 주전자에 담긴 물을 연거푸 마신다.

내가 오늘 걷지 않겠다고 말하자 H가 말한다. 아니, 왜 그래. **바보같이 그러지 마.** 나는 그냥 두 사람 곁에 온종일 있고 싶다. 그들이 나를 원했으면 좋겠다. 버트가 내 관심을 원했으면 좋겠고, 내가 다시 없어지면 화를 냈으면 좋겠다. 하지만 버트는 그런 애가 아니다. 그 애는 느긋하고, 요구하는 게 없다. 나 때문에 그렇게 된 것은 아닌지, 아무리 졸라도 별로 소용없다는 것을 알아버린 것은 아닌지 고민한 것이 한두 번이 아니다.

나는 말한다. "버트, 오늘 뭐 하고 싶어?"

"놀이센터!" 그가 말한다.

"오! 그건 집에서도 할 수 있잖아." 나는 억지웃음을 짓는다. "그것보다 더 재미있는 걸 해보면 어때? 콘월에서만 할 수 있는 건 어떨까? 전에는 콘월에 와본 적이 없으니까."

"놀이센터." 버트는 기차놀이 세트에서 눈을 떼지 않는다.

"오늘은 놀이센터가 문 닫는 날인 것 같은데." 내가 말해도 버트는 들은 체도 하지 않는다. 그는 나무와 경사로와 고리와 차들이 지나가는 철도 건널목을 가지고 나무 트랙을 연결하고 있다. 전체를 설계하고 다양한 말단을 서로 조합하는 과정이 버트에게 꼭 맞은 트랙이다. 다 만들고 나면, 버트는 심드렁하게 기차 몇 개를 트랙 위로 운행할 것이다. 하지만 거기에 버트만의 특별한 이야기는 없고, 구조만 있을 뿐이다.

오늘 나는 어떤 식으로든 까탈스럽거나 부담스럽게 굴지 않으려고 애쓰고 있다. 그래서 위층으로 올라가, 샤워를 하고, 등산용 레깅스와 플리스 외투를 입는다. 어차피 오늘은 걷는 게 나을 것 같으니, 그냥 서둘러 가는 편이 나을 것 같다. 내가 곁에 있는 것이 싫은 두 사람에게 억지로 같이 있자고 해봤자 무슨 소용이 있을까.

나는 아침 식사를 빨리 마치라고 재촉하지 않는다. 그래도 어느 순간 다 함께 차에 올라 애틀랜틱 하이웨이를 타고 데번으로 향하고 있다. 춥고 건조한 날씨다. 그리 오래 걷지는 않을 거라는 내 말에 H가 말한다. "할 수 있는 만큼 해봐. 멀리서 여기까지 왔는데."

그가 내 다리에 손을 올리고 힘을 준다. 다정함의 표시다. 코스에서 이탈하지 말라는 격려다. 나는 그의 손 위에 내 손을 올리고 전기를 느끼지 않으려 노력한다. 비참하다. 곧 그는 기어 변속을 위해 내 손 아래에서 손을 빼낸다. 나는 대시보드로 무릎을 끌어당겨 몸을 공처럼 둥글게 만다.

우리는 탁월한 작명이 돋보이는 박스숍Box's Shop 마을을 통과하고 뷰드Bude 둘레를 돌아, 포트 아이작Port Isaac을 지난 다음 해안을 따라 북쪽으로 간다. 나는 걸을 것이다. 걸을 것이고, 상심하지 않는 법을 배우려고 노력할 것이다. 걸을 것이고, 내 가족이 때로는 나와 함께 있기를 힘들어하지만 의도적으로 그러는 것은 아님을 받아들이려고 노력할 것이다. 이것은 자기 수용의 행위다. 내 단점을 누구보다도 잘 알고 있는 사람들에게 사랑받고 있음을 인식하자. 그것에 감사할 줄 알아야 한다.

클로벨리에 다다랐을 무렵 나는 하틀랜드라는 표지를 본다. "버트, 저기 하틀랜드 포인트에 등대가 하나 있단다. 엄마가 지도에서 봤어. 우리 같이 보러 갈래?"

"놀이센터 갈래."

"당신 걷기는 어떻게 하고?" H가 묻는다.

"걷고 싶지 않아. 두 사람이랑 같이 있고 싶어."

"정말이야? 확실해?"

"그래." 나는 말한다. "다 함께 있으면 어떤지 알고 싶어. 새롭게 다시 시작해야지."

"하지만 거리를 채우지 않아도 돼? 나중에 후회하지 않을 자신 있어?"

"안 그래도 이미 처졌는데 뭐." 내가 말한다. 사실이다. 이틀간 걸었음에도 목표치에서 24킬로미터 정도 뒤떨어져 있다. 오늘 안 걸어도 조금 더 처질 뿐이다. 나는 뒷좌석으로 몸을 돌린다. "어때, 버트, 우리 등대 보러 가자!"

"싫어." 버트가 말한다.

"야호." H가 불쑥 말한다. "등대라니! 신난다! 버트, 그러지 말고 가자. 엄청 좋을 거야!"

"아니야." 버트가 말한다.

"흠, 그래도 갈 거야." H가 말한다. "엄마랑 같이. 오늘 하루는 엄마랑 같이 보내는 거야! 좋을 것 같지 않아?"

버트는 한숨을 내쉰다. 우리는 하틀랜드 포인트를 향해 점점 좁아지는 길 위를 달린다. 땅은 오랜 겨울을 보내는 동안 모든 빛깔이 빠져버린 하늘과 마찬가지로 회색이다. 잠시 후 순전히 외진 시골길인 탓에 GPS가 버벅거린다. 어느 방향으로 가도 하틀랜드 포인트가 2.5킬로미터 거리에 있다고 표시된 표지판만 무수히 보일 뿐 길은 나오지 않는다. 하지만 결국, 지평선이 좀더 넓게 트이는 곳이 나와서 바다 가까이 왔다는 것은 알 수 있었다. 길가에 내셔널트러스트National Trust(영국에서 시작하여 전 세계적으로 보존가치가 있는 자연 자원과 문화 자산을 보호하는 민간단체 – 옮긴이)에서 세운 주차 표지가 보인다. 제대로 온 게 맞는지 회의적이지만 일단 그 표지판을 믿기로 한다. 그리고 버트를 차에서 나오게 한다.

차선을 따라 걷다가 우리는 사우스웨스트 코스트 패스가 하틀랜드 포인트 주변의 공터와 만나는 지점을 지나고, 녹차 가게 주변에 엄청나게 많은 사람이 모여 있는 것을 발견한다. 위에서 굉음이 들린다. 흘깃 둘러보니 헬리콥터가 이륙하고 있다. 헬리콥터는 바로 우리 위를 날아, 바다를 가로지르고 런디Lundy섬 쪽으로 날아간다. 옆에 서 있던 남자가 '전환일'(관광지에서 기존 관광객이 떠나고 다음 관광객이 도착하는 날을 일컫는 말 – 옮긴이)이라고 말하는 것을 듣고서야 주변에 서성대는 사람들이 다들 가방과 여행 트렁크를 가지고 있는 것을 본다. 바다오리, 물개, 슴새로 유명한 브리스틀 해협의 약 4.8킬로미터에 달하는 황야로 휴가를 떠나려는 사람들이다.

헬리콥터는 섬 위로 작은 점이 되어 사라졌다가 다시 돌아와 다음 휴가객들을 태운다. 버트는 헬리콥터에 완전히 마음을 빼앗겼다. 우리는 점점 더 파래지는 하늘을 배경으로 헬리콥터가 왔다 갔다 하는 것을 지켜본다. H는 녹차 가게에서 차를 사고, 나는 잔디밭 가장자리로 걸어가 적갈색 절벽의 믿을 수 없는 갈지자 모양을 보고 감탄한다. 지질학적으로 과거 어느 시점에 해안이 마치 콘서티나(아코디언과 비슷한 악기-옮긴이)처럼 접혔던 듯하다. 나는 보랏빛이 감도는 파란 물을 배경으로 녹슨 듯한 갈색 절벽을 휴대전화로 찍고, 절벽 꼭대기 너머로 까닥거리는 야생화 아르메리아의 고갯짓을 유심히 바라본다. 순수하고 가냘프지만 끈질긴 생명력 때문에 이 길 어디에서나 찾아볼 수 있는 이 꽃이 점점 좋아진다. 계절적으로 이 시기에는 은색 껍데기처럼 말라버리지만, 여름이 오면 다시 핑크빛으로 싱그럽게 피어날 것이다.

우리는 차로 돌아오고, 내가 말한다. "우리 여기서 드라이브 좀 하자."

버트를 데리고 다니기 전에는 그런 적이 많았다. 훌쩍 차에 올라 해안을 달리는 것. 우리는 이런 식으로 켄트의 둘레(길이 있다면)와 그 밖의 여러 장소를 훑었다. 우리는 그렇게 방향도 목적도 없이 홀가분하게 마음을 달래곤 했다. 그런데 뒷좌석의 값비싼 카시트에 앉아 긴 여행을 힘들어하는 탑승객이 생기면서 그 속에서 피어나는 우리의 친밀감도 잃어버렸다. 여기에는 해변으로 달리는 도로가 없지만, 오드넌스 서베이 지도에서 바다로 드라이브할 수 있는 다음 지점이 하틀랜드 키 Hartland Quay인 것을 확인하고 우리는 그곳으로 향한다.

버트는 스르르 잠에 빠진다. 우리는 호텔 외부에 차를 세우고 스코다 보닛에 걸터앉아 버트가 깨지 않는지 초조하게 흘 끗거리면서 바다를 바라본다. 우리는 하틀랜드 포인트보다 더 내려와 있는데, 파도는 아까보다도 더 성난 에너지를 분출하고 있다. 이곳이 한때 파괴자의 해안, 뱃사람들의 무덤과도 같은 바다로 알려졌던 이유가 무엇인지 알 만하다. 해안선에는 군데군데 암석들이 있다. 보글보글한 목욕 거품 같은 포말이 일어날 정도로 세차게 밀려온 파도가 가차없이 바위를 때린다. 파도는 물러갈 때마다 바위의 낮은 능선을 드러낸다. 어느 거대한 고대인이 아무리 갈퀴로 긁어내고 또 긁어낸다 해도 바위는 영원히 거기에 들어앉아 있을 것만 같다.

바다는 율동적인 동시에 예측 불가능한, 궁극의 백색 소음을 만들어낸다. 그 소리가 내 귀를 채울 때, 이런 바다 옆에서 산다면 언제나 행복할 것 같다는 생각을 하곤 한다.

바다 소리에 내 마음은 곧바로 진정이 된다. 눈을 감고 거기에 나를 맡겨본다. 다시 눈을 뜨니, H도 나와 똑같이 하고 있다. 나는 손을 뻗어 그의 손을 잡는다. 그는 현실과 타협했음을 더는 숨길 수 없는 두 사람이 나누는 조금 경직되고 애석한 듯한 미소를 짓는다. 겉으로는 배우자를 완벽한 짝이라 생각하는 체하면서 속으로는 그의 단점 때문에 어느 날 사랑의 감정이 사라질지 모른다고 여기며 살아가는 것보다는 차라리 이게 낫다. 나는 이런 관계에 감사한다. 아니, 최소한 이런 진솔함에 감사한다. 내가 그에게 어떻게 해도 그는 내 곁에 있다. 그는 나를 정확하게 보고, 어찌 됐든 내 곁에 머물 것이다. 나는 그가 언제나 내 곁에 머물러 있을 것을 믿는다.

"배고프다." 내가 말한다. 우리는 차에 올라 다시 애틀랜틱 하이웨이를 달린다. 보스캐슬Boscastle에서 차를 멈추고 호텔에서 점심을 먹는다. 우리 자리 위에 걸려 있는 그림에는 2004년 대재앙 같은 홍수가 났을 때 어느 외지인이 기부했다는 설명이 붙어 있다. 나는 뉴스에서 높은 물결을 보았던 기억을 떠올린다. 사람들이 시내 중심가에서 노를 젓고 있던 광경도 기억이 난다. 하지만 여기 오기 전까지는 마을 이름만 남아 있을 뿐, 까맣게 잊고 있었다. 마을은 두 강의 합류 지점에서 계곡으로 구부러져 있다. 빗물이 바다를 향해 밀려들 때 깔때기가 되는 계곡의 모습이 머릿속에 그려진다. 높은 물결이 다 빠져나간 후에도 이곳의 물기가 다 마르기까지 몇 년이 걸렸을지 궁금해진다.

나도 불어난 물속을 철벅철벅 걸어봐서 그런지, 그림을 보니 왈칵 눈물이 나오려 한다. 나는 한층 더 불안정한 상태로 보일까 봐 눈물을 참는다. 나도 내가 그럴 줄은 몰랐다. 호텔 안에서 오만가지 감정을 느꼈을 사람을 상상해보고, 당시 사람들에게 위안을 주었을 방법에 관해 생각하게 될 줄은.

"우리 틴타겔성에 가자." 내가 말한다.

버트는 위태로운 인간 스키틀(볼링의 핀같이 생긴 아홉 개의 스키틀을 세워놓고 공을 굴려 쓰러뜨리는 게임 – 옮긴이)이라도 되는 듯

탁자들 사이에서 위험하게 자기 어깨를 의자에 밀어대고 있다. "지금?" H가 묻는다. "시간이 좀 늦지 않았어?"

"여기서 별로 멀지 않아." 내가 말한다. "가보자. 항상 가보고 싶었어."

"난 당신이 거기까지 걸어가고 싶어 하는 줄 알았는데." H가 말한다.

"아마 그럴 일은 없을걸."

버트에게 틴타겔성을 보여주고 싶다. 험준한 바위 위에 세워진 외롭고 신화적인 성을. 그가 성벽 주위를 뛰어다니며 역사와 민속과 자연의 거친 힘에 대한 복합적인 감각을 흡수했으면 좋겠다. 나는 이 성에 얽힌 아서왕의 전설에 관해 흐리멍덩하게 알고 있다. 여기 오게 될 줄 알았더라면, 미리 알아봤을 텐데. 나는 원탁의 기사, 예언자 멀린, 엑스칼리버, 귀네비어, 그리고 랜슬롯을 알고 있다. 호수의 여인과 바위에 꽂힌 검에 대해서도. 다만 이들이 어떻게, 어떤 순서로 하나로 엮이는지 모를 뿐이다. 이제 버트의 흥미를 끌 수 있는 방식으로 이 모든 것을 알려주어야 한다.

"여기는 왕이 살았던 성이야." 나는 말한다. "이 성에는 기사들과 용들도 있었어. 왕은 바위에 꽂힌 칼을 뽑는데, 그걸로 자기가 왕이라는 것을 알게 되었어. 왕에게는 원탁이 있어서 모든 기사가 평등하게 이야기할 수 있었어. 그리고 내가 알기로는 기사들 중에서 제일 높은 기사가 왕의 부인과 몰래 만나고 있었나 그랬어. 왕비 말이야. 이게 맞아, H?"

"난 잘 몰라." H가 대답한다.

나는 이 이야기가 버트의 관심을 끄는 데는 완전히 실패했음을 느낀다.

시간이 얼마나 지났는지 깨닫지 못하고 있었는데, 틴타겔 성에 주차를 하는 사이 어느덧 첫 번째 땅거미가 내려앉고 있다. 나는 좀더 예전 그대로의 모습이 남아 있기를 기대했다. 내셔널트러스트 소유의, 매력적인 석조 건물인 옛 우체국이 있지만, 그곳을 지난 후에 나타난 마을은 기대가 컸던 만큼 실망스럽다. 생각을 많이 하지 않았더라면 나았으려나. 아서왕을 주제로 한 싸구려 물건들이 죽 진열되어 있고, 가격을 알아볼 수 없게 꾸며놓은 수법이 보인다. 미국 관광객들이 이곳에 꾸준히 오고 있다는 것, 그리고 영국 관광객들보다 더 많은 돈을 쓰고 있다는 것을 어렵지 않게 짐작할 수 있다.

잉글리시헤리티지(잉글랜드의 역사적 건축물을 보호하기 위해 영국 정부가 설립한 단체 – 옮긴이) 구역으로 넘어가 성으로 향하는 가파른 언덕을 내려가자마자 시설물들이 한결 멀쩡한 모양새다. 카페의 회녹색 출입문에서부터 기념품 가게의 실크 스카프와 마멀레이드에 이르기까지, 모든 게 갑자기 근사하고 절제되어 있다. 이는 그 어떤 갑옷 복제품보다도 영국에 대해, 그리고 과거와 현재에 대해 많은 것을 알려준다. 경제적 여유가 있으면 여기서 회원권을 사서 유적을 방문할 수 있다. 사실상 상업적인 조악함으로부터 보호받을 권리를 얻는 셈이다. 생각해보면, 거의 중세시대나 마찬가지다. 돈이 있는 사람은 세상을 우아하고 호사스러운 곳으로 바라보게 하는 깨끗한 울타리 안에 있고, 돈이 없는 사람은 문 너머에서 북적거리며 부정확한 역사의 복제품과 충치 유발 과자로 채워진 도깨비 시장을 서성인다. 나는 다른 모든 입장권 소지자들처럼 이러한 배치에 흡족해한다.

우리는 성으로 가는 계단을 올라간다. 하지만 본 건물은 곧 닫힐 예정이고, 일반 대중에게 개방되어 있는 구역만 관람이 가능하다는 안내를 받는다. 이로써 성이 서 있는 곳과 바위를 이어주는 유명한 다리를 건너지 못하게 되었다. 버트에게 아서왕 전설을 좀더 정확히 들려주기 위해 읽어보리라 마음먹었던 해설판들도 볼 수 없게 되었다.

대신 우리는 공공 유적지에서 숨바꼭질을 하고, 해변으로 걸어간다. 해변에는 성 아래 바위를 뚫어 만든 동굴과 절벽에서부터 모래 위로 쏟아지는 폭포가 있다. 하늘이 어두워지자, 여기서도 나의 마법이 통한다. 우리, 그러니까 우리 세 사람은 늘 결국에는 바다에 이끌리는 것이다.

나는 다음 날도 걷지 않는다. 우리는 보드민Bodmin으로 차를 몰아 구식 증기기관차를 타고 시골을 달린다. 나는 기념품 가게에서 버트에게 꼬마 기관사 모자와 깃발을 사주고, 우리는 차에서 스콘을 나눠 먹는다. 그런 다음 차를 타고 보드민 무어^{Bodmin Moor}로 가서 털북숭이 조랑말과 무수한 이끼를 본다. 우리는 펍에서 점심을 먹고 캐멀퍼드^{Camelford}의 상점들을 돌아다니려고 하지만, 상점 문이 모두 닫혀 있는 바람에 제대로 구경하지 못하고 유일하게 문을 연 중고품 가게에서 버트에게 읽어줄 우주 탐험에 관한 책을 산다. 우리는 샬레로 돌아와, 텔레비전을 보다가, 저녁에 캠프의 사교 클럽에 간다. 내게는 너무 시끄럽고 와인도 형편없지만, 버트가 어린이들을 위한 공연자들과 미니 디스코와 슬러시 퍼피 음료를 아주 좋아해서, 우리는 꽤 만족한다.

다음 날, 나는 이제 걷기에 대해 생각하는 척도 하지 않는다. 내 친구 베시가 이번 주의 남은 기간 동안 나와 함께 걷기 위해 오늘 밤 여기로 온다. 그래서 나는 걷는 도중에 그녀가 도착하는 바람에 내가 마중을 나가지 못하게 되는 사태는 피하고 싶다고 H에게 말한다. 나는 더는 걷고 싶지 않다는 말을 그녀에게 어떻게 해야 할지 고민한다. 나는 포기했다. 내게는 너무 힘들고, 내 주변 사람들까지 힘들다. 베시와 뭔가 다른 할 일을 찾아야 할 것 같다.

우리는 베시를 기다리는 동안 이든 프로젝트^{Eden Project}에 간다. 예전에 이든 프로젝트가 개장하자마자 와본 적이 있었다. 사람들이 원했던 밀레니엄 프로젝트로서 당시 큰 화제였다. 우리는 콘월을 횡단해서 채석장(이든 프로젝트는 버려진 채석장에 만들어졌다-옮긴이)까지 달려왔는데, 그냥 흙이 채워진 여러 개의 지오돔(미국 건축가 벅민스터 풀러가 처음 선보인 건축 형태로, 다각형의 격자를 이어서 만든 돔-옮긴이)밖에 보지 못했다. 볼 것이 아무것도 없었다. 황량하고 무의미했다. 우리는 다시는 오지 말자고 맹세했다.

하지만 오늘, 흐린 2월의 날씨가 우리를 다시 그곳으로 인도했다. 적어도 비바람은 피할 수 있다는 생각에서. 우리는 그곳에 들어서자마자 엄청난 변화에 눈이 휘둥그레진다. 채석장 전체가 활기 넘치고, 돔에는 식물들이 우거져 있다. 대화형 오토마타도 있고, 지갑을 열게 하는 기념품 가게도 있고, 머리 위로 지나가는 짚와이어도 있다. 버트는 종종걸음으로 돔 주위를 돌아다니면서 해설사와 버그 맨에게 넋을 잃고 그들의 이야기에 빠진다. 우리가 잡아끌지 않았다면 계속 듣고 있을 기세였다.

나는 여기가 편하지 않다. 사람이 너무 많다. 식당은 온통 소란스럽고 사람들은 내 옆에 바짝 붙어 앉아 있다. 열대 구역은 너무 덥고 습해서 정신을 차릴 수가 없다. 사방이 시끄럽다. 여기가 좋고, 근사하다는 것은 알겠다. 하지만 두세 시간 만에 나는 지치고 혼란스럽다. 불안해진 나는 미묘한 공황 상태 속에서 지금 돌아가야 하지 않을지, 버트가 피곤하거나 배고프거나 짜증내는 건 아닌지 묻는다.

"가서 커피 한잔해." H가 말한다. "우리는 여기서 좀 놀고 있을게."

나는 그 말에 따른다. 코어 빌딩 맨 위층에서 조용한 곳을 찾아 혼자 아메리카노를 마신다. 좌절감이 든다. 이곳에서조차 즐기지 못하고, 이런 기분을 버트에게까지 전염시키고 있다니. 만약 여기 버트와 나만 왔다면, 우리는 지금 차 안에 있었을 것이다. 버트는 큰 소리로 엉엉 울고 나는 조용히 울면서. 버트가 아기였을 때 집에 함께 있다가 5시 정각이면 아이를 재울 준비를 하던 날들이 떠오른다. 시간이 지났지만, 그로부터 4년이나 지났지만, 크게 달라진 것이 없었다. H는 여전히 6시 반에 집에 왔다. 그러면 나는 버트를 그의 손에 떠밀고는 아이를 맡지 않으려고 일부러 천천히 운전한 것 아니냐고, 중간에 어디 딴 데 들린 것 아니냐고 그를 비난했다. 버트는 갑자기 잘 웃고 온순하게 굴었다. 온종일 나에게 칭얼대서 참다 참다 결국 눈앞에 아이를 붙잡아두고 "어떻게 하면 기분이 좋아지는 거니? 왜 계속 칭얼대는 거야?"라고 하소연한 게 무색할 정도로. 자기 아기의 머리를 눈물로 적신 엄마가 나 하나뿐은 아니었을 것이고, 앞으로도 그럴 것이다. 하지만 그래도 부끄럽다.

꽤 오랜 시간이 지난 후, H가 마지못해 따라오는 버트와 함께 내 테이블로 온다. 버트는 더 놀고 싶다. "어두워지고 있어." H가 말한다. "이제 갈 시간이야. 다음에 또 오자." 나는 버트에게 쿠키와 주스를 건네면서 무엇을 보았냐고 묻는다. 어쩌면 이 정도면 괜찮다. 어쩌면 이게 맞는 거다.

2월,
클로벨리에서
하틀랜드 키까지

그만두지만 않는다면

Clovelly to Hartland Quay

"그럼 네가 걸으려고 했던 데가 어딘지라도 보여줘." 베시가 말
한다. 우리는 숙소의 핑크 카펫 위에 지도를 펼친다. 나는 속마
음을 털어놓고 나서 손가락으로 해안선을 따라간다.

나는 하루에 기껏 16킬로미터를 채우며 실패하는 중이다.
마흔 살이 되기 전에 해변길 전체를 걷겠다는 계획은 불가능
하다. 그러니 차라리 포기하는 편이 나을 것 같다. 도무지 이해
할 수가 없다. **노령연금 수령자들도 한다.** 나보다 나이가 두 배
많은 사람들도 매일 이 길을 걸으며 몇 개월 만에 산책로 전체
를 정복한다. 그런데 도대체 나는 왜 못 할까?

"네가 현실적이지 못하네." 베시가 말한다. "지금은 한겨울이야. 너는 그동안 특히 어려운 구간을 지독한 날씨에 걸었잖아. 너보다 더 많이 걸을 수 있는 사람은 많지 않아."

"나는 너무 느려." 내가 말한다.

"느리지 않아. 너는 그저 네가 걷는 거리를 제대로 평가하지 않고 있어. 한 시간에 약 4.8킬로미터 더하기 등고선당 20분, 기억하고 있어?"

큰 소리로 대답하지는 않지만 인정해야 한다. 내 기억 속에서 4.8킬로미터가 6.4킬로미터로 바뀌어 있었다는 것을. "근데 거의 등고선만 지나고 있어. 평평한 데가 없어."

"그러네."

나는 씩씩거리며 지도를 들여다본다. 들쭉날쭉한 해안선은 항상 그랬듯 마음을 끄는 매력이 있다. 특히나 오드넌스 서베이 지도의 깔끔한 파란색과 적갈색 속에서 길은 녹색 다이아몬드로 엮은 줄처럼 보인다. 클로벨리에서 몇 킬로미터 떨어진 곳에는 물줄기가 바다로 흘러가는 폭포가 있고, 거기서 더 가면 정부통신본부GCHQ라고만 표시된 레이더 기지가 있다. 기지의 하얀 돔형 접시들이 길에서 보인다. 파도 속에서 돌출되어 보이는 암석도 있고, 해변과 만도 내려다보인다. 그렇게 힘들어 보이지 않는데, 실제로는 절대 그렇지 않다.

"다들 내 시중을 드느라 고생이야." 내가 말한다. "나는 어린애처럼 하고 싶은 대로 다 하고 있고. H는 몇 킬로미터씩 운전해서 나를 내려놓고 가고 태우러 오고. 거기에 온종일 버트까지 돌보고. 나도 그렇게 해야 하잖아. 그가 걷는 동안 나도 하루를 버트와 보내야 맞지."

"H도 그렇게 하고 싶어 해?"

"아니, 그는 걷는 거 싫어해. 너도 알잖아."

"그럼 괜찮은 거 아니야? 내일은 내가 운전할 거고."

"그래도 그가 우리를 태우러 와야 해."

"그래, 그가 우리를 태우러 와야겠지. 그런데 그가 힘들어하는 인상은 못 받았는데."

"아무래도 내 아스퍼거 증후군 탓인 것 같아. 지나치게 성과 지표에 집착하는 것 말이야. 이 길을, 이 시간에, 한 달에 몇 킬로미터씩 걸어야 한다, 뭐 이러면서. 하지만 그렇게 걸으면 실제로 어떻게 **될 것인지**에 대해서는 별로 생각하지 않았어. 그렇게 하려면 무엇을 감수해야 할지, 내가 정말 할 수 있을지, 혹은 나를 도와주려다가 다들 어떻게 될지에 대해서 생각하지 않았지. 그저 조용하게 살기 위해서 H가 내게 얼마나 많이 양보해야 하는지를 의식하지 못했어."

베시와 나는 대학 시절 이렇게 수다를 떨다가 친해졌다. 우리는 H가 나를 위해 조립해준 PC 앞에 나란히 앉아 2인용 테트리스 게임을 하곤 했다. 둘 다 스크린에 시선을 고정한 채, 똑똑하고 만만치 않은 여자의 인생에 드리우는 온갖 어두운 측면들을 줄줄이 늘어놓으며 젤리 색깔의 도형들을 제자리에 끼워 넣었다. 우리는 둘 다 켄트의 공영 주택단지와 중등학교를 거쳐 케임브리지까지 왔고, 둘 사이에 비슷한 점이 너무나 많다는 것에 놀랐다. 우리는 세상에 자신 같은 사람은 단 하나뿐일 거라고 생각하며 자랐다. 적어도 그때까지 우리가 살아온 삶이 그렇게 느끼게 했다. 대학에서는 모든 공립학교 출신 학생들을 같은 기숙사에 배정했고, 그렇게 우리 둘은 같은 곳에서 지냈다. 마치 모습이 일그러져 보이는 놀이공원의 거울을 보는 것처럼, 우리는 하나는 크고(나), 하나는 작았지만, 서로 닮아 있었다. 키 차이가 30센티미터 이상 나는 데다 거친 하구 지역 특유의 속어로 재잘대는 통에, 우리는 함께 다니면 늘 기묘한 모습을 연출했다. 우리는 타협하지 않았다. 살아남으려면 케임브리지 학생들의 절반을 제압해야 한다는 느낌이 들었다. 나는 그런 생각을 끝까지 고수한 반면, 베시는 누구와도 잘 지냈다.

내게 아스퍼거 증후군이 있다는 것을 알았을 때 제일 먼저 문자를 보낸 사람도 베시였다. **빌어먹을, 그럼 난 뭐야?** 그렇게 답이 왔다.

그녀는 자신을 낮추었다. 분명 우리는 둘 다 우리의 관심을 끄는 것들과, 이질적인 생각들 사이에서 연관성을 찾고 싶어 하는 사람들과, 그런 것들에 대해 논쟁하기를 좋아하는 목소리에 집착했다. 하지만 그 외에는 참 달랐다. 나는 다른 사람들과 있으면 기진맥진해져서 결국 그들을 피해버리는 반면 베시는 계속 인맥을 넓혀나갔다. 대학 때, 나는 알아볼 수 없는 얼굴들과 이해할 수 없는 성격들로 가득한, 시끌벅적한 학생 술집이 정말 공포스러웠다. 하지만 베시는 사람들 사이로 나아가 자신이 좋아하는 사람들을 찾아냈다. 우리는 둘 다 합창단과 축구팀에 가입했지만, 베시만 끝까지 활동을 지속했다. 나는 대개 레드 와인 병 하나를 곁에 놓고 방에서 혼자 보내는 시간이 필요했다. 반면 베시는 대학 전체에서 아는 사람들을 늘려나갔다. 나는, 아마도 자신감 부족으로 인해, 최대한 남들 눈에 띄지 않게 다니다 집으로 돌아갔으며, 지도교수님에게 조용한 아이라는 소리를 들어야 했다.

이제 베시는 지도 위에 손가락을 얹고서 말한다. "여기에 언덕 요새가 있을 거야. 나는 언덕 요새가 좋더라." 그렇게 모든 게 정해진다. 우리는 내일 걸을 것이다.

다음 날 아침, H와 5시에 하틀랜드 포인트에서 만나기로 약속을 하고서, 우리는 남자들을 남겨두고 떠난다. 우리는 베시의 작은 밴의 문고리에서 고드름을 털어낸다. 흩날리는 진눈깨비 속에서 와이퍼를 전력으로 작동시킨 채 '사랑의 보금자리Love Shack'를 부르며 애틀랜틱 하이웨이를 달린다. **애틀랜틱 하이웨이를 달린다. 사랑의 도피처를 찾아서.** 이 아침, 우리는 둘다 최상의 상태다. 하지만 친구가 든든하게 내 곁을 지키지 않았더라면, 나는 아마 궂은 날씨에 위축되어 꽁무니를 뺐을 것이다.

　클로벨리 꼭대기에서 주차장에 당도할 무렵, 해가 구름을 뚫고 나오지만, 여전히 춥다. 우리는 탑과 온화한 삼림지대를 지나 옛 영주의 저택에 자리한 대정원을 거닌다. 계속 고지대를 걷다 보니 발밑의 땅에는 물기가 거의 없다. 얼마 안 있어 우리는 체온이 올라가 점퍼를 벗고 티셔츠 차림으로 걷는다. 우리는 언덕 요새에서 잠시 걸음을 멈추고 차와 M&M 땅콩 초콜릿을 먹는다. 땅콩의 영양과 과다한 인공 색소에, 당 섭취의 행복감이 결합된 이 초콜릿이 요즘 내가 걸을 때 애용하는 간식이다. 머리 위로 한 쌍의 독수리가 날아오른다. 베시는 고고학자의 눈으로 주변의 땅을 재해석하여 방어를 위한 고지대와 그에 수반되는 도랑을 보여준다.

　11시경, 우리는 하틀랜드 포인트의 레이더 기지가 한눈에 들어오는 들판을 지나고 있다. 나는 말한다. "점심때면 거기에 도착하겠어. 계속 갈 수 있을 것 같은데."

　"가보면 알겠지." 베시가 답한다. 하지만 정오에 우리는 녹차 가게(오늘은 전환일이 아니라서 닫혀 있다) 밖의 피크닉 벤치에 앉아 샌드위치를 먹으며 손가락으로 지도의 남쪽을 짚고 있다. 하틀랜드 키까지는 한 시간 정도 걸릴 것으로 예상된다. 이런 날씨에, 이런 길이라면 그보다 더 멀리까지도 갈 수 있을 것 같다.

　"내 생각에, 웰콤마우스Welcombe Mouth까지는 갈 수 있어." 베시의 말에 나도 동의한다. 그래서 H에게 이 상황을 문자로 알린다.

하틀랜드 포인트에서 모퉁이를 돌면서, 이번 주에만 두 번째로 파도가 에너지를 끌어모으는 광경을 지켜본다. 파도는 해안을 따라 검은 바위에 믿을 수 없는 힘으로 부딪히고, 길은 다시 오르막과 내리막을 반복한다. 오르막길에는 꼭대기마다 폭포가 있다. 바람이 귓가에 몰아치는 거칠고 헐벗은 절벽을 타고 흐르는 맑은 강물이 모여드는 폭포다. 계곡은 아늑하고 초목이 우거졌으며 물소리 외에는 이상하리만치 고요하다. 돌풍과 폭포의 우레와 같은 소리에 반해 숨죽인 듯 고요한 풀과 속삭이는 고사리의 대조가 놀랍다. 우리는 눈에 띄지 않게 숨어 있는 시골집들을 지난다. 물결 모양의 지붕을 가진 집들은 비바람을 견뎌내며 주변의 풍광을 고스란히 체화했다. 높은 산등성이에서는 바다에서부터 대성당처럼 솟아난 바위가 보인다. 바위 주위에 바닷물이 보글보글 피어오른다. "솔직히 동화 속에 들어온 기분이야." 베시가 말한다. "꼭 샤이어를 걷고 있는 것 같아(J.R.R. 톨킨의 판타지 소설 『반지의 제왕』에서 호빗족이 사는 지역인 샤이어에 와있는 느낌이라는 의미로 한 말 — 옮긴이)."

오르막길이 그 어느 때보다 험난하다. 우리가 접어들고 있는 땅이 특별히 높은 것은 아니고 되레 100미터 정도 더 낮은 지대도 있지만, 비탈길이 가파른 데다 계곡 쪽으로 구불구불하거나 기슭에서 발 디딜 데가 마땅치 않다. 우리는 그 비탈을

낑낑대며 오른다(그리고 더 힘들게 다시 내려온다). 그러고는 해안선을 고수하겠다는 철통같은 의지로 똘똘 뭉친 이 어이없는 경로에 웃음을 터뜨린다.

하지만 폭포수가 휘몰아치는 물결 속으로 떨어지는 숨 막히는 장관을 보는 것만으로도 그 높은 산등성이를 오르려고 분투한 보람이 충분하다. 자동차로 오는 것보다는 스스로 이런 경치를 성취해냈다는 기쁨이 있다. 폭포수의 거대한 위력이나 장대함을 차마 가늠할 수조차 없다. 그 충만함은 현실이라고 하기에는 너무나 마법 같아서 당혹스러울 지경이다.

우리는 걷고, 멈추고, 사진을 찍고, 다시 걷고, 비탈을 오르고, 기슭으로 내려간다. 하틀랜드 키에 당도하니 4시 정각쯤이다. 지도에서 십여 센티미터 내려가는 데 시간이 얼마나 걸렸는지 잘 모르겠다. 시간마저 우리와 함께 그 몽환적인 경치에 흠뻑 빠져버렸던 것처럼.

오늘 웰콤마우스까지는 못 갈 것 같다. 그래도 좋다. 우리는 하틀랜드 키에서 호텔 바에 자리를 잡고, 샌디 몇 잔과 칩 몇 봉지를 주문한다.

"나도 너랑 완전히 똑같은 실수를 저질러버렸네." 베시가 말한다. "난 진짜 영원히 걸을 수 있을 줄 알았거든."

"이번에도 등고선을 제대로 계산한 건지 모르겠네." 내가 말한다.

"아니면 쉬면서 경치를 봤던 게 시간을 잡아먹었을 수도 있거든. 그런데 경치도 보지 않고 마냥 걷기만 하면 뭐 해."

나는 H에게 우리를 데리러 오라고, 하지만 서두를 필요는 없다고 문자를 보낸다.

"그래도 그만두지 않고 걸으니까 좋지?" 베시가 말한다.

"너도 봐서 알잖아." 내가 대답한다.

위태로운 평화

Hartland Quay to Morwenstow

아침 8시에 하틀랜드 키에 도착한다. 우리 둘 다 숙취와 그것을 이겨내려는 필사적인 의지 사이 그 어딘가에서 헤매는 중이다. 전날 밤 우리는 멋대가리 없이 모조 유리 텀블러에 담겨 나온 타퀸 코니시 진을 마셨다. 내가 마신 드라이 마티니보다 베시가 마신 진토닉에 더 어울리는 진이었다.

처음 두세 잔을 마신 다음, 베시에게 내가 발견한 고래 척추뼈를 보여주었다. 이 뼈에 대한 내 추측이 틀릴 것을 알았기에 용기가 필요했다. 고고학자들은 뼈에 대해 잘 안다. 베시는 뼈를 손에 놓고 뒤집어보더니 말했다. "소뼈야. 제1경추네." 그리고 냄새를 맡아본 다음 말했다. "청동기시대 것이고."

"정말?" 나는 흥분된 비명을 지른다. "청동기라고? 그렇게 오래된 거야?" 나는 뼈를 버트에게 도로 건넨다. "이거 소 척추 뼈래. 아주아주 오래전에 죽은 거야."

"청동기시대가 오래된 편은 아니야." 베시가 말한다.

나는 소의 제1경추를 바로 알아보는 그녀의 능력을 믿어 의심치 않는다. 그녀는 대학 시절 우리 공용 냉장고에 플라스틱 용기를 보관하곤 했다. 거기에 작은 생물체를 넣어두고 생석회 도포로 관찰하며 1학년을 보냈던 것이다. 나는 상당한 시간이 흐른 뒤에야 그녀가 내 아고스 냄비로 그것들을 끓이기도 했다는 것을 알게 되었다. 그 과정에 대해 위생 문제를 제기한 이들(나는 그럴 만한 배짱이 없었다)은 경멸의 눈초리를 받았기 때문에 나는 그냥 냉장고 맨 아래 선반에 있는 플라스틱 통에는 손을 대지 않았다. 그 안에서 철벅대는 핑크빛의 끈적거리는 것에 대해서 별로 생각하지 않고 넘어가는 데에도 익숙해졌다. 그러다 나는 같은 기숙사의 법학과 학생이 끊임없이 만드는 죽이 오히려 더 불쾌한 잔여물을 남긴다는 베시의 의견에 동감하게 되었던 것 같다.

"그런데 너는 청동기시대 냄새를 어떻게 맡는 거야?" 내가 묻는다.

재미있다는 눈빛. "청동기시대 냄새는 못 맡아, 바보야. 뼈가 묻혀 있던 토탄 냄새를 맡는 거지. 너는 뼈가 왜 갈색이라고 생각했니?"

대답할 말이 없었다. 그저 청동기시대의 뼈에 대해 또 한 잔의 마티니로 건배했던 것을 후회할 뿐. 바람이 하틀랜드 키에 거세게 몰아친다. 날씨는 춥고 비가 뺨을 스친다. 우리는 길 위를 걷다가 곧 절벽 앞에서 추락을 경고하는 표지판을 본다. 어제보다도 더 험악하다. 오르막은 더 가파르고, 내리막은 무릎을 쥐어짜듯 더 고달프며, 바람도 우리의 친구가 아니다. 1.6 킬로미터를 더 걸은 뒤 나는 귀가 아프다. 베시가 자신의 스누드snood(귀와 목을 동시에 감쌀 수 있는 머플러의 한 종류 – 옮긴이)를 빌려준다. 나는 스누드 끈을 팽팽하게 졸라매서 스타일과는 거리가 먼 모자처럼 사용한다. 생각해보면, 처음에 나는 립스틱을 바르고 길을 걸었다. 그런데 이제는 스타일은커녕 품위까지 모두 내려놓은 지 오래다.

비가 오지만, 그래도 아름답다. 고지대는 더 헐벗어서 다른 세상 같아 보인다. 계곡은 너무나 깊고 고요한 나머지, 인간의 시선에서 벗어나 고즈넉이 자리한 문명이 숨어 있을 것만 같다. 정말 유니콘이 있다 해도 믿을 것 같다. 큰까마귀들이 내내 우리를 따라온다. 노래 대신 귀에 거슬리는 소리를 질러대는 커다란 검은 새들. 날개가 흙의 녹갈색을 띠고 있는 황조롱이도 있다.

우리는 들판을 건너고, 베시는 종달새를 가리킨다. 머리 위의 활짝 열린 공간으로 몸을 던진 듯한, 하늘 높이 떠 있기 위해 미친 듯이 날개를 퍼덕거리는 조그만 새. 전에는 종달새의 울음소리가 어떤지 전혀 몰랐다. 하지만 이제는 몇 걸음 걸을 때마다 종달새가 눈에 띄고 울음소리가 들린다.

바다의 아무것도 아닌 공허가 나를 여기 오게 했다. 텅 비어 있고, 드넓고, 율동적인 바다. 바다는 사람들의 요란한 소음에 대한 궁극의 해독제다. 물론 바다도 커다란 소리를 낸다. 하지만 그것은 아무런 의미도 느낌도 없는 소리라서 아무것도 요구하지 않는다. 나는 평생 TV 소리를 줄이거나, H에게 음악의 볼륨을 낮춰달라고 부탁하거나, 버트에게 게임 중에는 태블릿을 음소거 상태로 해달라고 부탁하며 살았다. 내가 가진 기기들은 영속적으로 무음 상태고 진동이나 알람도 없다. 나는 매일 부서질 듯 위태로운 평화를 유지하고 있다. 세상이 내게 많은 것을 요구하지 않는 한 평화롭게 살 수 있다. 온갖 소음(시각적 소음, 혼란과 움직임에 의한 소음도 포함된다)의 조각에 나의 에너지는 고갈된다. 군중 속이나 시끌벅적한 바에서 30분 정도 있으면 나는 완전히 혼이 나간다. 그러나 바다의 소음은 다르다. 바다 소리는 내게 양분을 준다. 다시 시작할 힘을 준다.

해안 주위를 걷는 사이 바람이 거세진다. 절벽 정상의 들판을 대각선으로 가로지르는 우리의 몸이 바람에 곱절로 구부러진다. 빗줄기가 얼굴로 흘러내린다. 따뜻한 방에 앉아 차를 한잔 마시는 시간이 간절하다. 그럼 젖은 머리를 말릴 수 있을 텐데. 나는 지도에서 웰콤마우스에 내셔널트러스트 심벌이 있는 것을 보았다. 그래서 베시와 나는 그곳에 티룸이 있을 거라는 환상을 품어본다. 정말 그러면 너무 좋을 것 같으니까. 그러나 계곡 쪽으로 내려가보니 차 몇 대가 서 있을 뿐 아무것도 없다.

"그래도 좀 쉬었다 갈까?" 내 말에 베시가 말한다. "기껏 주차장에서 샌드위치를 먹으려고 여기까지 걸어온 게 아니잖아." 그녀의 말에 좀 화가 나려고 한다. 베시는 내가 지친 게 보이지 않는 걸까? 아니면 내 인내심을 시험하는 건가? 나는 이 강행군이 언제쯤이면 끝나서 점심을 먹을 수 있을지 생각하며 무거운 발을 끌고 계곡 반대편 비탈을 오른다.

계곡 꼭대기에서 우리는 돌로 지은 작은 오두막을 발견한다. 출입문에는 강력 테이프로 간판이 붙어 있다. "로널드 던컨의 집은 열려 있습니다."

"저기 들어가도 되는 걸까?" 내가 묻는다.

베시는 어깨를 으쓱하고는 문을 연다. 바다가 내려다보이는 두 개의 창문과 서쪽이 보이는 또 다른 창문이 있는, 꽤 잘 꾸며진 실내가 나온다. 창문 아래에는 책상이 있고, 그 위에는 물이 가득 담긴 우유병과 유리잔이 놓여 있다. 벽에 붙은 안내판에는 집처럼 편하게 쉬라는 말과 함께, 지역 농부이자 작가인 던컨의 인생이 적혀 있다. 1983년에 세상을 떠난 그는 이 해안의 근사한 경치를 보러 온 사람들에게 쉬고 사색할 장소로서 그의 오두막을 열어두라는 유언을 남겼다고 한다. 오늘 보이는 전망은 회색 바다와 비바람이지만, 그래도 귓가에 바람 소리가 맴도는 가운데 실내에서 바깥을 내다보는 것이 훨씬 더 나은 것만은 확실하다.

우리는 책상에 샌드위치를 꺼낸다. 그리고 지도를 펼쳐놓고는 우리가 얼마만큼 왔는지 확인한다. 오전 내내 하틀랜드 키에서부터 약 4.8킬로미터, 어쩌면 약 6.4킬로미터를 왔다. 그렇게 느리게 왔다는 것이 믿기지 않는다. 아무리 생각해봐도 우리는 꾸물거리지 않았는데. 우리는 온통 축축하고 불편하고 힘들고 실망스럽다. 경치를 보기 위해 어느 절벽 가장자리까지 다가갈 마음도 생기지 않는다. 가장 좋은 것은 남은 시간을 로널드 던컨의 오두막에서 그럭저럭 때운 다음 집까지 날아갈 방법을 찾는 것일지도 모른다. 우리는 샌드위치를 순식간에 해치우고는 뜸을 들여가며 안내판을 꼼꼼히 읽어본 다음, 서로의 얼굴을 쳐다보고는 계속 가는 편이 낫겠다는 데에 말없이 합의한다.

결과적으로, 계속 걸은 것은 잘한 일이었다. 그다음에 나온 계곡에는 물 위에 작은 다리가 있고, 맞은편 표지판에 이렇게 쓰여 있었다.

콘월

케르나우

이로써 나는 약 160킬로미터에 달하는 데번의 북쪽 해안

지역 전체를 걸은 것이다. 나는 가을빛으로 물든 엑스무어에서부터 크로이드의 하얀 모래를 지나, 비디퍼드와 반스터플의 회색 강어귀를 걸었다. 웨일스의 남쪽 해안과 작은 런디섬을 뒤로하고 걸었다. 서쪽으로 걸으면서 발아래 흙의 변화를 느꼈고, 옆으로는 바다의 변화를 느꼈다. 나는 더 강해졌고, 군살도 더 빠졌으며, 갈 곳 잃은 내 에너지를 더 거침없이 연소시켰다. 나는 나뭇잎 사이로 소곤거리는 바람의 속삭임과 바다의 호통을 갈망하는 법을 배웠다. 나는 표지판 옆에 서서 웃는 얼굴로 사진을 찍는다. 용도가 바뀐 베시의 스누드 아래에서 젖은 머리칼이 이마에 들러붙고 안경에는 빗물이 방울방울 맺혀 있지만.

계속 걷는 사이, 바람은 더 거칠어지고 비는 더 가차없이 쏟아진다. 웰콤 남쪽으로 난 작은 길을 통해 우리는 절벽이 바다로 떨어지는 지점에 이르고, 이내 들판 쪽으로 들어선다. 흙을 갓 파낸 정원의 냄새가 나고 절벽 끄트머리에서 불과 몇 미터 떨어진 곳에 사우스웨스트 코스트 패스의 울타리가 쳐져 있다. 여기 영국 서부의 바다는 거대하고 사나운 입으로 잉글랜드를 물어뜯고 있다. 좀더 나아가다가, 발밑의 땅이 푹푹 꺼지는 지점에 다다르고 땅이 깊이 내려앉은 곳을 발견한다.

"만약 내가 죽으면, 그냥 절벽에서 바다로 굴려줘." 베시가 말한다.

"그렇게 하면 산 사람도 죽일 수 있겠는걸."

"맞아." 베시가 말한다.

"아무튼, 사람들은 내가 널 죽였다고 생각할 거 아냐. 그건 별론데."

"그럼 이렇게 말해. **어쩔 수 없었어요. 그녀가 빗속에서 계속 언덕길로 오르게 했다고요!**" 베시가 말한다.

"그건 **진짜** 끔찍하긴 하지." 내가 말한다. "제대로 옷을 갖춰 입으면 할 만하다고 말하기는 쉽지. 난 충분히 갖춰 입었는데도 완전 엉망이야."

"네 문제가 뭔지 알아?" 베시가 말한다. "날씨를 개인적으로 받아들인다는 거야."

맞다. 정말 그렇다. 걷기를 시작한 이후 나는 어떤 악의적인 힘이 기록적으로 비가 많이 오는 겨울을 연출한다고, 내가 걷는 그 짧은 순간에 맞춰서 특별히 춥고 축축한 날씨를 만든다고 남몰래 믿고 있다. 이뿐만이 아니다. 나는 오르막과 내리막도 나한테만 주어진 것처럼 여긴다. 이 길이 나만 쉽게 통과시키지 않는다고, 나만 언제나 걷기 어려운 거칠고 울퉁불퉁한 가장자리로 가게 한다고 믿는다. 6.4킬로미터를 걷는 데 세 시간이 걸리는 것도, 지나가는 카페마다 문을 닫은 것도 모두 내 탓으로 받아들인다. 이 모든 것 덕분에 내가 사우스웨스트 코스트 패스에 애착을 갖게 됐다는 데에는 의심의 여지가 없다. 하지만 이 모든 것 덕분에 가늠하기 어려운 분노가 치밀어 오르는 것도 사실이다. 나는 그런 상황들이 내게 교훈을 준다고 생각하면서도 결코 배우려는 의지가 강한 학생은 아니다.

모웬스토로 이어진 깊은 계곡으로 다가가면서 오늘은 여기까지만 걷기로 한다. 곧이어 우리는 어느 길을 탈 것인지에 대해 언쟁을 벌인다. 베시는 계곡을 내려가서 다시 오르기를 원하고, 나는 북쪽에서부터 마을을 질러가기를 원한다.

"하지만 이리로 가면 중세시대 우물을 볼 수 있어." 베시가 말한다.

"우물에는 관심 없어." 내가 말한다. "보통 그런 것들은 지도에 표시되어 있지만 막상 가보면 볼 게 하나도 없더라."

"폭포도 있어." 그녀가 말한다. "너 폭포 좋아하잖아."

"나 이제 폭포 질렸어."

"아니, 그렇지 않아."

"좋아, 그렇다고 해도 예전처럼 감명받지는 않아. 이 주변에는 폭포가 너무 많아. 폭포들도 신비로움을 간직할 필요가 있어."

"너 다음에 올 때는 꼭 계곡으로 다녀야 해."

"아니, 안 그럴 거야." 나는 모웬스토의 남쪽 길을 가리킨다. 이 길은 곧장 높은 땅으로 이어진다. "한 번쯤은 몽땅 건너뛸 수도 있지."

마침내 우리는 서로 타협한다. 내 다리가 확실히 버텨낼 만하기에 계곡을 내려가되, 오르막을 피해 모웬스토로 통하는 좀더 낮은 길을 택하기로. 우리는 내륙으로 꺾어서 계곡물을 따라간다. 계곡을 따라 별나게 이어진 길은 결국 오르막길이 되다가 마을로 접어든다. 우리는 길 위에서 교구 목사관을 지나친다. 부추속 식물이 별 모양으로 흐드러진 길에는 마늘 냄새 같은 것이 공기 중에 가득하고, 그 사이로 올해의 첫 눈송이가 보인다.

모웬스토라는 지명은 성 모웨나로부터 유래했다. 성 모웨나는 콘월의 헤나 절벽에 은둔했던 웨일스 왕의 딸이다. 전하는 이야기에 따르면 그녀는 자신의 손으로 직접 그곳에 교회를 지었는데, 어느 날 그녀가 잠시 일을 멈추고 쉬었던 곳에서 성스러운 샘물이 솟아났다고 한다. 그녀의 강한 헌신과 선량함이 그녀를 지역의 성녀로 만들었으나, 어느 시점부터 그녀 혼자만으로는 충분하지 않은 것으로 여겨진 듯하다. 교회는 이제 성 모웨나와 세례자 요한에게 봉헌되어 있다. 콘월에 대한 내 첫인상은 이렇다. 그곳만의, 길들지 않은 성자들이 있는 곳.

비탈에 세워진 교회 경내에는 시간의 흐름 속에서 모진 풍파를 견뎌내며 부드럽게 닳은 켈틱 십자가가 있다. 좀더 나아가니, 풀밭에 뱃머리 선수상이 솟아 있다. 광택이 도는 하얀 페인트가 두텁게 칠해진, 모자를 쓰고 검을 든 여인상이다.

우리는 교회 경내를 떠나 모웬스토의 멋진 펍인 '부시 인'으로 발길을 옮긴다. 벽난로가 타오르는 실내에서 한 무리의 농부들이 이주에 대해, 그리고 페이스북으로 벌인 논쟁에 대해 떠들어댄다. 우리는 21세기로 완전히 돌아왔다. 우리는 벨기에 와플과 차 한 주전자를 주문하고, H가 우리를 태우러 오기를 기다린다.

자기 이해로 향하는 길

대지는 겨울을 뒤로하고 다시 소생하고 있다. 칠햄을 벗어나 노스 다운스 웨이를 걷는다. 나무들은 아직 헐벗었지만 새로 돋아난 풀 위에 눈송이와 함께 수선화가 보인다. 나뭇가지에는 꽃차례가 나오고, 태양은 빛나려 한다.

콘월에서 휴가를 보낸 지 얼마 지나지 않은 오늘 벌써 걸으러 나온 것에 나는 죄의식을 느낀다. 하지만 내게는 실천해야 할 프로젝트가 있다. 지도를 펼친 나는 노스 다운스 웨이의 다음 구간이 챌록Challock에 있는 킹스우드King's Wood 가장자리를 두르고 있는 것을 보자마자, 이 고대의 숲 전체를 걸어야겠다고 다짐한다. 그러면 내게 의미 있는 경로를 따라 좀더 내가 사는 지역 가까이에 다가갈 수 있을 것이다.

늘 그렇듯이, 아무도 신경 쓰지 않는다. 사실 최근까지 나는 수요일마다 집에서 버트를 돌봤고, 토요일마다 내가 일하는 동안에는 H가 버트를 보았다. 그런데 이제 나는 수요일마다 일하고 토요일마다 걷는다. 어쩌면 내 모성애가 부족한 탓인지도 모르겠다. 하지만 걷기를 시작한 이후 비로소 어떻게 내 문제에 대처해야 할지 실마리를 찾을 수 있었다. 주중에 일하면서 나는 완전히 탈진하는데, 다시 제자리로 돌아올 유일한 방법이 토요일 아침에 걷는 것이다. 이로써 남은 주말도 비교적 조화롭게 보낼 수가 있는 것이다.

현상 유지를 위한 것치고는 너무 비싼 대가를 치르는 게 아닌가 싶다. 하지만 우리는 돈이 필요하고, H의 말처럼, 나는 일을 하지 않으면 말썽만 일으킬 뿐이다. 어느 쪽이든, 내 머리는 벌집처럼 윙윙거릴 것이다. 조용한 집에 혼자 있으면, 상황이 금방 파괴적으로 변해서, 나는 피해망상적이고, 과민하고, 감상적이고, 집착적인 행동을 보일 수도 있다. 가구들을 끝없이 이리저리 옮기고, 아무도 먹지 않는 음식을 대량으로 만든다. 그러다 H가 돌아오면 그가 현관문으로 들어서기 무섭게 그에게 달려들어 내 머릿속에서 시끄럽게 떠돌아다니는 수백만 가지 생각들을 쏟아낸다. 그러고는 그가 내 속도를 따라오지 못하면 좌절감에 빠진다. 그런 나의 감정 소모를 생각해봐도, 내가 일을 해야 우리 둘 다 그나마 행복하다.

그때 그 라디오 인터뷰를 듣지 않았더라도 나에게 아스퍼거 증후군이 있다고 생각했을까. 의문이 든다. 그 이름표가 가져올 미묘한 인식의 변화가 걱정된다. 사람들이 눈에 보이는 것에도 불구하고, 그리고 내가 모든 것을 무리 없이 처리해나가는 모습에도 불구하고, 나에게 자폐 성향이 있다는 생각을 계속할까 봐 걱정된다. 그리고 나와 같은 사람들에 대한 고정 관념을 다시 생각하기보다는 기존 편견의 틀에 나를 끼워 맞추려고 할까 봐 걱정된다. 진단명을 알고부터 지금까지, 나는 내가 실패하거나 비틀거리거나 평정을 잃을 때마다 사람들이 어깨를 으쓱하며 "흠, 뭘 기대하겠어?"라고 말할까 봐 두렵다.

하지만 한편으로는 내가 정말 아스피인지 확신이 없다. 주치의는 내 분석에 수긍했지만, 이것은 그저 전문가를 만나기 위한 관문을 통과한 것에 불과하다. "런던에 당신과 같은 사례를 잘 다루는 전문 클리닉이 있어요." 그가 말했다. "하지만 대기자 명단이 길 거예요. 그냥 표준검사를 받는 편이 나을 수도 있어요. 아무튼, 클리닉도 동일한 기준을 적용해서 검사할 겁니다. 검사 항목은 인터넷에도 다 있어요. 검사를 하나 이상 해보고 결과를 취합하는 게 바람직하다는 건 굳이 말 안 해도 아시리라 믿어요."

대기자 명단이 길다는 게 어떤 의미인지 잘 모르겠다. 현실적인 면에서는 아무리 봐도 위급한 사안은 아니다. 18개월 기다리는 것이 예사라는 소문을 들었다. 내 이름을 올린 지 2개월이 지났건만 아직 안내문 한 장 받지 못했다. 클리닉에 간다한들, 어떤 도움을 받을 수 있을까? 주치의는 아스퍼거 증후군을 가진 성인들에게 특화된 작업 치료사를 알고 있다고 했다. "사실, 저는 사람들이 당신과 함께하는 걸 좋아할 거라고 생각해요." 솔직히 나는 사람들과 꽤 잘 지낸다고 생각한다. 동시에, 작업 치료사의 도움을 받으면 더 잘 지낼지도 모르겠다는 생각이 들지만, 그게 어떤 기분일지는 가늠조차 되지 않는다.

사실 나는 지금껏 검사받기를 꺼렸었다. 검사는 너무 퉁명스럽고 단정적이며 절대적이다. 나는 검사를 통과하지 못할까봐, 혹은 나한테 맞는다는 확신이 드는 진단이 나올 때까지 검사 결과를 인정하지 않을까 봐 염려된다. 내 생각에 나는 경계선 사례인 것 같다. 어찌 되었건, 지금까지 나의 병증은 감지되지 않았다. 만약 나의 아스퍼거 증후군이 너무 미묘해서 검사로 가려지지 않는다면, 그래서 더는 스스로를 설명할 방법이 없어서 이도 저도 못 하는 상황에 놓이게 된다면 어떻게 해야할까? 사실 지난 몇 개월 동안 내가 아스퍼거 증후군일지도 모른다는 것이 마음의 위안이 되었던 것은 사실이니까. 나에게 아스퍼거 증후군이 있을지도 모른다는 것을 알고 나니, 그리고 알면 알수록 그것을 사실로 믿게 되고 나니, 그래도 내 상태가 그렇게 나쁜 것은 아닌 것 같은 느낌이 들었으니까.

칠햄의 내리막으로 향하는 오르막길은 길 중간에서 들여다보이는, 토양 바로 아래 잠복해 있는 백악 덕분에 물기가 없다. 물은 바로 빠져버린다. 켄트가 데번보다 좋은 점이다. 마치 눈이 내려앉은 것처럼 백악이 흩뿌려진 들판을 지난다. 좀더 앞으로 가니, 집터를 닦기 위해 땅을 파놓은 곳에서 반짝거리는 하얀 백악이 눈에 띈다.

주변에 서서히 나무가 많아지면서, 초롱꽃이 벌써 올해의 잎새를 틔운 것이 보인다. 작년 겨울에 지다 남은 잎 사이로 싱그러운 초록빛 꽃줄기를 달고 있다. 1.6킬로미터 정도 더 가니, 나무 표지판이 킹스우드의 시작을 알리고, 나는 다시 너도밤나무의 곧은 구릿빛 기둥에 둘러싸인다. 여기서는 길이 붐빈다. 달리기 하는 사람들, 개를 산책시키는 사람들, 함께 거닐고 있는 가족들.

나는 버트와 좀더 걸어야 했다. 거리를 채우는 데 덜 집착하고 정처없이 거니는 데 더 너그러워지도록. 디어립(사냥을 하기 위해 사슴과 인접한 가드머샴 파크로 들어갈 수는 있지만 숲으로 나갈 수는 없게 만들어놓은 등성이 – 옮긴이)을 지나친다. 몇 년 전 이 숲을 걷던 중 갑자기 한 떼의 노루들(열두 마리 정도)이 우르르 달려와서는 나무들 속으로 사라졌던 일이 기억난다. 버트를 이 주변에서 뛰어다니게 하는 것과 놀이센터에서 뛰어다니게 하는 것의 차이는 순전히 숲에 담긴 정보의 깊이에 달려 있다는 생각이 뇌리를 스친다. 숲에는 한 공간에 오롯이 새겨진 전체 생명주기의 역사와 기억과 생명 작용이 있다. 그러나 놀이센터에는 평평하고 빛나는 플라스틱 외에는 어떠한 정보도 없다. 야외에는, 새소리가 있고 미세하게 변화하는 나뭇가지들이 있다. 나무껍질이 있고 딱정벌레가 있다. 이따금 등장하는 다람쥐나 토끼가 있다. 이야기할 만한 사실이 있고 꿈꿀 만한 것들이 있다. 생명, 진짜 생명에는 감촉이 있고, 찌릿한 전하가 있다.

좀더 앞으로 나아가다가, 멈춰 서서 안내판을 읽는다. 이곳이 런던에서 내려온 순례객들이 캔터베리 대성당을 처음으로 보는 곳이란다. 눈을 가늘게 뜨고 멀리 바라보니, 겨울의 연무 사이로 조그만 반점이 하나 보인다. 안내판은 현대의 순례객들이 노숙인 자선 단체인 커넥션 앳 세인트 마틴스Connection at St Martin's의 기금 모금을 위해 세운 것이다. 그들은 매년 트라팔가르 광장에 있는 세인트 마틴인더필즈St Martin-in-the-Fields 교회에서부터 캔터베리 대성당까지 걷는다. 사흘 동안 약 119킬로미터라니. 요즈음에는 그렇게 걷는 사람이 없을 것이라 생각했는데. 나라면 그렇게 못할 게 분명하다.

킹스우드를 뒤로하고 얼마 지나지 않아 보턴알루프Boughton Aluph 마을에 들어선다. 여기서 수줍게 꽃망울을 터뜨린 야생 자두나무 꽃을 올해 처음으로 본다. 음울한 겨울빛 속에서 눈이 시리도록 새하얀 꽃송이들. 교차로에 오니, 눈에 들어오는 것은 노스 다운스 웨이의 갈림길을 표시하는 표지판이다. 오른쪽은 도버, 약 40킬로미터, 왼쪽은 파넘Farnham, 약 158킬로미터.

표지판을 물끄러미 쳐다보며 잠시 서 있는다. 이런 건 생각하지 못했다. 도버로 되돌아가 오늘은 다 걸은 것으로 하고 싶다. 파넘은 내가 사는 곳으로부터 너무 멀리 떨어져 있어서 거기까지 가는 것은 불가능해 보인다. 그런데 불가능하다는 것이 중요하지 않을 때도 있지 않을까? 그냥 가끔은 불가능해 보이는 일을 해봐도 괜찮지 않을까? 장갑 낀 손으로 표지판을 두드리고, 파넘을 향해 걸어간다.

나는 내 진단이 확실할 경우 작성해야 하는 인사 기록 양식을 이미 슬쩍 확인해보았다. 아스퍼거 증후군은 공식 용어로 '신경 장애'라고 표기될 것이다. 나는 신경에 장애가 있다고는 느끼지 않는다. 어쩌면, 좀 어설프고, 좀 서툴지 모른다. 남들은 스트레스를 받지 않을 일들에 쉽게 스트레스를 받기도 하고(지난주에 여러 가지 영수증이 첨부된 비용 청구서를 작성하면서 종이들의 크기가 다 제각각이라 마음이 상했었다). 하지만 장애라고? 아니다.

만약 검사에서 부정적인 결과가 나온다면, 나는 그냥 조용히 넘어가고 더는 아무 말도 하지 않을 수 있다. 물론 내가 대부분의 일상생활에서 속수무책이라는 것을 받아들여야겠지만, 그건 이미 알고 있는 사실이다. 마음속 깊은 곳에서부터 이 검사를 받고 싶다는 욕구를 느끼는 것은 다른 사람들과 나의 공통점을 재확인해준다. 다른 모든 사람들 못지않게 나도 자기 이해를 향한 목마름이 강하다는 것. 나는 내가 누구인지 알아야 한다.

나는 온라인으로 가능한 검사를 검색한다. 각각의 검사가 자폐 스펙트럼 장애의 원인에 대한 상이한 이론을 근거로 하고 있다는 사실에 경각심을 느낀다. 병증의 근거가 안정적이지 않다면, 그리고 검사마다 각각 다른 속성에 관해 묻는다면, 도대체 어떻게 같은 것에 대해 검사한다고 생각할 수 있을까? 하나의 검사는 '극단적 남성 두뇌Extreme Male Brain' 이론에 근거하고 또 다른 검사는 네안데르탈 자폐아 이론('스펙트럼 선상의 삶' 블로그에서는, 네안데르탈인의 행동이나 생물학적 특성에 대한 이해를 결여하고 있어 '논란의 여지가 있다'고 언급한다)에 근거한다면, 한 검사에서는 나에게 자폐 특성이 있다고 나오고 다른 검사에서는 그렇지 않다고 나온다면 도대체 어떤 결론을 낼 수 있는 것일까?

체계적으로 접근해야 한다. 그래서 세 가지 검사를 해보기로 한다. 어떤 결과가 나오든, 결과를 저장하고 내일 다시 생각할 것이다. 검사를 받는 행위와 이해하는 행위 사이에 방화대를 두는 셈이다.

먼저 사이먼 배런코언Simon Baron-Cohen의 극단적 남성 두뇌 이론에 기반한 아스퍼거 지수AQ 검사부터 해본다. 내가 극단적 남성 두뇌를 가진 것으로 나오기를 바라는지는 잘 모르겠다. 일련의 안정적 성격 특성을 남성 또는 여성에 귀속된 것으로 본다는 것이 안일하다는 생각이 들기 때문이다.

그런데도 나는 검사를 한다. 검사는 15개의 간단한 질문으로 이루어져 있고, '매우 그렇지 않다', '약간 그렇지 않다', '약간 그렇다', '매우 그렇다'의 리커트 척도를 이용해서 응답하게 되어 있다. 주제에 대해 별 의견이 없을 때 선택할 수 있는 중립적인 선택지는 없다. 이를테면, "나는 사물보다 사람에 더 강하게 끌린다"와 같은 문항의 경우, 정확한 내 대답은 "그 사람이 누구인지, 그 사물이 무엇인지에 따라 달라진다"다. 마찬가지로, "나는 박물관보다 극장이 더 좋다"라는 문항은 일련의 조건이 정해져야만 대답이 가능하다. 나의 대답은 전시물의 간격이 얼마나 촘촘하게 되어 있는지, 얼마나 많은 사람이 그날 방문하는지, 극장의 좌석이 편안하고 가려움증을 유발하지 않는지, 내 옆에 앉은 사람이 계속 꼼지락거리거나 말을 하거나 코를 훌쩍이거나 독한 향수를 뿌렸거나 좋지 않은 냄새를 발산하는지에 따라 달라진다. 재미있는 연극인지, 혹은 아무 극적인 사건 없이 내내 감성적 뉘앙스만 느끼게 하는 연극인지에 따라 달라진다. 번쩍거리는 조명과 시끄러운 음향 효과가 있는지에 따라서도 달라진다. 나는 박물관도 좋아하고, 극장도 좋아한다. 사실 내 커리어의 대부분이 아트 갤러리나 문화 행사와 관련되어 있다. 하지만 그 안에는 내가 꺼리는 것들도 많다. 나는 나의 취향을 관리하기 위해 기술, 지식, 이해심을 함양해왔다.

아스퍼거 증후군에 대해 기본적인 지식을 가진 사람이라면 누구나 적당한 대답을 고르고 원하는 결과를 얻을 수 있을 것 같다. 척도를 반대로 뒤집은 질문들도 조금 있지만, 특별히 둔한 응답자들만 속을 정도다. 나와 같은 사람들은 다른 이들이 용인할 만한 성격을 만들기 위해 오랜 기간 노력한 탓에 이제는 진짜 자아가 어떤지 잘 모른다. 그렇다 보니 각각의 문항에 뭐라고 대답해야 할지 선뜻 떠오르지 않는다. 예를 들어, 나는 '내 말을 듣고 있는 사람이 지루해하는지 아닌지를 파악하는 법'을 **알지만**, 그것은 수년간 지독한 오판을 저지르면서, 매번 말할 때마다 상대방의 관심이 미약해진다 싶은 최소한의 기미까지 포착하려고 촉각을 곤두세워온 포괄적인 노력의 결과다. 다시는 중간에 말을 끊기고 싶지 않고, 상대방에게 정보의 홍수에 빠져죽을 지경이라는 말을 듣고 싶지 않기 때문에 말이다.

반면에 내가 이런 대처 전략을 마련할 수 있다는 사실은 내 아스퍼거 증후군이 모든 것에 드러나지는 않는다는 신호인 것 같다. 검사 중에 나는 내 진짜 자아로서 대답하려고 노력하지만 사람들과 대면할 때의 자아가 끼어드는 것도 허용한다. 나는 '사교적 잡담을 조금도 즐기지' 않는다. 그러나 이와 동시에 나름의 전략 덕분에 '사교적 잡담에 꽤 능하기'도 하다. 어느 누구에 못지않게 말이다. 검사를 마치고 나니 누군가 친근한 전문가와 질문에 관해 이야기를 나누고 싶어진다. 질문 자체만으로는 너무 퉁명스럽게 느껴진다.

그럼에도 모든 질문에 답변을 하고 '채점' 버튼을 누른다. 내가 주의 깊게 상황을 고민하고 손이 부들부들 떨릴 정도로 정직하게 답변했음에도 43점이 나왔다. 점수별 설명을 확인한다.

- 0-11점은 자폐 특성에 대한 경향이 나타나지 않음을 의미한다.
- 11-21점은 사람들이 일반적으로 받는 평균 점수다.
- 22-25점은 평균보다 다소 높은 자폐적 경향을 나타낸다.
- 26-31점은 자폐 스펙트럼 장애의 경계선을 나타낸다. 또한 아스퍼거나 가벼운 자폐를 가지고 있을 가능성이 있다.
- 32-50점은 아스퍼거 증후군 또는 자폐증의 가능성이 높음을 나타낸다.

나는 조금 놀란다. 아니, 적잖이 놀란다. 나는 "평균보다 다소 높은 자폐적 경향을 나타낸다" 또는 "자폐 스펙트럼 장애의 경계선을 나타낸다"를 예상하고 있었다. '가능성이 높음'은 예상하지 못했다. 어쨌든, 나는 잘 살아가고 있지 않은가. 나는 남편과 직업이 있고, 사회생활도 한다. 이 검사는 과해석의 경향이 있다는 결론을 내리고, 다른 검사를 해본다.

리트보 자폐 아스퍼거 진단 척도는 '스펙트럼 선상의 삶' 블로그에서 '신뢰할 만하고' '유효한' 지표로 언급하고 있다. 이번에는 내 상태가 미치는 영향을 과장하지 않도록 주의하며 70개의 문항을 읽어나간다. 이 검사가 훨씬 마음에 든다. 리커트 척도를 사용하고는 있지만 아스퍼거 지수 검사보다 문항이 다양하고 선택지들이 더 수긍이 간다. 나는 "지금과 어렸을 때 그렇다" "지금 그렇다" "열여섯 살보다 어렸을 때 그렇다" "전혀 그렇지 않다" 중에서 답변을 고를 수 있다. 이것이야말로 변화할 줄 아는 내 능력이 반영되는 검사다.

하지만 문항에 그 어떤 뉘앙스도 없으므로 여전히 답변하기가 어렵다. 물론 "나는 관심이 있는 몇몇 주제에 대해서만 생각하고 이야기하기를 좋아한다" 그렇지만 답변은 바뀔 여지가 있다. 나는 "지금과 어렸을 때 그렇다"나 "약간 그렇다"를 고르고 싶다. 나는 한 번도 다른 사람들과 같은 화제에 관해 편안히 대화한 적이 없었다. 아무리 그래도, 점수가 170으로 나오다니. 잠시 그 점수의 의미를 생각해보다가 다시 놀란다.

신경 장애가 없는 신경전형인의 평균 점수가 85점 정도다. 자폐 스펙트럼 장애 진단을 받은 남성의 평균 점수는 148.4이고, 여성의 평균 점수는 164.5다(이는 여성의 자폐가 더 심해서가 아니라, 여성들이 남성들보다 자폐 스펙트럼 장애의 영향을 더 잘 숨기기 때문에 정도가 심한 이들만이 치료를 받으러 오기 때문으로 보인다). 나는 그 영역에 깊숙이 속해 있다.

이제 네안데르탈 자폐아 이론에 근거하고 있으나 분명 유효한 결과를 도출한다고 하는 Rdos 아스피 퀴즈^{Rdos Aspie Quiz}도 풀어본다. 그런데 맙소사. 문항이 121개나 되고, 어떤 것들은 참 괴상하기까지 하다.

이런 질문들이 있다. "뭔가를 뛰어넘고 싶은 충동이 있습니까?" "시계를 보는 게 어렵습니까?" "자신이나 남들의 조각을 벗겨내고 싶은 충동이 있습니까?" 등등. 오 세상에, 누구나 그렇겠죠.

마지막으로, 자폐인 특성과 신경전형인 특성과 관련해 나의 다양한 능력(재능, 소통, 통찰력, 관계, 사교성)을 나타내는 도표가 나온다. 그래프는 오른쪽, 그러니까 자폐성 쪽으로 많이 기울어져 있다. 나의 '신경다양성' 점수는 200점 만점에 132점, '신경전형성' 점수는 200점 만점에 62점이다.

그리고 이렇게 적혀 있다. "당신은 매우 신경다양인(아스피)으로 보인다."

3월,
도버의 화이트 클리프

The White Cliffs of Dover

여전히
내 곁에 있는 것들

오늘은 어머니의 날이다. 억지 요란을 떠는 것이 질색인 만큼
핼러윈이나 새해 전야와 마찬가지로 이날도 그리 달갑지가 않
다. 나는 딸로서 늘 어머니의 날이 부담스러웠다. 감정적으로
과장된 행동들과 값비싼 비용이 드는 의식들은 한부모 가정의
외동아이인 나에게는 공포로 다가왔다. 내가 커서 엄마가 되면
이날을 무시하겠노라고 맹세했다. 그리고 펍에서 점심을 먹으
며 와인 몇 잔을 마셨던 첫 번째 어머니의 날을 제외하고는 그
맹세를 지켰다. 나는 그 끈적끈적한 감상의 늪에 버트를 빠뜨
리고 싶지 않다.

나는 H도 같은 마음이라고 확신한다. 그러나 그는 이번에 어머니의 날을 제대로 보낼 때가 왔다고 판단한 듯하다. 선물, 그러니까 깜짝 선물이 있는 듯한 낌새가 보이고, 내가 분명 좋아할 거라는 눈치도 있다. 글쎄, 잘 모르겠다. 나는 갑작스러운 것을 좋아하지 않는다. 갑작스러운 것은 나에게 반응할 시간을 충분히 주지 않는다. 작년 어머니의 날에 그는 완벽하게도(?) 내게 드라이 화이트 와인 한 상자를 사주었다. 이후 몇 주 동안 의무적으로 와인을 마셔야 했지만, 열두 병의 화이트 와인은 깜짝 선물이라기보다는 우리 집이 풍족한 식료품점이 된 느낌이라 괜찮았다고나 할까. 반면 깜짝 선물은 어떤 행동을 동반하기에 두렵다.

지난 오후, H의 전화가 울렸다. 그는 잠시 정원에 쪼그려 앉아 통화에 열중한다.

그가 집 안으로 돌아와 말한다. "내일의 깜짝 선물이 아무래도 연기된 것 같아. 일기예보를 보니 높은 바람이 분다네. 다시 예약을 해놓긴 했지만, 몇 주 후에나 가능하대. 미안해."

"높은 바람이라고?" 내가 말한다. 대체 높은 바람 때문에 하지 못하는 그것이 무엇인지 짐작조차 되지 않는다. 하늘을 나는 것과는 상관없는 일이기를 신에게 빌 뿐이다. 나는 비행기와 그리 친한 편이 아니었다. 비행기에서 아무리 이상한 소음이 나더라도 괜찮다는 사실을 어렵사리 받아들인 끝에 비행기와 가까스로 휴전 상태에 돌입했다고나 할까. 나는 승무원들이 공포에 질리기 전에는 무서워할 필요가 없다고 생각하며 점점 비행기에 적응하는 중이다. 지금까지 승무원들이 공포에 질린 것은 본 적이 없다. 내 친구는 한번 그런 일을 겪은 적이 있다고 했다. 비행기가 유달리 심한 난기류를 만나자 승무원들이 비명을 지르며 울기 시작했다. 당연히 승객들도 동요하여 비슷한 반응을 보였다. 그러다가 난기류를 통과하고 나니, 승무원들은 모자를 고쳐 쓰고 주전자에 커피를 다시 채웠다. 모든 것이 원상태로 돌아간 것이다. 이 이야기에서 재미난 부분은, 얼마 안 있어 내 친구가 승무원이 되었다는 사실이다.

"뭔지 말해줄까?" H가 말한다. "당신 분명히 좋아할 거야."

"아니, 괜찮아. 그냥 기다릴게." 내가 말한다.

어머니의 날 아침이 온다. 평소와 같이, 나는 제일 먼저 잠에서 깨고, 아래층으로 내려와 책을 읽는다. 한 시간 후, H가 부스스한 상태의 버트를 안고 나타난다.

"오늘 늦잠 좀 자지 그랬어?" 그가 말한다.

"그러고 싶지 않았어."

나는 벌써 불안하다. 불안함에 목구멍이 조인다. 버트는 조금 징징거린다. H에게 매달려서 내 무릎에 앉지 않으려 한다.

"왜 그래, 버트." H가 말한다. "오늘은 엄마를 위한 특별한 날이야."

"그러지 마. 그냥 또 다른 하루일 뿐이야." 내가 말한다.

"엄마한테 네가 만든 특별한 선물을 줄래?"

버트는 이 말에 신이 난다. H는 찬장으로 가서 핑크색 판지로 만든 카드를 꺼내온다. 앞에는 빨간 리본이 붙어 있고, 뒤에는 다리가 나뭇가지처럼 가늘고(팔은 없다) 배는 마트료시카 인형처럼 불룩한 사람이 그려져 있다. 그림 속 사람의 넓찍한 배에는 한 쌍의 연결된 동그라미가 있다. 버트가 자랑스럽게 말한다. "그게 엄마 배 속에 있는 나야."

마음에 든다. 정말로. 버트는 카드 안에 삐뚤빼뚤한 대문자로 앨버트ALBERT라고 써놓았다. H의 손을 잡고 따라 쓴 거겠지. 버트는 자신이 학교에 가게 된다는 사실을 알고부터 어서 가고 싶어 안달이다. 알파벳을 외우고 문자도 베껴 쓸 수 있지만, 단어의 전체 철자를 기억하지는 못한다. 자기 이름을 열댓 번은 넘게 써봤을 텐데도, 매번 묻는다. "어떻게 쓰는 거야?"

"맨 처음 글자가 뭘까?" 나는 늘 이렇게 말하고, 버트는 아무것도 모른다는 듯 어깨를 으쓱한다. 알려준 것을 기억하는 법이 없다. 버트의 나이 때 나는 몇 시간이고 필기체를 흉내내며 종이를 채웠던 기억이 난다. 내 안에는 언제나 입 밖으로 내고 싶은 말들이 가득했다. 유치원 시절에 내가 읽었던 책에는 모두 빨간 볼펜으로 케이티katie(캐서린의 애칭 - 옮긴이)라는 글자가 선명하게 새겨져 있다. 아마 하루에 다 적었던 것 같다. 나는 코피며 편도선이며 중이염 등등 잔병치레가 잦은 아이였다. 그래도 엄마는 내가 워낙 똑똑해서 그런 게 다 만회된다고 입버릇처럼 말씀하셨다. 그녀는 폭발적으로 책을 읽어대는 나를 진정시키려 애썼다. "하지만 넌 늘 좌절했지." 엄마는 말한다. "늘 많이 좌절했어."

내 어머니는 스펀지 같은 사람이다. 다른 사람들의 나쁜 행동에 반응하기보다는 감내하는 사람이다. 그녀의 말은 내가 까탈스러운 아이였다는 뜻이다. 나는 병적일 정도로 언제나 불편한 상태였다. 다른 사람의 손길을 좋아하는 것은 상상도 할 수 없었다. 나는 친밀함에 거부반응이 있었고, 강박적으로 속을 드러내지 않았다. 나는 두 겹으로 옷을 입고도 어른들이 입은 모직 치마의 감촉을 견디지 못해, 그들의 무릎 위에서 꼬마 뱀처럼 꿈틀대며 괴로워했다. 세탁세제는 내 피부에 물집이 생기게 했다. 나는 솔기의 꺼끌꺼끌함을 조금도 참지 못해서 할머니는 모든 옷의 솔기를 실크 리본으로 일일이 감싸고 손으로 꿰매주셨다.

내가 떠올릴 수 있는 가장 오래된 기억은 어머니 친구의 정강이를 발로 힘껏 차고 웃었던 것이다. 나는 비록 과잉 행동을 하지만 그래도 **아주 똑똑한** 아이로 여겨졌다. 그것이 어머니가 외우는 주문이었다. 아마도 그 주문이 온갖 난관에 부딪히면서도 어머니를 지탱해주는 힘이 아니었나 싶다. 누구도 통제하기 힘들지만, 아주 똑똑한 아이. 다루기 힘든 아이. 한시도 가만있지 못하는 아이. 멈출 수 없는 아이. 어머니 친구들의 딸들은 나를 생일 파티에 초대하지 않았다. 그로 인해 어머니는 친구들과 점점 멀어졌다. 아주 똑똑한 아이. 좌절하는 아이. 여느 아이들과는 다른 아이. 내가 10대에 접어들자, 어머니는 넋두리하듯이 그녀가 학창 시절에 얼마나 인기가 많았는지, 그녀가 여학생 대표로 뽑혔을 때 다들 얼마나 많이 응원해주었는지에 대해 이야기하곤 했다. 그런 특질이 다음 세대에는 유전되지 않았다. 그녀는 은근히 나를 평범한 것들로 유도하려 했다. 그녀가 내 친구의 남자친구에 대해 이야기했던 것을 기억한다. 내가 너라면, 그 애한테 반했을 텐데. 나는 의무적으로 사랑에 빠진 것처럼 굴었지만, 엄마가 내 과장된 행동을 간파하고 있다는 것을 느꼈다. 그런 가장은 차라리 안 하느니만 못했다. 사람들의 얼굴을 제대로 기억하지도 못하는데 누군가에게 반한다는 건 참 어려운 일이다. 내 짝사랑은 대부분 맞은편 남학교 학생들 중에서 이름을 아는 아이들이었다. 그들을 향한 진짜 감정은 하나도 없었다. 나는 그저 그들의 이름을 생각해내고 그들에게 어울릴 법한 사랑을 지어냈다. 그런데도 의외로 나는 반에서 남자애와 제일 먼저 키스를 한 아이였고, 아마도 제일 먼저 섹스를 한 아이이기도 했다. 그 두 가지에는 공통된 측면이 있었다. 아무리 불쾌한 경험일지라도 내가 정상임을 떠벌릴 수 있는 좋은 방법이었다는 것이다.

H는 어머니의 날 행사에 아침 식사까지 동원한다.

"뭐 먹을래?" 그가 말한다. "팬케이크? 베이컨? 아니면 디피 에그?"

속이 울렁거린다. "그냥 토스트나 먹을래." 내가 말한다.

"난 디피 에그." 버트가 말한다.

H는 한숨을 쉬고는 버트를 위한 디피 에그, 나를 위한 토스트, 그리고 자신을 위한 토스트를 준비한다.

"당신은 왜 달걀 안 먹어?" 내가 묻는다.

"당신이 안 먹는다기에, 맥 빠져서." 그가 말한다.

버트는 접시 위의 달걀 속을 싹 비운다. 빈 달걀 껍데기를 깨뜨리고 싶어서.

"버트!" H가 말한다. "오늘은 엄마를 위한 날이라니까!"

버트는 의자에서 내려와 식탁 밑을 기어 다닌다.

"버트, 오늘은 특별히 착하게 행동해야 해." H가 말한다.

"아니야, 버트." 내가 말한다. "특별히 착하게 굴 필요는 없어. 평소만큼만 착하면 돼. 우리 그냥 평소처럼 하자, 알겠지?"

H가 나를 노려본다. 그래서 나는 말한다. "음, 오늘이 정말 나를 위한 특별한 날이라면, 난 안방에서 책을 좀 읽을게. 그런 다음에 좀 걸으러 가자."

나는 아스퍼거 증후군 검사 결과와 함께 상세한 해설이 담긴 이메일을 H에게 보냈다. 이후 며칠 동안 H는 내가 성질을 폭발시켜도 한숨만 지으며 참고 내가 말이 없으면 괜찮은지 확인하면서, 나를 부드럽게 대하려고 애썼다. 나는 생각했다.

이제 이것이 내 미래구나. 앞으로 모두가 나를 이렇게 대하겠구나. 세심하게. 친절하게. 나는 보통 사람들에게는 깨지기 쉬운 물건과 같다. 하지만 그런 시기는 곧 지나갔다. 그는 이제 참을성이 바닥났다. 그는 그렇게 행동하는 습관이 들지 않았다. 우리는 20년을 함께 보냈다. 짜증내고, 과잉 반응을 보이고, 운을 믿고 덤비다 일을 그르치고, 서로의 감정을 일부러 잊어가면서. 그리고 이것이 우리가 잘 지낼 수 있는 유일한 방법임을 안다. 나는 그것을 뿌듯하게 생각한다. 딸깍 하고 부서졌다가, 딸깍 하고 다시 복구되는 능력. 우리는 혼자여도 함께여도 회복 탄력성이 있다. H가 나를 섬세한 꽃처럼 다루기 시작하는 날은 우리의 회복 탄력성이 끝장난 날이다. 그래서 검사를 받은 지 사흘째 되던 날, 음악 소리 때문에 미칠 것 같으니 볼륨을 좀 줄여달라고 말했을 때 그가 "싫어, 당신이 다른 방으로 가면 되잖아"라고 대꾸하자 반가운 마음마저 들었다.

오늘 그는 10분 정도 내가 책을 읽도록 두더니 내 의자 옆에 서서 말한다. "그래서 말이야, 어디에서 걷고 싶은 거야?"

H도 너무나 잘 알고 있듯이, 나는 선호하는 것이 확실하다. 아주 오래전에 도버의 화이트 클리프를 걸었던 적이 있다. 화이트 클리프는 그 역사적인 중요성을 차치하더라도 켄트에서도 눈에 띄는 해변 지형을 자랑한다. 폭스힐 다운Fox Hill Down 에서부터 사우스 포어랜드South Foreland 등대까지를 오가는 전체 경로는 버트가 제힘으로 걷기에는 너무 멀 수 있지만, 어느 정

도 잘 걸을 수도 있다. 게다가 나에게는 새로운 장비가 있다. 바로 버트가 지치면 태울 수 있는 천으로 된 등산용 캐리어다. 우리는 함께 회색 바탕에 망자의 날을 상징하는 해골 문양이 그려진 디자인을 골랐다. 우리 둘 다 해골을 좋아한다.

나는 버트가 아직 아기였을 때 지구상의 모든 엄마가 버트를 '입고' 다니라고 아무리 성화를 해도 그 말을 듣지 않았다. 그렇기에, 모두가 이제 아장아장 걷기 시작한 아이들을 땅에 내려놓는 순간에 캐리어를 샀다는 것이 아이러니하지 않을 수 없다. 하지만 그 사정은 이렇다. 이제 버트와 내가 신체 접촉을 하는 빈도가 상당히 줄어들어서 더는 그런 것에 겁이 나지 않는다. 사실은, 오히려 등산용 캐리어에 버트를 실을 생각에 설렌다. 새롭게 알게 된 나의 강인함을 일깨워주고, 나에게 우는 소리 하는 사람 없이 마음 편히 걸을 수 있는 가능성을 열어주니까.

H는 걷기의 출발점에 있는 내셔널트러스트 센터에 도착하자 다시 평소처럼 행동한다. 버트는 풀이 나 있는 길 사이로 보이는 까마귀 한 마리를 관찰하고, 우리는 그 새가 대륙검은 지빠귀인지 아닌지에 대한 열띤 논쟁을 벌인다. 나는 분명 아닌 것 같다. 버트는 자기 생각은 다르단다.

처음에 우리는 왼편에 백악으로 된 벽을 끼고 걸었다. 벽면은 누렇게 되고 군데군데 깨져나가서 울퉁불퉁한 바둑판처럼 생겼다. 버트는 그 크기를 가늠해보려고 하다가 엄청나게 멀리까지 간다. 곧, 탁 트인 대지가 나타나고, 우리는 풀이 자라난 절벽 꼭대기에 이른다. 발밑으로 백악과 함께 반짝이는 청록빛 바다가 넘실거린다. 길은 오르락내리락하고, 때로는 심하게 물결치는 모양이라서 몽땅 바다에 덮이는 모습을 상상하기가 어렵지 않다. 우리는 해안을 내려다보는 지면의 갈라진 틈을 지나간다. 아래에는 눈이 시리게 푸른 물결이 하얀 거품을 일으킨다.

켄트의 바다는 언제나 사우스웨스트보다 온화하다. 위츠터블에서는 파도를 보는 것 자체가 놀라운 일인데, 해안을 영국 해협이 감싸고 있어서 물결이 아주 잔잔하다. 파도가 치더라도 하틀랜드 근방의 파도처럼 부딪혔다 밀려가는 법이 없고, 물색도 바위 해안처럼 투명한 것이 아니라 해협의 진흙이 섞여 보통 갈색을 띠고 있다.

그래서 백악은 도버에 카리브해의 분위기를 가미하는 반가운 존재다. 나는 브로드스테어스 주위에 모여 있는 해변(단, 늘 사람들로 북적거리는 브로드스테어스샌즈는 빼고)에서 수영하기를 좋아한다. 정확히는, 백악층이 빼꼼 얼굴을 내미는 평평한 모래밭이 있고 바다의 작용으로 주위 절벽에서 고아처럼 떨어져 나온 높은 백악 기둥이 그늘을 제공해주는 보타니 베이Botany Bay와 조스 베이Joss Bay에서 해수욕하기를 즐긴다.

나는 살면서 이들 해변에 수도 없이 와봤지만, 여기가 지금껏 내가 걸어온, 켄트의 길을 따라 이어지는 백악 등성이의 노출부라는 사실을 이제야 알게 되었다. 할아버지가 뒤뜰에서 백악 덩어리를 파내어 내가 파티오에 그림을 그릴 수 있게 해주셨던 것도 그래서였다. 우리 마을 이름이 애당초 초크(백악)였던 것도 그래서였다. 나는 그런 것들을 한데 연관짓지 못한 채, 우리 마을이 다른 곳과 완전히 다르다는 사실을 미처 인식하지 못했다. 누구나 정원을 파면 분필(분필의 주원료가 백악이다 — 옮긴이)이 나오는 게 당연하지 않나? 나는 지금까지 그런 줄로만 알았다.

오늘 아침, 절벽 주변의 들판에는 종달새들이 가득하고, 지금 나는 그 새들을 보고 있다. 종달새들은 노래를 지저귀며 공중에서 날갯짓하고, 나는 마치 당연히 알고 있다는 듯 '종달새'라는 이름을 소리 내어 불러본다. 놀랍게도 버트는 등대까지 줄곧 스스로 걷고, 우리는 커피와 케이크를 파는 찻집의 탁자에 둘러앉는다. 버트는 케이크에서 버터크림만 골라 먹는다. 그 바람에 그의 접시에는 두 개의 초콜릿 스펀지 절벽만 나란히 서 있다.

우리는 다시 걷기 시작하지만, 이제 버트는 피곤하고 춥다. 나는 등산용 캐리어를 급히 꺼내 그를 태운다. 버트는 등산용 캐리어가 몸을 죄어서 다리와 어깨가 아프다고 불평한다. 우리는 끈을 잡아당기고 조정하느라 한바탕 법석을 떨고, 어느 정도 편안해진 버트는 이제 귀를 때리는 바람에 대해 불평하기 시작한다. 그래서 나는 목에서 스카프를 풀어 버트의 머리 뒤로 감아주고, 곧 버트가 내 등 위에서 살며시 잠드는 것을 느낀다.

나는 관광 안내소에 돌아갈 즈음에 버트가 깰 거라고 생각하지만, 버트는 내가 선물 가게에 들어가 그를 위한 어린이 책을 구입할 때까지도 깨지 않는다. 버트가 다음에는 까마귀와 대륙검은지빠귀를 구별할 수 있도록 새에 관한 책을 고른다. 그리고 시끄러운 카페에서 자리를 잡고 그를 무릎에 누인다. 버트가 내 품에서 잠들 날도 머지않아 지나가리라는 것을 알기에 내 팔에 폭 안긴 아이의 온기를 달콤하게 음미한다.

한 여자가 다가와 버트를 바라본다. 내게 머리를 기댄 채 조그만 입술을 내밀고 잠든 모습에 경탄한다. "행복한 어머니의 날이에요. 내 아이는 이제 너무 커버려서 오늘 나를 보러 오지도 않네요. 운이 좋으면 전화 한 통은 받을지도 모르겠어요." 그녀는 내 어깨를 쓰다듬는다. 버트는 이내 몸을 꼼지락거리더니 눈을 비비고 말한다. "재킷 비-테이토(감자를 통째로 구워 토핑과 함께 먹는 음식인 재킷 포테이토를 잘못 발음한 것 – 옮긴이)."

버트는 새로 생긴 책에서 '까마귀'를 찾아보고, 집으로 가는 차 안에서 계속 차창을 손가락으로 두드린다. "저건 뭐야? 저건 뭐야? 내 책에서 찾아줘."

집으로 돌아와, 우리는 나무에 불을 붙인다. 나는 특별한 날이니만큼 오후 3시에 프로세코 칵테일을 만들어 먹는 여유를 부리기로 한다. 버트는 기찻길을 만들고 있다. 기차 선로는 의자 다리 사이사이를 지나고 문지방을 넘나들며 거실 바닥을 몽땅 점령한다.

H는 자신의 휴대용 컴퓨터를 켜고는 자판을 두드린다. 집중하고 있을 때 늘 그렇듯 눈썹을 찌푸리고 있다. 그래서 꼭 화난 사람처럼 보인다. 자판이 내는 소음이나 화면의 깜빡임에 성이 난 것 같다.

"당신이 컴퓨터를 들여다보고 있는 것도 내 특별한 날 행사에 포함된 거야?" 내가 묻는다.

그가 고개를 든다. "나한테 1분만 줘." 그가 말한다. "그런 다음엔 당신한테만 집중할 거야." 화난 얼굴이 잠시 돌아온다. 그는 마우스 패드를 계속 클릭한다. 그러더니 머리를 한쪽으로 기울이고 나를 보더니, 컴퓨터 덮개를 닫는다.

"나 방금 당신이랑 똑같은 아스퍼거 증후군 검사를 해봤어." 그가 말한다.

"그래서?"

"경계선이라는 결과가 나왔어. 솔직히 내가 생각했던 것보다 낮게 나왔어. 내가 공상과학 소설을 좋아하고 레코드 컬렉션을 색깔별로 분류하는 컴퓨터 프로그래머라는 점을 감안하면 말이야."

"세상에. 난 우리 관계에서 내가 더 자폐적인 사람일 거라고는 생각지도 못했는데." 내가 말한다.

그는 짐짓 기분 상한 체하며 말한다. "솔직히, 나도 그래."

내가 말한다. "이번 깜짝 이벤트가 뭔지나 말해줘."

"정말로 알고 싶어?" H가 말한다.

"응, 말해줘." 내가 대답한다.

그는 주머니에서 접힌 종이 한 장을 꺼낸다. 그가 주머니 속에 넣어둔 다른 종이들과 마찬가지로 닳아서 부드러워진 종이다. 나는 종이를 펴고는 오랫동안 접혀 있어서 주름이 잡힌 곳까지 유심히 글자를 읽는다.

"오!" 나는 감탄사를 내뱉는다. "오! 정말 정말 굉장하다."

"좀 놀란 것 같네."

"맞아. 좋은 의미에서. 이건, 이건 너무 좋은 생각인걸." 몇 주 후, 나는 매를 날리며 오후를 보내게 된다.

"상상해봐." 그가 말한다. "만약 오늘 갔다면 어땠을까? 그랬다면 얼마나 멋진 깜짝 이벤트였을지 상상이 돼? 오늘, 바람도 별로 심하지 않았는데 말이야."

나는 그의 뺨에 입을 맞춘다. "그래도 매가 강풍에 휩쓸려가는 위험을 감수할 수는 없지."

"그건 그래." 그가 말한다

내향적인 사람

내가 여기 왔던 것이 겨우 한 달여 전인데, 그동안 봄이 찾아왔다. 비탈들은 아직 적갈색의 죽은 고사리 잎에 덮여 있지만, 새로 돋아난 초록 잎들, 연노란색의 프림로즈 송이들, 관목 속에서 떨고 있는 작고 섬세한 제비꽃들이 보인다. 길을 둘러싼 산울타리에는 하얀 꽃이 흩뿌려져 있다. 이 꽃샘추위의 계절에, 그 꽃들이 들쑥날쑥한 가지들을 눈송이처럼 꾸며주고 있다.

해안선도 서서히 변하고 있다. 모웬스토 외곽에는 여전히 독특한 기하학적 모양의 바위들이 있고, 깊은 계곡이 있으며, 그 위에는 높고 헐벗은 황무지가 있다. 땅은 아직 축축하고 바다는 여전히 크레바스마다 으르렁대며 부딪힌다. 하지만 뷰드에는 변화가 오고 있다. 절벽들은 더 정답게 변할 것이고, 나의 걷기도 더 경쾌해질 것이다. 아름다운 하틀랜드를 뒤로하기가 섭섭할 것 같다. 그 모든 험난한 오르막과 내리막을 추억하며.

　하지만 떠나기 전에 아직 고난의 길은 남아 있다. 다리 힘으로 버텨내야 하는 내리막길이 몇 개 더 있고 그보다 더 큰 통증을 동반하는 오르막길도 몇 개 더 있다. 또한 하스콧Harscott의 정부통신본부GCHQ 음파 탐지기들도 있다. 높은 철조망과 갈라진 길들에 둘러싸인 채 사방으로 뻗어 있는 거대한 하얀 접시들. 나는 죄의식을 느끼며 사진을 찍는다. 누군가 나타나 내 휴대전화를 몰수해가거나 머리 위로 드론이 날아와 사이렌을 울리지는 않을까 생각하며. 그러나 나는 국방부의 제지를 당하지 않는다. 여기에는 놀랍도록 볼 것이 없다.

　오늘 오전에 대략 6.4킬로미터를 걸었다. 비록 내가 아이언맨 챌린지에서 우승할 일은 없어도 처음으로 이만큼 걷는 데 걸릴 시간을 두 시간으로 정확히 예측했다는 사실에 기분이 좋다. 초라하리만치 느린 속도지만, 이제는 익숙하다. 이제 내 속도와 지구력을 제대로 평가하고, 마침내 내게 맞는 속도를 찾았다. 더 빨리, 더 오래 걷는 사람들과 나를 비교한다고 해도 달라지는 것은 없다. 내 목표 거리의 중간 지점인 샌디마우스Sandy Mouth에서 점심을 먹기 위해 H와 버트를 만난다. 해변을 향해 가다 언덕 꼭대기에 다다를 즈음 비가 거의 그치고, 올해 처음으로 제비를 본다. 제비는 내가 참 좋아하는 새다. 박쥐처럼 우아한 날갯짓, 깔끔한 하강, 가까이 다가왔을 때에만 언뜻 비치는 날카로운 붉은 빛깔. 내 눈에 제비는 늘 비행 자체를 즐기고, 창공의 모든 차원을 탐험하는 것처럼 보인다.

해변 높이까지 내려가자 버트가 나를 향해 걸어온다. 나는 그에게 제비를 가리킨다. 버트는 자기도 나와 함께 절벽 꼭대기까지 올라갈 수 있냐고 묻고, 나는 기꺼이 그렇게 하자고 한다. 나는 그가 가파른 계단을 오르도록 도와준다. 계단 끝까지 올라간 다음 계속 걷는 게 아니라 계단만 오르는 게 전부라면 그렇게 힘들지는 않을 것 같다. 우리는 제비들을 바라보다가 다시 내려온다. 나는 그의 관심을 점심으로 돌리려 하지만, 버트의 마음은 이미 새들과 함께 이리저리 돌아다니고 있다. 그는 모래성을 쌓고 싶고, 공을 차고 싶고, 원반을 던지고 싶다. 우리 모두를 위해서는 그를 재촉하는 게 현명하다.

암양들이 성냥개비처럼 가느다란 다리를 가진, 갓 태어난 새끼들을 지키고 있는 낮은 절벽을 따라 와이드마우스 베이로 가는 길은 한결 수월하다. 뷰드에는 파스텔 빛깔의 매끄러운 조약돌과 모래언덕과 해수욕장이 있다. 나는 마침내 다시 바닷가에 와 있다.

다음 날 와이드마우스 베이에서부터 걷기 시작한다. 어제 걷다가 신발 안에 들어온 모래가 아직도 느껴진다. 나는 버트를 해변에서 놀게 하고 낮은 바위 위로 안간힘을 쓰며 기어오른다. 800미터를 걸을 때까지, 나는 여섯 번이나 멈춰 서서 신발을 털어낸다. 신발 속의 모래가 꿈쩍도 하지 않는 것 같다. 오늘 아침에는 빗방울이 보슬보슬 떨어진다. 나는 끝도 없는 오르막과 내리막의 연속인 듯한 길을 보고 스트레스를 받는다. 오르락내리락하는 게 지겹다. 이제 다 지나왔다 싶었는데, 다시 또 나타나다니. 나는 곧 서퍼들로 가득 찬 미니버스가 지나가는 모습에 괜히 약 오르는 기분을 느끼며 포장된 도로를 오른다. 오늘은 호흡이 자연스럽지 않다. 완만한 오르막길이 싫다. 차라리 온 힘을 끌어모아 어딘가 가파른 곳을 오르고 끝내는 편이 낫다. 꼭대기에 이르자, 온통 회색빛에 빗방울도 떨어져서 아무것도 보이지 않는다. 이내 나는 다시 오르고, 또 오른다. 종달새들(이제는 자유자재로 종달새를 식별할 줄 안다)이 내 심기를 건드린다.

나는 지금 디자드ᴰⁱᶻᶻᵃʳᵈ 근처 방죽을 따라 걷고 있다. 어서 여길 통과하고 맛있는 점심을 먹겠다는 희망으로 걷고 있는데 한 남자와 개 한 마리가 다가온다. 길에서 다른 사람들을 만나는 경우는 드물다. 난 다른 사람과 마주칠 때면 좀 화가 난다. 고요하게 유람하다가 정신을 끌어모아 말을 하려면 엄청난 수고를 들여야 하기 때문이다. 나는 눈을 땅바닥에 고정하고 최대한 간단히 인사하는 척할 준비를 한다. 하지만 남자는 발을 멈추고 손을 자신의 엉덩이에 얹으며 말한다. "그래도 지나고 보면 그리 나쁘지만은 않을 거예요." 그의 개(경계하는 보더콜리)가 다가와 내 신발에 코를 킁킁거린다. 나는 개의 머리를 쓰다듬는다.

"그럴 것 같나요?" 내가 말한다. "지금까지는 부슬부슬 비만 왔는데요."

"음, 산사나무 꽃은 본격적으로 화창한 날씨가 찾아오기 전에 피고 지거든요." 그는 느긋하게 서서 말한다. "제 말은, 콘월의 4월이 그리 나쁘지 않을 거란 뜻이에요." 그는 잔주름이 많아 몹시 지쳐 보이는 얼굴인 데다 시대극에나 나올 법한 웨스트컨트리 특유의 억양을 쓰고 있다.

"사실 저는 불평할 것도 없어요." 내가 말한다. "이번 겨울에 더 심한 날씨에도 걸었거든요."

그는 언덕 위의 농장에서 일하며, 평생 농장 일을 해왔다고 한다. 내가 사우스웨스트 코스트 패스 전체를 걷는 중이라고 말하자, 그는 자신도 1974년에 아내와 함께 걸어봤다고 말한다. 하지만 그는 여름에 걸었다고 한다. 겨울에 길을 나서기에는 이곳을 너무 잘 안다면서. 그와 씁쓸한 웃음을 나눈다.

"저는 여기를 매일 걸어요." 그가 말한다. "한 해의 변화를 지켜보지요."

그는 해안 쪽을 손으로 훑으며 1년에 걸친 변화에 관해 이야기한다. 내 머릿속에는 산사나무 꽃에서 한여름으로, 주변의 모든 것들이 변히는 광경이 그려진다. 그때 그의 개가 제비들을 뒤쫓는다. "바보 같은 녀석." 그가 개를 쓰다듬는다. 개는 우리 발 주변에서 쿵쿵거리며 야생 마늘 구근을 파헤친다.

그는 가을에는 모든 게 갈색으로 변할 거라고 말한다. 나는 여기가 시작점이 되어, 몇 달 후면 이 해안의 모든 생명의 순환을 파악하게 될 것이고 더 나아가 예측할 수도 있게 되리란 사실을 깨닫는다.

그의 시선 아래에 모든 순환이 있다. 남아 있는 시간이 모두 한 겹으로 어우러지는 듯하다. 그는 우리 발아래의 바위를 가리키며 어린 시절 거기 난파된 요트에서 사람들("거기서 뭘 하고 있었는지는 몰라요, 불쌍한 영혼들")을 구했던 일을 회상한다. 그러다가 자신이 거의 익사할 뻔했다고 한다. 그는 비틀비틀 절벽 위로 기어 올라와 집으로 가다가 중간에서 멈추고 잠을 잤다고 한다.

잠시 후 내가 걷게 될 동쪽에는 희귀한 꿀풀과 나무들이 조그마한 숲을 이루고 있다. 이 키 작은 나무들이 숲을 이룬 모습을 보는 것이 얼마나 특별한 일인지 모른다. 위쪽의 숲에서는 곧 블루벨 꽃들도 고개를 내밀 것이다.

마침내 내가 "이제 가봐야겠어요. 점심시간에 크래킹턴 헤이븐Crackington Haven에 도착해야 하거든요"라고 말하자, 그가 친절하게 대답한다. "제시간에 도착할 수 있을지 걱정이네요."

"뭐, 도착할 때까지 부지런히 걸어야지요."

"그래요." 그가 말한다. "이야기 즐거웠어요. 도보 여행자들은 다들 지도만 쳐다보면서 그냥 지나치거든요. 말을 걸면 콧방귀나 뀌지요." 나는 놀란 표정을 지어 보인다. 속으로는 30분 전까지만 해도 나 역시 그렇게 하려고 했다는 걸 그가 알아채지 못하기를 바라면서.

나는 내 할아버지 짐을 새삼 떠올린다. 할아버지는 때때로 집 안에 틀어박혀 있는 것이 너무 적막해서 사람들과 그저 말 몇 마디를 나누기 위해 해변으로 향하곤 하셨다. 할아버지는 버스 정거장에 서 있다가 여자들이 유모차 내리는 것을 도와주기도 하고, 동네 가게 계산대에서 물건을 싸주기도 했다. 내가 태어나기 전에 얼마간 그 가게를 운영했던 사람은 할아버지가 돈을 벌려고 막무가내로 가게 일을 거드는 거지인 줄 알았다고 말했다. 두 사람은 몇 마디 대화를 나누었을 것이고, 할아버지는 돈을 받을 생각은 추호도 없다고 말하고는 자리를 떴을 것이다. 그는 가게 주인이 바뀌기 전부터 물건 싸는 일을 해왔고, 그 후로도 계속 그 일을 했다. 1980년대 들어서 파텔 씨가 가게를 인수했다. 이후 할아버지는 몇 시간이고 사라져서는 파텔 부인에게 차와 사모사를 대접받으며 오후를 보내곤 했다. "부인은 내가 설거지도 못 하게 한다니까!" 그는 생소한 인도 간식이 든 플라스틱 용기를 냉장고에 집어넣으며 이렇게 탄식하곤 했다.

파텔 씨 부부의 눈에 할아버지가 외로워 보였던 게 아닐까. 내 할머니는 집 안을 조용하게 유지했다. 나는 늘 거기서 평온을 느꼈지만 어쩌면 할아버지에게는 버거웠을지도 모른다. 요리를 하고 설거지를 하고 정원을 가꾸고 금요일마다 시내로 들어가는 버스를 타는, 두 분의 조용한 일상은 결코 깨진 적이 없었다. 하루 일과를 마치면, 할머니는 녹색 의자에 앉아 두 다리를 쭉 뻗고는 무릎에 책을 올리고 독서를 하셨다. 그녀는 평생 도서관 전체를 돌아다니면서 수백, 수천 권의 책을 읽으셨다. 때때로 그녀는 책 한 권을 다 읽고 이렇게 말씀하셨다. "예전에 읽었던 책인 것 같네." 그러나 그런 건 중요하지 않았다. 그녀는 글자들에 시선을 던진 채 평화로운 시간을 보내기 위해 책을 읽는 것이었으니까. 그녀는 캐서린 쿡슨과 스티븐 킹, P. D. 제임스와 버지니아 앤드루스를 읽었다. 그녀는 그 작가들의 작품에 대해 이러쿵저러쿵 평가하는 것은 자신의 몫이 아니라고 여겼지만, 대신 꼼꼼히 선별해서 지인들에게 추천해 주셨다. 역사 로맨스는 내 이모에게, 범죄 소설은 내 어머니에게. 나에게는 『샤이닝』, 『굶주린 길』, 그리고 『참을 수 없는 존재의 가벼움』을 건네주셨다.

세상일이 언제나 그렇게 평온하고 명쾌하지는 않다는 것을 할머니가 세상을 떠난 후에야 알았다. 할아버지는 이제 채소를 먹을 필요가 없고 끼니때마다 칩을 먹을 것이라고 말씀하시면서 담담한 척하셨지만 그 속마음을 들여다보는 것은 어렵지 않았다. 너무나 외로운 할아버지를 보는 것은 고역이었다. 나의 이모와 이모부는 스페인으로 이주하기로 했고 할아버지는 그들과 함께 떠나기로 하셨다. 할아버지가 평생 주민들에게 길잡이 역할을 해왔던 정든 마을을 뒤로하고서. 스페인으로 떠나기 전에, 함께 저녁 식사를 하기 위해 할아버지가 우리 집으로 오셨고 나는 그에게 샐러드 없이 볼로네제 스파게티를 만들어드렸다. 식사를 마칠 무렵, 할아버지는 식탁 위로 몸을 기대고 말씀하셨다. "알다시피, 내가 몇 년간 왓퍼드에 머물면서 일을 했었지. 할머니가 집에 남아서 집안일을 다 살폈고. 어느 날 할머니의 주치의가 전화를 했더구나. 할머니를 혼자 두면 안 된다고. 그가 말했지. '돌아와서 그녀를 도와주셔야 합니다. 그녀 혼자서 다 감당할 수 없어요.' 그래서 그 말대로 했지." 그의 목소리가 조금 갈라진다. 할아버지를 본 마지막 몇 년간 고통스럽지만 익숙해진 목소리. "난 그렇게 했어. 너도 언젠가는 그렇게 하게 될지도 모른단다."

오늘 옹송그리고 있는 참나무를 지나, 처음 피어난 블루벨 몇 송이가 보이는 숲으로 들어가면서 할머니와 내가 참 닮았다는 생각을 한다. 나는 글자들을 파고들어야만 하는 습성, 그리고 어둠과 침묵을 원하는 습관을 그녀로부터 이어받았다. 그녀가 입버릇처럼 말하는 경구, "웃음은 항상 눈물로 끝난다"까지는 아니더라도 나는 그녀의 걱정하는 습관과 지나친 가벼움에 대한 의심을 이어받았다. 아마 나이가 들어가면서 더 그녀처럼 되어가겠지.

이제 점심시간이 다 되어가고 체력이 고갈된 상태다. 발밑은 미끄럽다. 근육은 구불구불하고 가파른 길에서 힘을 주느라 지쳐 있다. 백 단위로 내 걸음을 센다. 지도를 보고 또 보면서 내가 얼마나 조금밖에 걷지 못했는지 확인한다. 너무 까다로운 길에 화가 나고, 너무 나약한 나 자신에 화가 난다. H에게 일정이 불가피하게 지연될 것이라는 문자를 보낸다. 그러고는 불가능해 보이기는 하지만 H에게 나를 좀더 일찍 데리러 오라고 부탁한다. 펜카나우 포인트Pencannow Point의 이중 곶을 통과하면 한 시간은 더 걸릴 것 같아, 그곳을 그냥 피해 가기로 한다. 거기까진 갈 수 없다.

대신에 가시금작화들을 통과해 가파른 내리막을 걸어 내려가고 똑같이 가파른 진흙탕 기슭을 기어 올라간다. 몇 번이나 넘어져서 무릎이 온통 진흙투성이가 된다. 큰 소리로 "이 망할 놈의 진흙!"이라고 외치고 좀더 기어 올라간다. 꼭대기에 도달하자 세인트 게니스 교회 옆에 주차된 차 안에서 H가 참을성 있게 기다리고 있다. 내가 차에 타자 그는 음악을 끄고 크래킹턴헤이븐으로 달린다. 그리고 쿰 바턴 인Coombe Barton Inn에서 진하고 차가운 와인 한 잔을 곁들인 점심을 사준다.

그가 매번 나를 도우러 와주어서 기쁘다.

머물고 싶다

나는 하이클리프High Cliff가 몹시 무섭다. 하이클리프의 223미터 지점은 콘월의 사우스웨스트 코스트 패스에서 가장 높은 지점으로, 나는 언덕에 염증을 느낀다.

하지만 지금 내 곁에는 무려 킬리만자로산도 올라본 적이 있는 내 친구 에마가 있다. 나는 그녀를 조금 뒤에서 따라갈 계획이다. 그녀의 뛰어난 체력과 정신력이 우리 두 사람을 목적지로 무사히 인도할 수 있도록 말이다. 단, 사악한 가축들이 우리 길을 막아서지 않는다는 가정하에서.

우리는 한 걸음 한 걸음 천천히 가기로 하고, 여러 들판을 지나 언덕을 오르기 시작한다. 땅은 완만하게 비탈지고, 나는 곧 내 안에 있는지도 몰랐던 조언을 스스로에게 들려준다. 등반은 리듬을 타는 것이 중요하다고. 얕은 발걸음을 내딛고, 박자를 지키며, 몸이 떠 있다고 상상한다. 어느새 꼭대기에 도착한 우리는 벤치에 앉아 M&M 초콜릿을 먹으며 숨을 고른다. 그리고 지도를 본다. 여기에 올라야 한다는 불안감이 앞선 나머지, 우리 앞에 다섯 개의 계곡이 있고 바로 옆의 루세이 클리프 Rusey Cliff가 222미터나 된다는 것을 미처 몰랐다.

"자, 그럼, 이제 다시 가보자." 내가 말한다. 하늘은 파랗고 바람은 잔잔하다. 콘월의 가장자리는 우리 아래 바다로 주름져 들어간다. 나는 천하무적이 된 기분이다. 나는 이 길을 걷는 법을 알고 있다. 적절한 장비를 갖추고 있고 어디에 내 발을 두어야 하는지도 알고 있다.

오늘은 큰까마귀 떼가 절벽 가장자리에 자리를 잡고 앉아 있다. 황조롱이들은 바위의 수직면 사이를 쏜살같이 날아다니며 바위에 난 틈과 구멍들을 넘나든다. 모든 것이 다시 생기를 되찾고 있다. 길에도 사람들이 많아졌다. 벌써 부활절 휴가 기간이 시작되었다. 우리는 항구에서 부둣가로 이어지는 완벽하게 움푹 들어간 지형을 따라, 점심시간에 맞춰 보스캐슬에 도착한다. 붐비는 카페에서 칩을 먹고, 틴타겔성을 향해 다시 출발한다.

"벌써 가게?" 에마가 말한다.

"놀면 뭐 해." 내가 말한다.

　이제부터는 더 가파른 오르막길들이 나온다. 대부분은 깊고 미끄러운, 계곡으로 깎여 들어가는 층층계단으로 되어 있다. 오후 중반 무렵 에마는 지쳤지만 나는 지치지 않았다. "너 언제 이렇게 빨라진 거야?" 그녀는 계속 그렇게 묻지만 솔직히 나도 잘 모르겠다. 사실, 나는 언제나 걸음은 빨랐다. 그런데 갑자기 온종일 빨리 걸을 수 있는 체력이 생긴 것이다. 다리에 힘이 생겼고 폐활량도 좋아졌다. 이제 날씨가 맑으니 걷기가 더 수월하게 느껴진다. 너무 쉽다.

　걷기를 처음 시작했을 때, 무엇보다도 틴타겔성으로 내려가는 순간을 상상했었다. 포효하는 파도 소리를 들으며 고성으로 다가가는 모습. 물론 변칙적인 방법으로 이미 그곳에 다녀왔지만. 바로 앞에까지 가지 않고는 성을 보기가 어렵기 때문에 그때 갔다 오길 잘했다고 생각한다. 버트와 에마의 두 아들이 절벽 꼭대기에서 우리를 보고 달려온다. 아이들이 잉글리시헤리티지 카페에서 가져온 플라스틱 병과 조약돌로 만든 마라카스를 보여준다. 우리는 감탄한다. 아이들은 H가 기다리는 절벽 전면까지 굴러 가겠다고 한다. 우리는 아이들의 위험한 계획을 단념시키느라 펄펄 뛴다. 그렇게 우리의 주의가 완전히 흐트러진다.

다음 날 나는 H와 함께 걷는다. 그동안 에마가 시끌벅적한 우리의 아들들을 돌본다. 세 아이들을 교대로 돌보는 일에서 제외된 것에 나는 이제 마음 상하지 않는다. 정말 단순히, 나는 그런 일에 맞지 않는다.

전날 밤 지도를 살펴보면서, 나는 H도 틴타겔성과 포트아이작 사이를 걷는 일에 맞지 않는다는 사실을 깨닫는다. 보기에는 아름답지만, 그 구간에는 바다로 들어가는 강이 너무 많아서 해안선이 물결 모양으로 주름져 있기 때문에 H에게는 고통스러운 경로일 것이다. 나는 사우스웨스트 코스트 패스의 약간, 혹은 어쩌면 상당한 부분을 고의적으로 빼먹고 싶지는 않다. 그래서 H에게 나를 틴타겔성에서 내려주고 포트 아이작에서 만나 점심을 함께 먹자고 말하고 싶어진다.

하지만 그건 공평하지 않다. 아이 없이 단둘이 함께 보낼수 있는 흔치 않은 시간이 생겼는데 그를 내 운전기사로 부려먹을 수는 없다. 내가 양보해야 한다. 나는 이번 걷기가 그저 한 장소에서 다른 장소를 향해 가는 단순한 과정이 되는 것은 원하지 않았다. 좀더 바람직한 시간으로 만들고 싶었다. 그래서 그와 포트 아이작에서 폴지스Polzeath까지 걷기로 한다. 해안의 건너뛴 구간은 다음에, 아마도 이번 주 후반쯤에 걸을 것이다. 막상 결정하고 나니 생각보다 아쉽지 않다.

우리는 포트 아이작 위쪽에 주차를 하고 마을로 걸어 내려 간다. H는 곧 잠시 멈추고 뭔가 먹기를 원한다. 나는 거절한다. 이러다가는 시작도 못 한다. "내 가방에 시리얼 바 있어." 내가 말한다.

"베이컨 샌드위치를 파는 데가 어디 있겠지." 그가 말한다.

"에마랑 왔으면 이런 일은 없을 텐데."

"제발, 벌써부터 그러지 말자." 그가 말한다.

우리는 어디서 길이 시작하는지를 두고 옥신각신하고는 절벽 꼭대기를 향해 어슬렁어슬렁 언덕을 오른다.

"보폭을 작게." 내가 20미터 앞에서 외친다. "당신이 위쪽 에 떠 있다고 상상해봐."

H는 내 말을 듣는 둥 마는 둥이다. 나는 산책로 입구에 도 착해서 그가 나를 따라잡을 때까지 기다린다. "이제부터는 평 평한 지대야." 내가 말한다. "허벅지 근육을 써서 보폭을 크게 걸어봐."

"나도 걷는 법은 알아." 그가 말한다.

우리는 400미터마다 한 번씩 멈춘다. H가 신발 끈을 다시 묶거나, 호흡을 고르거나, 경치를 감상하는 척해서다. 그는 걷 는 법을 모른다. 그러면서 마치 사우스웨스트 코스트 패스에 차를 파는 트럭이 줄지어 있기라도 한 듯이 차 한 컵을 마시고 싶다는 말을 집착적으로 계속한다. 내 배낭에 보온병이 있는 데도, 그건 싫다고 한다. 그는 포트퀸Port Quinn에는 카페가 있을

것이라 확신한다. 어디에도 차를 파는 곳은 드물다고 해도 내
말을 믿지 않는다.

"가보면 알겠지." 그가 말한다.

포트퀸에는 카페가 없다. 좁은 만에 자리한 작고 아담한 마
을에는 당연히 카페 같은 것이 없다. 우리는 길가에서 잠시 쉬
고, 그는 마침내 보온병에 든 음료와 시리얼 바를 먹기로 한다.
계산해보니 별로 힘들지 않은 지형을 통과하면서 한 시간에
겨우 2.4킬로미터밖에 걷지 못했다.

"더 빨리 걸어야 해." 내가 말한다. "이건 말도 안 돼."

우리는 침묵 속에서 다시 출발한다. 다음 절벽 꼭대기에는
옛 갱도가 있어서, 잠시 멈추고 그에게 구경할 시간을 주어야
한다. 나는 전에 다 봤기 때문에 시간 낭비처럼 느껴진다. 이렇
게 말하면 좀 고약하게 들리겠지만, 수백 킬로미터에 걸쳐 아
름다운 경치를 보고 나니, 그 갱도는 이제 시시해졌다. 나는 좀
더 가까이서 보면서 내 감성을 다시 끌어올리려고 애쓴다. 너
무 감사할 줄 모르고 당연하게 여기는 게 아니냐고 자문도 해
본다. 하지만 결국 내 신경은 온통 우리가 걸을 거리에만 가 있
을 뿐이다. 이번 주말까지 뉴키Newquay에 도착하고 싶다. 그러
면 세인트 아이브스St Ives 근방으로 갈 수 있고, 또 펜잰스Penzance
로, 그리고 또 리저드 반도Lizzard Peninsular로까지 갈 수 있다. 이들
장소는 분명히 매우 아름답지만 나의 사우스웨스트 코스트 패
스의 중심 기지와도 같은 남부 데번으로 가는 길목에 버티고

있는 곳들이다. 이런 장소들은 남부 데번에 다시 가기 위한 작은 통과 지점일 뿐이다.

트레반 포인트Trevan Point를 지날 즈음, 날씨가 갑자기 변한다. 먼저 하늘이 검게 바뀌더니 기온이 뚝 떨어진다. 이어서 바람이 거의 우리를 쓰러뜨릴 듯이 불더니 비가 내리기 시작한다. 비가 내릴 때 우리는 바위 옆의 움푹 팬 곳을 막 걸어 내려가던 참이었다. 나는 비를 피하기 위해 쪼그려 앉고, H를 부른다. "비가 그칠 때까지 여기 있자. 금방 멎을 거야. 이런 빗속에서 절벽을 따라 걷는 위험을 감수할 필요는 없지."

"괜찮아." 그가 말하고는 산등성이 위로 비틀거리며 올라간다. 바람에 그의 발이 거의 날아갈 것 같다. 잠시 나는 그가 떨어지겠구나 생각한다. 곧 그가 되돌아오더니 내 옆에 몸을 구부리고 앉는다.

나는 말한다. "가끔은 내 말을 듣는 게 좋아."

"그래, 나도 알아." 그가 말한다.

"미안해. 내가 그렇게 훌륭한 걷기 친구가 못 돼서."

비가 수도꼭지 잠그듯 그치고, 우리는 산등성이를 다시 기어 올라간다. 바람은 여전히 강하지만 견딜 만하다. 이내 우박이 내리기 시작한다. 사람들이 보통 우박이라고 말할 때는 진눈깨비를 의미하는 경우가 많지만, 이번에는 진짜 우박이다. 고양이 똥만 한 얼음 알갱이가 비 오듯 쏟아진다. 우리는 손으로 얼굴을 막고서 몸을 푹 숙이고는 우박을 뚫고 나아간다. 우박이 멎을 무렵에 나는 바람막이를 입었음에도 속살까지 젖어 있다. 우리는 펜타이어 포인트Pentire Point의 기슭에 있다.

"맞다, 여기를 가로질러서 폴지스로 바로 가자고 하려고 했어. 이제 더는 못 참아."

"그럴 수는 없지!" H가 말한다. "포기하지 말고 다 거쳐 가 야지."

"아니야." 내가 말한다. "지금은 점심시간이고, 우리는 지친 데다 다 젖었어. 만약 길을 가다가 또 우박을 만나면 절벽에서 떨어질지도 몰라. 포기해야 할 때는 포기할 줄도 알아야 해."

우리는 갈지자 모양의 오솔길을 따라 슬리퍼포인트Slipper Point로 넘어간다. 나는 내가 내륙의 경치도 정말 좋아한다는 것을 새삼 떠올린다. 바다가 우리를 은밀히 감싸며 그리 멀지 않은 곳에 있음을 느끼니 기분이 참 좋다. 해변에 다다른 우리는 얼굴에 흩날리는 모래를 맞으며 비틀비틀 걸어가다가 서프사이드라는 카페를 발견한다. 전면에 창이 있는 이 카페에서는 로브스터 롤과 네그로니 칵테일을 맛볼 수 있다. 구름 사이로 햇빛이 나와서 유리창을 통해 우리의 얼굴을 덥혀주고 젖은 옷을 말려준다. 잠시 후 소년들이 신발과 양말을 그대로 신은 채 해변을 가로지르는 개울을 뛰어다니는 모습이 보인다. 내가 말한다. "에마가 우리 없이 10분 정도 더 감당할 수 있을 것 같아?" 우리가 고군분투해서 비로소 얻은 이 평화를 뒤로하려니 발길이 떨어지지 않는다.

다음 날 나는 에마와 걷는다. 우리는 폴지스에서 출발해볼까 고민하지만, 그러면 강어귀를 따라 1.6킬로미터를 걷다가 록Rock에서 패드스토Padstow로 가는 연락선을 타야 한다.

"그건 별 의미 없겠어." 내가 말한다. "패드스토에 차를 세우고 캐멀강 건너편에서 록을 바라볼 수도 있어."

"어럽쇼." 에마가 말한다. "너 변했다. 6개월 전만 해도 전날 멈춘 바로 그 장소에서부터 출발해야 한다고 난리를 치더니."

"어, 그랬지." 내가 말한다.

패드스토는 목요일 오전 10시에도 이미 들썩이고 있다. 아마도 패드스토는 한때 진기한 항구였겠지만, 이제는 중산층을 위한 테마파크 같은 곳이 되어버렸다. 커피숍과 예쁜 베이커리 그리고 유명 셰프들의 이름을 내건 레스토랑(릭 스타인뿐만 아니라, 다른 셰프들까지 가세해서 미식 여행가들의 발길을 붙잡는다)들이 있고, 선물 가게와 갤러리도 있다. 서퍼 스타일이나 캐주얼 스타일의 수상 스포츠 의류를 파는 옷가게들도 즐비하다. 장식용 깃발도 엄청나게 많이 걸려 있다. 하지만 이 모든 것이 다 있는, 내가 사랑해 마지않는 위츠터블과 달리, 이곳에서는 관광이 없는 삶을 상상하기 어렵다. 이곳은 외부인들의 관심을 끌기 위해서만 존재하는 사업들로 넘쳐난다. 그런 모습에 나는 그저 집에 가고 싶어진다.

우리는 각각 커피를 한 잔씩 산다. 하지만 내 손을 타고 커피가 흘러내려 소매에서 퀴퀴한 우유 냄새가 나는 바람에 걷는 내내 커피 산 것을 후회한다. 우리는 붐비는 공원을 통과해 유명한 둠 바Doom Bar를 지나 스테퍼 포인트 Stepper Point로 간다. 둠 바는 캐멀 강어귀에 있는 모래톱으로, 패드스토로 가는 길을 위험하게 만든다. 지역에서 전해오는 전설에 따르면, 톰 요Tom Yeo라는 선원이 석궁으로 물개들을 사냥하는 것을 보고 이를 막으려던 인어가 그의 화살에 맞아 죽었다고 한다. 인어는 죽어가면서 저주를 내려 그곳에 모래톱이 생겨나게 했다. 인어는 이로써 패드스토 항구가 영원히 쓸모없는 곳이 될 것이라 저주했다. 인어는 패드스토의 번영이 다른 방향에서 도래하게 되리란 것은 알지 못했다.

우리는 스테퍼 포인트를 돌아 다시 바다 옆을 걷는다. 깊은 푸른빛의 바다는 아름답다. 바람이 심하기는 하지만, 며칠 전 내가 경험한 바다보다는 덜 거칠다. 절벽도 더 낮아 보이고, 작은 항구 마을도 더 자주 나타난다. 우리는 작은 해안 마을인 할린Harlyn에서 점심을 먹는다. 나는 트레보스 헤드Trevose Head를 질러가는 길을 에마에게 보여준다. 이 길을 타면 곧장 서핑하기 좋은 트레야논 베이Treyarnon Bay에 이를 수 있다.

"정말 그리로 가게?" 에마가 말한다. "그럼 해안선을 4.8킬로미터 정도 놓치게 되는데."

"바로 그거야." 내가 말한다. "그럼 시간을 많이 절약할 수 있지."

"거기에 어쩌면 물개들도 있을 텐데."

"괜찮아. 나 전에 물개들 봤어." 내가 대답한다.

"네가 결정해야지. 이건 네 걷기니까."

나는 주거지의 도로로, 그리고 골프 코스 옆으로, 할린을 통과해 나아간다. 그리 매력적인 경로는 아니지만, 계획은 순조롭게 진행된다. 우리는 다시 해안에 와 있다. 측면이 가파르지만 아름다운 트레야논의 해변. 거기서부터 길은 다시 조금 거칠어진다. 철새들이 알을 낳기 좋은 초원이 나오고, 광대한 절벽의 폭포로 인해 토양에서 축축한 냄새가 난다. 지도에 만이 몇 개나 있는지 세어본다. 그러고는 비교적 평평한 이 땅에서 얼마나 빨리 걸을 수 있을지 확인해본다. 얼마 후 우리는 포스코단Porthcothan에 와 있다. 나는 해변을 가로지르면 만 주위를 빙 돌아가지 않아도 될 것 같다고 생각한다. 그러나 불가능한 일이다. 밀물이 들어온다. 우리는 밝은 우비를 입은 다른 도보 여행자들에 둘러싸인 채 잠시 커피와 케이크를 먹는다. 나는 다시 지도를 펼친다.

"오늘 뉴키까지 갈 수 있을까?" 내가 말한다.

"빠듯할 거야." 에마가 말한다. "그래도 네가 정말 원한다면 갈 수 있겠지."

"난 뉴키가 그렇게 간절하지는 않아."

"넌 오늘 어떤 것에도 간절하지 않아!"

"그래." 내가 말한다. "좀 그렇지?"

"넌 지루해진 것 같아." 에마가 말한다. "그동안 바다를 너무 많이 본 거지."

"언젠가부터 다 똑같아 보여." 내가 말한다. "이번 주에 정말 많은 장소를 지났는데, 풍경은 고사하고, 지명조차 기억이 안 나."

"그럼 속도를 좀 늦춰봐."

"그럴 수 없어. 여기 계속 걸으러 오는 건 비용이 많이 들어. 그리고 H는 기분 전환을 위해 어딘가 다른 데로 휴가를 가고 싶대. 그러니까 기회가 있을 때 최대한 많이 걸어야 해."

"그럼 잠시 쉬는 건 어때?"

"중간에 쉬면, 다시 시작하지 못할 것 같아. 남부 데번까지는 가고 싶어. 애초에 내가 걷고 싶었던 곳이 거기였거든."

"그럼 그냥 바로 거기서 걷지 그래?"

"해변길 전체를 걷는 게 목표라고 했잖아. 내가 바로 남부 데번으로 가면 다들 나를 쉽게 그만두는 사람으로 볼 거야."

"네가 잘 그만두긴 하지." 에마가 말한다. "늘 그랬어. 너의 매력적인 장점이야. 넌 단념해야 할 때를 잘 알아."

"식사하다가 마지막 한 입을 남겨두고 그만 먹을 때처럼 말이지." 내가 말한다.

"난 그건 절대 이해 못 하겠어." 우리는 테이블을 내려다본다. 내 접시에 두툼한 팬케이크가 8분의 1가량 남아 있다.

"마지막 남은 걸 먹기 싫었을 뿐이야." 내가 말한다. 내 말이 진심임을 보여주기 위해 남은 팬케이크 조각을 먹을까도 생각해보지만, 손이 가지 않는다. "문제는, 내가 콘월에 관심이 많지 않다는 거야. 물론, 콘월은 좋아. 멋져. 하지만 내 마음을 움직이지는 않아. 나는 오랫동안 떠나 있으면 데번이 너무 그리워. 콘월에서는 그런 감정을 결코 느끼지 못할 거야."

"그런데 말이야, 이건 너의 걷기야. 그러니까 네 마음 가는 대로 해야지. 네가 어떻게 하든 누가 뭐랄 게 아니잖아."

우리는 모건 포스Mawgan Porth에서 H와 세 아이들을 만난다. 밀물이 들어와서 우리는 신발을 벗고 바닷물을 헤치며 걸어간다. 모퉁이를 돌자 워터게이트 베이Watergate Bay의 긴 해변이 나오고, 곧 뉴키가 나온다. 진정한 남서부의 관문이자 아메리카 대륙 이전에는 세상의 끝이었던 곳.

정말 원한다면, 오늘 밤 좀더 멀리 갈 수 있다. 피시 앤 칩스를 서둘러 먹고 발걸음을 재촉할 수 있다. 내일 다시 걸으면서 틴타젤성과 포트 아이작 사이의 구간을 마칠 수도 있다. 아니면 뉴키를 지나 세인트애그니스 헤드St Agnes Head의 고대 지형인 홀리웰Holywell과 펜헤일 샌즈Penhale Sands의 사구를 볼 수도 있다.

하지만 그러지 않을 것이다. 단순히 지루해져서 그런 것은 아니다. 나는 자연 속에서 나만의 시간을 보냈다. 나는 그 안에서 혼자였다. 마지막 수백 킬로미터를 걷는 동안 어딘가에서,

나는 생각의 순환을 정리했고 이제 사회로 돌아갈 준비가 되었다. 나는 은둔에는 소질이 없나 보다. 나는 성 모웨나가 보여준 은둔의 자세에 결코 범접할 수 없다. 내 할머니의 고독에조차 범접할 수 없다. 나는 내 가족과 함께 있는 법을 다시, 아니 어쩌면 처음으로 배우고 싶다. 이 장소 저 장소를 거쳐가는 것을 그만하고 싶다.

이제 한곳에 머무는 법을 배우고 싶다.

3부
다시 일어서다

아우터 호프
Outer Hope

명상이
내게 가르쳐준 것들

여느 때와 다름없이, 오늘도 나는 명상을 할 것이다.

10년 전 질링엄의 집을 떠나야 했던 시절부터 명상하는 습관을 갖게 되었다. 나 자신을 다시 일으켜 세울 방법이 없으면 다시는 이런 상태에 빠지지 말자고 스스로에게 맹세했던 그때. 집 안에서 꼼짝 않고 지내다가 서재에 있던 종이에서 처음 명상 강습 홍보를 접하고 이렇게 생각했다. **제길 이게 뭐람.** 그러다 이사하는 주에, 타이밍이 안 좋았지만, 불쑥 거기로 찾아갔다. H가 이삿짐을 풀고 있을 때 나는 마음의 평화를 찾아 캔터베리에 있는 요가 스튜디오로 차를 몰았다.

나는 초월명상을 배웠다. 스티비 원더에게 그렇게 좋다면, 나한테도 좋겠지. 당시 초월명상 운동은 테러와의 전쟁에 항의하여 영국에서 공식적인 강습 프로그램을 운영하지 않았다. 나를 가르친 사람은 초월명상 운동에서 나와 따로 모임을 조직했던 것이고, 나에게 꽤 잘 맞았다. 진짜 초월명상 운동보다 훨씬 저렴해서 그런 것만은 아니었다. 그는 내게 어떤 영적 믿음을 가질 필요는 없다고, 기술은 그 자체로 충분하다고 가르쳐주었다.

나는 배우려는 열의에 찬 초보자 그룹에 배정될 것이라고 기대했다. 하지만 방 안에 들어가니 모두 나와 비슷해 보였다. 다들 지치고, 말이 없고, 세상에 찌들고. 강사는 초월명상을 소개하는 말에서 중독, 우울증, 불안, 섭식 장애 등을 언급한다. 그러자 공감하며 속삭이는 소리가 들린다. 어쨌든 우리는 말을 많이 하지 말라는 이야기를 듣는다. "여러분에게 어떤 문제가 있는지 저한테 말씀하실 필요는 없습니다." 강사가 말한다. "어차피 다 같은 원리니까요." 나는 안심한다. 나는 여기서 그에게, 또는 다른 누군가에게 할 이야기가 없으니까. 겉으로 보기에는, 다른 사람들도 모두 비슷한 마음인 것 같다.

금요일 밤, 우리는 사과, 카네이션, 깨끗한 손수건, 그리고 아무에게도 발설해서는 안 되는 비밀의 만트라가 곁들여진 의식을 치른다. 이러한 것들의 상징성은 나에게 별로 의미가 없다. 나중에 우리는 담배를 피우거나 서로의 시선을 피하며 밖에서 서성거린다. 그러고는 우리가 무슨 종교 집단에 들어간 것은 아닌지 걱정하는 가족들이 있는 집으로 돌아간다. 나는 명상에서 무엇을 기대했는지 모르겠다. 1960년대 영화에 나오는 여행 장면처럼 사이키델릭한 경험이었을까. 명상은 그런 것과는 전혀 달랐다. 처음에는 가만히 있지 못하고, 몸을 까딱거렸다. 불편했던 것이다. 뱃멀미를 하는 기분이었다. 그러나 비록 깨지기 쉬운 것이기는 해도, 곧바로 평화가 찾아왔다. 나는 앉아서 머릿속으로 만트라를 되뇌었고, 내 마음이 갈팡질팡해도 자신을 미워하지 않으려고 노력했다. 이것이 명상의 전부다. 딴 길로 새서 헤매다 다시 슬며시 돌아오기를 반복하고 또 반복하는 것. 아무튼, 이것을 20분 정도 해내다 보면, 어느새 마음을 내려놓고 물 흐르듯 흘러가게 된다. 호흡은 얕아진다. 아주 잠깐일지라도 모든 것이 고요해지는 소중한 순간이 온다. 그러다 밖으로 빠져나오면 기분이 좀 나아진다.

수업을 받고 일주일 동안, 나는 선생님에게 족히 예닐곱 번은 전화를 걸었다. 눈을 감을 때마다 멀리서 으드득으드득 하는 소리가 들려왔다. 100만 개의 작은 발이 내 몸속에서 행진이라도 하는 것 같았다. 목은 180센티미터의 길이로 늘어나서 머리가 천장 가까운 데 떠 있는 듯한 기분이 들었다. 계속 숨이 막힌다는 생각이 들었다. 대답은 언제나 같았다. **그 느낌을 인식하고, 다시 만트라로 돌아가라.** 나는 내 감각이 전하는 것으로부터 도망치는 데 얼마나 많은 시간을 소모해왔는지 그제야 깨닫게 되었다.

어느 것도 진득하게 하는 법이 없었던 내가 명상을 루틴으로 삼게 되었다. 하루 두 번, 20분씩. 돌아다니면서 일하는 직업을 가진 데다 규칙적인 루틴이 별로 없는 나는 임기응변을 발휘해야 했다. 나는 차 안에서, 그리고 펍에서 명상을 했다. 쇼핑센터 벤치에서 명상을 하다가 보안 요원이 눈치를 주기도 했다. 위츠터블에서 런던 빅토리아까지 기차 정차 시간에 맞춰 명상하는 법도 터득했다. 명상은 온갖 회의와 전화에 시달리기 전에 내게 안정을 주었다. 하루를 마치고 집에 왔을 때 초긴장 상태에서 마음을 푸는 데도 도움이 되었다. 명상 안에서 전에는 접근할 수 없었던 새로운 관점을 찾았고 새로운 깊이의 공감 능력을 발견했다. 마음속으로 그날의 일들을 돌이켜보고, 두세 번에 걸쳐서 주변 사람들의 반응을 인식할 수 있었다. 말하기 부끄럽지만, 나는 마침내 다른 사람들을 3차원적으로 바라볼 수 있게 되었다.

나는 지푸라기라도 잡고 싶은 심정으로 명상을 시작했지만 생각보다 그 효과가 좋았다. 명상을 시작하고 한 달 만에 사람들은 내가 많이 변했다고 했다. 분노에 덜 휩쓸렸고, 더 차분해졌다. 그리고 집중력도 좋아졌다. 처음으로 동료들이 내게 일을 잘한다고 말하기 시작했다. 좋은 방향으로 달라진 모습을 남들이 알아봐주는 것은 신기한 경험이었다. 전보다 두려움이 많이 줄어들면서, 있는 그대로의 나 자신으로 살고 있다는 기분이 들었다.

3년 후, 나는 초월명상에 대해 의심을 품기 시작했다. 기관에서 뭔가를 믿어야 한다고 요구하지는 않았다. 하지만 강사들은 영적 영역이 존재한다는 신념을 갖고 있었고 내가 영적 영역을 인식하지 않는 이상 초월명상을 제대로 해낼 수 없을거라 생각했다. 나에게는 언제나 장애물이 있었고 강사들은 내가 그 장애물을 걷어내기를 참을성 있게 기다렸다. 나는 워낙에 어디 참여하는 성격이 아니지만, 이 모임에 대해서는 특히나 의심이 많았다. 나의 만트라를 비밀에 부쳐야 한다는 것, 그렇지 않으면 그 힘을 잃게 된다는 것은 분명히 미신적에 가까웠다. "그게 그 사람들이 돈 버는 방법이야." 초월명상을 배우다가 그만둔 친구가 말했다. "마법을 믿게 하려고 든다고."

나는 새로운 명상 선생님을 찾아갔고, 그는 말했다. "그럼 당신의 만트라를 말해보세요. 그걸로 고민을 끝낼 수도 있어요." 마음과는 달리 나는 망설였다. 그러나 결국 그에게 말했다. 그는 무엇이든 나를 기쁘게 하는 것들을 명상 안으로 집어넣어, 그동안 내가 배운 모든 규칙을 어떻게 풀어낼 수 있는지를 가르쳐주었다. 그는 물 한 잔 마시기, 도시의 스카이라인 바라보기, 맨 처음 만난 아침 공기 들이마시기 등등 단순하기 그지없는 것들에 내가 몰입할 수 있음을 가르쳐주었다. 그는 말했다. "당신은 두 손을 맞잡고 굴리는 걸 좋아하네요. 명상을 시작할 때 그 동작으로 긴장을 풀어보세요. 억지로 움직이지 않으려고 해서는 안 돼요." 그런데 혼란스럽게도 그는 나에게 엄청난 오라가 있고, 그 오라가 방 안을 채웠다고 말했다. "누군가 선을 넘으면 당신은 느낄 수 있어요, 그렇죠?" 그가 말했다. "그건 여왕의 위엄이에요. 그 안에 들어가려면 사람들은 당신의 허락을 받아야 해요. 당신에게는 그들의 존중을 받을 자격이 있어요."

오라(그리고 에너지, 흐름, 비밀 만트라 등 그 밖의 모든 영적인 것)에 대한 이야기는 나와 잘 어울리지 않는다. 그건 너무 부정확하고, 너무 믿음 자체에 의존하고 있어서 효과가 있을 수 없다. 그것을 뒷받침하는 근간도 너무 빈약하다. 나는 그런 것들을 객관적으로 보고, 기록하고, 누군가에게 보여줄 수 없다. 그러나 그는 내가 만들어내야 하는 작은 움직임의 범위를 인지하고 존중하며, 내가 필요로 하는 사적 공간을 파악한 몇 안 되는 사람 중 한 명이었다. 그는 그가 가까이 다가왔을 때 내가 미세하게 움찔하는 것을 감지했다(우리가 시험한 바에 따르면 그 거리는 약 4미터 정도였다). 사용하는 언어는 다를지 몰라도, 그는 내게 주의를 기울이고 있었다.

나와 같은 유물론자에게는 불편한 진실이지만, 이 사람의 눈을 통해서 나에 관한 가장 친절한 평가를 들을 수 있었다. 까칠하다거나 서투르다거나 까다롭다는 것도 아니고, 과민 반응한다거나 친밀감을 꺼린다는 것도 아니고, 여왕의 위엄이라니. 존중을 요구하는 사적 공간에 대한 감각이 있다니. 그렇게 완전히 뒤바뀐 평가가 재미있지 않은가?

나와 같이 아스퍼거 증후군을 가진 **여성**에게 남들이 요구하는 반응을 보일 책임이 없다면 어떨지 상상해보자. 아니면 친분을 맺을 때 사람들의 반응을 지켜보고 거기에 맞춰주는 것이 기본예절로 여겨진다면 어떨지 상상해보자. 또한 세상에는 온갖 범주의 인간 유형이 있고, 하나의 규격이 존재하지는 않음을 우리가 받아들인다면 어떨지 상상해보자.

이렇게 말하는 이유는, 나의 양상에 대해 어떤 이름을 부여받기 훨씬 전부터 나는 대처하는 방법을 찾았기 때문이다. 물론 그 방법은 불완전하고, 모든 것을 해결해주지 않지만, 그래도 상황을 더 나아지게 한다. 명상을 배우기 전에, 진단을 받고 놀란 것은 그 누구도 아닌 나 자신이었다. 그러나 10년이 흐른 지금, 상황은 그 반대다. 나는 이제 다시 검사하면 진단을 받지 않을 정도로 잘 해나가고 있다. 하지만 나는 세상이 나를 다른 사람들과 달리 더 가혹하게 대한다는 것도 본능적으로 알고 있다. 가끔은 만약 내가 아스퍼거 증후군이라는 것을 이미 알았더라도 명상을 찾았을지, 아니면 스스로를 영원히 바뀔 수 없는 구제불능이라 여겼을지가 궁금하다.

그러나 이것은 명상이 내게 준 극히 작은 일부분일 뿐이다. 명상은 나에게 신의 감각이 아니라 모든 것을 통해 흐르는 전류의 감각을 받아들이게 해주었다. 모든 것이 꼬마전구처럼 한데 매달려 있다. 그 전류는 때때로 나를 압도하고, 종종 내

길을 밝혀주며, 나를 세상에 속하게 한다. 밤에 침대에 누워 있을 때, 나는 이불 밖으로 발을 뻗어 고양이 몸에서 나오는 미세한 전류를 느낄 수 있다. 일출의 공기를 들이마시고 새로운 하루가 가져오는 전류를 느낄 수 있다. 버트의 뺨에 내 뺨을 맞대고 크리스마스의 리젠트가처럼 빛을 밝힐 수 있다.

명상이 세상의 전류를 내가 처리할 수 있는 무언가로 바꾸어준다면, 걷기 역시 마찬가지다. 때로는 가만히 앉아 있기보다는 뭔가 해야 한다. 이제는 알겠다. 사우스웨스트 코스트 패스에 처음 나갔을 때, 나는 온갖 생각을 잊을 만큼 나 자신을 소진해야 했다는 것을. 지도와 표지판이 얼마나 정확한지, 검은딸기나무 덤불을 얼마나 정확하게 피할 수 있을지, 날씨를 얼마나 정확하게 예측할 수 있을지에 정신을 팔면서, 혼자여야 했고, 고요해야 했고, 배고파야 했다는 것을.

걸으면, 하나의 공간이 펼쳐지고, 비로소 내 삶의 고운 감촉을 인식할 수 있다. 마치 작은 뚜껑 문을 통해 또 다른 세상으로 내려앉는 기분. 나의 세상. 마오리족은 21세기에 맞게 그들의 어휘를 다듬기 위해 일련의 새로운 단어를 만들었다. 그들의 언어로 자폐증은 '타키와탕가'다. '자신만의 시간과 공간'이라는 뜻이다. 나는 마오리족의 정의에서 내가 평생토록 갈망해온 무언가, 즉 남들에게 맞는 규격에 억지로 나를 끼워 넣는 게 아니라 내가 태어날 때부터 인식한 시간과 공간 안에서 살고 싶다는 끊이지 않는 갈망을 발견한다.

나만의 시간과 공간. 떠돌이 부모를 둔 아이처럼, 나는 알지도 못한 채 이 공간을 갈망한다. 하지만 내 시야 밖에서, 오래도록 눈길을 받지 못한 채 그 자리에서 늘 나를 기다리고 있는 잊혀진 대륙이었다. 바로 집이다.

이렇게 늦게라도 내가 다시 그곳으로 가는 길을 찾을 수 있을까?

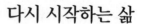

5월,
위츠터블에서
캔터베리까지

Whitstable
to Canterbury

다시 시작하는 삶

나는 커밍아웃을 시작했다. 주저주저하면서 친구들에게 내가,
아니 어쩌면 내가, 아니 그러니까 내가 자폐라고 밝히기 시작
했다. 아마도.

상담사와의 약속은 아직 잡히지 않아 기다리는 중이다. 아
무것도 확실한 것은 없어 보인다. 나에 대해 알아가는 이 과정
을 통해 내 언어도 바뀌고 있다. 처음에는 본능적으로 '아스피'
라는 용어 뒤에 숨으려고 했다. 그 언어가 가진 위협적이지 않
은, 어린아이 같은 느낌 때문에. 하지만 그 용어는 내게 맞는 옷
이 아닌 것 같고, 내가 말하려는 바와도 맞지 않는다. 귀여움은

결코 내 입에 잘 붙지 않는다. 나는 '아스피'이기에는 너무 나이가 많다. 내가 '아스피' 뒤에 숨으려던 것은 아스퍼거 증후군이 격세 유전적 병증으로 여겨지던 시기에 이 세계에 입문했기 때문이다. 이는 또한 '아스피'를 꼬리표 삼아 내가 어떤 사람인지, 어떤 것들을 거쳐서 여기에 이르렀는지에서 오는 타격을 줄이고 싶은 본능이 꿈틀댔기 때문이다. 나는 '자폐증'이 나를 미지의 광대한 도가니에 던져 넣었다고 생각했다. 내가 겪은 자폐증은 다분히 복잡하면서도 개별적이다. 그렇기에 외부인들은 나의 자폐증이 어떤 경험인지 물어볼 수밖에 없다.

평생 나 자신을 넘겨버리고 다른 사람들처럼 행동하면서 살아온 습성을 의도적으로 떨쳐내는 과정은 고통스럽다. 그렇게 하자니, 무슨 말을, 언제, 누구에게 해야 할지 모르겠다. 내가 사회적 온도를 느끼는 데 미숙하다는 것을 새롭게 알게 되니 상황은 더 나빠진다. 내 판단력이 좋지 않다는 걸 기계적으로 이해하게 되니 이것이 오히려 판단에 방해가 된다. 그저 상황을 겸연쩍게 만들 뿐이다. 불현듯 입을 다물고 가만히 있거나 사람들을 아예 피하는 편이 낫다는 생각이 든다. 내가 애초에 그 자리에 없으면 지루할 일도, **격해질** 일도, 마마이트 같은 존재가 될 일도 없으니까.

생각해보면, 내 절친한 친구들은 내가 자폐라는 소식에 그리 놀라지 않을 것 같다. 하지만 누구나 그렇듯이, 내 주변에도 다양한 종류의 사람들이 있다. 내가 평생 신뢰할 수 있는 가장 가깝고 사랑하는 이들에서부터, 재미있고 쿨하다며 1년에 한 번 혹은 그보다 더 가끔 만나서 커피를 마실 만한 다소 먼 지인들까지. 내가 걱정하는 사람들, 내가 이미 알고 있는 사람들, 그리고 앞으로 만나게 될 사람들도 포함해서. 그들은 자폐증이 있는 사람과 차를 마시러 가는 것에 대해 어떻게 생각할까? 나는 내가 예상하는 상황이 펼쳐질까 봐 두렵다. 그들은 내가 지루한 얘기를 하고 하나의 주제를 물고 늘어지더라도 기다려줄 것이다. 내가 차갑고, 유머 감각도 없고, 감정도 메마른 모습을 보일 때까지 기다려줄 것이다. 아니 더 심하게는 그들이 스스로 자비롭고 다양성을 인정하는 사람이라는 것을 증명하기 위해 나와 함께 시간을 보낼지도 모른다. "나 지난주에 캐서린과 티타임을 가졌어." 그들은 이렇게 말할 것이다. "알지, 그 자폐증 환자 말이야. 아주 좋은 친구니까, 축복을 빌어줘. 진심으로." 그리고 그들은 목소리를 낮춰 이 상황에 대한 지극히 솔직한 감정을 드러낼 것이다. "그녀는 정말 많은 면에서 어려움을 겪고 있거든."

군이 커밍아웃을 해야 하나 싶기도 하다. 어쨌거나, 어떤 핑계도 대지 않고 지금껏 살아왔고 친구들도 적지 않은데. 분명, 세월의 흐름과 함께 사이가 멀어진 친구들도 많지만, 그건 누구나 그렇지 않나? 나는 내가 다소 성급하고 자기주장이 강하며 말도 너무 빠르다는 것을 안다. 사소한 잡담을 참지 못하고, 어머니가 늘 말하는 것처럼, 어리석은 짓을 용납하지 못한다. 어머니의 말은 칭찬이 아니다. 내가 누구에게도 애착을 갖지 않는 것처럼 보이던 10대 시절 내내 들어온 분노의 표현이다. "내가 왜 다른 애들이랑 잘 지내려고 노력해야 해?" 나는 말하곤 했다. "나는 걔네들이랑 공통점이 하나도 없는데."

버트가 아기일 때 다른 엄마들과 어울리려다가도 계속해서 이런 일을 겪었다. 그들과 만나면서 내가 알게 된 것은 그들이 자신의 현재를 부정하는 우스꽝스러운 다이어트를 감행하다 실패하면 자괴감을 느끼고, '훌륭하다', '좋다', 혹은 '정말 좋다'고 생각하는 온갖 것들의 이름을 체계적으로 언급하며, 끝없는 살 빼기의 굴레에 빠져 있다는 사실이었다. 나는 세상에 경이로운 것들이 가득한데도 사람들이 실체가 없는 것들에서 만족감을 느낀다는 사실을 믿을 수가 없다. 나는 태생적으로 내가 생각한 대로 말하기보다 남들에게 맞추는 것을 우선시할 수 없는 체질일지도 모른다. 나는 천편일률적인 사람들의 모임에 서성거리는 일에는 관심이 없다. 나에게 그런 모임이 너무 가깝고 소중해지면 마치 신체적 접촉처럼 느껴지기 시작한다. 나의 두뇌는 오늘의 일정을 담아두지는 못할지라도 (혹은 몇 시에 내 주간 요가 수업이 시작되는지, 또는 참가비가 얼마인지), 현란한 일련의 사실과 통계와 의견을 저장하는 데에는 탁월하다. 하지만 상황에 맞게 스스로 행동을 조절하는 능력은 갖추지 못한 것 같다. 대체로 나와 생각이 비슷한 사람들과 한 방에 있을 때조차, 나는 악역을 자처하거나 상황의 복잡성을 강박적으로 지적해서 다른 사람들을 경악하게 만든다. 나는 그에 대한 대안에도 전혀 흥미가 없다. 왜 꼭 변해야 하는 쪽이 나라는 거지?

자폐증의 특징 중 하나는 타인의 감정을 읽지 못하는 것이라고들 한다. 여러 가지 면에서, 나는 그와는 반대라고 생각한다. 나는 스스로를 질식시킬 정도로 남들의 감정을 지나치게 읽어서 걱정이다. 아마 면밀하게 주의를 기울이는 법을 배웠기 때문인 듯하다. 어릴 때 나는 다른 사람들의 감정이 뜬금없게 느껴졌다. 상대방이 갑자기 울거나 히스테리한 웃음을 터뜨리면, 어쩌다 이런 상태에 이르게 된 것인지 몰라 당황하곤 했다. 마찬가지로 나는 내 감정을 인지하는 데에도 어설프다.

8학년 때 반에서 토론했던 것이 기억난다. 어떤 학생이 악명 높은 내 분노발작에 대해 이야기를 꺼내자, 모두 함께 웃으며 내가 완전히 자제력을 잃었던 사례를 끄집어냈다. 그때 나는 모두가 나에 관해 이야기하는 것을 보면서 평소와 달리 긍정적인 관심을 받는다는 기분에 남들과 함께 웃었다. 하지만 속으로는 이런 생각을 하고 있었다. **지금 다들 무슨 이야기를 하고 있는지 모르겠어.**

그때 선생님이 말했다(그날 오후 좀 무료했던 선생님은 최소한의 노력으로 반 아이들의 졸음을 깨울 방법을 찾고 있었던 것이 분명하다). "자, 캐서린, 그럼 이런 발작이 어떤 모습인지 좀 보여줘."

나는 자신만만하게 일어나 셔츠를 가다듬었지만, 그다음

에 뭘 해야 할지 몰랐다. 반 아이들은 손뼉을 쳤다. 내 얼굴은 이미 홍당무가 되어 있었다.

머릿속에 떠오른 것은 룸펠슈틸츠킨(독일 동화에 나오는 난쟁이 - 옮긴이)이 자기 꾀에 자기가 넘어갔다는 것을 알았을 때 화가 나서 펄쩍펄쩍 뛰고 발을 구르다 바닥에 넘어지는 모습뿐이었다. 이 모습을 따라 하는 게 최선이라는 생각이 들어서, 그대로 했다. 주먹을 꽉 쥐고서, 벽이 흔들리도록 바닥에 발을 구르고 으르렁거렸다. 그러다 마침내 멈췄을 때 나는 교실 안이 조용할 것이라 생각했지만, 오히려 웃음소리와 감탄의 함성소리가 들려왔다. 나는 맥박이 진정되는 동안 당황스럽게 그들을 바라보았다. 이건 좋다는 반응이었을까? 분간하기 힘들었다.

1년 후, 나는 진로 지도 설문지를 받아 "남들을 기쁘게 하려고 노력한다"에 표시를 했고, 또다시 그와 같은 반응을 얻었다. 바로 웃음. 네가? 정말? 심지어 선생님도 이렇게 말했다. 나는 네가 그냥 남들과 다르고 싶어 한다고만 생각했는데.

열네 살 때에는 파티에 참석한 적이 있었다. 그런데 갑자기 방 안의 모든 사람 사이에 서로 다른 색깔의 선들이 연결된 것이 보였고, 그게 무슨 암호라는 것을 알아차릴 수 있었다. 초록색 선은 양심을, 빨간색 선은 분노를, 노란색 선은 우월감을, 그리고 파란색 선은 우의를 나타냈다. 잠시 사람들을 지켜보고 분위기를 읽으면서 모두가 서로에 대해 어떻게 생각하는지 알 수 있었다. 이것을 알아챈 사람은 나뿐이라는 생각에, 방 안에 있는 사람들에게 누가 누구에게 반했고, 누가 누구를 싫어하는지 모두 이야기했다. 그러나 말하지 않는 편이 나았다. 파티를 연 친구는 그녀의 다른 친구들이 나를 이상하게 생각했다면서 앞으로는 파티에 초대하지 못할 것 같다고 말했다.

이 사건은 나에게는 어떤 출발점이었다. 타인의 감정을 처음으로 인지하게 된 출발점. 사람들을 오랫동안 주의 깊게 관찰해온 결과, 나는 마침내 그들의 마음을 읽는 법을 터득하게 되었던 것이다. 어쩌면 좀더 통상적인 경로로 감정을 해석할 수 없었기 때문에, 그리고 그 사람들과 감정을 공유할 수 없었기 때문에 그것을 다른 방식으로, 마치 도표처럼 보았던 것이다. 내 뇌가 읽을 수 있는 형태를 필사적으로 찾아내야만 했던 것 같다. 사람들이 영원히 처음 상태에 머무르지 않는다는 것은 잊어버리기 쉽지만, 우리는 계속 배워나간다. 누구나 그렇듯 나도 역시 그렇다.

내 걷기가 다 흐트러져버린 것 같아 걱정이다. 다음에 언제 어떻게 다시 콘월에 오게 될지도 모르겠다. 나는 지도에서 콘월을 계속 바라보고 있다. 그 크고 퉁명스러운 지형이 멍하니 나를 마주 바라본다. 거기 가는 데에는 수 시간이 걸리지만 이제는 별로 신경 쓰이지 않는다. 콘월은 내가 데번으로 다시 돌아가 내가 좋아하는 구간에 의기양양하게 발을 내딛기 전까지 목적을 위한 하나의 수단에 불과하다. 그건 좀 애처롭다. 콘월은 완벽하게 멋진 곳이다. 다만 나에게는 멋지지 않을 뿐이다. 콘월은 다른 누군가의 꿈이다.

그렇지만 문제는 내가 집 근처에서도 걷지 않는다는 것이다. 노스 다운스 웨이의 다음 구간이 멀리 떨어진 것처럼 느껴지면서 이상하게도 그 길을 생각하면 몸이 꿈쩍하지 않는다. 이렇게 멀리 도망가버리는 것, 현실에서 도피해 온통 힘든 여정을 떠나는 것 자체가 이제 내키지 않는다. 그렇게 한다고 해서 평범한 일상이 더 잘 살아지는 것도 아니고. 나는 두려움이 넘쳐날 때까지 꾹꾹 담아두고 있다가 도망가버리기보다는 매일의 삶을 잘 헤쳐나갈 방법을 찾아야 한다.

그러던 어느 날 아침, 위츠터블에서부터 캔터베리 중심까지 걸어서 출근할 수 있겠다는 생각이 머리를 스친다. 보통은 차를 운전해서 출근을 한다. 끽해야 20분 남짓 걸리는 거리지만 두 개의 학교와 두 개의 대학 그리고 시내 중심까지 거쳐야 하기에, 교통 체증이 발생하면 40분 가까이 걸릴 때도 종종 있다. 구글 지도를 확인해본다. 크랩Crab과 윙클웨이Winkle Way를 거치면 대략 11킬로미터의 거리다. 아무것도 아니다. 단순한 산책 정도. 한두 시간 걸으면 갈 수 있는 거리. 한 번도 이런 생각을 해보지 않았다는 게 믿기지 않는다.

운동화를 신고 배낭을 매고는 현관문 앞에 잠시 멈춰 선다. 오늘 정오까지 출근하면 되지만, 바쁜 것이 지위의 상징인 시대에 이렇게 여유롭게 걸어서 출근하는 것이 어쩐지 시대에 역행하는 행동으로 느껴진다. 하지만 오늘은 밤 8시까지 수업을 할 예정이고, 내 시간표가 일주일 내내 바뀐다고 해도 하루 12시간씩 일할 일은 없다. 열쇠고리에서 현관문 열쇠를 비틀어 떼어내고, 두툼한 차 열쇠 한 쌍을 현관문 옆 트레이 위에 놓아둔다.

봄날이 한껏 따사로워졌다. 머리 위에는 파란 하늘이 펼쳐져 있고, 사우스 스트리트South Street의 들판은 어느새 유채씨로 덮여 노랗게 변해가고 있다. 크랩과 윙클웨이는 옛 철도, 다름 아닌 세계 최초의 여객 철도를 따라 클라우스 우드Clowes Wood를 가로질러 캔터베리 외곽으로 이어진다. 행인들로 분주한 넓은 길로, 언제나 개를 산책시키는 사람들과 자전거 타는 사람들로 붐빈다. 버트가 태어나기 전(그리고 H가 여전히 자전거를 타려고 하던 시절), 우리는 이따금 자전거를 타고 영화를 보러 갔다가 밤늦게 컴컴한 숲을 스릴 있게 통과해 집으로 돌아왔다. H는 그런 귀가를 끔찍하게 여기고는 차라리 운전할걸 그랬다고 말했다. 낭만적인 감성과 와인 한 잔이 함께하는 영화 감상을 좋아하는 나는 집으로 가는 그 깜깜한 여정이 그만한 가치가 있다고 느꼈다.

한 시간이 채 지나지 않아 나는 숲속 깊숙이 들어와 있고,

더는 돌아갈 길도 없다. 곧 나는 소나무들 사이를 걷고 있고, 이윽고 수많은 사과 상자가 여기저기 쌓여 있는 농장이 나온다. 여기에는 걷고 있는 이가 아무도 없다. 오로지 나뿐이다. 또 하나의 작은 소유권을 누리는 듯한 느낌이다. 이 경로에 대해, 그리고 내 인생과 습관에 대해. 몸은 피곤하지만 마음은 흡족하다. 이제 나는 세인트스티븐스 힐St Stephen's Hill을 마주한다. 도시로 이어진 그 가파른 내리막과 성당의 모습을 보는 지금, 다리는 쿡쿡 쑤시고 무릎에서는 열이 난다. 나는 비탈 아래로 거의 뜀박질하다시피 속도를 올린다. 직장에 도착했을 때, 나는 실내가 고요한 것에 실망한다. 여기까지 내가 걸어왔다고, 그게 가능하다고, 내가 그 길을 개척했다고, 모두에게 이야기하고 싶었기 때문이다. 기분 좋게, 상쾌하게 피곤하다. 매점에서 사 온 차가운 리베나 음료 한 팩과 바게트 하나를 먹기에 딱 좋을 것 같다. 수천 명의 사람이 정복한 길을 완주하는 것보다 훨씬 더 큰 만족감을 느낀다. 이것은 나의 길이다. 이것은 나만의 작은 송라인이다.

내가 처음 커밍아웃한 친구들은 나에 대해 새롭게 깨우치는 동시에 혼란스러워한다. 무슨 말을 해야 할지 몰라서 그럴 수도 있다. 놀라야 할까, 아니면 만족해야 할까? 축하해야 할까, 아니면 위로해야 할까? 나도 잘 모른다. 그러나 처음 이야기를 들은 사람, 하지만 내가 그리 잘 알지는 못하는 사람이 "오, 그 말을 들으니 참 안타깝네"라고 말했을 때는 슬그머니

화가 치밀었다. 무슨 연유로 그들이 나를 안타깝게 여기는지 모르겠다. 우리는 단지 다르다는 이유로 남을 위로해서는 안 된다. 나는 그렇게 느낀다.

어쨌든 커밍아웃에서 가장 중요한 작업은 자폐 스펙트럼 장애가 무엇인지 설명하는 일이다. 모두가 자폐 스펙트럼 장애가 있는 사람은 지금의 나와 완전히 다른 모습일 것이라는 부정확한 개념을 가지고 있다. 하는 말마다 어딘가 냉소적이고, 유머도 없고, 기계적이어야 한다고. 아마도 남자일 것이라고. 나는 사람들이 자폐인에게서 경험하는 사소한 불편이 아니라 내면으로부터 경험되는 방식이 중요하다고 거듭해서 말한다. 설명은 몇 번이고 할 수 있다. 나는 자신에 대해서 전에는 한 번도 단언할 수 없었던 것에 대해 단언한다. 나는 자신을 넘겨버리는 습관을 버리고 있으며, 내가 얼마나 자주 압도당하는 느낌을 느끼는지, 평범한 사건들로 인해 얼마나 극단까지 몰리는지를 사람들에게 말하고 있다.

대개, 사람들은 이해한다. 사실, 공감한다. 누구나 그게 어떤 기분인지 어느 정도는 안다. 그런데 놀라운 것은 내 소식을 들은 거의 모든 사람이 나에게 공통된 말을 한다는 사실이다. 그들은 말한다. 오, 그래서 네가 자꾸 사라지는 거구나.

H가 제일 먼저 그렇게 말했다. 그는 내가 처음 내 상태를 밝힌 후 일주일 정도 곰곰이 생각하고는 말했다. "그거 알아? 우리가 공연장에 있을 때마다 매번 당신은 사라지거나 집에

가야 한다고 했어. 한번도 빠짐없이."

H에게는 중요한 사실이었다. 음악은 그가 제일 좋아하는 것이기 때문이다. 나는 그를 열여덟 살에 만났는데, 당시 그는 월간 클럽 나이트(채텀에서는 드문 일)를 진행하고 있었다.《믹스맥Mixmag》(런던에서 발행된 댄스 및 클럽 잡지 – 옮긴이)과, 특이하게도《더 선The Sun》에서 가볼 만한 이벤트로 소개하기도 했던 행사였다. 나는 펍을 거쳐서 이 클럽 나이트에 가곤 했고, 가자마자 실내 한쪽 구석에 쌓여 있는 코트 더미 위에서 잠이 들었다. 나로서는 충분히 납득할 만한 행동이었다. 그 소음을 견뎌내려면 술을 많이 마실 수밖에 없었기 때문이다. 몇 달 정도 사귄 후에는 내가 그 요란한 소리의 바다에서 옴짝달싹 못 하겠다는 기분이 들기 시작하면 그가 공연 막간에 나를 집으로 데려다주곤 했다. 나는 음악을 좋아했다. 그래서 왜 항상 거기에만 가면 갑자기 그렇게 피곤해지는지 이해할 수 없었다.

그러다 마침내 나는 문 앞에서 돈을 받고, 물품 보관소를 관리하고, 공연 밴드를 점검하는 일이 한결 더 행복하다는 것을 알게 되었다. 로비는 훨씬 조용했고, 나도 바쁘게 움직일 수 있었다. 나는 H를 따라 다른 사람들의 공연에도 갔지만 보통은 댄스 플로어의 쿵쿵거림을 피해서 실내 가장자리에 꼭 붙어 있곤 했다. 가끔 춤을 추며 즐겼지만, 그다음 날이면 으레 무시무시한 숙취에 시달렸다. 그 시간을 잘 보내려면 나의 사적인 벽을 부수기 위해 강력한 알코올의 힘을 빌려야 했다. 내가 가장 자주 찾은 곳은 조용한 화장실 칸막이 안이었다. 나는 문을 잠그고 벽에 그려진 낙서를 골똘히 읽어보곤 했다. 스마트폰은 이런 면에서 내 삶에 큰 도움이 되었다. 외부 세계가 너무 뜨겁고 소란할 때 언제나 몰두할 거리를 주었으니까.

나는 늘 비요크Björk(아이슬란드 출신의 싱어송라이터로, 얼터너티브 록, 일렉트로니카, 재즈, 트립 합 등 여러 장르를 넘나드는 뛰어난 아티스트로 평가받고 있다 – 옮긴이)의 "인생에는 이것보다 좋은 게 많아"라는 가사를 좋아했다.

이봐 소녀야
이 파티에서 몰래 빠져나가자
점점 지루해지잖아
인생에는 이것보다 좋은 게 많아

그 가사 뒤로 흐르는 무기력한 디스코 트랙을 들으면, 소녀를 탓할 수 없다. 그런데 이 노래에는 문이 열리고 닫힌 다음 갑자기 음악 소리가 아련히 멀어지면서 비요크의 노래하는 목소리에서 기쁨의 전율이 들려오는 순간이 있다. 오래전에 나는 이 노래가 화장실로 피하는 내용이라는 결론을 내렸다. 이 노래는 정확하게 그 상황을 포착하고 있다. 쿨하게, 조용하게 울림이 일어나면서 음악 소리가 문 뒤로 약해져서 도피했다는 사실이 한층 실감 나는 순간. 이런 생각을 하면서 나는 인생의 가장 행복했던 순간들을 이렇게 보냈구나 싶었다.

하지만 이것은 돌이켜봐야 깨달을 수 있는 사실일 뿐이다. 불과 몇 달 전만 해도 나는 파티를 좋아한다고 말했고, 내가 사회적인 동물이라고 말했다. 거짓말을 했던 것이 아니다. 나는 성인이 되고는 줄곧 내가 파티를 좋아한다고 믿었지만 막상 파티가 다가오면 불안감에 시달렸다. 이것이 반복되는 행동 패턴이라고는 한 번도 인식하지 못했지만 내 친구들은 모두 느끼고 있었던 게 분명하다. 나는 두 개의 자아로 살아가느라 분투하고 있다. 하나는 나 자신이 그렇다고 믿고 있는 자아이고, 다른 하나는 나를 제외한 모든 사람이 바라보는 자아다.

그러던 어느 토요일, 나는 또 사라지려 하는 내 모습을 발견한다. 그 행동을 하는 도중에 인지한 것은 그때가 처음이다. 사라지고 싶은 충동과 자폐증의 경험을 연관 지을 수 있게 된 것도 처음이었다. H와 버트를 과학박물관에 데려갔을 때였다. 버트는 과학박물관을 좋아한다. 과학박물관에는 로켓이 있고 엔진이 있고 쌍방향 조명과 기하학적 구조가 있다. 지하에는 물 펌프가 있고 클라이밍 설치물도 있다. 또한 인공적인 암실이 있고 계속 밀려드는 사람들도 있다. 자폐증 검사에서 본 문항 하나가 떠오른다. 나는 박물관보다 극장에 가는 것이 더 좋은가? 모든 조건이 똑같다고 가정할 때, 내 대답은 조용한 박물관이다. 하지만 박물관은 텅텅 비어 있는 적이 없다. 아이와 함께 갈 만한 박물관은 더욱 그렇다.

우리는 아이들과 부모들로 꽉 차 있고, 온갖 일들이 사방에서 벌어지고 있으며, 어디선가 갑자기 섬광과 소음이 발생하는 암실에 있다. 버트는 반짝이는 그릇 주위를 돌고 돌다가 바닥의 구멍 주위에서 회전하는 공을 가지고 논다. 이 공은 아이들이 부모에게 동전을 달라고 조르게 만드는 줄무늬 자선 모금함 같다. 다른 아이들은 그 안에 공을 던져 넣고, 그 공은 버트의 공과 부딪혀서 매끈한 궤도를 망가뜨린다. 버트는 좌절한다. 나도 그렇다. 이 안은 너무 시끄럽고, 보이는 것도 혼돈 그 자체다. 노란색, 그리고 공이 서로 쿵쿵 부딪치는 모습이 혼란스럽다. 내 옆에 있는 버트의 분노 지수도 상승한 상태다. 너무 버겁다.

나는 버트를 H에게 맡기고 화장실로 간다. 그리고 생각한다. **이것 봐, 나 지금 또 사라지고 있네.** 신물이 나고, 절망스럽고, 눈물이 나오려 한다. 사실, 별것도 아니건만. 좀 시끄럽고, 붐빌 뿐인데. 거기에 무슨 위협적인 요소가 있는 것도 아닌데. 핸드 드라이어가 내 칸막이 옆에서 윙윙 작동을 하다가 말다가를 반복한다. 모두들 쾌적하고 조용하게 수건을 사용했으면 좋겠다. 이제 여기도 못 있겠다.

나는 전시장으로 다시 걸어와 군중들을 둘러본다. H는 190센티미터가 넘는 장신인지라 쉽게 눈에 띄는데, 이곳은 너무 시끄럽고 더운 데다가 모두가 움직이고 있어서 마치 짙은 안개가 끼어 있는 듯하다. 나의 주의력이 사방팔방으로 흩어진다. H와 버트가 보이지 않는다. 혼잣말을 한다. **괜찮아, 두 사람 다 여기 있어. 집중하자.** 나는 불안감에 살짝 흔들리는 것을 느끼고 중심을 잡는다. 실내를 꼼꼼하게 둘러본다. 그들을 찾을 수 없다.

못 하겠다. 절대 할 수 없다. 나는 원래 얼굴을 잘 알아보지 못하는 데다 이렇게 많은 얼굴이 모여 있으면, 모두 무늬 없는 가면처럼 보인다. 나는 생각한다. **아들 얼굴도 못 알아보는구나.** 그리고 부끄러움을 삼키려 애쓴다. 나는 전에도 매일 밤 어린이집에서 버트를 데려올 때마다 스무 명의 금발 남자아이들 중에서 그를 잘 찾아내지 못해 힘들어하곤 했다. 나는 어린이집 교사가 눈치채기 전에, "오, 너 여기 있었구나, 바로 내 앞에!"라고 말하는 것을 언제쯤이면 그만할 수 있을까. 그들이 나를 어떻게 생각할지 궁금하다.

얼마 동안이나 이 방 한가운데에 가만히 서서 주위를 둘러본 것일까? 누군가 눈치채기 전에 움직여야 한다. 나는 움직임이 가장 활발한 방의 중앙을 향해 다가간다. 내 얼굴, 내 얼굴이 지금 이상한 것이 느껴진다. 안면 근육이 느슨해지는 바람에 표정을 지을 수 없는 가면처럼 되어버렸다. 눈을 깜빡이면서 표정 관리를 해보려고 하지만, 주변에서 너무 많은 일이 벌어지고 있다. 나는 그들을 볼 수 없다. 만약 볼 수 있다면, 내가 그리 가겠다고 말할 텐데.

그러나 나는 단지 그들을 보지 못하고 있는 것만이 아니다. 지금 사방에서 나를 보고 있다. 나를 향해 걸어오고, 내 앞을 가로지르고, 밝게 조명이 켜진 갤러리 진열장 옆에서 뭔가를 열심히 들여다보고. 여기 내가 있다. 순식간에 뇌리를 스치는 인식은 **이게 그런 것일까?** 쇼윈도에 비친 내 모습을 볼 때 느끼는 것과 같은 감각일까 하는 것이다.

갑자기 나는 거울의 방에 있다. 다만 거울에 비친 모습이 내가 아니라는 사실, 가까이 들여다보면 나와는 완전히 다른 사람이라는 사실이 다를 뿐. 나는 임신한 여자를 나로 착각하고, 턱수염이 있는 남자를 나로 착각한다. 나의 뇌는 과부하되어서 조직적으로 작업을 수행하지 못한다.

얼굴이다!

내 얼굴인가?

아니다.

얼굴이다!

내 얼굴인가?

아니다.

얼굴이다!

내 얼굴인가?

숨을 쉴 수 없다. 내 주위 사람들 모두가 감정 없이 움직이는, 멍하고 감각 없는 물체처럼 보인다. 나는 그들보다 빨리 작동하고 있다. 여기서 벗어나야 한다. 나는 그들 사이를 제치고 갑작스레 좁고 새하얀 복도로 나온다. 스크린에서 똑같은 홍보용 필름이 계속 돌고 돈다. 그 앞에 서서 지나가는 누구든 내가 그 스크린을 보느라 여기 서 있는 것으로 생각해주길 바란다. 그러면서 눈을 감고 가장 짧은 명상에 몰입해본다. 내 이마 한가운데에 따끔따끔한 검은 안개가 있다. 아니면 그런 느낌이 든다. 안개가 걷히기 시작한다. 나는 H에게 문자를 보내고는 내가 왜 사라졌는지 의아해하는, 다소 당황하고 화난 얼굴의 H가 나타나기를 기다린다.

그다지 비극적인 일은 아니다. 무슨 피해가 있었던 것도 아니다. 그러나 이런 일을 의식적으로 목격한 것은 이번이 처음인 것 같다. 15분이 지나니, 그 모든 난리가 무슨 상황이었던 것인지 도통 이해할 수가 없다. 마치 나에게 두 개의 다른 자아가 있는 것만 같다. 혼돈 속에서 모습을 드러내는 절망적인 짐승의 자아와, 눈을 가늘게 뜨고 자신의 쌍둥이를 알아보는 차분하고 현명한 인간의 자아.

그러나 그런 것이 자폐 스펙트럼 장애의 특성이 아닌가? 그것은 신호가 휘어지고 어그러져서 울렁증을 유발하는, 박람회장 거울로 보는 수기 신호다. 불협화음으로 돌아오는 합주다. 서로 다른 두 개의 언어를 사용하는 사람 사이의 차이니즈 위스퍼(차례로 옆 사람에게 귓속말로 메시지를 전달해서 마지막 사람이 어떻게 알아들었는지 보는 게임 – 옮긴이)다. 세상과 나 사이, 나와 세상 사이의 끝없는 의사소통 오류다.

나는 어떤 습관은 버려야 하고, 또 어떤 습관은 새롭게 습득해야 한다. 눈에 보이지 않는 무언가를 이해하기 위해 노력해야 한다는 이상한 느낌이 든다. 나는 삶에서 일련의 결핍을 찾아내, 다른 사람들의 어렴풋하고 어중간한 반응이라는 렌즈를 통해 바라보려고 애쓰는 것 같다. 그것은 상실로 가득 차 있다. 지금껏 스스로에게 말해왔던 안온하고 한결같은 인생, 내 인생 이야기의 끝이다. 나는 그 바늘땀을 풀고 있다. 이제 그 솔기를 다시 제대로 꿰매야 한다.

나를 돌본다는 것

Whitstable
to Thornden Wood

드디어 어머니의 날을 기념하여 매를 날리는 날이다. 지난주에 H는 자폐 스펙트럼 장애가 있는 사람들이 개와 시간을 보내는 것이 치료에 도움이 된다는 기사에 대해 이야기했다. "개들은 분명 당신이 외부 세계와 소통할 수 있게 도와줄 거야." 그의 말이다. 그는 나를 놀리고 있다. 나는 개를 싫어하는데. 아니, 사실 개를 싫어하지 않는다. 그저 개와 서로 의심이 있을 뿐. 개들은 지나치게 야단스러운 데다 좀 만지고 나면 몇 시간 동안 불쾌한 냄새가 손에서 가시지 않는다. 그리고 조금 쓰다듬고 싶을 때조차도(예를 들어, 내 시야에 수돗물과 손 세정제가 있는 경우),

나는 잘못된 각도에서 접근하고 결국 개도 나도 갈팡질팡하게 된다. 사람들이 개를 통해 어떤 감정을 느끼는지 잘 모르겠다. 막연하기는 하지만, 나는 H가 개 대신 치료용 매를 권하는 것이라고 느낀다.

그는 내가 얼마나 새들을 사랑하는지도 알고 있다. 나의 새 사랑은 겉으로 보아서는 확실히 알 수 없다. 나는 왕립조류보호협회RSPB 보호구역에 숨어서 쌍안경으로 새들을 바라보면서 주말을 보내지는 않으니까. 그보다는 계획 없이 어쩌다 새들을 만나는 것을 즐긴다. 정원에서 이 나무 저 나무 사이로 날아다니는 참새들, 해변의 물웅덩이에서 몸을 씻는 찌르레기들. 나는 평범한 새들, 일상 속에서 벗 삼을 수 있는 그런 새들을 좋아한다. 나는 내 조부모님 집 뒤뜰에서 대륙검은지빠귀 부부를 보며 자랐고, 할머니가 그녀의 손에서 건포도를 받아 먹도록 길들인 개똥지빠귀를 보며 자랐다. 그들은 내 일상에 활력을 불어넣는 중요한 새들이다. 나는 일부러 새들을 찾아 나서지는 않는다. 나는 새들이 나를 발견하기를 바란다. 바깥에 있을 때 언제든 주위를 둘러보라. 하늘에 새들이 가득할 것이다. 이곳 위츠터블에서는 언제나 지붕 위에 둥지를 튼 재갈매기를 만나고, 마치 보이지 않는 줄에 매달린 것처럼 해변 위의 하늘을 가르는 붉은부리갈매기를 볼 수 있다. 때때로 할미새나 푸른박새나 되새도 본다. 그리 특별한 일이 아니다. 세상에 새들이 워낙 많다 보니, 우리는 새들의 존재를 의식조차 하지 않고 지나친다. 고속도로 옆에서 공중을 맴도는 황조롱이, 혹은 농장 위로 날아오르는 대머리수리에게는 눈길을 줄 수도 있지만, 만약 그 대머리수리가 자세히 보니 까마귀로 판명되면 실망하기 마련이다.

그래서는 안 된다. 새들, 그러니까 평범한 새들은 세상을 온전한 3차원으로 만들어준다. 새들이 없으면, 하늘은 그냥 편평한 표면일 뿐, 부피감이 사라진다. 새들은 그 공간에 깃들고, 탐험한다. 하늘을 노래로 채운다. 그들은 우리에게 동틀 녘과 해 질 녘을 알려주고, 봄의 절정과 가을의 막바지를 알려준다. 그런데 우리는 새들을 잊어버리기 일쑤다.

작년에 나는 이것이야말로 사회 전체가 겪고 있는 상실이자 소리 없는 지식의 침체라는 생각을 했다. 우리는 평범한 것들의 이름을 불러주는 법을 잊어버리고 있다. 우리는 새소리를 인지하는 법을 잊어버린 나머지 더는 그들의 지저귐을 듣지 않는다. 그래서 이제는 어쩌다가 새소리에 귀를 기울이게 되더라도, 어떤 새가 그 소리를 내는지 알지 못한다. 우리는 이제 길가의 푸르른 식물들 속에서 각각의 꽃 하나하나를 알아보지 못한다. 우리는 이제 숲속의 서로 다른 나무들을 구별하지 못한다. 우리는 애튼버러 다큐멘터리(자연 다큐멘터리 제작자이자 출연자로 유명한 데이비드 애튼버러의 다큐멘터리 - 옮긴이)나 동물원 우리 안을 배회하는 이국적인 동물들에게 매료되고 펭귄의 생활주기에 대해서는 자세히 이야기할 수 있지만, 울새나 굴

뚝새에 대해서는 아는 것이 별로 없다. 우리 가까이 있는 생명체들은 너무 평범하다고 생각해서 관심을 기울일 이유를 찾지 못하는 것 같다. 그들은 지극히 조용하고, 지극히 갈색이다. 우리에게는 다른 곳에서 다른 여러 가지 동물들을 볼 기회가 너무나 많다.

나는 매 훈련사를 소개받는다. 그는 새를 돌보는 방법에 관해 잠시 설명해준다. 그는 몸무게를 재고, 관찰하고, 기록하는 세심한 과정을 통해 새들이 굶주리지는 않으면서도 다시 훈련사에게 돌아올 정도의 공복 상태를 유지한다고 말한다. 새를 잃어버릴 위험이 항상 존재하는 상황에서는 신경이 곤두설 수밖에 없겠다는 생각이 든다. 내가 매일 아침 고양이들을 위해 내놓는 펠릭스 사료 봉지와 비스킷 그릇과는 차원이 다른 이야기다.

그런 다음 우리는 맹금들을 만난다. 나는 두꺼운 가죽 장갑을 끼고서 주먹 위에 새들을 한 마리씩 받아본다.

무게가 거의 느껴지지 않는 조그만 아메리카황조롱이도 있고, 맹렬한 검은 눈동자로 참으로 놀랍게 나를 응시해서 보내주고 싶지 않은 대머리수리도 있다.

나는 다진 생닭 조각으로 새를 유혹하며 크레앙스(훈련 중에 도망치지 못하게 새의 다리에 매어두는 끈)라는 긴 끈에 묶인 외양간올빼미를 날려본다. 올빼미의 낮고 강렬한 급강하는 마법처럼 환상적이다. 올빼미에게 나는 아무 관심도 끌지 못하는, 보이지 않는 존재다. 그저 고기를 제공하는 지주일 뿐이다. 올빼미는 보다 광대하고 보다 미세하게 조정된, 나와는 조금 다른 차원에 존재한다.

올빼미가 상자 안으로 돌아오자, 나는 최고의 선물을 받는다. 바로 해리스매와의 숲 산책이다. 해리스매는 사회성이 가장 뛰어난 맹금으로, 낯선 사람과 동행할 때에도 다시 그에게로 돌아온다. 해리스매는 트라팔가르 광장에서 비둘기를 퇴치하고 런던 시티 공항에서 갈매기를 쫓기 위해 활용되어왔다. 해리스매는 위풍당당한 새다. 내 팔 위에 앉은 녀석은 초콜릿빛 깃털을 너울대면서 고집스럽게 몸을 구부리고 있다. 우리는 초롱꽃이 군데군데 보이는 숲 지대를 향해 걸어나간다. 인정하기는 싫지만, 나는 해리스매가 나를 치유한다는 느낌을 받는다. 차분하면서도 자신감 있게 경계 태세를 유지하는 이 새는 나와 함께 있으면서도 본연의 독립성을 잃지 않는다. 내 손 위에서 균형을 잡은 새의 무게를 지탱하고 있자니, 마치 내가 이 녀석의 자세를 조금이나마 흡수한 듯한 기분이 든다.

훈련사의 시범에 따라 나는 팔을 뻗어 매를 공중으로 날려보낸다. 매는 가까운 나뭇가지에 내려앉아 주변을 살핀다. 내 신호에, 매는 다시 돌아온다. 우리는 좀더 걷고, 매는 날아간다. 이번에는 어디 있는지 보이지 않는다. 나무들을 훑어보지만, 매는 꼭꼭 숨어버렸다. "걱정하지 마세요." 훈련사가 말한다. "그냥 팔을 내밀면 다시 돌아올 겁니다."

정말 그렇다. 어디에선가 미끄러지듯이 날아오더니 다시 내 손목 위에서 존재감을 드러낸다. 나는 그 깃털 속에 얼굴을 파묻고 싶지만, 매의 위엄을 크게 해칠까 봐 그러지 못한다. 매는 날아갔다가, 다시 돌아온다.

우리 왼편의 쐐기풀 속에서 바스락 소리가 들리자 매는 소리 없이 그리고 쏜살같이 풀숲 위로 날아오른다. 그러고는 이쪽저쪽으로 몸을 돌려 시야를 확보한다. 토끼다. 분명 토끼가 매를 움직이게 했다. 우리 눈에는 토끼가 보이지 않지만, 갈지자로 움직이는 매의 움직임을 통해 토끼의 경로를 파악할 수 있다. 이윽고 매는 아래로 다이빙해서 덤불 속으로 사라지더니 숨이 멎을 듯 긴장되는 몇 초가 지난 후에 다시 빈 발톱으로 날아오른다.

내가 팔을 뻗자 매는 부루퉁하게 착지한다. "해리, 네가 운이 없구나." 나는 그렇게 말하고, 상처 입은 매의 자존심을 달래주기 위해 작은 고기 조각을 준다.

다시 현관문에서부터 걷는다. 최근에야 이렇게 걸어봤다는 게 믿기지 않는다. 나는 해안 가장자리로 이어진 평평한 콘크리트 길을 끝없이 둘러 가는 대신 내륙으로 향한다. 이번에는 아무 계획 없이 지도를 가지고 간다. 크랩과 윙클웨이를 1.6킬로미터 정도 따라가다가 지난주에 발견한 유채밭을 넘어간다. 매일 운전해서 지나치던 곳에서 그동안 존재조차 몰랐던 개울을 발견한다. 엑스무어에서는 가는 곳마다 모든 개울에 경의를 표했으면서 내가 사는 곳의 물의 신들은 건방지게 무시하는 게 말이 되는가?

이 구역에는 오솔길이 십자형으로 평행선을 이루고 있다. 나는 체스트필드 골프 코스의 중심을 통과하는 길을 다소 불안해하며 택한다. 오드넌스 서베이 지도에 표시되어 있기는 하지만, 여기로 가도 되는지 잘 모르겠다. 밑창이 두꺼운 내 신발이 잔디를 망치지는 않겠지? 나는 거만한 중년 남자가 소리를 지르거나 제재를 가할 수도 있다고 각오한다. 하지만 지나는 사람마다 모두 다정한 미소와 손 인사를 건넨다. 실망스러울 지경이다. 산책자 연합Ramblers Association 회원증을 흔들어 보이며 나의 걸어 다닐 권리를 주장할 생각이었는데.

이윽고 내가 골프장에서 걸어 나오려고 계획한 경로가 퍼팅 그린에 인접해 있음이 분명해진다. 그 주변에는 소매 없는 브이넥과 햇빛 차단용 모자를 쓴 한 무리의 남자들이 서 있다. 나는 긴 잔디밭 가장자리로 걸으면서 눈맞춤을 피하고 간단히 고개만 끄덕여 인사를 한다. 어디로 들어가야 할지 잘 모르겠지만, 길은 나를 작은 잡목림으로 이끄는 듯하다. 표지판은 없다. 골퍼들의 주의를 끌고 싶지 않아서, 나는 내 갈 길을 잘 알고 있는 것처럼 자신 있는 몸짓으로 나무들을 향해 걸어간다. 한동안은 그게 통한다. 덤불 속으로 들어가는 길 비슷한 통로가 있지만, 몇 미터 만에 지나치게 자라난 무성한 나뭇가지들 아래로 몸을 굽혀야 하고, 또 몇 걸음 만에 길은 빽빽한 이끼에 뒤덮인 채, 야생자두나무 덤불로 완전히 막혀버린다. 이 덤불은 원래 거기 있었던 모양이다.

나는 지도를 응시한다. 지팡이로 덤불을 쳐내볼까 생각했다가 다시 지도를 들여다본다. 퍼팅 그린에 있는 저 남자들이 내가 다시 나오기를 **기다리고 있는** 것이 분명하다. 흥, 나는 나가지 않을 것이다. 나는 헤치고 나갈 길을 찾을 것이다. 나는 보행자란 말이다. 그리고 이것은 분명 공공의 통행권이고.

조금 물러서서, 다른 경로를 찾아 주위를 둘러본다. 분명히 누군가 이 주변에 이상적인 길을 뚫어놓았으리라. 그런데 없다. 나는 한 시간 정도 그냥 여기서 잠자코 있으면서 어디 다른 데로 간 것처럼 위장했다가 몰래 나갈까도 궁리한다. 그러나 쓸쓸하게도 골퍼들이 나무 사이로 내 샛노란 웃옷이 빛나는 것을 보리라는 생각이 든다. 다시 돌아가는 수밖에.

사실대로 말하자면, 그들은 나를 놀리려는 태도 따위는 전혀 없이 팔을 흔들어 알려준다. "저쪽이에요!"

"오, 감사합니다." 나는 한없이 고맙다는 듯이 답한다. 실은 그냥 혼자서 길을 찾아가는 게 더 좋다. 나는 다시 퍼팅 그린을 돌아 덤불 속으로 들어간다. 이제 좀 낫다. 30초 정도 지나고 나니 이 길도 아까 그 길과 똑같이 막혀 있는 게 분명해진다. 야생자두나무가 걷잡을 수 없이 자라나 갓 솟아난 쐐기풀과 마구 엉켜 있다.

그래도 두 번 돌아가지는 않을 것이다. 나는 얼굴에 스카프를 감고 손과 무릎으로 축축한 바닥을 기어간다. 여기저기 긁히는 데다 아까 그 잡목림까지 얼마나 더 가야 하는지도 불확실하다. 그렇더라도 스포츠 캐주얼 복장을 한 낯선 사람들과 다시 마주치는 것보다는 낫다.

나는 사람들과의 접촉을 좋아한다고 생각했었다. 그것이 나에게 자극이 되고, 활력을 주고, 깨어 있게 해준다고 생각했었다. 그런데 이제 정기적으로 혼자만의 시간을 보내는 것이 내게 얼마나 중요한지 알겠다. 나는 마치 중독자가 약에 이끌리듯 사람들에게 이끌렸다는 것을 깨닫는다. 사회적 접촉은 내 신경을 거스르고 나를 지나치게 자극함으로써 아드레날린 수치를 한껏 높이기 때문에, 나는 사람들과의 만남이 즐겁다고 잘못 받아들인 것이다. 사회적 접촉 이후에 감정이 내려앉는 것을 보면 무시무시할 정도다. 그런 감정 변화를 사회생활을 잘 해나가고 있다는 징표라고 여겼지만, 사실은 그 반대다. 내가 스스로를 돌보지 않고 있다는 징표다. 내게 무엇이 필요한지 인정하지 않는다는 징표다. 이보다는 더 잘 살아갈 방법을 찾아야 한다. 세상을 똑바로 직시할 방법을 찾아야 한다. 나는 머리카락에 잔가지를 매달고서, 위츠터블에서 고지대로 손

꼽히는 거대한 초원이 펼쳐진 '까마귀 공원'인 크로 파크로 나온다. 크고 오래된 나무들에 둘러싸인 크로 파크는 수개월간 축축한 날씨가 이어지면서 개울이 기슭까지 범람해 두 부분으로 나뉘어 있다. 땅바닥에는 이곳이 수 세기 동안 사용되어왔음을 암시하는 불가사의한 돌기들이 덮여 있다. 흡사 몇 년간은 사람의 발길이 닿지 않았던 것 같은 모습이다. 그 이름에 걸맞게, 공원에는 조상들이 살던 이곳을 활보하며 잔디밭에서 먹이를 쪼아 먹는 까마귀들이 많다. 나는 한동안 그들을 보다가 층계를 올라 손덴 우드로 가는 길을 건넌다. 놀랍도록 질서정연하게 늘어선 소나무 대열을 지나자 좀더 친숙한 참나무와 너도밤나무 숲이 나온다.

하얀 네모로사아네모네가 있고 드문드문 초롱꽃이 있다. 땅속 깊이 스며드는 시냇물도 있다. 나는 여기서 길을 잃은 것인지, 아니면 단지 말할 수 있을 만한 길이 없는 것인지 잘 모르겠다. 나무들 사이의 언덕길을 걸어가면서, 점점 방향 감각을 잃어가다가 차 소리가 들릴 즈음에야 집시코너Gypsy Corner 교차로에 가까워졌다는 것을 깨닫는다. 나는 다시 길의 위치를 파악하지만, 몇 걸음 더 가니 길은 물에 잠겨 있다. 삼림지대가 길을 따라 온통 물바다가 되어 있다. 처음에는 내가 무엇을 보고 있는지 이해하기조차 어렵다. 수 세기 동안 만들어진 뿌리덮개 주위에 깊고 정지된 물웅덩이가 생겼다. 물웅덩이는 완벽한 거울이 되어, 뒤얽힌 나무와 머리 위의 하늘을 투영한다.

잠시 동안 그 물웅덩이가 무한해 보인다. 나는 그것이 모두 환영이라는 것을 스스로 일깨우려고 나뭇가지를 그 속에 던져 넣는다. 물에 작은 파문이 일었다가 다시 고요해져서 완벽하게 평평한 정지 상태로 되돌아간다.

아무튼 그 물웅덩이를 건너야 한다. 나는 한 쌍의 나무 몸통을 붙잡고 뿌리의 솟은 부분을 따라 균형을 잡으면서 물이 얕은 곳을 주의 깊게 디딘다. 원래는 신발을 벗고 물속을 걸어야 하지만, 검은 물은 으스스하고 거머리가 있을 것만 같다. 아니면 각다귀와 이상한 물벌레라도. 그래서 쓰러진 나무 몸통을 넘어 발끝으로 균형을 잡고 뿌리를 넘어 철벅거리면서 기슭을 기어올라 길가로 나간다.

집으로 오면서, 길이 이끄는 대로, 방향을 바꾸고 또 바꾼다. 이 모험은 두 시간, 어쩌면 세 시간 정도 걸린다. 내가 구불구불 지나온 길을 지도로 다 되짚을 수 있을지 모르겠다. 그래서 내가 얼마나 걸어왔는지 가늠하기도 어렵다. 13킬로미터, 아니면 16킬로미터쯤 걸었을 것이라고 짐작한다. 다리의 감각으로는 16킬로미터를 걸은 듯하지만, 확실하지는 않다. 중간중간 쉬는 것을 잊었기 때문에 많이 걸었다고 느끼는 것인지도 모른다. 그러나 나는 모험을 해냈고, 이제 점심때에 맞춰 다시 내 주방에 돌아와 있다.

걷기를 하면서, 이것이 또 다른 명상이 될 수도 있음을 깨달았다. 걷기도 명상과 똑같은 선물을 준다. 내 두뇌는 걷기에서 생겨나는 문제들(경로를 찾고, 아픈 다리와 허기와 목마름을 견디고)에 골몰하고, 내 의식의 자아가 그런 생각에 사로잡혀 있는 동안 다른 사고 과정들은 조용히 수면 아래에서 유지된다. 오랜 도보를 하는 처음 몇 시간 동안 나의 머릿속은 새로운 생각과 통찰로 채워진다. 그런 다음, 모든 것이 더할 나위 없이 고요해지고, 나는 텅 빈다. 그 드넓게 열린 공간에서는 산도 옮길 수 있다. 걷기가 아니었다면, 나는 내가 누구인지 깨닫지 못했을 것이다. 전에는 그것을 깨달을 여지가 전혀 없었다.

걸을 때면, 내게도 매가 가진 집약성, 매가 가진 집중된 자족감이 생기는 기분이다. 나는 매처럼 군더더기 없이, 강하고 절제되어 있다. 나는 내 주위에 날개를 드리우고 이 호들갑스러운 세상의 표면을 응시할 수 있다.

도망치지 않기 위해

나는 건방지거나 냉담해 보이지 않으면서 배경에 잘 어우러질 수 있는 높이를 찾으며, 트라팔가르 광장에 있는 세인트 마틴 인더필즈 교회의 여러 기둥 아래에 서 있다. 모든 이들이 들뜬 분위기이고, 나 역시 그런 듯하다. 나는 등록하기 위해 줄을 서고, 건강 문진표를 제출하고, 깨끗한 옷이 든 가방을 맡긴다. 차를 마시기 위해 지하로 내려가 내가 정확히 얼마나 빨리 걸을 수 있는지에 관해 대화를 나눈다. 이제 도보에는 익숙하니까, 나는 꽤 빠를 것이라 생각한다.

이번 해가 시작되던 때로 기억을 돌이켜보면, 나는 칠햄 근방의 킹스우드를 걷다가 런던에서 캔터베리 사이의 연간 순례에 관한 안내판을 읽은 적이 있었다. 음, 그런데 그게 내 뇌리에 박혀 떠나지 않았다. 온건한 지형에서 사흘 동안 약 121킬로미터 걷기. 솔직히, 내가 해낼 수 있을 것처럼 보였다.

나는 H에게 어떻게 생각하느냐고 물었다.

"음, 당신이 하고 싶으면, 해야지." 그가 말했다.

"하고 싶어. 그런 것 같아."

"하지만 조건이 하나 있어. 매일 밤 집으로 와야 해."

순례자들은 철저히 경로를 따라 걷다가 마주치는 교회당에서 잠을 잔다. 교회마다 편의성은 제각각이고, 항상 샤워 시설이 있는 것은 아니다. 내가 보기에, 이런 것은 순례의 중요한 일부로서 공동체의 일원이 겪게 되는 중요한 경험의 일환이다. 만약 내가 집에 간다면 배신자가 되고 말 것이다.

"당신은 못 견딜걸." H가 말한다. "기분이 안 좋을 거야. 불편한 거 싫어하잖아." 나는 어깨를 으쓱한다. 누구나 다 한다면, 나는 왜 할 수 없다는 것인지 모르겠다.

"봐봐." 그가 말한다. "'걷기' 자체가 당신한테 힘들 거라는 말이 아니야. 하지만 이건 단체로 걷는 거라고. 사람들은 서로 얘기를 하겠지. 그러면 비위에 거슬리는 사람이 적어도 한 명은 있을 거야. 어쩌면 더 있을 수도 있고. 마지막 날에는 완전히 녹초가 되어 있을 거야. 당신은 혼자만의 공간이 필요한 사람이잖아."

"하지만 내가 더 잘 대처하는 법을 배우게 되지 않을까?"

그는 한숨을 쉰다.

"음, 그건 당신한테 달렸지. 난 그냥 나라면 잘 못 할 것 같다고 얘기하는 거야."

생각해보니, 그의 말이 맞는다. 이건 더 잘 대처하는 법을 배우는 것이 아니다. 과거나 현재의 감정과 상관없이 다른 사람들처럼 행동하도록 자신을 몰아세우며, 내가 늘 해오던 대로 하는 것일 뿐이다. 이것은 사람들과 관계 맺는 새로운 방식을 내포하고, 그 점에서 나에게 쉽지 않은 도전이다. 나는 어떻게든 조심스럽게, 사람들을 만나기도 전에 내게 어떤 어려움이 있는지 밝혀야 할 것이고, 이로써 더 도드라져 보일 것이다. 그러면 사람들 속에 섞이는 것은 끝이다. 내가 원하는 바가 전혀 아니다. 가장 두려운 것은 혹시나 내가 감당할 수 없는 은근한 친절이나 이해의 몸짓을 유발하지나 않을까 하는 것이다.

나는 시무룩하게 H가 매일 밤 나를 태우러 오는 것에 동의한다(전에 그가 귀중한 연차를 내고 데번 근방에서 나를 쫓아다니던 그 우울한 날들이 떠오른다고 말했다). 그러고는 등록을 하고, 모든 친구들에게 이야기한다. 그래야 내가 발을 빼지 못할 테니까.

그렇게 해서 내가 여기에 있게 되었다. 나는 2순위로 걸음이 빠른 그룹에 등록을 하고는 교회에서 출발을 축복하는 신도들과 자리를 함께한다. 이번 걷기에 관한 많은 걱정거리 중하나가 바로 이것이었다('모두 나보다 체력이 좋을' 것이고 '모두 나를 싫어할' 것이라는 사실과 더불어). 나는 태생적으로 독실한 신자가 되기는 어려운 사람이다. 나는 무신론자로 자랐고, 여전히 무신론자다. 나는 다른 사람들이 터무니없는 종교관을 피력할 때 그 터무니없음을 지적하고 싶은 충동이 몹시 강하다. 그래도 요즘에는 이런 것을 좀 자제할 줄 알게 되었다. 기독교도들은 남이 그들의 종교의 논리를 계속 따지려고 들면 별로 좋아하지 않는다. 나는 이 사실을 더디고 힘들게 알게 되었다. 나는 과거에 자주 그랬던 것을 진심으로 후회하고 있다. 나와는 상관없는 일인데 말이다. 그냥 젊은 날의 혈기에서 비롯된 일이라 여기고 넘어가도 될까?

형이상학적인 것을 그다지 느끼지 못하는 사람치고는 이상하게도 나는 교회에서 상당히 많은 시간을 보냈다. 처치 오브 잉글랜드 초등학교, 브라우니즈(일곱 살에서 열 살 사이의 소녀들을 위한 수련 단체─옮긴이), 가이즈(열 살에서 열네 살 사이의 소녀들을 위한 수련 단체─옮긴이) 등등. 게다가 기회만 있으면 학생들에게 언덕을 내려가 로체스터 대성당까지 행진하게 했던 중학교에 다녔다. 나는 학교 합창단에서 유일한 테너로 잠깐 활동했고 덕분에 대학에서 한층 진지한 부속 예배당 합창단에도 소속되었다. 이때 마침내 알토로 활동할 수 있게 되었다. 우리는 일주일에 두 번 영성체 예식에 참여했고, 그러면서 나는 급기야 조용한 의식, 촛불, 그리고 그것이 허용하는 고요한 숙고의 시간과 사랑에 빠지게 되었다. 그 모든 정형화된 것들을 사랑하게 되었다. 찬가, 시므온의 찬미가, 그리고 그들을 잇는 삶의 완전한 포물선. 찬송가의 리듬, 시편, 기도, 교리 암송. 나는 온갖 영역을 침범한다는 면에서 설교에 분개했다. 그리고 그것을 조금이라도 믿을 수 있게 무슨 일이라도 일어나기를 간절히 바랐다.

그런 일은 절대 일어나지 않았다. 적어도 아직까지는. 그러나 나는 그 예식을 통해 교회 음악을 사랑하게 되었고, 오늘 세인트 마틴인더필즈 교회에서 '모든 걸음 되시네You'll Never Walk Alone'를 즐거이 부를 정도까지에는 이르렀다. 나는 회중의 한 사람으로 있는 것이 좋다. 회중은 내가 좋아하는 군중의 형태다. 다만 아무도 내게 신에 관해 이야기하지 않기를 바란다.

우리는 하나의 거대한 집합으로 워털루 다리를 건넌 이후 속도가 비슷한 사람들끼리 그룹으로 나뉜다. 이 연간 순례 행사는 커넥션 앳 세인트 마틴스의 노숙인 지원 사업을 후원하고, 노숙인 지원 사업 이용자들은 신발과 워킹 장비를 제공받은 다음 이 행사에 초대된다. 내가 속한 그룹에서는 누가 누군지 구별하기가 힘들다. 우리는 모두 다 딱딱한 콘크리트 위에서 걷기에 열중하고 있고, 계절에 맞지 않게 뜨거운 햇빛을 염려하고 있다. 우리는 보도에서 열기가 뿜어나오는 도시를 벗어나기만 하면 모든 게 나아지리라 기대한다.

지난 며칠 동안, 나는 이 사람들에게 나를 어떻게 소개해야 할지 고심했다. 아무것도 모르는 초면의 사람들에게 내가 자폐가 있다고 말해야 할까(그리고 만약 그렇게 하면, 내가 뭔가 잘못할 경우 미리 사과한 셈이 될까?), 아니면 그냥 나를 있는 그대로 받아들이게 해야 할까? 사람들과 이야기를 나눠야 할까, 아니면 아무도 눈치채지 못하게 말없이 걸어야 할까? 내 모든 본능적인 감이 무뎌져버렸다. 앞으로 저지를 과오에 대해 미리 양해를 구하고 싶은 마음을 억제하기가 힘들다.

나는 그냥 되는 대로 하려고 한다. 사람들이 걸으며 말을 건네서, 나도 그렇게 한다. 이상해 보이거나 냉담해 보이고 싶지 않다. 나는 오래전에 배운 기술에 의존해서 그들에게 어디에 사는지, 무슨 일을 하는지 물어본다. 그들이 내게 물어보면 나는 대학에서 일하고 있고 사우스웨스트 코스트 패스를 걷고 있다고 대답한다. 나는 너무 말을 많이 하거나, 중간에 끼어들거나, 알아듣지 못할 정도로 빨리 말하지 않으려고 조심한다. 주제에 대해 할 말이 남아 있더라도 그냥 대화가 흘러가게 두려고 노력한다. 이렇게 하기 위한 가장 좋은 방법은 내가 그렇게 재미있는 사람은 아니라는 사실, 그리고 아무도 내가 계속 떠드는 것을 원하지 않는다는 사실을 마음에 새기는 것이다. 그런 쓰라린 교훈을 마음속에 간직하는 것 자체가 노동이다.

우리는 남부 런던 어딘가의 교회에서 점심을 먹는다. 나는 수도 안팎으로 내가 아는 열차 경로에서 멀어진 채, 벌써 방향을 잃었음을 깨닫는다. 손으로 그린 지도를 받았지만, 그것은 남동쪽의 실루엣을 따라 그린 선이나 다름이 없다. 오드넌스 서베이 지도가 있다면 좋을 텐데. 베커넘Beckenham, 아니면 브롬리Bromley, 아니면 리 주변에서 길이 헷갈린다. 정말 확신이 안 서는 그 지점에서 우리는 주변에 철도가 있는 혼잡한 간선도로를 건너느라 많은 시간을 보냈다. 우리 다음으로 느린 그룹이 갑자기 뒤를 바짝 쫓는다. 그 시점에 우리 그룹에 속한 사람 중 한 명이 안 보인다는 것을 깨닫는다. 낭패다. 그러나 그때 '길 잃은 양'이 사이다 네 팩을 들고서 모퉁이 가게에서 나오고, 모든 게 다 괜찮아진다. 우리 그룹의 리더는 역할을 잘 수행하고 있다. 그는 수년간 이 경로를 걸은 경험이 있다.

그곳을 지나자, 잎이 무성한 지역이 나오고, 치즐허스트Chislehurst 외곽이라는 말이 들린다. 우리는 전원 지역에 와 있다. 내가 사는 카운티이기도 하다. 애프터눈티를 마시기 위해 잠시 멈춘 곳에는 아픈 발을 치료해주기 위해 대기 중인 치료사 팀이 있다. 나는 발이 아프고 다리도 노곤하지만 괜찮다. 함께 걷는 사람들이 줄곧 유쾌하고, 날씨도 온화하고, 이 행사에서 가장 멋진 구간이 펼쳐져 있다. 나는 아직 민망할 만한 짓도 하지 않았다. 한 남자가 신발 끈이 잘 안 매어져 힘겨워하고 있기에, 무릎을 꿇고 도와준다. 그러고 나서 혹시 남의 일에 괜히 끼어든 것은 아닐까 생각한다.

우리는 다시 출발한다. 오후 막바지로 가면서 속도가 떨어지기 시작하지만 우리는 꿋꿋이 뻣뻣해진 다리를 이끌고 스완리Swanley에 있는 교회 경내로 비틀비틀 들어선다. 여기에는 티타임이 우리를 기다리고 있고, H와 버트가 주차장 주변에서 뛰어다니고 있다. 오늘 밤까지는 샤워할 수 있는 곳이 없고, 순례자들은 교회당 안의 캠프 매트에서 잠을 청할 것이다. 그들 중에는 나보다 나이 많은 사람들이 많다. 음식은 훌륭하고 푸짐하다. 사람들도 다들 기운이 넘치지만, 사실 오늘 걸은 거리는 목표의 절반에 불과하다. 그렇다 보니 집에 가는 것이 배신처럼 느껴진다. 게다가 내가 밤에 사라진 이유를 아무도 모른다는 점에서 더더욱 그렇다. 가방을 차에 싣는 사이, 나에게 자폐가 있다고 발설하고 싶은 충동이 끓어오른다. 하지만 그러지는 못하고, 나는 애꿎은 버트를 핑계 삼는다. 내가 안 가면 버트가 일주일 내내 나를 찾을 거야. 이건 버트의 휴일이기도 하니까. 나는 말한다.

H의 말이 맞기는 하다. 나는 한숨도 못 잘 테고, 내일 아침까지 내가 너무 지저분하게 느껴져서 내 피부 밖으로 기어 나오고 싶어질 것이다. 사람들과 이야기하는 것도 이미 내가 감당할 수 있는 지점을 넘어섰다. 다음 날 스완리 역에 도착하니 차이가 확연히 느껴진다. 뜨거운 목욕과 숙면으로 재충전된 기분이다. 어제 나와 함께 걸은 사람들 다수는 창백하고 퀭해 보이고 눈빛도 게슴츠레하다. 누구도 제대로 잠을 자지 못했다. 많은 사람이 그리 좋지 않은 상태다. 날씨도 비가 부슬부슬 내리고 흐리다.

나는 계속 명랑하려고 노력한다. 나는 모두의 굳은 의지에 경외심을 느낀다. 이런 날에 나는 단념하기를 반복했었다. 그러나 그들은 모두 여기 있으면서 아직 가능할 때 런던으로 가는 직행 열차를 잡아탈까 하는 농담을 주고받는다. 나는 특히 가장 느린 그룹에게서 깊은 인상을 받는다. 그들 중 상당수는 끝까지 걷기를 마치지 못할 것처럼 보인다. 그들은 어제 꾸준히 걸었다. 나는 현장에 있었던 사람으로서 오늘 그들이 얼마나 힘들지 짐작할 수 있었다. 그러나 그들은 다시 여기 왔다. 몇몇은 다리를 절뚝이면서도 우리 중에서 가장 밝은 모습으로 걸음을 옮긴다.

스완리를 벗어나자, 어제보다 길이 예쁘다. M20 도로와 M25 도로의 굉음이 그리 멀지 않은 곳에서 이중으로 들려오기는 하지만. 숲이 우거진 길과 비탈진 들판이 나타난다. 우리는 잠시 멈춰서 아인스포드Eynsford의 작은 마을에 있는 교회당에서 모닝티와 케이크를 먹는다. 나는 사람들에게 다들 지명을 잘못 발음하고 있다고 이야기한다. 인스포드가 아니라 아인스포드라고. 누구도 이 말에 감흥을 느끼지는 않는 것 같다.

두세 명의 사람들은 마을 회관에 남는다. 그들은 탈진해서 다음 지점까지 히치하이킹을 하기로 한다. 우리는 지금 아름다운 대런트 계곡Darent Valley을 통과하고 있다. 중간중간 카우파슬리 꽃의 물결이 일고 이따금 언덕길이 나타난다.

솔직히 말하면 나는 피곤하다. 음, 정확히는 피곤한 것이 아니라, 그냥…… 이상한 기분이다. 처음에는 딱 꼬집어 말할 수 없었지만, 다리가 불안정하고 손이 떨린다. 호흡도 가쁜 느낌이다. 다음 지점까지 얼마나 남았는지 물어본다. 몇 킬로미터 정도. 아마 그보다 덜 남았을 것이다. 좋다. 난 걸어나갈 것이다. 아인스포드에서 케이크를 먹었음에도 몸속에 저장된 글리코겐을 바닥까지 소모한 것 같다.

나는 걸음을 멈추지 않는 대신, 배낭을 가슴 앞쪽에 매고 M&M 초콜릿을 한 움큼 먹는다. 갈증이 나면 물 한 병을 절반까지 들이켠다. 그래도 나아지지 않는다. 심지어 약간 어지럽고 희미하게 메스꺼운 느낌도 난다. 걱정할 것은 없다. 가장 좋은 해결책은 다음 지점까지 가서 휴식을 취하는 것이다.

루텀Wrotham 교회당에 아직 점심이 준비되지 않아서 나는 화장실 칸막이 안에 들어가 안정을 찾는다. 나는 떨고 있다. 심장의 두근거림이 멈추지 않는다. 귀에는 소음이 가득하다. 갈증이 나지 않는다. 배고프지 않다. 덥지 않다. 춥지도 않다. 그렇다, 나는 피곤하다. 하지만 더 힘든 길도 걸었던 내가 이러는 것이 이해되지 않는다.

다시 교회당 안으로 들어가 접시에 음식을 담아서 자리에 앉는다. 먹는다. 주변 사람들도 지쳐 보인다. 나만 그런 게 아니다. 지금 이 순간 남들은 해결책을 찾는데 나는 그러지 못한다. 절대로 걸을 수 없는 느낌은 아니다. 하지만 그냥 걷지 말아야 할 것 같다.

내가 속한 두 번째로 빠른 그룹이 다시 출발하기 위해 모이고 있다. 나는 시간이 더 필요하다는 기분이 든다. 내 그룹의 리더가 다가와 말한다. "캐서린, 갈 준비 됐어요?" 나는 대답한다. "잘 모르겠어요. 몸 상태가 안 좋아요."

"오, 난 미처 몰랐네요." 그가 말한다.

"아니, 아니요. 심각한 건 아니에요. 그냥 좀 안정이 안 되는 기분이에요. 여기 15분 정도 더 앉아 있어야 할 것 같아요. 저는 다음 그룹에 합류할게요."

나는 우리 그룹 사이에서 내 이야기가 퍼지는 것을 지켜보면서, 이게 사람들에게 중요한 문제임을 잊고 있었다는 것을 깨닫는다. 사람들은 서로 연대감이 있다고 생각한다. 나에게는 한 팀으로서의 정체성을 흡수하는 재능이 별로 없다. 이 좋은 사람들은 나 없이 가는 편이 나을 것이다. 이건 별로 중요한 문제가 아니다. 나는 그렇기를 간절히 바란다. 누구든 친절하게 다가와 나에게 괜찮으냐고, 도울 일은 없냐고, 정말 같이 가지 않을 생각이냐고 묻지 않기를.

잠시 머리를 식힐 필요가 있다. 나는 의자에 앉아서 실내가 점점 비어가는 것을 지켜본다. 두 번째로 느린 그룹이 모여서 출발한다. 그다음으로 가장 느린 그룹이 출발한다. 이제 교회당을 치우는 사람들을 제외하고는 모두 다 나갔다.

누군가 나에게 이제 뭘 할 거냐고 묻는다. 나는 남편에게 전화를 하고 내일 다시 오겠다고 말한다. 그게 최선이라는 생각이 든다.

나는 H에게 데리러 와달라고 문자를 보낸다. 그는 한 시간 정도 걸릴 것이라고 답한다. 나는 밖으로 나가서 주차장 옆 울타리에 걸터앉는다. 사라지고 싶어서. 나는 베시에게 대열에서 낙오되었다고 문자를 보낸다. 그녀는 전화를 걸어와 도대체 무슨 일이냐고 물으며 맥박을 재보라고 한다.

"맥박은 여전해." 내가 말한다.

"그럼 적어도 그 문제는 아닌가 보네."

나는 불현듯 지금 내가 느끼는 기분이 어떤 것인지 깨닫는다. 마치 내 어깨뼈 사이에 어떤 공간이 열리고 척추가 떠다니는 느낌이다. 다른 사람들이라면 이 시점에 현기증을 느끼겠지만 나는 어지러움을 이런 식으로 느낀다. 내 등이 날아오르려고 하는 느낌. 땅바닥이 오르막길을 달리는 느낌. 모든 것이 진동하는 느낌.

"오, 이거 메니에르병인데." 내가 말한다. 예전에 나는 두통으로 고생한 적이 있었다. 두통은 닷새나 지속되었는데, 처방을 받아도 소용이 없었고 이상하게 통증은 없었다. 몇 해 전 한밤중에 침실 주변에서 메스꺼울 정도로 비틀거리다가 뭔가에 부딪혔다. 그 순간 내가 아버지의 메니에르병을 물려받았을지도 모른다는 생각이 들었다. 메니에르병은 귓속에 압력을 초래하여 뱃멀미 최악의 단계에 버금가는 느낌을 유발한다. 나의 경우 이 증상은 스트레스, 과열된 상태, 깜빡거리는 조명, 장거리 자동차 여행 등으로 발생하지만 그냥 이유 없이 나타나기도 한다. 지난 며칠간 지나치게 많은 빛과 열에 노출된 탓이라고 생각한다. 단체 생활에 나를 끼워 맞추려고 지나치게 긴장했던 탓이라고도 생각한다. 현기증이 날 때 먹는 약이 있지만, 만일의 사태에 대비할 생각도 못하고 집에 두고 왔다.

집으로 오는 차 안에서 나는 눈을 감고 머리를 창문에 기댄 채 견뎌본다. 집에 도착하자마자 약을 두 알 삼키고는 잠자리에 누워 특별할 것 없는 암흑의 잠에 빠진다. 나는 일어나고, 먹고, 다시 침대에 눕는다. 밤은 꿈과 의식과 어둠 사이의 어디쯤엔가 도사리며, 정신을 뒤죽박죽 혼미하게 한다. 다음 날 아침, 나는 얇은 달걀 껍데기처럼 깨어질 듯 위태롭다.

오늘은 비가 올 거라고 한다. 나는 현기증약을 더 많이 삼키고 H에게 데틀링Detling으로 데려다 달라고 부탁한다. 순례자들은 거기서 아침 휴식을 취할 것이다. 난생처음 나는 그냥 사라져버리지 않을 것이다. 약이 다시 세상을 좀더 경직되게 하지만, 나는 차 안에서 눈을 감고 코를 잡는다. 귀가 맑아지도록. 우리는 빈 교회당에 일찍 도착하지만, 곧 순례자들이 실내를 메운다. 어제보다 더 지쳤을 법도 한데 생기 넘치는 소음이 가득하다. 나는 그들 사이에서 창백한 유령이라도 된 것 같다.

하지만 나에게는 목표가 있다. 나는 사라지지 않을 작정이다. 버트가 뷔페 테이블에서 음식을 집어 먹는 사이에 나는 내 그룹과 대화를 나누며 어떤 기분인지, 잠은 잘 잤는지 묻는다. 나는 내가 이런 것에 참 능숙하다는 것을 기억한다. 실제로는 소음과 빛, 그리고 피곤하고 짜증나는 사람들 무리로부터 뭉게뭉게 피어나는 감각의 공격을 받으면서도 가장 능수능란한 사람처럼 행동하는 것에 말이다. 갑자기 그것이 근사한 능력으로 여겨지면서, 오늘 이 기술을 사용하기로 한다.

나는 이 능력이 자랑스럽다. 나는 잘 대처하고 있다. 나는 마땅히 해야 할 일을 찾는 중이다. 나는 하기로 한 일을 그만두는 중이고, 작별인사를 하는 중이다. 갑자기 몸이 아팠다고(어쩌면 이렇게 운이 없는지!) 말하는 편이 한결 쉽다. 이 순례를 해낼수 있다고 생각하면서 나 자신을 속여왔고, 내가 어떤 사람인지 숨기려다가 문제가 더 복잡해졌다고 조심스럽게 설명하는것에 비하면 말이다.

우리는 오래 머무르지 않는다. 나는 모두에게 순례를 무사히 마치라고 빌어주고는 내일 오후 캔터베리 대성당에서 열리는 종료 미사에는 참석할 수 있도록 노력하겠다고 약속한다(가지 않을 것을 알면서. 나는 지금 여기서 나만의 종료 의식을 치르는 중이다). 그리고 나서 여기서 하려던 일을 한다. 함께 걷던 사람 중한 명을 찾아가 내 바람막이를 주는 것이다. "비가 또 올 거예요. 이건 집에 가지고 있던 여벌 옷이에요." 나는 말한다.

이제 다 되었다. 이제 집에 앉아서 불행한 기분을 느낄 필요가 없다. 우리는 M20 도로를 달려서 하이드Hythe로 향한다. 세인트 리어나도 교회 지하실의 유명한 납골당에서 해골로 가득한 선반을 보기 위해서다. 우리는 그 선반을 보고 즐거워한다. 버트와 나 말이다. 우리는 둘 다 살아 있는 것들의 냉혹한 메커니즘에 대해 병적으로 호기심이 많다. H는 내가 살아 있는 사람들보다 해골을 더 좋아한다고 농담을 한다. 조용하고, 단순하고, 이해하기 쉬워서라고.

아니야, 아니야. 내가 말한다. 나는 살아 있는 사람들도 꽤 좋아한다. 적당히. 대부분 나는 그들과 보조를 맞출 수 있다. 나는 요즘 자주 그렇듯이, 해리스매를 떠올린다. 그 새가 내 팔에 앉아서 나의 지나치게 격렬한 감각들을 어떻게 경계 태세로 바꾸어야 하는지를 보여주는 장면을 머릿속으로 그려본다. 난 그렇게 해리스매를 떠올리는 게 좋다. 인간이 사육한 맹금을 부르는 용어가 있다. 바로 임프린트다. 임프린트는 다른 새들과의 공동체를 인식하지 못하고, 자신을 그중 하나로 인식하지 못한다. 임프린트는 기본적인 기능을 수행할 때 사람에게 의지하는 경우가 흔하다. 충분히 길들일 수 있지만, 손이 많이 가고, 꽥꽥 울면서 공격성을 띠기도 한다. 새들은 야생성을 유지하되 세심한 관리를 통해 인간에게 다시 돌아오는 습성을 가지도록 사육된다. 물론, 이 새들을 모두 잃어버릴 위험은 언제나 감수해야 한다.

나는 야생성을 다시 배우고 있는 임프린트다. 내가 다른 사람들처럼 행동하려는 부자연스러운 충동을 과연 떨쳐낼 수 있을지는 모르겠다. 하지만 때로는 남을 모방하는 내 능력을 감사하게 생각한다.

6월,
데번의 사우스 햄스

우리 사이에 연결된 줄

The South Hams of Devon

패딩턴^{Paddington}에서 출발한 기차 안에서, 잿빛 들판처럼 보이는 곳을 바라보다가 그곳이 들판이 아닌 페인턴^{Paignton}의 바다임을 알게 된다. 내 왼쪽에는 광대한 은빛 물결이, 오른쪽에는 붉은 절벽이 있다. 다시 데번이다.

토트네스 역에서 H와 만난다. H는 차에 버트를 태우고 왔다. 나는 오늘 아침 근무 때문에 책 한 권을 들고서 홀로 기차 여행을 하는 사치를 누렸다. 차로 왔다면 즐거움이 훨씬 덜 했을 거라 생각한다. 뒷좌석에 버트를 태운 차 안에서 여러 카운티의 법규를 준수하며, 여섯 시간을 보내기란.

H는 피곤하고 배가 고픈 상태로 주차장에서 주차 문제로 언쟁을 벌인 뒤다. 버트는 바닷가에 가자고 조른다. 5시 정각이니, 그럴 일은 없을 것이다.

"그러지 말고, 우리 집에 가서 재밌게 놀자." 내가 말한다.

H는 내가 데번의 사우스 햄스에 있는 밴섬 근방 농가를 예약했을 때 앓는 소리를 했다. 나는 예전에 우리가 남서부를 얼마나 사랑했는지 그에게 일깨워주어야 했다. 나는 그동안 이런 걸 누려도 될 만큼 많이 걷지 않았지만, 이번에는 규칙을 깨기로 했다. 이번에는 걸으러 온 게 아니라 가족 여행을 온 것이니까.

"좋아." 그가 말했다. "적어도 나를 콘월까지 끌고 가지는 않겠지."

맞다. 하지만 나한테는 대안이 있다. 이번 주말, H는 내 왕복 기차표로 집에 돌아가고, 버트와 나는 차를 이용해 콘월 끄트머리까지 로드트립을 떠나는 것이다. 나는 절대 걷기를 끝내지 못하리라는 것을 깨달았지만, 다 해내지 못한 그 숙제가 어떻게든 내 인생에 방해가 될 것 같다. 찜찜해서 도저히 그냥 넘겨버릴 수가 없다.

처음 든 생각은 버트를 위한 특별 트레일러를 구입해서 남은 구간을 자전거로 달리는 것이었다. H가 나를 말리기 전까지는 그 생각을 꽤 굳히고 있었다. H는 이렇게 말했다. 도대체 왜 그걸 하려는 거야? 하지만 그는 이런 말도 했다(나도 부인할 수만은 없었던 말이었다). 내가 어딘가 외진 곳에서 다치거나, 일 사병에 걸리거나, 절벽에서 떨어지는 일이 불가피하게 발생할 것이라고. 사이클에 그리 능숙하지도 않은 내가 콘월의 절반을 닷새 안에 달린다는 것은 미친 짓이라고. 그리고 체력이 뛰어나고 외골수인 사람들을 기준으로, 죄의식에서 비롯된 결정을 내리는 것은 멈춰야 한다고.

오랜 습관은 끊어내기 힘들다. 나는 며칠간 그가 지나치게 부정적이라고 생각하는 척하다가 슬그머니 꼬리를 내린다. 내가 과연 무언가를 배울 수 있을지 모르겠지만, 그래도 나쁘지 않다.

다음 날 아침, 버트는 해변에 가고 싶은 마음으로 한껏 부풀어 있다. 데번을 향한 내 사랑이 그에게 유전된 게 확실하다. 버트는 모래로 덮인 만, 바위 사이의 물웅덩이, 바다 속에서 물살을 가르며 걷는 것을 간절히 원하고 있다. 날씨는 그의 마음과는 딴판이지만. 이따금 해가 나오는 순간조차 공기가 습하고 쌀쌀하다. 나는 반바지에 셔츠를 입었다가 세 번이나 옷을 갈아입는다. 청바지에 스웨터가 더 나을지 모르겠다. 이 옷차림이 날씨에 적합했으면 좋겠다. 이번 여행을 예약할 때, 나는 여기저기를 거닐고 매일 밴섬 해변에서 놀다가, 늦은 오후에 펍에서 하루를 마무리하는 모습을 그렸었다. 하지만 한낱 몽상이었음이 이미 분명해졌다. 3.2킬로미터 정도 떨어진 해변까지는 대부분 좁은 비포장도로를 따라 걸어가야 한다. 세 살 짜리 아이를 데리고 다니기에 안전한 방법이라고 하더라도, 이 날씨에 그렇게 걷는 것은 어리석은 짓이다. 그러다 비라도 오면, 갈 곳을 잃게 된다.

하지만 여행 첫날부터 버트가 농가를 망가뜨려서 하자보수 보증금을 탕진할 듯 천방지축으로 군다. 오전 내내 잿빛으로 찌푸린 하늘이 개기를 기다리기보다는 밴섬까지 걸어가는 것이 갑자기 괜찮은 대안으로 떠오른다. 우리는 해변 손수레(바다에서 5분 거리에 살면 으레 소유하게 되는 물건)를 채운 다음 들판에서 우리를 노려보는 듯한 소들을 지나 포장되지 않은 길 위로 발걸음을 옮긴다. 버트가 피곤해해서 나는 등에 맨 등산용 캐리어에 그를 태운다. 버트는 곧장 잠이 든다. 우리는 좁은 길을 지나간다. 거대한 돼지풀과 따가운 쐐기풀로 둘러싸인 그 길에서, 우리는 버트의 축 늘어진 맨다리가 행여 풀에 쓸리기라도 할까 봐 온통 신경을 곤두세운다.

목적지까지 한 시간이 걸린다. 거친 흙바닥 위로 우스꽝스러운 캔버스 천 손수레를 끌고 간 것을 참작해도 참 오래 걸렸다. 버트는 해변에 도착하는 동안 잠에서 깼다. 아이는 등산용 캐리어에서 내리더니 모래사막을 지나 몹시 아름다운, 그러나 매서운 바람에 휩싸인 해변으로 달려간다.

모두들 집으로 돌아갈 채비를 하고 있다. 버트는 놀고 싶어 죽을 지경이다. 나는 모래 폭풍을 벗어나고 싶은 마음이 굴

뚝같다. 우리는 나름대로 해변에 그늘막 텐트를 설치해보려고 한다. 온갖 것들로 텐트가 날아가지 않게 지탱해보다가 결국 포기한다. 밴섬에서는 흔치 않은 날씨다. 원래는 대서양답지 않게 물이 잔잔하고 얕아서 가족이 놀기에 완벽한 해변이다. 평소 같으면 여기서 버러 섬^{Burgh Island}이 보이는데, 오늘은 휘몰아치는 모래바람을 뚫고 눈을 가늘게 떠야 멀리서 회색 형체가 아득하게 나타난다. 버트는 구멍을 파려고 하지만, 삽으로 파는 곳마다 즉시 물이 차는 바람에 단념한다. 춥고, 불편하고, 솔직히 말하면 우리의 눈이 걱정된다. 우리는 H가 차를 가지러 간 동안 가까운 펍으로 몸을 피한다.

다음 날은 아침부터 구름이 잔뜩 끼어 있다. 우리는 따뜻하게 껴입고 바위 물웅덩이 해변으로 차를 달린다. 울라쿰으로 갈지 아니면 프롤리로 갈지 모르겠다. 대로에 이를 무렵 하늘에는 야속하게도 먹구름이 더 많아지고, H는 차라리 가라^{Gara}로 가자고 한다. 거기에는 최소한 카페라도 있으니까. 가라는 내가 참 좋아하는 곳이다. 그래서 더 화창하고 햇살 좋은 날을 위해 아껴두고 싶었다. 하지만 버트는 우리가 이렇게 갈팡질팡하는 사이 침울해한다. 우리는 어느 들판에 차를 세우고 작은 만까지 가파른 길을 오래 걸을 것에 대비해 손수레를 챙긴다. 혹시라도 날씨가 고약해지면, 적어도 해변 그늘막 텐트 속에 들어갈 수 있게 말이다.

가라록 아래의 만으로 가려면 사우스웨스트 코스트 패스의 내리막길을 오래 걷다가 맨 아래에 있는 바위를 기어오른 다음 개울물을 철벅철벅 건너야 한다. 힘을 들여야 진정 그곳을 쟁취할 수 있다. 그래서 체력이 약한 사람은 접근할 방법이 없다. 내려갈 때만 그런 것이 아니라 다시 돌아오는 길은 더 끔찍하다. 1년 전쯤, 나는 결코 이곳에 다시 올 수 없을 줄 알았다.

그렇더라도 내리막길에 자신이 있다면, 수정 같은 초록 바위와 함께 돌출된 자연 그대로의 험준한 만을 누릴 수 있다. 여기서는 작은 동굴과 계곡을 탐험할 수 있고, 바위의 앞머리에 올라갈 수 있고, 해안에 흩어져 있는 하얀 석영과 운모를 주울 수도 있다. 붉은 맹금들은 머리 위의 절벽으로 쏜살같이 날아간다. 파도는 높고, 차갑고, 놀랍도록 격렬하다. 나는 물속을 첨벙거리고, 어쩌다 보니 수영까지 하고 있다. 바닷물은 아주 방대하고 강력하다. 마치 이 세상이 선사하는 가장 순수한 자연력으로 재충전되고 있는 듯하다.

나는 바다에 떠서 비스듬하게 바라보는 육지의 모습을 좋아한다.

버트가 해변으로 밀려드는 물을 모래 댐으로 막으려는 것이 보인다. 절벽들이 내 위로 불안정하게 서 있다. 물이 하도 맑아서 내 발이 보이고, 하도 차가워서 피부가 화끈거린다. 머리 위의 하늘은 언제라도 쩍 하고 열릴 듯하다. 불완전함 투성이지만 그래도 주어진 상황에서 누릴 수 있는 최고의 시간이라는 생각이 든다. 춥고 흐린 날씨지만 이곳엔 우리뿐이고, 작은 텐트, 음식, 물도 있다. 버트는 아주 즐거운 시간을 보내고 있고, H도 버트의 놀이에 합류했다. 이제 댐의 높이는 아주 높아져서 깊은 웅덩이가 생겼고, 둘은 서로에게 물을 튀기고 있다.

잠시 후, 해가 나고 하늘은 선명한 파란색으로 변한다. 그다지 완벽하지 않을 때 이곳에 온 덕분에, 우리는 이제 세상에서 가장 완벽한 해변을 온전히 우리 것으로 누리고 있다.

우리는 여러 장소들을 걸어서 지나치기보다는 차례차례 머물며 남은 날들을 보낸다. 썰물 때 셀스톤 모래 위에 그늘막 텐트를 세우고는 수려한 바위의 아치 아래 바위 물웅덩이를 첨벙거리며 걸어간다. 우리는 호프코브에 있는 해변에서 몇 시간을 보낸다. 그동안 버트는 한 무리의 시끌벅적한 아이들에게 댐 만드는 기술을 전수한다. 그런 다음 마을의 펍으로 가서 체커게임을 하며 꽤 오래 머문다. 우리는 스타트 포인트의 등대로 걸어가 바위 위에서 쌍안경으로 물개들을 바라본다.

주말 오후에 나는 사우스웨스트 코스트 패스를 일부러 반대 방향으로 돌면서 프롤리 포인트Prawle Point에서 가라까지 걷는다. 길을 둘러싸고 있는 놀라운 고사리와 검은딸기나무 넝쿨 사이로 날아다니는 촉새들이 보인다. 어디를 둘러보아도 선홍색 디기탈리스 꽃차례가 있다. 초록 바위의 앞머리는 낮의 열기를 발산한다. 온갖 경이로운 구간들을 이미 걸었음에도 사우스웨스트 코스트 패스의 이 부분이 나에게 여전히 경이로움을 줄지 궁금했다. 하지만 걱정할 필요는 없었다. 여기에 내 길이 있다. 나무가 우거지고 향기롭고 생명력이 충만한 길. 솔직히 이곳이 엑스무어나 하틀랜드나 틴타겔성 주위의 해안보다 좋다고 말할 수는 없다. 사우스웨스트 코스트 패스를 겨울에 걷는 것과 여름에 걷는 것이 천지 차이라는 것도 부인할 수 없다. 그러나 나에게 객관적이어야 할 의무는 없다. 여기는 내 길의 작은 일부다. 성인이 되고 나서 내내 나를 지탱해준 감성의 도미노 전체를 촉발한 곳이다. 상관없다. 나는 아찔하리만치 이 길을 사랑한다.

매일 밤, 해변에서 놀다가 지친 버트는 침대에서 내 곁에 바싹 붙어 몸을 웅크린다. 나는 잠에서 깨어나 두 개의 초롱초롱한 눈동자가 나를 보고 있는 것을 발견하고는 가까이에 있는 기쁨을 음미하곤 한다. 버트는 내 얼굴을 쓰다듬고 속삭인다. "엄마, 사랑해." 그러고는 조그만 몸을 꿈틀거려 내 턱밑으로 파고든다. 예기치 못하게, 나는 버트가 나와 통하는 전기를 가지고 있고 공기나 물처럼 자연스럽게 나를 만지는 유일한 사람이라는 것을 깨닫는다. 이런 것을 견디지 못하고 그와 떨어져 있고 싶었던 때가 있다. 그 시기는 이제 지나갔다. 우리는 서로 간에 일종의 균형점을 찾았다. 나는 나를 참아주는 그의 인내심, 나에게 적응하려는 그의 의지에 감탄한다. 하지만 나의 적응력에도 감탄한다. 나는 이제 내가 그렇게 끔찍하지만은 않다는 것을 믿기 시작한다. 데번의 도로변은 세상의 경이로움 가운데 하나다. 이 길들은 차 두 대는 고사하고 한 대도 겨우 들어갈 만큼 폭이 좁은 시골 차선의 양쪽에서 3미터 정도 높이 솟아 있다. 사우스 햄스를 통과해 운전하는 것은 끊임없는 절충의 연속이다. 때때로 통행 공간에 차를 집어넣기 위해 수백 미터를 후진해야 할 경우도 있고, 심지어 다른 운전자들이 내 차를 아슬아슬하게 지나치면 나도 모르게 숨을 멈추게 되기도 한다. 이 지역을 아는 사람이라면 누구든지 흔쾌히 이렇게 한다.

무엇이 뇌를 자폐적으로 만드는가에 관한 이론 중 하나는 자폐 스펙트럼 장애를 가진 사람들이 다른 사람들보다 세상을 훨씬 더 세세하게 인식한다는 것이다. 사이먼 배런코언은 이것이 극단적 '남성' 뇌의 특징이라고 주장한다. 그는 남자들이 애초에 세부적인 것에 관심이 더 많다고 생각한다. 나는 동의하지 않는다. 우선, 배런코언은 '남성' 뇌가 모두 남자들의 뇌는 아님을 분명히 한다. 이는 그가 자신의 용어를 좀더 성 중립적인 용어로 수정할 의도가 있었음을 의미한다. 그는 유별난 10대 소녀 팬이 보이밴드에 관한 온갖 사실들을 속사포처럼 이야기하는 것을 들어본 적이 없는 것 같다. 어쩌면 이런 지식을 다른 종류의 지식보다 '소프트'한 것으로 여겼는지도 모르고. 그러나 남자와 여자가 생각하는 방식이 다르다는 가정을 고수하고 싶다고 하더라도 남성적인 여성 뇌를 가진 사람으로서 나는 그의 용어 선택이 지극히 무신경하다고 생각한다. 그는 적어도 세부 적인 사항이 축구 카드나 비행기 일련번호와 같은 체계적인 정 보에만 담겨 있지는 않다는 점을 인정해야 한다.

세상에는 다른 종류의 세세함도 있다. 사랑하는 사람들과 함께 한 공간에 있는 것에도 세세함이 있다. 누가 커피를 좋아 하고, 누가 차를 좋아하고(그리고 차를 마시는 수많은 장엄한 방법들), 누가 진토닉을 좋아하는지(나)를 아는 것에도 세세함이 있다. 누군가의 기분을 알아채는 것, 그리고 무엇이 그 사람을 평정 심으로 이끄는지를 아는 것(나에게는 진정한 미스터리다)에도 세세 함이 있다. 그 멋진 데번셔 길가에 피어난 모든 꽃의 이름을 아 는 것에도 세세함이 있다. 이야기를 할 때 누가 재미있어할지, 그리고 어떻게 그 주제에 접근할지를 아는 것에도 세세함이 있다. 세부적인 것에는 뉘앙스가 있고, 세부적인 것에는 응용 이 있다. 세세함이 모두 반복적이고 무디고 경쟁적인 것은 아 니다.

나는 내 두뇌가 세세한 것들을 부여잡고 있음을 부인하지 않는다. 다른 사람들의 두뇌보다 더 많은 세세함을 빨아들이 는 바람에, 지나친 정보 유입으로 인해 간단한 상황을 파악하 는 데는 어려움이 있음을 부인하지 않는다. 나 자신으로 존재 하는 것은, 템플 그랜딘의 말처럼 '노출된 하나의 거대한 신경' 이 되는 것과 같다. 나는 그냥 그 세세함이 때로는 다른 사람들에게 지루할 수도 있다는 것이 문제라는 점에 저항할 뿐이다.

내 인생에서 세세함의 결정판이라 할 수 있는 이야기를 해보겠다. 거실에 둘러앉아 TV로 〈더 보이스〉를 보던 토요일 밤에 나는 진통을 시작했다. 아니, 사실 진통을 시작하지는 않았다. 위층에 올라가 소변을 보는데, 소변이 멈추지 않았다. 1분쯤 후에 양수가 터졌을지도 모른다는 생각이 들었다. 예정일보다 3주 빠른 시점이었다. 우리는 병원으로 달려가, 소독약과 병원 음식 냄새가 나는 분만실에 들어갔다. 그리고 주위의 다른 여자들이 아기 낳는 소리를 들으며 그곳에 몇 시간을 앉아있었다. 나는 화장실을 쓰려고 했지만, 세면대에 다른 사람의 피가 묻어 있었다. 나는 병원에 오지 말았어야 한다고 생각했지만, 감염의 위험을 피하기 위해서는 양수가 터지고 24시간 안에 아기를 낳아야 했다. 조용하고 불쾌한 냄새도 안 나는 집에 가고 싶었다.

몇 시간 후, 억울한 인상의 산파가 들어와서 단 하나의 문장으로 말했다. 평소와 달리 오늘 밤은 매우 바쁘고, 사람들은 항상 양수가 터진 줄 알고 병원에 오지만 모두 착각으로 판명난다며 내 양수도 터지지 않았을 것이라고. 그녀는 나를 검진해보더니 말했다. "오, 정말 터졌네요, 그렇죠?" 그러고는 내게 집에 갔다가 내일 다시 오라고 했다. 그러다 잠시 후 내 혈압을 재보더니 얼굴을 찌푸리면서 병동에 머물러야겠다고 했다.

침대에 눕기 전에 시계를 보니 새벽 1시였다. 병동은 온갖 소리로 시끄러웠다. 신음 소리, 고함 소리, 발을 끌며 걷는 소리. 한 여자는 계속 정맥주사를 뜯어버리면서 집으로 가겠다고 고함을 질렀다. 나는 그녀가 제발 그러기를 바랐다. 잠이 오지 않았다. 그러다 3시쯤 자궁 수축이 시작되었다. 이제 잠자는 건 불가능했다.

따분하게 세세한 이야기를 늘어놓지는 않겠다. 이것이 그야말로 평범한 출산의 현실이다. 과로에 시달리는 지친 의료진들의 비인간화. 허물어져가는 건물에서 여자들이 홀로 산고를 치르는 것이 예사인, 자금 부족에 시달리는 산부인과 시설. 24시간 내에 분만이 유도되어야 했지만 36시간이 지나도록 분만이 이루어지지 않아서 나는 항생제를 먹어야 했다. 그마저도 형편없이 더디게 진행되었다.

나는 경막외 마취제를 너무 많이 맞아서 엉덩이가 탈구된 것을 알아채기는커녕 그날 이후 다리에도 감각을 느낄 수 없었다. 가스와 공기를 너무 많이 흡입해서 태아 심박수 모니터가 나에게 말을 걸고 있다는 생각이 들 지경이었다. 자궁 수축을 유발하는 약물을 먹었지만 44시간이나 진통이 계속되었다. 정말 고통스러웠다.

병원 측이 인위적 개입 없는 출산을 통해 뭔가를 성취했다고는 부디 말하지 말기를. 그저 주사위 던지기처럼 우연한 선택이었을 뿐이다. 아무도 나와 같은 출산을 선택하지 않는다. 우리는 그저 다른 한편에서 힘없이 앓고 있어야 한다. 게다가 다행스럽게도 우리가 죽지 않고 버텨낸 이런 과정이 지난 세기가 아닌 이번 세기에, 개발도상국이 아닌 선진국에서 벌어진 일이다.

버트는 오후 3시에 태어났다. 나는 아기를 안았다가 다른 이에게 맡기고는 봉합 처치를 받고 병동으로 보내졌다. 병원에서는 H를 집으로 돌려보냈고, 병실에 커튼이 쳐졌다. 병실에는 아기와 나만 조용히 남았다. 나는 버트를 내 옆의 아기 침대에 눕히고, 잠들었다.

나는 새벽 4시에 아기가 뒤척이는 소리를 듣고 잠에서 깼다. 아기는 울지 않았다. 간호사가 전문가의 손길로 싸매둔 포대기 속에서 혀로 소리를 내고 꿈틀거리고 꼼지락거렸을 뿐이다. 나는 침대 가장자리로 몸을 움직여 아기에게 다가가 그를 들어 올렸다. 회색빛이 감도는 파란 눈동자 두 개가 나를 쳐다보았다. "음, 세상에 너와 나 둘만 있는 것 같네. 우리 앞으로 잘 지내보자" 나는 말했다.

이후 시행착오가 없었다면 거짓말이다. 내가 버트의 생존을 보장하지 못하면 어쩌나, 혹은 엄마로서의 능력 부족으로 아기에게 정신적 충격을 주면 어쩌나 하는 걷잡을 수 없는 공포에 사로잡혀 몇 개월, 몇 년을 보냈다.

하지만. 하지만. 산후 우울증의 암울한 어둠 속에서도 나는 늘 버트가 무엇을 원하는지 알았다. 그것을 어떻게 제공해줄 것인지는 몰랐을지언정, 그의 메시지는 명징하게 들었다. 그것은 모두 세부적인 것들이었다. 그가 조그만 혀를 크-크-크-크 차면 몇 초 후 영락없이 배고픔에 울음을 터뜨렸다. 너무 많은 사람이 주위에 있으면 눈동자가 유리알처럼 되었다가 요람에 돌아가면 다시 편안한 얼굴이 되었다. 나는 다른 사람들은 보지 못하는 것들을 볼 수 있었다. 우리 사이에는 연결된 줄이 있었다.

세세한 것들을 알고 싶다면, 바로 이런 것이다. 세세함은 아기들의 생존 보장을 위한 요청과 반응이다. 세세함은 좋았다 나빴다를 반복하는 엄마 노릇이다. 세세함은 아기가 스스로 알기도 전에 아픈 낌새를 알아채는 방법이다. 나에게 무슨 특별한 힘이 있다는 말이 아니라, 그런 세부적인 것들이 내가 이전에 살면서 느꼈던 것보다 나를 더 평범한 여자로 만들어 준다는 말이다.

내 두뇌가 세세한 것들을 잘못 짚는 상황이 있는가 하면, 세세한 것들을 제대로 파악하는 상황이 있어 평형이 유지된다. 나에게는 숲을 걸으며 새 한 마리 한 마리의 노래를 모두 들을 수 있는, 설령 애를 쓴다 해도 그 소리를 놓칠 수 없는 특권이 있다. 나에게는 5월의 초롱꽃 향기, 11월의 뿌리를 덮은 축축한 잎들에 매혹당할 특권이 있다. 나에게는 데번의 그 도로변에서 모든 작고, 꼬물거리고, 피어나는 것들을 알아볼 수 있는 경이로움이 있다.

올해 걷기를 하면서, 나는 그 생명들에게 이름 붙이는 법을 배웠고, 1년 동안 그들이 변하는 모습을 지켜보았다. 미나리가 봄에 초록 줄기를 뻗어내고, 여름에 하얀 꽃들을 피워내고, 겨울에 빛바랜 별 모양으로 메마르는 것을 보았다. 나는 야생자두나무가 쪽빛 잔가지에서 하얀 꽃망울을 터뜨리고, 잎새 사이로 야생자두가 익어가는 것을 보았다. 익숙한 나의 거리에서, 비로소 쥐똥나무가 늦은 봄에 꽃을 피운다는 것을 알아챘고, 생애 처음으로 그 향기를 음미했다.

세세함은 문제가 아니다. 따뜻한 실내의 평평하고 현대적인 표면과 늘 밝은 조명 속에서, 나를 아프게 하는 것은 바로 세세함 없이 살아가는 삶이다.

결국 돌아가야 할 곳

버트와 단둘이 여행하는 동안은 평소처럼 도보 계획을 세우는 게 무용지물이다. 앞으로 나아간다는 느낌은 없고, 한번에 이 방향 저 방향으로 무질서하게 왔다 갔다 하는 느낌뿐이다. 버트는 바위투성이 만과 완만한 전원의 경치보다는 외곽 순환도로의 터널과 거미줄이 낀 카페 화장실 구석에서 아름다움을 발견한다. 버트는 즐거움에 겨워서 회색 하늘을 향해 숨을 내쉬고 인적 없이 깨끗한 해변에 떠내려온 플라스틱 조각들을 보물처럼 주워 모은다.

점심시간에는 신경이 곤두선다. 버트는 신선한 해산물을

뱉어버리고, 장인정신이 깃든 아이스크림 대신 트럭에서 파는 알록달록한 소프트아이스크림을 달라고 한다. 나는 버트가 뭐든 흘리는 게 마음에 안 든다. 탁자에 우유를 철철 흘리는 버트를 꾸짖다가 결국 유리잔을 내 쪽으로 엎어버리고 만다. 생각해보면 나도 뭐든 잘 흘린다.

우리는 헤일Hayle에서 여정을 시작한다. 이곳에 잡아둔 에어비앤비 숙소의 여자 주인이 버트에게 더할 나위 없이 친절하다. 나는 예전에 콘월을 걸을 때 H와 헤일에서 머물렀던 적이 있었다. 그때 우리는 토완towan('모래언덕'을 뜻하는 콘월어 – 옮긴이) 위에 정지된 캐러밴에 묵으면서 환상적으로 탁 트인 해변을 보고 버트가 정말 좋아하겠다고 생각했다.

우리는 4시경 도착해서, 숙소에 물건들을 놓아두고, 마을로 걸어간다(버트는 벽이 나올 때마다 균형을 잡으며 위태롭게 오른다. 내려오라고 해도 말을 듣지 않는다). 그러고는 높은 모래언덕을 비틀거리며 올라간다. 이윽고 물이 바다 저만치로 빠져나간 썰물 때에 해변에 다다른다. 버트는 곧장 물속으로 들어간다. 그 순간 나는 여벌의 옷을 가져오지 않았음을 깨닫는다. 아무튼 혼자서 얼마나 많은 것을 가지고 다닐 수 있을지 잘 모르겠다. 버트는 집에 갈 때쯤이면 다리가 아프다고 하면서 안아달라고 조를 것이다.

하늘을 올려다보니 갑자기 안개가 껴 있다. 나는 버트가 뛰어다니는 동안 회색으로 변해가는 바다 사진을 찍는다. 그리고 이제 조석점이 거의 보이지 않는다는 것과, 내 머리카락이 젖어 있다는 것을 깨닫는다. 어느새 우리는 이상야릇하게 온기가 있고 끈적끈적한, 짙은 바다 안개 속에 있다.

"버트!" 나는 외치지만, 그는 오지 않는다. 버트를 잃어버릴까 겁이 나서 해변을 따라 버트를 따라간다.

"버트, 안개가 너무 심해서 돌아가야겠어."

"싫어!" 버트가 화를 낸다.

"주위를 둘러봐." 내가 말한다. "네 옷 좀 봐!" 안개가 물방울과 함께 소용돌이친다. 안개는 내 노란 레인코트 위로 미끄러져 내리고, 버트의 티셔츠를 이미 적셔놓았다. 나는 말한다. "비가 오는 것 같아."

이 순간, 버트도 축축하고 불편한 것을 느끼고는 그만 집에 가고 싶다고 한다. 그러면서 집으로 가는 데는 전혀 협조하지 않는다. 나는 결국 모래언덕 위로 버트를 업고 가다가 신발의 모래를 털어내기 위해 부두의 콘크리트 위에서 멈춘다. 그러고는 버트를 설득해서 한 발 한 발 천천히 마을로 걸어간다. 우리는 카페에 들러 피시 앤 칩스를 먹고, 숙소로 돌아와 목욕을 한 후 잠자리에 든다. 그나저나, 마음에 드는 일정을 소화하지 못했다는 생각이 머리에서 떠나지 않는다.

다음 날 아침, 일찍 일어나서 출발한다. 그 모래 위를 또 넘어가는 것은 생각할 수 없기 때문이다. 집주인이 지역 신문을 보여준다. 일주일 전, 포트메오르Porthmeor에 한 무리의 돌고래들이 나타나 서퍼들과 잠시 수영을 하고 다시 사라졌을 때의 사진이 실려 있다. "버트, 혹시 알아? 우리에게도 행운이 있을지." 나는 말한다.

하늘은 아름답고 낙관적인 푸른빛이다. 우리는 해안을 따라 세인트 아이브스로 간다. 테이트 갤러리는 문이 닫혀 있다. 해변에는 서퍼들이 많지만 돌고래는 없다. 내게 커피를 판 여자는 지난주에 돌고래를 봤다고 한다. 하지만 그 말이 무색하리만치 아무런 감흥이 없어 보인다.

우리는 모래 위에 자리를 잡는다. 버트는 바다 가장자리까지 달려갔다가 파도가 밀려오면 멀리 달아나는 놀이를 시작한다. 나는 핸드백과 비치백을 놓을 자리를 찾아 허둥대면서, 버트가 물에 빠지지는 않는지 지켜본다. 홀로 육아를 하면 걱정과 불안을 달고 살게 된다. 파도가 밀려와 버트의 발을 넘어뜨리는 아찔한 순간에 나는 달려가 그를 붙잡지만, 버트는 전혀 심각성을 느끼지 못한다. 나는 다행이라고 생각한다. 버트가 두려움을 느끼지 않는 것이 좋다. 다만 버트의 혼돈과 바다의 혼돈 사이에서, 두려움은 오롯이 나의 몫이다. 나는 이제 다시 나아가고 싶다.

설득이 좀 필요했지만, 마침내 다시 차로 돌아왔다. 나는 안정감을 느낀다. 나는 좀 불안했지만 버트를 카시트에 앉히고는 비로소 안전하다는 느낌이 든다. 이제는 아이의 위치를 확실히 알고, 가방 여러 개를 들고 애쓸 필요도 없다. 문제는 콘월의 맨 끄트머리가 놀랍도록 작아서, 차 안에 머무는 시간도 짧다는 것이다. 우리는 제노Zennor에서 멈춘다. 나는 버트가 만까지 내려갔다가 다시 돌아오는 것을 지켜볼 수만은 없어서 그를 카페에 데려간다. 그리고 함께 인어에 대해 막연한 이야기를 나누면서 그가 브라우니를 망가뜨리는 것을 바라본다.

우리는 세인트저스트St Just로 차를 달린다. 세인트저스트는 일요일 오후의 한적함이 느껴지는 작은 공간이다. 우리는 차에서 내리지 않고 '땅끝'인 랜즈엔드Land's End를 향해 이동한다. 우리는 감자로 가득 찬 대형트럭(미취학 아동 버전의 트립어드바이저Tripadvisor에서 별 다섯 개를 받을 만하다) 뒤에서 잠시 꼼짝 못 하고 있다가 랜즈엔드로 다가간다. 가까워질수록 그곳은 걱정스러울 정도로 무슨 테마파크처럼 보인다. 주차장이 하나 있고, 바다 전망을 가리는 도리아 양식의 기둥이 있는 길고 하얀 건물이 있고, 오두막 안에서 한 남자가 요금을 걷으려고 대기 중이다. 나는 창문을 내린다.

"들어가려면 요금을 내야 하나요?" 나는 목소리에 묻어나는 불만을 완전히 억제하지 못했다.

"들어가는 요금은 없어요. 주차 요금만 받습니다." 그가 대답한다. 그러고는 묻지도 않았는데 이렇게 덧붙인다. "저기 차선이 하나 있는데, 거기서 곧장 돌아서 나올 수 있어요."

나는 말한다. "감사합니다." 그러고는 대로로 되돌아 나오며 중얼거린다. "뭐 저런 경우가 다 있어."

"뭔데?" 버트가 말한다.

"저거. 가게를 맨 끝에 지어놓았네."

"오." 버트가 말한다.

"여기서 바로 세넨^{Sennen}으로 가려고." 내가 말한다. "어쨌든 거기가 거의 맨 아래에 있으니까."

우리는 호텔 예약 시간보다 몇 시간 더 일찍 세넨에 도착하지만, 곧바로 우리의 방으로 안내된다. 버트는 "아빠는 어디 있어?"라고 말하기 시작한다. 그래서 우리는'스카이프로 그에게 전화를 걸지만 그는 테니스를 시청 중이라 온전히 통화에 집중하지 못한다. 그 후 우리는 해변으로 향한다. 해변은 길만 건너면 금방 나오는 위치에 있는 데다 오르고 싶은 흥미로운 바위와 발을 딛고 싶은 모래로 가득하다.

나는 이번에는 가만히 머물기로 작정한다. 가방에 테니스 볼, 스키틀즈 젤리, 원반 장난감이 들어 있어서, 버트와 한동안 원반 던지기 놀이를 한다. 그러다가 버트가 같은 무리의 사람들에게 일부러 계속해서 원반 장난감을 던지고 있다는 생각이 든다. 그들의 유쾌한 태도가 조금씩 달라지고 있다. 나는 버트의 주위를 돌리려고 양동이에 해초와 조개를 모은다. 우리는 모래성을 쌓는다. 버트는 계속해서 터무니없이 웅대한 모양을 요구하다가 아무 이유도 없이 발로 차서 성을 무너뜨린다. 나는 참을성이 바닥난다. 결국 그에게 거칠게 소리를 지르고서 야 그가 내 판박이라는 사실을 깨닫는다.

버트가 나와 비슷한가? 이따금 궁금하다. 그는 사물의 메커니즘에 집착하고, 적응될 때까지 방 안에 있는 모든 배관의 시작과 끝을 추적하는, 그리고 그것들이 어디로 이어지는지를 따져보는 오랜 습관이 있다. 그는 몇 시간이고 복잡한 열차 트랙을 만들다가 그 트랙으로 기차가 달리고 일종의 서사가 형성되기 시작하면 완전히 흥미를 잃는다. 그가 열차 트랙을 만들거나 배관을 추적할 때면, 완전히 몰입해서 우리가 말을 걸어도 아무것도 듣지 못한다. 어린이집에서는 그가 혹시 안 들리는 건 아닌지 염려하기도 했다. 그러나 그는 공중 화장실의 핸드 드라이어 소리를 들으면 손으로 귀를 틀어막고 꽤액 소리를 지른다.

하지만 나는 주변의 다른 엄마들도 같은 걱정을 한다는 것을 알게 되었다. 이제 그것은 부모라면 영원히 경계하는 문제가 된 것이다. 우리는 홍역과 수막염만 걱정하지 않는다. 이제 자폐증도 염려한다. 세 살쯤 찾아오는 이 갑작스러운 퇴행을. 우리는 모두 그런 일이 생기면 어떻게 해야 할지 잘 알고 있는 것처럼 그것을 경계한다. 우리는 그 진단과 지원을 위한 싸움에 대해 익히 들었다. 우리는 모두 각오를 하고 있다.

사실 내 생각에 버트는 나와 H에 비하면 놀라울 만큼 신경 장애가 없는 신경전형인에 가깝다. 버트는 파티를 좋아하고, 우리 둘 다 힘들어할 정도의 사회적 상호작용을 즐긴다. 나는 자폐를 향한 그런 영원한 경계심을 나 자신에게로 돌린다는 것이 무엇을 의미하는지 궁리해본다. 마흔이 다 된 나이에 자폐라는 부담스러운 꼬리표를 단다는 것은 도대체 어떤 의미일까? 사실, 내가 딱히 원하는 것은 없다. 무슨 혜택이나 양보나 특별대우를 받으려는 것이 아니다. 처방이나 치료를 구하는 것도 아니고, 어떤 특별한 클럽의 회원이 되고 싶은 것도 아니다.

어쩌면 나는 스스로를 변호하고 싶은 건지도 모른다. 어쩌면 내가 어쩔 수 없음을 알고서, 다른 사람들처럼 쉽게 참을성을 발휘할 수 없음을 알고서, 사람들이 나를 조금이라도 더 사랑해주기를 바라는 건지도 모른다. 어쩌면 나는 좀더 나은 인생 이야기, 내 산탄총 같은 삶을 마침내 하나의 의미로 묶어주는 일관되고 간결한 기승전결을 바라는 건지도 모른다.

나는 때때로 일종의 특권을 요구하고 있다는 느낌이 든다. 내 친구들이 나를 앞서가며 유능한 어른으로 성장하는 동안 나는 서툴고 버벅대기만 했지만 그건 내 잘못이 아니라고 말할 수 있는 특권을. 그렇게 해서 내 자격지심을 떨쳐낼 수 있다고 생각하면 혹하는 게 사실이다.

주치의가 소개해준 전문 클리닉에서는 아직 연락이 오지 않았다. 만약 내가 중요하게 생각했다면 직접 연락했을 것이다. 그러나 나는 그러지 않았다. 그러고 싶지 않다. 솔직히 조금 두렵다. 그것이 어떤 상황을 불러올지 몰라 조심스럽다.

내가 아는 한, 나는 이전의 정신장애진단 및 통계편람에 실려 있던 양상을 분명히 지니고 있으나 이 양상은 개정된 현재의 편람에는 없을 수도 있다. 일부 임상의들은 여전히 아스퍼거 증후군이라는 용어를 자폐 스펙트럼 장애 내에 포함된 진단명으로 사용하지만, 인터넷을 조금만 찾아보면 일련의 새로운 기준의 등장으로, 때로는 치명적인 경제적, 치료적 결과로, 진단명 자체를 '잃어버린' 사람들이 나온다. 나에게 해당하는 경우는 아니다. 나는 부분적으로는 나를 잘 참아주고 지속적인 수입이 있는 파트너를 찾았다는 행운 덕분에 나름대로 지금까지 잘 살아올 수 있었다. 그러나 이 사람들과 나의 공통점이 있다면 바로 인간 존엄성의 중요한 부분을 잃는 것에 대한 공포심이다. 즉 남들로부터 믿음을 얻지 못할까 두려운 것이다. 내게 자폐 성향이 있다고 말하면, 많은 경험을 숨기지 않고 당당히 밝힐 수 있게 된다. 나는 이런 특권을 누리기에는 너무 늦은 게 아닌지 두렵다.

물론 정신장애진단 및 통계편람은 중립적인 문서가 아니라 인간이 만든 문서다. 새로운 버전이 나올 때마다 이 문서가 점점 더 두꺼워진다는 사실 자체가 인간 정신에 대한 이해가 변화하고 있음을 보여준다. 이것은 사실 너그러운 표현이다. 혹자는 사회가 시대에 맞춰 정신적 증상을 고안해내고 있다고 말하기도 한다. 불과 100년이 지나지 않은 과거에, 우리는 여성들을 히스테리라는 병명으로 치료했었다. 요즈음 '여성 성기능 장애'의 정의는 위험할 정도로 여성의 욕망의 자연스러운 상승과 하락을 병리화한다.

어떤 경우에는 진단의 그물이 너무 넓어서 누구나 그 안에 걸리는 것처럼 보인다. 예를 들어, 존 론슨^{Jon Ronson}의 『사이코 패스 테스트^{The Psychopath Test}』는 '정상적인' 나쁜 행동과 사이코 패스 진단 사이의 불분명한 경계를 명징하게 드러낸다. 보이지 않는 선을 넘어 일평생 따라다닐 진단을 받기란 참 쉬운 것 같다.

많은 사람이 나에 대해서도 같은 말을 할 것이다. 행복하고, 건강하고, 기능적인 사람이 중대한 전환점을 피하기 위해서라면 최대한 빨리 달아나도 모자랄 시점에 도대체 어떻게 신경학적 '장애'(ASD의 'D'를 잊지 말자)에 끌릴 수 있는가? 도대체 나는 왜 긍정적인 면을 강조하지 않는가? 나는 왜 나의 역기능적인 부분을 최대한 밀어내지 않는가?

음, 말하자면 이렇다. 당신이 삶에 제대로 대처하지 못하는 상황이 쳇바퀴 돌듯 반복된다고 느끼며 평생(어린 시절과 성인기)을 보내면, 나중에는 그런 상황을 이해하고 싶어진다. 사실 이해하는 게 그리 어렵지는 않다. 당신이 정신을 가다듬고 당신만의 세상 경험을 속에 담아두려고 수없이 시도를 해도 자신이 주변 사람들과 다르다는 것은 여전히 고통스럽도록 분명하다. 그 차이, 혹은 그 차이를 무시하려고 노력하는 과정이 당신을 종종 아프게 하면, 혹은 당신이 세상을 감당하느라 술을 너무 많이 마시거나 혈압이 높아져서 수명이 줄어들 수도 있음을 깨달으면, 혹은 주류 세계에서 추락해 갈라진 틈으로 떨어지는 기분을 얼마나 더 견딜 수 있을지 궁금해지면, 당신은 만사를 그렇게 힘들게 만든 원인에 이름을 붙이는 것이 편리하겠다는 생각을 할 수 있다. 그게 전부다. 사실 그렇게 이상한 본능이 발동한 것은 아니다.

이 여정을 시작했을 무렵, 밤에 차를 운전하다가 라디오에 나온 여자가 내가 경험해온 세상에 대해 이야기하는 것을 들었다. 나는 그녀가 자폐 스펙트럼의 가장 바깥에 있는 사람들과 분명한 공통성을 느꼈다고 말했던 것을 기억한다. 나도 그랬던 적이 있는지 궁금했다. 모든 것을 감안하면 그랬던 적이 있는 것 같다. 나는 감각 세계가 너무나 큰 비명을 질러서 물러나고 싶어지는 것이 무엇인지 이해한다. 그 감각 세계가 불러오는 위협에서 비롯된 공격성의 섬광을 이해한다. 주체할 수 없는 지점에 도달하면 단순히 반응을 멈추는 몸에 깃들어 사는 게 어떤 것인지 이해한다. 그러나 동시에 나는 그녀와 근본적으로 다르다는 것을 깨닫는다. 나는 그녀보다 외부 세계와 연결되 다리가 더 튼튼하다. 나는 운 좋게도 평균 이상의 지능을 타고났고 일련의 참을 만한 감각의 경험을 지녔다.

나는 양심상 스스로 장애가 있다고 말할 수는 없었다. 나는 나와 같은 사람들은 모두 그렇게 한다는 것을 깨닫는다. 결국 나는 그렇게 오랫동안 내 병증을 들키지 않았으니 운이 좋다고 느낀다. 나는 내 삶의 기술을 가장 가혹한 방식으로 배웠지만, 그것이 자랑스럽다. 모든 것을 감안할 때, 그 기술들은 그럴 가치가 있다. 나에게 너무나 많은 것을 주었다.

사실 자폐 스펙트럼 장애라는 이름표는 내가 나 자신에 대해 더 잘 설명할 수 있게 해주고, 비로소 내 얼굴을 인식할 수 있는 거울을 찾을 수 있게 해준다. 나는 그게 자랑스럽다. 그것은 내게 많은 선물을 주었다. 그 이름표를 단다는 것은 다른 사람들에게 우리 모두가 가지고 있는 놀라운 차이를 상기시키는 유일한 방법이다. 때때로 하나의 이름표는 세상에서 온정을 이끌어내는 유일한 방법이기도 하다.

다음 날 아침, 버트는 마우스홀Mousehole, 펜잰스, 그리고 뉴린Newlyn을 지나는 내내 차 안에서 자고 있다. 이윽고, 마라지온Marazion에 차를 세우자 때맞춰 버트가 잠에서 깨고, 우리는 사우스웨스트 코스트 패스의 작은 구간을 따라 세인트마이클스 마운트St Michael's Mount로 걸어간다. 버트가 민들레 솜털에 정신을 파는 바람에, 나는 목적지에 당도하기도 전에 주차 시간이 다될까 봐 걱정하기 시작한다. 그러다가 내셔널트러스트 오두막이 가까이 보여서 안심하려는 찰나, 버트는 구불구불 해변을 지나 바다로 향하는 강을 발견하고는 어느새 바지와 티셔츠를 벗어던지고 물속으로 들어간다. 버트는 나뭇가지, 풀, 깃털로 작은 보트를 만들고, 물을 마시기 위해 강에 고개를 담그는 제비들에게 가상의 레이저총을 쏜다.

"우리 둑길로 가서 성을 보러 갈까?" 나는 최대한 신난 목소리로 묻는다 ("우리 둑길로 가서 성을 보러 갈까!!!?")

"아니." 버트가 단호하게 대답한다.

나에게 중요한 목표가 버트에게는 그리 중요하지 않다. 내 계획과는 반대로 흘러가고 있지만, 나는 버트의 모습이 그림처럼 예쁘다는 것을 쓸쓸하게 인정한다. 이번 주에 몇 번이나 내 뇌는 모든 것과 단절하고 나만의 내면세계에 빠져들고 싶다는 갈망을 느꼈다. 나는 지금 버트도 비슷한 것을 원하고 있음을 깨닫는다. 버트의 마음은 자연스럽게 놀이로 향해 있다. 나는 완전히 관심 밖이다. 갈매기들이 담수에 날개를 담가 소금기를 씻어내고 있다고 버트에게 말해보지만, 그는 보트, 항해, 선장, 닻에 대한 이야기로 대꾸한다. 버트는 도무지 끼어들 수 없는 난공불락 상상의 세계에 빠져 있다.

나는 강기슭에 앉아 버트가 물속을 걸으며 주위에 조그만 우주를 만드는 것을 바라본다. 나는 버트에게 너무나 자연스럽게 다가오는 경이를 느끼는 법을 배우며 1년을 보냈다. 그는 나와는 다른 눈금, 완전히 새로운 수준의 세세한 눈금 위에 존재하는 것 같다.

마침내 떠나기로 한다. 버트는 모든 개미에게 차례로 작별 인사를 하고, 풀잎 하나하나와 헤어지기를 아쉬워한다.

오래도록 달린 끝에 리저드 포인트Lizzard Point에 도착한다. 버트는 눈에 띄게 실망한 모습이다. 나는 그에게 리저드 포인트에는 실제로 도마뱀lizard이 없다고 분명히 말했지만, 그는 믿지 않았던 게 분명하다.

우리는 이 남쪽 끝 전원의 야생적인 아름다움에 푹 빠지기 위해 리저드 유스호스텔에서 2박을 하기로 했다. 하지만 H가 없으니, 모든 것이 한없이 힘들고 복잡하다. 버트를 지켜보는 동시에 여행 가방을 끌고 다니는 것만도 힘든데, 호스텔은 까다로운 규칙과 사소하게 부족한 것들이 많아서 눈물이 날 지경이다.

이 호스텔은 아이들을 고려해서 설계되지는 않은 듯하다. 우리 방의 커튼은 창문의 맨 아래까지 내려오지 않는다. 이러면, 버트는 새어 들어오는 여명에 잠을 깨게 된다. 그리고 경제적 이유라기보다는 장식적인 이유 때문에 방에는 욕실이 없다. 대신 방 번호와 같은 번호가 표시된 샤워실이 있다. 가장 가까운 샤워실은 우리 방에 인접해 있지만 바로 연결되는 문이 없다. 이렇다 보니, 나는 우리 물건을 고리 하나에 몽땅 걸어놓고는 사람 한 명이 들어가기에도 비좁은 공간에서 씻기 싫어하는 아이를 씻겨야 한다. 그동안 내 몸이 젖지 않는 것은 불가능하기에, 나는 옷을 다 벗어야 한다. 차라리 나도 샤워를 하는 편이 낫겠다고 생각하는 순간, 버트가 **춥**다고 소리치는 것과 문을 열려는 행동을 번갈아 한다.

이렇게 유쾌하지 않은 경험의 막바지에, 나는 걸어놓은 옷이 다 젖었음을 알게 된다. 나는 알몸으로 방에 뛰어 들어간다. 혹시 누군가 나를 본다고 해도 아마 독일인(야외에서 옷을 걸치지 않고 놀이나 스포츠를 즐기며 성에 대해 자연스럽고 건전한 접근을 하는 독일의 나체주의 문화를 떠올린 것 - 옮긴이)이라 여기고 신경 쓰지 않을 거라고 생각하면서.

방에는 주전자가 없어서, 아이를 끌고 아래층의 공용 주방으로 간다. 여기에는 모든 음식에 이름을 붙여놓아야 하고 그렇지 않은 음식물은 폐기한다는 안내문이 여기저기에 붙어 있다. 이런 것이 왜 그렇게 중요한지 전혀 모르겠다. 하지만 애초에 먹을 것을 가져와야 한다는 것도 몰랐기 때문에, 이 규칙에 짜증이 나는 것도 순전히 기분이 나빠서일 뿐이다.

이런 이유로, 우리는 뭔가를 먹으려면 마을까지 가야만 한다. 나는 목이 너무 말라서 마을까지 걸어가기로 한다. 리저드 빌리지Lizzard Village가 내 취향에 안 맞는 것치고는 너무 인기 있는 듯하다고 말하면 야박하게 들리겠지만, 사실이 그렇다. 후한 점수를 줄 마음이 아니다. 마을에는 온갖 종류의 레스토랑이 있고 차들도 많지만, 편의점이 문을 닫아서 우유, 티백, 토스트용 빵 따위를 살 수가 없다. 솔직히 그런 것들을 산다고 해도 내가 이름표를 붙여둘지는 의문이지만. 우리는 그냥 여기서 물을 마시고 방에서는 물 없이 지내야 할 것 같다.

우리는 근사한 작은 펍에 들어간다. 버트는 색칠공부 책과 연필을 가지고 자리에 앉고, 나는 유일한 어른으로서 위엄을 지키기에는 와인을 좀 많이 마신다. 우리는 식사를 마치고도 꽤 오랫동안 그곳에 머물다가 숙소로 돌아와 이층 침대에 눕는다. 버트는 어쩔 수 없는 상황 때문에 평소와 달리 우유를 마시지 않고 잠자리에 들어야 한다. 그는 충분히 창문을 가리지 못하는 커튼 탓에 햇빛이 새어들기 시작하는 새벽 5시에 잠에서 깨어 배고프다고 말한다.

6시 30분, 우리는 이렇게 이른 시각에 아침을 제공하는 곳이 있는지 길 위에서 찾고 있다. 마침내 헬스턴Helston에서 슈퍼마켓 체인인 테스코를 찾아내, 프라이드 브렉퍼스트와 차와 우유를 주문한다. 그리고 살라미, 슬라이스 치즈, 소프트 롤, 포도, 칩, 사과 주스, 우유를 사서 호스텔로 돌아온다.

차를 세우자마자, 버트는 절벽으로 이어지는 길을 달리고 싶어 한다. 나는 그를 쫓아간다. 짐작대로, 아름다운 길이다. 울퉁불퉁한 바위가 성난 바다에 잠겨 있다. 비탈은 작은 다육식물과 가볍게 흔들리는 아르메리아로 뒤덮여, 녹색을 띠고 있다. 나는 해수면까지 내려가 보자고 말하지만, 버트는 숨바꼭질을 하고 싶다고 한다. 나는 상태가 아주 좋을 때에도 놀이와 별로 친하지 않지만, 오늘 아침에는 정말 놀이를 할 여력이 없다. 우리는 토끼 무리의 휴식을 방해하기도 하면서, 한동안 호스텔의 정원을 돌아다닌다. 그러다가 나는 문득 쇼핑한 물건들이 오전의 햇살 때문에 트렁크 안에서 뜨거워지고 있다는 것을 떠올린다.

나는 캐리어백을 텅 비어 있는 커다란 공용 주방으로 가져간다. 그리고 핸드백을 뒤져서 볼펜을 찾은 다음 모든 물건 위에 이름을 적는다. 그러다 내 안의 뭔가가 치고 나와서 이렇게 말한다. "오, 이게 무슨 짓인지. 버트, 우리 그냥 집에 갈까?"

버트가 말한다. "응." 그래서 내가 말한다. "정말? 차 안에 일곱 시간은 있어야 할 텐데?"

"응, 나 아빠 보고 싶어." 그가 말한다.

커다란 여행 가방을 층계로 끌고 내려와 차에 싣는데, 호스텔 관리자가 나와서 묻는다. "아무 문제 없으세요?"

"네, 괜찮아요. 그런데 저희 하루 일찍 집으로 가려고요."

"방에 무슨 문제가 있어서 그런 건 아니죠?" 그가 말한다.

"그런 건 아니에요. 그냥 여행을 계속할 필요가 없어서요."

8월 말,
데번

Devon

나의 멋진 신세계

위츠터블 주위의 들판에 엷은 안개가 낮게 드리워져 있다. 오래도록 뒤로 밀어두었던 습지의 기억. 우리는 익숙하게 새벽에 출발하고, 점심때 즈음 경련이 일어난 발을 끌면서 노스샌즈 North Sands 해변에 다다른다.

버트는 하고 싶은 일들을 늘어놓고 있고, 나 역시 그렇다. 설스턴에 가서 바위 웅덩이에서 놀고 저녁은 비치하우스에서. 오버벡스Overbeck's에서 울창한 정원을 뛰어다니다 간식은 스콘으로. 프롤리 포인트에서 민첩하게 날아다니는 제비들을 구경하고 파도가 지나간 다른 세상 같은 지형을 기어오르기. 무엇보다도 우리 둘 다 가라록에 가고 싶은 마음이 간절하다. 나는 수영을 하고 싶고, 버트는 마지막으로 한 번 더 댐을 쌓아 물줄기를 막아보고 싶다. H는 무엇을 하든 상관하지 않지만 혹시 비가 올 경우에 대비해 콘솔 게임기인 엑스박스를 가져왔다.

걷기도 빼놓지 않는다. 플리머스Plymouth에서부터 해안을 따라 활보하다가 노스마요Noss Mayo 주위의 곶을 건너며, 내 친구 레슬리와 함께 기분 좋은 아침을 보낸다. 플리머스 사운드Plymouth Sound의 다른 쪽에 있는 해변 구간을 빠뜨린 것을 빼면, 나는 거의 콘월과 하나가 된 기분이다. 그리고 수 킬로미터에 이르는 도시 주변의 산업지대를 걷지 않아도 되었던 것에 감사한다. 어쩌면 언젠가 이곳을 전부 다시 걸을지도 모르고, 그렇지 않을지도 모른다. 상관없다. 때로는 애착이 없다는 것이 진정한 축복일 때가 있다.

어느 오후, 버트와 나는 살콤으로 가는 사우스샌즈 페리를 잡아타고, 다시 포틀머스 페리로 물을 건넌 다음 내륙으로 5~6킬로미터를 걸어 가라로 간다. 그동안 H는 반대 방향에서 킹스브리지 어귀까지 갔다가 다른 쪽으로 차를 달려 우리와 경주를 벌인다. H가 아슬아슬하게 우리를 이긴다. 다음 날, 나는 황조롱이들이 공중에서 씨름을 벌이고 있는, 탁 트인 볼베리 다운Bolberry Down을 넘어 설스톤에서 볼트헤드Bolt Head까지 혼자 걷는다. 그 주 후반에, 버트와 내륙을 걷다가 문득 핵심적인 해안 구간을 빠뜨렸다는 기분이 든다. 나는 다시 돌아와 이스트포틀머스와 가라 사이의 긴 길을 걷는다. 여름의 디기탈리스가 내어놓은 자랑스러운 선홍색 줄기가 벌써 말라비틀어졌다. 밀려드는 축축한 공기와 겨우 알아볼 수 있을 정도로 물러난 고사리를 통해 가을이 다가오고 있음을 느낀다. 그러자 엑스무어를 다시 갈망하게 된다. 헤더와 노란 가시금작화. 해 질 녘 폴락 습지의 강한 향기.

이제는 여름의 열기 속에서도 8킬로미터(때로는 거의 13킬로미터)를 걷는 데 두세 시간밖에 걸리지 않는다. 다른 분주한 일들이 있어도 그 정도는 걸을 수 있다. 별다른 계획 없이, H는 나를 어느 해변에서 내려주고, 나는 해안을 돌아 H와 버트가 놀고 있는 곳으로 걸어간다. 버트는 절벽 꼭대기에 있는 나를 알아보고서 오르막을 오르는 데 전문가가 되었다. 나는 몇 년이 더 지나야 버트와 함께 온종일 걸을 수 있을지 궁금하다. 아빠의 발을 이어받았다면, 결코 그럴 일이 없을 수도 있지만.

어쨌거나 버트는 스토아 철학적인 걷기보다는 좀더 대담한 즐거움을 추구하리라는 느낌이 든다.

나는 더 오래 걷는 것을 그리워하는 걸까? 온종일 내 영혼과 삐걱삐걱 충돌해야 하는 24킬로미터의 걷기를? 사실, 그렇다. 그렇게 살인적인 날씨에 그렇게 많은 구간을 걷지는 말았어야 했다. 그러나 온종일 걸어야만 갈 수 있는 곳이 있고, 어쩌면 다음 날까지 온종일 걸어야만 갈 수 있는 곳도 있다.

유행병과도 같은 자폐증의 확산에 관해서 여러 가지 말들이 있다. 어떤 사람들은 백신을 탓한다(틀렸다). 어떤 사람들은 실리콘밸리에서 육성하는 괴짜들에 대해 우생학적 우려를 에둘러 표현한다(역시 틀렸다). 일부 극성맞은 부모들은 자폐 스펙트럼 장애를 진단받으면 영재 학생들을 위한 한 차원 높은 교육을 받을 수 있다고 생각한다. 어떤 사람들은 이런 부모들의 오해가 과잉 진단을 유발한다고 비난한다.

나는 여기 그다지 새로운 것은 없다고 장담한다. 어쩌면 우리는 자폐증에 관해 이야기할 다른 언어를 습득했는지도 모른다. 어쩌면 우리는 다양한 자질과 장애의 요인 사이의 차별점을 구분하기 시작했을지도 모른다. 우리는 심지어 이전에 무가치한 것으로 치부했던 삶을 개선할 방법들을 살펴보기 시작했다.

그러나 매우 큰 스펙트럼 안에 위치한 내 경우는 좀 다르다고 생각한다. 나와 같은 사람들은 늘 있었다. 정확한 해결책이 필요한 문제에 세세한 두뇌를 이용하고, 평범한 시각 바깥에 놓여 있는 것들을 알아채면서 말이다. 우리는 진화 측면에서의 오류가 아니라 적응의 산물이다. 우리는 사람들이 생각하는 것과 다르다. 우리는 유능하고, 가치 있고, 사랑받는 존재다. 우리는 과학자이자 예술가이고, 몽상가이자 기술자다. 우리는 모든 면에서 활력이 넘친다. 우리는 비록 외향적인 사람들이 모든 영광을 차지하더라도 사회의 일원으로서 제 역할을 다 해왔다. 나는 좀 까다롭고 복잡한 사람들이 위대한 업적을 이뤄낼 수 있다고 부끄러움 없이 말하겠다. 그들만의 여건이 마련되고 바닷가에서 혼자 보낼 시간이 주어지기만 한다면.

내가 과거에 살았다면 별로 이상하지 않았을 것이다. 지금보다 조용하고 덜 분주한 세계에서, 휴대전화의 징징거리는 소리도 없고, 라디오와 TV에서 끊임없이 나오는 웅웅거리는 전자파도 없고, 핸드 드라이어의 잡음도 없고, 열차 문의 삐 소리도 없고, 사무실의 건조함도 없고, 깜빡이는 불빛도 없고, 끊임없이 개인의 일정을 확인하는 압박감도 없었을 테니.

이 모든 것들이 없는 세상에서 나는 아마 다른 사람이었을 것이다. 나무와 꽃의 이름을 배우고, 지저귀는 소리로 새들을 알아맞히는 것처럼, 걷기는 내 일상의 일부였을 것이다. 나는 부드러운 종이에 잉크로 글을 쓰고, 저녁이면 책을 읽고, 누군가 음악을 연주할 때에만 그 소리를 들었을 것이다. 한 장소에서 지나치게 많은 신체가 혼란스럽게 밀착되는 상황을 맞닥뜨릴 일도 거의 없었을 것이고, 그렇기에 아마 나의 신경도 좀더 안정적이었을 것이다.

물론 여성이기에, 이런 감각적인 자유가 주어진다고 해도 역사적으로 내가 그 혜택을 누렸을 리는 거의 없으므로, 나는 시끄럽고 요구도 많은 현재에 만족해야 하고 감사해야 한다. 그러나 바로 그런 점에서 자폐 스펙트럼 장애와 같은 진단이 필요하다. 나와 같은 사람들이 이 멋진 신세계에 들어맞는 낯선 방식들을 탐험할 수 있게 말이다.

데번에서 보내는 주말, 우리는 예전에 여러 번 그랬던 것처럼, 리버포드 필드 키친에서 점심을 먹는다. 유기농 농장에 위치한 이 식당에서는 기다란 식탁에 앉아 접시에 담긴 다양한 음식(무엇이든 다 제철 음식)을 다른 손님들과 함께 먹게 되어 있다. 내가 꺼릴 만한, 그리고 으레 꺼리는 그런 방식이다. 하지만 거기서 사람들을 만나거나 그들과 대화를 나눈 것에 대해 후회한 적은 없다. 오늘 우리는 슬로 로스트 양고기를 먹으며 케임브리지에서 온 부부와 이야기를 나눈다. 그들은 자녀 넷이 모두 장성했고 지난 3년간 여름마다 사우스웨스트 코스트 패스를 구간별로 걸었다고 한다.

"우리는 틴타겔의 캐멀롯성에서 묵었어요. 정말 참기 힘들었죠." 남자는 무슨 음모를 꾸미는 듯한 말투다. 무슨 말인지 모르겠다는 표정이 내 얼굴에 나타났던지, 남자가 덧붙인다. "왜, 있잖아요, 그 사이언톨로지 호텔 말이에요."

처음 걷기를 시작할 때 그 호텔이 모두가 한 번쯤은 경험 삼아 구경해야 하는 특이한 곳이라고 들었던 기억이 난다. 하지만 그곳에 이르렀을 때 나는 많이 걷는 것에 정신이 팔려 있었다. 지금 이 부부가 그곳의 작은 컨트리 펍과 근사한 카페에 관해 얘기하는 것을 들으면서 내가 그 길에서 얼마나 많은 것을 놓쳤는지 깨닫는다. 틀림없이 그곳을 걸었는데도 그들이 이야기하는 곳들을 잘 모르겠다. 내게 그곳들은 그저 경치였고, 지도 위의 또 다른 주름일 뿐이었다.

두말할 것 없이 나는 후회한다. 아니, 후회라는 말은 지나치게 강한 단어일 수도 있다. 그저 내가 사랑하는 장소에 있고, 그 장소를 알게 되었으며, 그 장소에 다시 돌아오는 것의 가치를 배웠다고 하는 게 맞겠다.

우리는 이 휴식의 마지막 밤을, 바다에서 멀리 떨어진, 콘월의 경계선 가운데에 세워진 유르트(몽골, 시베리아 유목민들의 전통 텐트 — 옮긴이)에서 보낸다. 우리는 기다란 풀밭을 탐험하고 버트는 한 무리의 검정 딱정벌레를 발견한다. 버트는 모든 딱정벌레를 알렉산더라고 부르면서 손바닥 위에서 돌아다니게 한다. 나는 버트를 타일러서 딱정벌레들을 원래 있던 장작더미로 돌려보낸다. 그러고 나서, 우리는 모닥불을 피우고 별이 빛나기 시작할 무렵 저녁을 먹는다. 버트가 킹사이즈 침대 한가운데에서 잠이 들고 나서(나는 이 모든 것이 시작되었을 때만큼 불편하게 살고 싶은 마음이 없다), H와 나는 바깥에 앉아 따뜻한 진토닉을 마시고, 온건한 낙관론 속에서 다가올 한 해에 관해 이야기한다.

다음 날 아침 집을 향해 출발할 때, 버트는 길가의 울창한 나무들을 보면서 말한다. "안녕, 안녕, 데번, 또 만나자."

우리는 그럴 것이다. 우리의 몸과 마음을 새로이 해야 할 때마다 다시, 또다시.

진단을 받다

강한 인공의 향이 난다. 내 컵에서도 느껴진다. 실내는 마음을
진정시켜줄 것 같은 노란색으로 칠해져 있다.

맞은편의 남자는 무릎에 내 이름이 적힌 파일을 올려두고,
뭔가를 적고 있다.

"어디서부터 시작할까요?" 그가 말한다.

"아무 데서나요. 저는 잘 모르겠어요."

"지금, 여기서부터 얘기해볼까요?" 그가 말한다. "현재 당
신은 어떤 상황인가요?"

나는 그에게 내 일에 관해 이야기한다. 일터에서 내가 만나
는 모든 사람으로부터 집중포화를 받는 느낌에 대해서. 정체불

명의 통증 때문에 일을 수없이 그만둔 것에 대해서. 파티장 화장실에 숨었던 일에 대해서. 어린 시절 놀이터에서 외톨이가 되어 다른 아이의 엄마들이 나에 대해 하는 말을 들었던 것에 대해서. 열일곱 살에 신경쇠약에 걸린 이후 그런 상황이 반복되었던 것에 대해서. 내 아이의 신체 접촉을 감당할 수 없었던 것에 대해서. 그 수치스러움에 대해서. 그 밖의 모든 수치스러움에 대해서. 아무리 노력해도 너무나 비호감이었던 일에 대해서. 결코 해결할 수도, 결코 파악할 수도 없었던 일에 대해서.

그는 내 말을 듣고, 뭔가를 적는다. 그는 내게 한 가지 일에 대해 충분히 말한 뒤에 다음 이야기로 넘어가라고 알려준다. 나의 정신적 결함에 대해 목소리를 내는 사이, 외부 세계와의 소통이 불발된 경험을 장황하게 늘어놓는 사이, 뺨에서 열이 나기 시작한다.

마침내 그가 말한다. "좋습니다. 말씀은 충분히 들은 것 같네요." 그런 다음 그가 파일을 덮고, 내게 웃으며, 그만 집으로 돌아가라고 하려나? 궁금하고 긴장된다.

"저한테 말씀하신 내용을 보면, ASD를 가진 사람의 서사와 분명히 일치하네요."

그렇다면, 나에게는 서사가 있다. 마침내. 나에게 모든 것을 종합한 일리 있는 인생 이야기가 생겼다. 나는 미소를 짓는다. "그렇군요. 감사합니다."

"참 재미있어요." 그가 말한다. "ASD라는 진단을 받고 사람들이 늘 기뻐하거든요. 다른 진단은 다 나쁜 소식으로 여기면서."

"모든 게 이해된다는 점에서, 그리고 남들에게도 설명할 수 있게 된다는 점에서 위안이 되니까요." 내가 말한다.

"검사를 좀더 해볼 겁니다." 그가 말한다. "당신이 지금 정확히 어떤 상태인지 좀더 정밀하게 알아볼 거예요. 이 과정을 통해서 원하는 게 무엇인지 생각해보셨나요? 제 말은, 치료라든지, 처방……."

"아무것도 없어요." 나는 말한다. "내가 뭘 원하는지 모르겠어요."

"완치가 어렵다는 건 아시겠죠."

"알고 있어요."

"그래도 충분히 도움을 드릴 수는 있어요. 할 수 있는 건 많습니다."

"그냥 다시는 파티에 가지 않아도 된다고 말씀해주세요."

"아니요, 회피는 절대 권하지 않아요. 그보다는 조정이 필요하죠, 분명히."

조정.

나는 생각한다. 이제 그것이야말로 내 인생의 이야기다.

감사의 말

우선, 달이면 달마다 웨스트컨트리로 나를 태우고 다니다가 아주 가끔씩만 기분 전환을 위해 어딘가 햇살이 빛나는 곳으로 가고 싶다고 토로한 사랑하는 나의 H에게 감사를 표해야겠다.

문자 그대로나 은유적으로나, 나와 함께 걸어준 에마 브라운리지와 베시 스콧에게 감사한다.

"이건 책 한 권짜리네, 분명히?"라고 말하고 그 말을 현실로 만들어준 루시 에이브러햄스에게 감사한다.

몇 페이지에 불과한 원고와 길 전체를 걷겠다는 막연한 구상만 있을 때 흔쾌히 집필을 의뢰해준 에마 스미스에게 감사한다. 나와 같은 도보 여행자가 아니면 이해하기 힘들었을 텐데 말이다.

이 책이 사람들의 손에 들릴 수 있게 해준 트라페즈 팀, 특히 케이티 모스와 리언 올리버에게도 감사한다.

나와 내 책에 지대하게 신경 써준 매들린 밀번에게 감사한다. 좋은 에이전트는 마치 좋은 어머니와 같다. 나에게 자애롭고 남에게는 매섭다. 나는 그녀의 이런 애정에 진심으로 감사하고, 헤일리 스티드와 앨리스 서덜랜드 호스를 비롯한 그녀의 멋진 팀에게도 감사한다.

초고를 읽어주고, 언제나 그렇듯 현명하고 통찰력 있는 의견을 내준 페기 라일리, 새라 바턴, 리브 베이스에게 감사한다.

내 부제목을 자신의 개인적 사명으로 삼아준 앤디 밀러에게 감사한다.

걷기에 대한 무지막지한 잡담을 참아주고 소중한 기금으로 내 프로젝트를 지원해준 캔터베리 크라이스트처치 대학교의 내 동료들과 학생들에게 감사한다.

세상에서 가장 형편없는 순례자를 너그러이 받아준 커넥션 앳 세인트 마틴스의 좋은 사람들에게 감사한다.

무엇보다도 온라인에서 찾아낸 놀라운 자폐인 커뮤니티에 감사한다. 그들에게 깊은 고마움을 표하며, 내가 그들에게 속해 있음이 자랑스럽다.

옮긴이
이유진 :

이화여대 불어불문학과를 졸업했고 동대학교 통번역대학원에서 번역학 석사 학위를 받았다. 대학을 졸업한 후 광고 기획자와 마케터로 일하며 상품과 고객 사이에서 소통한 경험이 있다. 지금은 전문 번역가로 활동하며 저자와 독자 사이에서 즐거운 소통을 이어가고 있다. 옮긴 책으로는 『우리의 인생이 겨울을 지날 때』, 『섹스하는 삶』, 『공격성, 인간의 재능』, 『엄마는 내가 죽었으면 좋겠다고 말했다』, 『우리가 밤에 본 것들』 등이 있다.

걸을 때마다 조금씩 내가 된다

초판 1쇄 인쇄 2022년 11월 18일
초판 1쇄 발행 2022년 11월 28일

지은이 캐서린 메이 **옮긴이** 이유진

발행인 이재진 **단행본사업본부장** 신동해
편집장 김예원 **책임편집** 김다혜 **교정교열** 윤정숙
표지디자인 [★]규 **본문디자인** 마인드윙
마케팅 최혜진 이인국 **홍보** 정지연 **국제업무** 김은정 김지민 **제작** 정석훈

브랜드 웅진지식하우스
주소 경기도 파주시 회동길 20
문의전화 031-956-7357(편집) 031-956-7089(마케팅)
홈페이지 www.wjbooks.co.kr
페이스북 www.facebook.com/wjbook
포스트 post.naver.com/wj_booking

발행처 ㈜웅진씽크빅
출판신고 1980년 3월 29일 제406-2007-000046호

한국어판 출판권 ⓒ 웅진씽크빅, 2022
ISBN 978-89-01-26682-4 (03840)